MIJN FAVORIETE VROUW

Tony Parsons

MIJN FAVORIETE VROUW

the house of books

Oorspronkelijke titel
My Favourite Wife
Uitgave
HarperCollins*Publishers*, Londen
Copyright © 2008 by Tony Parsons
Copyright voor het Nederlandse taalgebied © 2008 by The House of Books,
Vianen/Antwerpen

Vertaling
Yvonne Kloosterman
Omslagontwerp
marliesvisser.nl
Omslagfoto
Getty Images/Stone+/RPM Pictures
Foto auteur
Jerry Bauer
Opmaak binnenwerk
ZetSpiegel, Best

ISBN 978 90 443 2227 9
D/2008/8899/155
NUR 302

Voor Yuriko, MFW

Begrijp je, ik hield van haar.
Het was liefde op het eerste gezicht,
op het laatste gezicht,
voor altijd en altijd.
                               Lolita

Een man met twee huizen verliest zijn verstand.
Een man met twee vrouwen verliest zijn ziel.
                        Chinees spreekwoord

Deel een

JIJ BENT DE PRINS

1

Bill moest even in slaap zijn gevallen. Hij schrok wakker toen de limo door een kuil reed, en plotseling was daar Shanghai. De torens van de wijk Pudong staken af tegen de avondhemel. Bill wreef in zijn ogen, draaide zich om en keek naar zijn vrouw en zijn kind op de achterbank.

Holly, hun vierjarig dochtertje, sliep met haar hoofd in haar moeders schoot. Blonde krullen vielen over haar gezicht. Ze was gekleed als een sprookjesprinses uit Disneyland, maar hij wist niet precies welke.

'Ze kan zich nooit prettig voelen in die kleren,' zei hij zachtjes. Tijdens de vlucht was Holly meestal wakker geweest. Ze had maar af en toe even geslapen.

Becca, zijn vrouw, deed Holly's diadeem af. 'Het gaat goed met haar,' zei ze.

'Buitenlanders zijn erg jaloers als ze dit zien,' zei de chauffeur, die Tiger heette. Hij wees naar de omtrekken van de Pudong-torens. 'Vijftien jaar geleden – allemaal moerasland.' Tiger was jong, amper twintig, gekleed in iets wat voor een uniform moest doorgaan, met drie gouden strepen op zijn manchet. De jongeman knikte vol trots. 'Nieuw, baas – allemaal nieuw.'

Bill knikte beleefd. Maar het was niet de nieuwheid van Shanghai die hem overweldigde. Het waren de afmetingen van de stad. Ze staken een rivier over die veel breder was dan hij had verwacht en aan de overkant kon hij de gouden gloed zien van de Bund, de koloniale boulevard langs de Huangpu-rivier. De koloniale gebouwen van de vooroorlogse stad staarden naar de wolkenkrabbers van Pudong. Het verleden van Shanghai tegenover haar toekomst.

Na het verlaten van de brug reed de auto een helling af en meerderde vaart toen het verkeer minder druk werd. Drie mannen, vuil, zwart en in lompen gehuld, zaten met z'n allen op één oude fiets zonder licht. Ze reden slingerend de helling op, tegen het verkeer in. De ene zat gehurkt op het stuur, de andere op de bagagedrager, en de derde stond rechtop en trapte op de pedalen. Ze schrokken duidelijk op het moment dat de auto voorbijstoof. Toen waren ze verdwenen.

Noch Becca noch de chauffeur leek hen te zien. Bill dacht dat ze een visioen waren geweest, het gevolg van uitputting en opwinding. Een oude fiets met drie in lompen gehulde mannen die zich veel te langzaam voortbewoog op de rijstrook voor het snelverkeer en absoluut de verkeerde kant op reed.

'Papa?' Zijn dochter bewoog in haar baljurk.

Becca trok haar dichter naar zich toe. 'Mama is hier,' zei ze.

Holly zuchtte, een vierjarige bij wie het geduld begon op te raken.

Ze schopte tegen de achterkant van de passagiersstoel.

'Ik heb jullie alle twee nodig,' zei het kind.

Bill maakte de deur van het appartement open. Ze keken met open mond naar alle pracht en praal, als toeristen in hun eigen huis.

Bill dacht aan hun victoriaanse rijtjeshuis in Londen, de donkere trap, de sjofele erker en de muffe kelder met de bedompte lucht van honderd jaar. Hier was niets versleten en oud. Het was alsof ze een nieuwe eeuw binnenstapten.

Er lagen geschenken op hen te wachten. Een bos witte lelies in cellofaan. Champagne in een emmertje gesmolten ijsblokjes. De grootste fruitmand ter wereld.

Voor Bill Holden en zijn gezin – welkom in Shanghai – van al je collega's van Butterfield, Hunt & West.

Bill pakte de fles en keek naar het schildvormige etiket.

Dom Pérignon, dacht hij, Dom Pérignon in China.

Bill liep naar de deur van de ouderslaapkamer en zag dat Becca het slapende kind voorzichtig aan het uitkleden was. Ze lag zacht te snurken.

'Doornroosje,' zei hij met een glimlach.

'Ze is Belle,' verbeterde Becca. 'Van *Beauty and the Beast*. Zoiets als wij, maar dan omgekeerd.'

'Je bent te hard voor jezelf, Bec.'

Becca trok Holly haar pyjama aan. 'Ze mag vannacht bij ons slapen,' fluisterde ze. 'Voor het geval ze wakker wordt en niet weet waar ze is. '

Hij knikte en liep naar het bed om zijn dochter een nachtzoen te geven. Hij voelde een golf van tederheid toen zijn lippen over haar wang streken. Ten slotte liet hij Becca alleen en ging het appartement verkennen. Hij was doodop maar heel gelukkig. Hij deed lampen aan en uit, speelde met de afstandsbediening van de plasmatelevisie en deed kasten open en dicht. De woning was ongelofelijk groot. Hij voelde zich een bevoorrecht mens. Het chique appartement stond vol kisten die voor hen uit Londen waren verscheept, maar toch was de woning indrukwekkend. Flat 31, Block B, Paradise Mansions, Hongqiao Road, Gubei New Area, Shanghai, Volksrepubliek China. De flat was van een heel andere klasse dan de woningen die ze tot dan toe hadden gehad.

Als ze langer bleven dan het contract van twee jaar zouden ze een trapje hoger op de onroerendgoedladder gaan, zo was hem beloofd. Dan zouden ze naar een expatcomplex verhuizen, met een golfbaan, een spa en een zwembad. Maar Bill vond het hier prachtig. Wat kon er beter zijn dan dit? Hij dacht aan zijn vader en vroeg zich af wat zijn ouweheer van het appartement zou zeggen. Hij zou helemaal gek worden.

Het uitpakken van de koffers kon wachten tot de volgende morgen. Hij bracht de fles naar de keuken en zocht net zo lang tot hij twee glazen vond. Toen hij terugkwam stond Becca voor het raam. 'Kom eens kijken. Dit móét je gewoon zien,' zei ze.

Bill gaf zijn vrouw een glas en keek naar het binnenplein, tien verdiepingen beneden hen. Paradise Mansions bestond uit vier flatgebouwen die rondom een centraal gelegen binnenplein stonden. In het midden was een fontein met fonkelende lichtjes onder water.

Het plein stond vol gloednieuwe auto's met stationair draaiende motoren. BMW's, Audi's, Mercedessen, een Porsche Boxster en twee Porsches 911. Achter het stuur of leunend tegen het open portier aan de chauffeurskant bevonden zich Chinese mannen die er net iets té gesoigneerd uitzagen. Het was of ze uit een andere wereld kwamen dan de drie mannen op de fiets. De huismeester liep druk gebarend tussen de auto's door en probeerde grip op de situatie te krijgen. Niemand leek aandacht aan hem te besteden.

'Omdat het zaterdagavond is,' zei Bill, terwijl hij een slok van zijn champagne nam.

'Dat is het niet,' zei Becca. 'Proost.' Ze klonken met hun glazen en ze knikte naar het raam. 'Kijk.'

Dus keek hij. Hij zag dat jonge vrouwen uit de flatgebouwen van Paradise Mansions tevoorschijn begonnen te komen. Ze waren allemaal opgedirkt. Elk van hen voegde zich bij een van de wachtende mannen, als vrouwtjes in een documentaire over paringsrituelen van dieren in het wild. Ze kusten elkaar niet.

Een van hen trok Bills aandacht. Een lang meisje met een bloem in het haar. Een orchidee, dacht hij. Misschien een orchidee.

Ze kwam uit het flatgebouw aan de overkant en liep naar een van de Porsches. Ze keek op naar hun raam. Becca zwaaide, maar de jonge vrouw reageerde niet. Ze liet haar lange lichaam in de passagiersstoel van de Porsche glijden, worstelend met haar benen en haar rok. De man achter het stuur keek haar aan en zei iets tegen haar. Hij was een jaar of tien ouder. Het meisje trok het portier dicht, en de Porsche reed weg.

Bill en Becca keken elkaar lachend aan.

'Wat is dit voor een plek?' zei Becca hoofdschuddend. 'Is dit een... wat ís dit voor een plek?'

Bill had geen idee.

Ze dronken hun champagne op en zagen hoe de mooie meisjes van Paradise Mansions zich bij de mannen in hun fraaie auto's voegden. Toen ze hun glas hadden leeggedronken waren ze beiden uitgeput en konden ze geen woord meer uitbrengen van moeheid.

Ze namen samen een douche en zeepten elkaar in, met een tedere vertrouwdheid. Daarna gingen ze in het bed liggen, Holly tussen hen in. Ze glimlachten naar elkaar over het gezicht van het kind heen.

Hij sliep tot de dag aanbrak. Toen was hij onmiddellijk klaarwakker.

Hij telde de dingen die hem ervan weerhielden weer te gaan slapen. Zijn biologische klok stond nog op de Londense tijd. Morgenochtend om acht uur zou Tiger, de chauffeur, Bill naar het in de wijk Pudong gelegen kantoor van Butterfield, Hunt & West brengen, en dan zou hij met zijn nieuwe baan beginnen. Hij wilde dolgraag weten waar het kantoor was gevestigd en hoe hun nieuwe leven er bij daglicht uitzag. Hoe zou hij in vredesnaam kunnen slapen nu zijn hoofd zo vol was? Zo stil mogelijk stond Bill op, kleedde zich aan en glipte het appartement uit.

Het binnenplein, waar de mannen in auto's op de meisjes hadden gewacht, was leeg, op Tiger na. Hij sliep met zijn blote voeten op het dashboard van de limo, een been aan elke kant van het stuur. Hij schrok wakker toen Bill kwam aanlopen.

'Waarnaar toe, baas?' zei hij, terwijl hij zijn schoenen aantrok.

'Het is zondag,' zei Bill. 'Ben je niet vrij op zondag?'

Tiger keek eerst alsof hij hem niet begreep, en toen vroeg hij gekwetst: 'Waar gaan we naar toe, baas?'

'Ik ga lopen,' zei Bill. 'En noem me niet langer "baas"!'

De sabbat betekende misschien niets voor Tiger, maar in de straten van Gubei New Area was het bijna als op zondagochtend thuis: niemand te zien behalve een enkele jogger en een baasje dat zijn hond uitliet. Het was stil in de wijk, de luiken van de huizen waren gesloten. Het was begin juni en het begon al warm te worden.

Bill liep. Hij verlangde ernaar om wat hij als *het echte China* beschouwde te zien, het China dat niets te maken had met plasmatelevisies en Dom Pérignon. Het echte China was ergens vlakbij. Dat kon niet anders. Voor zover zijn oog reikte waren er flatgebouwen in een verbazingwekkende mengelmoes van stijlen, gescheiden door prachtig verzorgde grasvelden en reusachtige standbeelden. Er waren restaurants – hij zag Thaise en Italiaanse, maar geen Chinese – een Carrefour-supermarkt en een paar internationale scholen, inclusief de school waar Holly de volgende morgen heen zou gaan. Kleine parken. Een aantrekkelijke wijk. Gubei was groener en schoner dan het groezelige, criminele stukje Londen dat ze hadden achtergelaten. Zijn gezin kon hier wonen en leven. Zijn vrouw en zijn dochter konden hier gelukkig zijn. Hij voelde zich voldaan en opgelucht.

Hij keek op zijn horloge en concludeerde dat hij tijd had om de stad te verkennen voordat Becca en Holly wakker werden. Hij liep in de richting van de opkomende zon. Toen hij Gubei New Area achter zich liet, werd het al snel drukker op straat. Vrouwen die gekneusd fruit verkochten stonden hem vanuit schaduwrijke zijstraten aan te staren. Iemand liep tegen hem op. Een ander spuugde naar zijn voeten. Mannen in smerige werkkleren waren op een bouwterrein aan het werk. Op zondag. En in de straten waren mensen. Massa's. Plotseling waren er overal mensen.

Bill bleef staan en probeerde te bepalen waar hij was. De wegen waren breed. Het verkeer raasde voorbij, er werd hard getoeterd. Rood licht, voetgangers en de rest van het verkeer werden genegeerd. Hij zag een chic meisje met een zonnebril en opgestoken haar achter het stuur van een zilverkleurige Buick Excelle zitten. Er reden veel VW Santana-taxi's rond. Een onder de modder zittende vrachtwagen boordevol rommel en mannen. En nog meer vrachtwagens, een heleboel, met hun vreemde lading: karton, oranje verkeerskegels, varkens of nog meer auto's, zo nieuw dat ze nog glansden van de was waarmee ze in de showroom waren behandeld.

Toen de zon hoger rees en Bill oostwaarts bleef lopen, was er steeds meer lawaai op straat, waardoor zijn gevoel van verwarring toenam. Een vrouw op een scooter reed de stoep op en miste Bill op een haar na, terwijl ze als een gek toeterde. Groepen fietsers met enorme zwarte vizieren over hun gezicht passeerden hem. Plotseling was hij zich bewust van het tijdverschil, de lichthoofdigheid die op een lange vlucht volgt, het zweet van uitputting. Maar hij liep gewoon verder. Hij wilde meer over deze stad te weten komen.

Hij liep door steegjes waar magere mannen zich boven zeer oude, metalen kommen stonden te scheren, waar mollige baby's werden gevoed, en waar de rode dakpannen van de bouwvallige huizen waren overdekt met drogend wasgoed en satellietschotels. Maar ineens maakten de oude woningen met hun rode daken plaats voor nieuwe, glanzende torens en winkelcentra.

Buiten Prada probeerden mannen met een huid die donker was van de zon en het vuil, namaak Rolex-horloges aan hem te verkopen en dvd's van de nieuwe Tom Cruise-film. Jonge vrouwen beschermden zich met parasols tegen het zonlicht. Op enorme billboards maakten westerse modellen reclame voor producten die de huid lichter maakten.

En toen Bill verder liep, voelde hij iets wat hij nog nooit in zijn leven had gevoeld: het besef hoe enorm talrijk de mensheid was. Zoveel mensen, zoveel levens. Het was alsof hij voor het eerst in hun bestaan geloofde. Shanghai gaf hem geen keus.

Bill riep een taxi aan, vol verlangen om de Bund te zien, maar de chauffeur begreep geen woord van wat hij zei en zette hem af bij de rivier, blij dat hij hem kwijt was. Bill stapte vlak bij de aanlegplaats van een veerboot uit. Geen toeristische boot, maar plaatselijk openbaar vervoer.

Bill overhandigde zijn kleinste bankbiljet en kreeg er groezelig Chinees geld, renminbi ofwel RMB, voor terug. Hij sloot zich aan bij de menigte die wachtte om de rivier over te steken en probeerde uit te vissen waar de rij begon. Toen besefte hij dat die nergens begon.

En toen de veerboot zich vulde met mensen en dat door bleef gaan tot Bill aan alle kanten was ingesloten en tegen het gevoel vocht dat de veerboot overbelast was, zag hij eindelijk het echte China.

De aantallen.

Het ging allemaal om de aantallen.

Hij wist dat de aantallen de reden waren waarom hij morgenochtend met zijn nieuwe baan zou beginnen, waarom de toekomst van zijn gezin in deze stad zou worden bepaald, en waarom alle geldproblemen van het verleden spoedig voorbij zouden zijn. Ze vulden de dromen van zakenlieden van Sydney tot San Francisco – de één miljard klanten, de één miljard nieuwe kapitalisten, de markt van één miljard.

Hij spande zich tot het uiterste in om zijn armen te bewegen en keek op zijn horloge. Hij vroeg zich af of hij thuis kon zijn voordat zijn meisjes wakker werden.

De veerboot zette zich in beweging.

Die middag gedroegen ze zich als toeristen en gingen naar een bezienswaardigheid.

Ze sloten zich bij de rij aan en namen de lift naar de top van de Oriental Pearl TV Tower. Daar keken ze naar de boten op de rivier de Huangpu beneden hen. Het leek of de stad tot in het oneindige doorliep.

Aan de andere kant van de toren keken ze neer op een park dat vol bruidjes was, honderden, allemaal in het wit. Ze leken net zwanen die de vijvers omringden en confettikleurig visvoer aan koikarpers voerden.

Bill tilde zijn dochter op, zodat ze goed kon kijken.

'Morgen moet je naar de nieuwe school,' zei hij.

Holly zei niets. Ze keek met grote ogen naar al die bruiden.

'Je zult met een heleboel meisjes vriendschap sluiten,' zei Becca. Ze pakte een van Holly's enkels beet en schudde hem bemoedigend heen en weer.

Holly dacht na over Becca's woorden terwijl ze op haar onderlip beet.

'Ik zal het heel erg druk krijgen,' zei ze.

Hoewel buitenlanders inmiddels een gangbaar verschijnsel in

Shanghai vormden, waren Bill, Becca en Holly die middag de enige niet-Chinezen in de Oriental Pearl TV Tower. Mensen staarden hen aan.

Het kind en de vrouw waren zo blond, hun huid zo blank en hun ogen zo blauw. De man hield zijn kleine meisje vast. Het kind had haar armen om haar vaders nek geslagen, en de arm van de vrouw lag om de schouders van haar man.

Dat is wat aan hen opviel – de gebaren van kinderlijke genegenheid. Het gezinnetje hield elkaar vast in hun nieuwe thuis, alsof ze zonder dat fysieke contact en zonder elkaar niet konden bestaan.

Iedereen wist dat westerlingen niet op dezelfde manier van hun familie hielden als bij Chinezen het geval was. Dat gold vooral voor westerlingen in Shanghai. Maar deze man en vrouw en kind leken anders.

2

Toen ze wakker werd, was hij al weg.

Becca liet Holly doorslapen. Ze liep voorzichtig door de flat, om de stapels kisten heen. De vloer van de douche was nat, er hing de geur van aftershave, een afgekeurde das was op de rugleuning van een stoel gegooid. Ze stelde zich Bill voor terwijl hij op de eerste dag van zijn nieuwe baan achter zijn bureau zat. Hij werkte hard, met een frons op zijn ernstige gezicht. Plotseling voelde ze het oude gevoel opwellen, het gevoel van een beginnende verliefdheid.

Ze maakte een willekeurige kist open. Hij zat vol babyspullen. Een roze, hoge kinderstoel in drie delen. Een mandenwieg. Een matrasje. Dekentjes, steriliseerapparatuur en speelgoedkonijntjes. Allemaal oude spullen van Holly. Becca had ze bewaard en ze door een schip naar de andere kant van de wereld laten brengen, maar niet om sentimentele redenen. Ze had ze bewaard voor het volgende kindje. Ze waren nu zeven jaar getrouwd en Bill en zij twijfelden er niet aan dat er nog een kind zou komen.

Becca liep terug naar de slaapkamer en keek naar de slapende Holly. Toen trok ze de dekens weg en hield haar dochters voeten vast tot het kind begon te bewegen. Holly rekte zich uit, kreunde en probeerde weer te gaan slapen.

'Wakker worden!' zei Becca. Ze stond naar haar dochters zware ademhaling te luisteren, meer gepiep dan gesnurk, veroorzaakt door Holly's astma. 'Kom, liefje. Je moet naar school.'

Terwijl Holly bij haar positieven kwam, stommelde Becca rond in de vreemde, nieuwe keuken en maakte het ontbijt klaar.

Nadat Holly geeuwend was binnengekomen ging ze aan de tafel zitten.

'Ik maak me een beetje zorgen,' zei ze, haar lepel halverwege haar mond. Becca raakte Holly's gezicht aan en streek een haarlok achter haar uitstaande oortje.

'Waar maak je je zorgen om, lieverd?' vroeg Becca.

'Ik maak me een beetje zorgen om dode mensen,' zei Holly plechtig, terwijl ze haar mondhoeken liet hangen.

Becca leunde achterover. 'Dode mensen?'

Het kind knikte. 'Ik ben bang dat ze niet beter zullen worden.'

Becca zuchtte en tikte op de tafel. 'Maak je maar druk om je muesli en niet om dode mensen,' zei ze.

Na het ontbijt zette Becca het beademingstoestel klaar. Dat was een dagelijkse procedure geworden. Het apparaat had een mondstuk om het Holly gemakkelijk te maken haar medicijn in te ademen; haar ogen waren groot en blauw boven het mondstuk.

Even voor negenen liepen Becca en Holly hand in hand naar de Gubei International School. De kinderen leken uit elk land op aarde afkomstig te zijn. Er was even een lastig moment toen het tijd was om afscheid van elkaar te nemen. Holly klampte zich vast aan de riem van haar moeders spijkerbroek. Maar toen pakte een klein, mollig meisje van een jaar of vier, waarschijnlijk afkomstig uit Korea of Japan, Holly's hand en nam haar mee naar het klaslokaal, waar de Australische lerares kinderen aan het checken was. Toen was Becca degene die het moeilijk vond om afscheid te nemen.

Alle andere vrouwen gingen haastig weg. Sommigen waren gekleed voor het kantoor, anderen voor de sportschool. Maar ze gedroegen zich allemaal of ze iets heel belangrijks moesten doen. Ineens stond er een vrouw naast Becca. Ze glimlachte. Ze liep achter een wandelwagen met een stevige peuter erin. Het was de moeder van het kind dat Holly bij de hand had genomen.

'Eerste dag,' zei ze met een Amerikaans accent. 'Zwaar, hè?'

Becca knikte. 'Je kent het wel. Trillende kin. Vechten tegen de tranen. Proberen sterk te zijn.' Ze keek de vrouw aan. 'En daar ben ik nu mee bezig.'

De vrouw lachte. 'Kyoko Smith,' zei ze, terwijl ze haar hand uitstak. Becca schudde hem. Kyoko zei dat ze een niet-praktiserende advocate uit Yokohama was, getrouwd met een New Yorkse advocaat. Ze woonden al bijna twee jaar in Shanghai. Becca zei dat ze een werkloze journaliste was, en dat ze getrouwd was met Bill, die ook advocaat was. Ze waren pas twee dagen in Shanghai.

'Zullen we samen een keer koffiedrinken?' vroeg Kyoko aan Becca. 'Morgen misschien? Ik moet nou rennen!'

'O, ik ook,' zei Becca. 'Ik heb ook haast.'

'Nou, dat is Shanghai,' zei Kyoko Smith glimlachend. 'Iedereen heeft altijd haast.'

Terwijl Becca langzaam terugliep naar Paradise Mansions, belde ze Bill op zijn gsm.

'Is alles goed gegaan met haar?' Er was iemand bij hem. Daar was Becca zeker van. Net zoals ze zeker wist dat hij aan Holly op haar eerste schooldag had gedacht.

'Prima,' zei ze, veel opgewekter dan ze zich voelde.

'Maak je geen zorgen, Bec,' zei hij. Hij wist hoe moeilijk het voor haar was om hun dochter achter te laten. 'Het gezelschap van leeftijdgenootjes zal haar goeddoen. We moeten haar vroeg of laat toch een keer loslaten, is het niet?'

Er viel een stilte. Ze deed geen poging die op te vullen. Ze vocht tegen de tranen die in haar ogen sprongen, boos op zichzelf omdat ze zich een dwaze huisvrouw voelde.

'Probeer je niet te veel zorgen te maken,' zei hij. 'Tot gauw, oké?'

Becca zei nog steeds niets. Ze was aan het nadenken. Ze vroeg zich af of het al met al niet het beste voor Holly was om dicht bij haar moeder te blijven. Ten slotte zei ze: 'Veel succes daar, Bill.'

Ze had geen zin om terug te keren naar het appartement en de boel uit te pakken. Nog niet. Daarom nam ze een taxi naar Xintiandi, de nieuwe buurt waar de reisgidsen het altijd over hadden, waar ze zich op had verheugd, waar de oudste en nieuwste delen van de stad te zien waren. De flat kon wachten.

Plotseling is er in de stilte van de nacht een vleugje wind, zwak en bezwangerd met vreemde geuren van bloesem en aromatisch hout – de eerste zucht van het Oosten op mijn gezicht. Dat zal ik nooit vergeten. Het was ongrijpbaar en verslavend, als een betovering, als een gefluisterde belofte van mysterieuze verrukking.

Becca nipte van haar koffie. Ze zat op een kruk bij het raam en las in haar paperback van Joseph Conrad. Dat was wat ze in Xintiandi zocht. De eerste zucht van het Oosten op haar gezicht. In een zijstraat, ver weg van de cafés en de restaurants, vond ze de plek waarnaar ze op zoek was.

In het kleine museum aan Huangpi Lu was de Chinese Communistische Partij voor het eerst bijeengekomen. Ze kocht een toegangskaartje van 3 RMB. Het bedrag was zo klein dat ze het niet in ponden kon omrekenen. Het was heel stil in het museum. De enige andere bezoeker was een serieuze, bebrilde studente die aantekeningen maakte bij een tafereel van mensen die samenzwoeren om de buitenlanders ten val te brengen en de massa te bevrijden. Aller ogen waren gericht op het lijkbleke gezicht van de jonge Mao.

Becca liep naar een kleine televisie die een propagandafilm over het China van vóór de revolutie uitzond. De film was korrelig en oud en duurde maar een paar minuten, maar Becca keek er verbijsterd naar.

De uitgehongerde gezichten van kinderen die nu al heel lang dood waren staarden haar aan. Ze had nog nooit zoveel armoede en ellende gezien. Toen de beelden achter een waas van tranen vervaagden, moest ze haar hoofd afwenden en tegen zichzelf zeggen dat ze zich niet zo moest aanstellen, dat het alleen maar de jetlag was en Holly's eerste schooldag.

Shanghai was Becca's idee.

Bill had het ook prima gevonden om in Londen te blijven en samen een leven op te bouwen, hard te werken en hun dochter te zien opgroeien. Maar het leven in Londen had haar teleurgesteld, wat bij hem niet het geval was. Becca was klaar om iets nieuws te proberen. Ze beschouwde Shanghai als een uitweg voor hun oude leventje en hun constante geldzorgen. In Shanghai zou alles anders worden.

Ze waren op jonge leeftijd getrouwd, beiden vierentwintig jaar oud. Van hun groepje waren zij de eersten geweest die zich settelden. Ze hadden er nooit spijt van gehad.

Becca had gezien hoe hun ongetrouwde vrienden iemand aan de haak sloegen die ze kort daarvoor in een bar, een club of een sportschool hadden ontmoet, maar er ongelukkig van werden, er genoeg van kregen, werden bedrogen of op het hart getrapt. Ze was blij dat haar dat bespaard was gebleven.

Bill en Becca hadden het heel normaal gevonden om te trouwen. Ze hadden erover gesproken. Als je de juiste persoon vindt en je alle twee wilt trouwen, dan kun je toch niet te jong zijn? Al waren ze vierentwintig, ze hadden zich beiden te oud gevoeld voor de droeve dans van de sportschool, de bar en de club.

Over sommige dingen hadden ze niet hoeven praten. Ze hadden het altijd als vanzelfsprekend beschouwd dat ze beiden werkten, en dat veranderde niet toen Holly vlak na hun derde huwelijksdag werd geboren. Omdat het niet kón veranderen. Bill werkte als advocaat bij een bedrijf in de City, Becca werkte als financieel journaliste bij een krant in Canary Wharf. De hypotheek van hun kleine huis in een van de lommerrijke straten van Noord-Londen vereiste dat ze beiden geld bleven verdienen. Elke morgen bracht Bill Holly naar de crèche, en elke middag haalde Becca haar weer op.

Maar op een dag veranderde alles.

Holly was net drie geworden. Ze was nog maar een paar uur op haar crèche toen ze plotseling ademhalingsproblemen kreeg. 'Het is maar een verkoudheid,' zei een van de leidsters van het kinderdagverblijf, zelfs toen het kind begon te huilen van angst en frustratie. 'Een hevige verkoudheid, meer niet.'

Op het moment dat Becca haar kwam ophalen, was Holly er zo slecht aan toe dat ze haastig naar de EHBO-afdeling van het dichtstbijzijnde ziekenhuis moest worden gebracht. Toen Bill in het ziekenhuis arriveerde, had de arts astma vastgesteld. Daarna ging Holly niet meer naar de crèche en Becca niet meer naar haar krant.

'Geen enkele vreemde zal zo goed voor haar zorgen als ik,' zei Becca, terwijl ze haar tranen van woede terugdrong. Bill kalmeerde haar. Hij begreep het. Hij zei dat ze natuurlijk gelijk had en dat niets belangrijker was dan Holly.

Holly's astma werd onder controle gehouden door een kinderarts die in Great Ormond Street woonde. Hij schreef kauwtabletten voor, die ze best lekker vond, en het beademingstoestel. Holly was dapper en opgewekt, ze klaagde nooit. Becca en Bill probeerden niet de vraag te stellen die door elke ouder van een ziek kind werd gesteld – waarom zíj? Er waren kinderen die er veel slechter aan toe waren dan Holly. Ze zagen hen telkens wanneer ze bij de kinderarts in Great Ormond Street kwamen.

Maar als Holly 's nachts sliep, maakte ze soms een vreemd geluid achter in haar keel. Nu wisten ze dat het een symptoom van haar astma was. Bill en Becca gingen aan de slag met hun rekenmachientje, informeerden naar leningen en de mogelijkheden van een tweede hypotheek. Ze vroegen zich af hoe lang ze in hun huis konden blijven wonen.

Ze overwogen naar een goedkopere, minder goede buurt te verhuizen, een paar kilometer oostwaarts. Ze overwogen in hun wijk te blijven wonen, maar hun huis te verkopen en het een tijdje te huren. Ze overwogen naar de voorsteden te verhuizen. Alles wat ze overwogen maakte hen neerslachtig.

Het ging goed met Holly, en dat was natuurlijk het voornaamste, maar plotseling hadden ze moeite om rond te komen. Ze hielden van hun huis. Dat was een probleem. En ze hadden hun huis nodig. Dat was een ander probleem. Soms nodigden senior partners van het advocatenkantoor waar Bill werkte hen uit om in hun prachtige huis te komen dineren. Oude miljonairs met een gladde huid, en hun charmante vrouwen met haviksogen. Als je ze uitnodigde voor een tegenbezoek, wilde je dat ze naar een wijk kwamen waar ze niet met een mes werden bedreigd voor de fles Margaux die ze bij zich hadden.

'De vrouw van een van je senior partners vierde gisteravond haar vijftigste verjaardag in Sandy Lane,' zei Becca. 'Als ze bij ons op bezoek komen, kunnen we niet zes blikjes bier in een zitslaapkamer openmaken.'

'We zullen nooit blikjes bier in een zitslaapkamer hoeven open te maken,' zei Bill, enigszins verontwaardigd.

Becca sloeg haar armen om zijn nek. 'Je weet wat ik bedoel, schat,' zei ze.

Dat wist hij inderdaad.

Sommige jonge advocaten van het advocatenkantoor woonden al in grote flats of kleine huizen in Notting Hill, Kensington of Islington, financieel gesteund door verdraagzame ouders die bij elkaar bleven, of door schuldige ouders die dat niet deden. Bill en Becca moesten het alleen zien te redden. Niemand gaf hun ondersteuning.

Plotseling was er een manier om een einde aan al hun geldproblemen te maken. Je leven kan in een mum van tijd veranderen, realiseerde Becca zich. Je leeft je leven en denkt dat je weet hoe de toekomst eruitziet en dan, ineens, ziet die er heel anders uit.

Becca zat naast een man tijdens het jaarlijkse diner van Bills kantoor, en daarna was er nooit meer iets hetzelfde.

Elk jaar, in de maand januari, huurde Hunt, Butterfield & West een van die grote, zielloze zalen af in een chic hotel aan Park Lane. Personeel van alle filialen, die over de hele wereld waren verspreid, vloog dan naar Londen om de verjaardag van Robbie Burns te vieren. Vijfhonderd advocaten in avondkleding of kilt, en hun echtgenotes – of hun echtgenoten, wat minder vaak voorkwam.

Bill zat tussen de vrouwen van twee senior partners uit New York. De vrouwen kenden elkaar en zaten gezellig langs hem heen te kletsen. Becca zat aan de tafel ernaast. Ze glimlachte toen hij met zijn ogen rolde en met zijn lippen geluidloos twee woordjes vormde: *Dood me.* Ze keek op toen twee mannen naast haar kwamen zitten. Aan elke kant een. De mannen uit Shanghai.

Een van hen was een grote, blonde Australiër in een kilt

– Shane Gale, stelde hij zich voor. Hij zag eruit of hij tien, vijftien jaar geleden surfer was geweest. Hoofd Procesvoering in Shanghai, zei hij. Shane had last van de champagne die hij op de receptie had gedronken, maar aangezien hij oogcontact vermeed, vermoedde Becca dat zijn échte probleem niet te veel drank maar verlegenheid was.

De man aan haar andere zijde was een lange, magere Engelsman die Hugh Devlin heette, senior partner van het kantoor in Shanghai. Gek dat ze behalve hun naam meteen hun positie in de firma vermelden, dacht ze. Ze onderdrukte de neiging om te zeggen *Becca Holden – huisvrouw, moeder en voormalig financiële loonslaaf.*

Terwijl Shane zwijgend zijn gezicht in de bourgogne begroef en er echt dronken begon uit te zien, nam Devlin het heft in handen.

Bill zat tegenover Becca. Ze glimlachte naar hem, haar knappe jonge echtgenoot in zijn smoking. De Amerikaanse vrouwen zaten nog steeds te kletsen. Devlin glimlachte ook naar Bill. Hij had zulke positieve dingen over Bill gehoord, zei hij. Niets dan goeds. Een harde werker, zei Devlin. Heeft gedurende twee achtereenvolgende jaren meer uren gemaakt dan wie ook op het Londense kantoor. Gehecht aan zijn gezin.

'Ja,' zei Becca. 'Dat klopt.'

'Maar,' vroeg Devlin, 'waarom verspilt je man zijn tijd in Londen? Als hij echt ambitieus is, waarom probeert hij zijn geluk dan niet in de snelst groeiende economie ter wereld te beproeven? In de twintigste eeuw was dat New York, Londen in de negentiende. En nu is het Shanghai. Als je dáár succes hebt...'

Hij zag de twijfel op Becca's gezicht. Verhuizen naar de Derde Wereld? Londen was primitief genoeg voor haar. 'Ik meen het,' zei hij. 'Ik ben serieus. Lagere belasting, hoger salaris. Daar zal hij veel sneller partner worden dan hier.' Toen had hij haar aandacht. Partner, dat was waar de jonge advocaten en hun vrouwen van droomden. Om niet meer in loondienst te zijn, maar te delen in de winst van het advocatenkantoor. Als je partner was, werkte je niet langer voor de firma. Je wás de firma.

Devlin sprak over een leven van koloniale pracht en praal.

Becca had gedacht dat daar jaren geleden een einde aan was gekomen. In Shanghai zou ze een huis hebben met een dienstmeisje, een kokkin, een kindermeisje en een chauffeur – dat soort zaken waren daar allemaal goedkoop. Die waren daar normaal. Het was bijna alsof Devlin voelde wat ze verborgen hield, zelfs voor Bill – dat hun leven in Londen haar had teleurgesteld, dat ze verbitterd was over hun lot, dat haar gezinnetje zich tot het uiterste moest inspannen terwijl het zoveel meer verdiende...

Maar – het kon toch niet écht? Shanghai was toch een stad voor een ongetrouwde man, een man zonder verplichtingen aan een gezin?

'Nee, helemaal niet,' antwoordde Devlin. 'Shanghai is in feite een ideale standplaats voor een man met een gezin. Een man met stabiliteit, ambitie en dierbaren om voor te werken. In Shanghai is er te veel te beleven voor ongetrouwde mannen. Te veel vermaak. Later zullen ze allemaal experts zijn wat het vermaak van Shanghai betreft.'

Devlin was zelf ook een familieman. Hij pakte zijn portefeuille en liet Becca een foto zien van een mooie vrouw van middelbare leeftijd en drie glimlachende jongens. Devlin zei dat hij het prettig vond als zijn personeelsleden een gezin hadden. Dat betekende dat ze belang hadden bij de toekomst.

Becca wendde zich tot Shane, die met een scheve glimlach naar hen had zitten luisteren. Ze vroeg Shane of zíjn vrouw van Shanghai hield. Maar Shane zei dat hij niet getrouwd was, en toen barstten ze alle drie in lachen uit.

De doedelzakspelers kwamen de zaal binnen. Ze speelden *Flower of Scotland*. Na afloop van het diner kwam Bill naar hun tafel toe. Becca kon al bijna horen hoe Devlin Bill zou uitnodigen om samen te ontbijten en over de toekomst te praten. Typisch inleidende headhunterpraatjes.

Maar toen Bill de hand van zijn vrouw vastpakte, blij en opgelucht dat hij weer naast haar stond, verraste de man uit Shanghai hen alle twee.

'Fijn dat je getrouwd bent,' zei hij tegen Bill.

Precies om twaalf uur haalde Becca Holly op van school. Holly had tot drie uur kunnen blijven, maar Becca was bang dat haar dochter haar zou missen.

'Het is allemaal goed gegaan, ze heeft haar mama helemaal niet gemist,' zei de Australische lerares. Ze wierp Becca een pientere blik toe die zei: wie mist hier wie?

Becca en Holly liepen hand in hand door de rustige straten van Gubei naar hun appartement. Terwijl Holly met haar Disney-prinsessenfiguurtjes speelde, begon Becca de koffers uit te pakken.

'Waar was papa naar toe?' vroeg Holly.

'Waar ís papa naar toe?' zei Becca.

'Dat is nou precies wat ik vroeg,' zei Holly, verwonderd over dit verbazingwekkende toeval.

Becca maakte een koffer open. Pakken. Donkerblauwe pakken voor de prominente, jonge advocaat. 'Je vader is aan het werk, lieverd.'

Holly sloeg met het plastic hoofd van de droomprins op haar handpalm. 'Ik moet met hem praten.'

'Dat kun je later doen,' zei Becca, maar ze betwijfelde of Bill al thuis zou zijn als hun dochter naar bed ging. Ze wist dat hij zijn best zou doen. Ze wist ook dat het niet waarschijnlijk was.

Becca hield even op om thee te drinken. Ze liep naar het raam. Het binnenplein was leeg. De jonge vrouwen die ze zaterdag- avond hadden gezien waren in geen velden of wegen te bekennen.

Het was vroeg in de middag, de meisjes van Paradise Man- sions sliepen nog.

3

Het advocatenkantoor in Pudong besloeg drie verdiepingen van een wolkenkrabber die zo nieuw was dat Bill de verf nog kon ruiken. Hij zat met zijn rug naar het raam. Achter hem lag, zover het oog reikte, het financiële centrum van de stad. Er waren spitse Tolkien-torens, constructies van staal en goud en zwart glas. Een ervan was gebouwd als een pagode van honderd verdiepingen. Een andere had een scherm dat de hele zijkant van het gebouw bedekte en waarop een glimlachende schoonheid reclame maakte voor een telefoonnetwerk. De gigantische kranen die boven alles uitstaken waren de echte heersers van het landschap.

Op Bills bureau lagen keurige stapels ontwerpcontracten en er stond een foto van zijn gezin, in een zilverkleurig lijstje – Bill, Becca en Holly stonden in de branding bij een strand aan de Caribische Zee. Bill hield de tweejarige Holly op zijn arm. Becca zag er adembenemend uit in een oranje strandjurk. Alle drie lachten ze een beetje verlegen naar de vriendelijke voorbijganger die de foto nam. Ze hadden vakantie genomen voordat Becca stopte met werken en geld een probleem werd. Als Bill zijn blik tijdens zijn werkdag naar de foto liet dwalen, merkte hij altijd dat hij zat te glimlachen.

Hij bestudeerde de papieren van een nieuw bouwproject aan de rand van de stad. Het heette Green Acres. Als het af was, zou het een omheinde wijk zijn voor de nieuwe rijken van Shanghai. Butterfield, Hunt & West vertegenwoordigde de Duitse investeerders van het project, DeutscherMonde. Bill had al gemerkt dat het advocatenkantoor veel werk voor DeutscherMonde deed. Hij keek op toen Shane in de deuropening verscheen. 'Hebben die Duitsers een bedrag als bovengrens afgesproken?' vroeg Bill.

Shane schudde zijn hoofd. Bill keek – gepast – geïmponeerd. Vaak drongen cliënten er bij advocatenkantoren op aan een vast bedrag voor een transactie af te spreken, want ze wisten dat het honorarium eindeloos kon oplopen als ze per uur moesten betalen.

'Ze betalen alles wat we vragen, zonder restricties. Daarom zijn ze zo belangrijk.' De lange Australiër kwam de kamer binnen en bladerde door de papieren op Bills bureau. 'Dit wordt een fantastisch oord, maat. Honderd miljonairs op anderhalve vierkante kilometer. Tuinen gebaseerd op Versailles. Zwembaden, sauna's, allemaal gebaseerd op de zwembaden en sauna's die ze in Versailles hadden. Dag en nacht bewapende bewakers voor mensen die er nog maar net aan gewend zijn dat hun wc zich binnenshuis bevindt. Fantastisch!'

Bill leunde achterover in zijn stoel. In zijn ene hand hield hij de bouwplannen en in de andere een kaart van het gebied. Het project zou worden gebouwd op een plek waar nu alleen nog maar velden waren, en een klein dorp.

'Het lijkt me dat het op landbouwgrond zal worden gebouwd,' zei hij, terwijl hij Shane de kaart gaf.

'Dat klopt. Het dorp heet Yangdong. Het zijn generaties lang varkensboeren geweest.'

Bill bladerde door het dossier. 'En wie is de eigenaar van het land?'

Shane legde de kaart op Bills bureau. 'Het Volk,' zei hij.

Bill keek naar de kaart en vervolgens naar Shane. 'Dus de mensen van dat dorp – de boeren – zijn de eigenaren?'

'Niet de boeren,' zei Shane. 'Het Volk. In China is alle landbouwgrond collectief bezit. Elke familie in het dorp heeft een langlopend pachtcontract. Onze cliënten kopen het land van de plaatselijke autoriteiten.'

'Wat gebeurt er met de boeren?' vroeg Bill.

'Ze krijgen een schadeloosstelling,' zei Shane. 'Ze moeten afscheid nemen van hun varkens. Onze cliënten bouwen hun huizen van twee miljoen dollar voor mensen die rijk genoeg zijn om ze zich te kunnen permitteren – en daar zijn er heel veel van. Die huizen zijn allemaal verkocht vanaf de tekentafel. Over een jaar zullen er paleizen zijn waar vroeger varkensboerderijen stonden. En iedereen zal tevreden zijn.'

Een man met blond, dunner wordend haar verscheen in de deuropening. Hij was misschien tien jaar ouder dan Bill, begin veertig. Hij was Bill al opgevallen omdat hij ouder leek dan de anderen.

'Shane?' zei de man. Hij had een Noord-Engels accent. 'Mr. Devlin zoekt je.'

'Bedankt, Mitch,' zei Shane. 'Ik kom eraan, maat.' Shane deed geen poging hem aan Bill voor te stellen, dus keken de twee mannen elkaar met een scheve glimlach aan. Toen vertrok de man die Mitch was genoemd.

'Wie is dat?' zei Bill.

'Pete Mitchell,' zei Shane. 'We noemen hem Mad Mitch, Gekke Mitch.'

'Wat is er dan zo gek aan hem?' zei Bill. Hij kon zich geen kalmer, bescheidener persoon voorstellen.

Shane wierp een blik op de lege deuropening. 'Hij zit aan de verkeerde kant van de veertig en heeft het nooit tot partner geschopt. Daar word je toch gek van?'

Bill fronste zijn voorhoofd. 'Geldt hier dan niet het beleid van: hogerop-of-eruit?'

Dat hogerop-of-eruit-beleid was voor een advocatenkantoor een manier om slank en gretig te blijven, een lucratieve machine zonder overbodige ballast. Als je niet geschikt was om partner te worden, was het afgelopen met je en kon je niet tot aan je pensionering bij het kantoor blijven. Je maakte promotie of je vertrok.

'Dat geldt zeker voor de meesten,' zei Shane. 'Ik denk dat zo'n vijfentachtig procent van onze advocaten partner wordt. Degenen bij wie dat niet gebeurt, zijn als een meisje dat overschiet: de Bridget Jones-advocaten.'

Bill huiverde, alsof iemand over zijn graf had gelopen. 'Wat doet hij dan hier?' vroeg hij. 'Mad Mitch, bedoel ik.'

'Mad Mitch werkte hiervoor in het kantoor in Hongkong, maar na de overname kon hij het tempo niet aan. Jarenlang hadden de jongens in Hongkong geld als water verdiend, maar het werd een stuk moeilijker toen de Britten vertrokken. Mitch werd hierheen gestuurd toen Shanghai nog niet echt meedeed in de race.' Shane zuchtte. 'Triest, hè? In de veertig en nog steeds loonslaaf. En we kunnen niet eeuwig door blijven gaan, hè? Niet zoals wij werken. Advocatenjaren zijn net hondenjaren – ze gaan sneller dan mensenjaren.' Shane pakte de foto die op Bills bureau stond. 'Maar van jou worden er grote dingen verwacht,' zei hij, ernstig knikkend. Hij bestudeerde het gezinnetje een tijdje en zette de foto toen voorzichtig terug.

'Je bent een bofkont, Bill.'

'Ja,' zei Bill, en zette het zilveren lijstje recht. 'Dat is zo.'

De Mercedes kwam de tunnel uit en reed de Bund op.

De bekende boulevard strekte zich voor hen uit, een lange rij solide, koloniale gebouwen van marmer en graniet, de architectuur van het Keizerrijk.

'Het Westen speelt geen rol meer,' zei Devlin, terwijl ze over de Bund reden. 'De toekomst is aan de Chinezen. Ze hébben hem al.' Hij draaide zich naar Bill om. 'Geloof je dat?'

Bill haalde glimlachend zijn schouders op. Hij wilde het niet oneens zijn met zijn baas, maar hij aarzelde om de toekomst aan iemand prijs te geven. 'Ik weet het niet,' zei hij.

'Geloof het maar,' zei Devlin. 'Ze werken harder dan wij. Zij pikken voorwaarden waarvoor wij een mensenrechtenadvocaat of de politie zouden bellen. Door hen lijken wij – het Westen, de ontwikkelde wereld, alle mensen van de eenentwintigste eeuw – lui, zacht, de verwende mannen van gisteren. We hebben nog niets gezien, dat kan ik je verzekeren.'

Ze zaten met z'n vieren in de auto, Tiger achter het stuur. Hij had zijn speelgoedsoldatenuniform uitgedaan en droeg een pak. Bill zat op de achterbank, ingeklemd tussen Devlin en een advocaat die Nancy Deng heette, een van de Chinese staatsburgers die bij het advocatenkantoor werkten. Haar diplomatenkoffertje lag open op haar schoot. Ze bekeek een paar dossiers en had tot nu toe nog geen woord gezegd.

Shane zat voorin, met zijn kleine gsm in zijn grote, vlezige vuist, en sprak kalm en vloeiend Chinees. De woorden hadden niet het bulderende geluid van het Kantonees of het plattelandsaccent van het Mandarijns. Bill vermoedde dat de taal van Shanghai, het Shanghainees, zo klonk.

'Wat gebeurt er als de Chinezen alles kunnen produceren wat het Westen maakt?' zei Devlin, met een glimlach naar Bill. 'Niet alleen speelgoed, kleren en prullerige kerstversieringen, maar ook computers, auto's, telecommunicatieverbindingen – als ze dat allemaal kunnen maken voor een tiende van wat wij aan onze dikke, luie arbeidskrachten moeten betalen?'

'Wil je onze Duitsers ophalen of ze in het restaurant ontmoeten?' vroeg Shane over zijn schouder.

'We zullen ze in hun hotel oppikken,' zei Devlin. 'Ik wil niet dat onze Duitsers verdwalen.' Hij wierp weer een blik op Bill. 'De Chinezen zijn eensgezind,' zei Devlin met glinsterende ogen. 'Dat heeft niemand in de gaten. Ze zijn eendrachtig. Ze hebben allemaal dezelfde droom voor hun land. Sinds de Tweede Wereldoorlog ontbreekt het daaraan in het Westen. Daarom zullen ze winnen.'

Shane zei tegen de Duitsers dat ze elkaar over tien minuten in de hal zouden ontmoeten.

'Ik hou van Chinezen,' zei Devlin simpelweg, terwijl hij achteroverleunde. 'Ik bewonder hen. Ze geloven dat de dag van morgen een betere dag zal zijn. Als je al ergens in gelooft, dan is het nog niet zo slecht om dáárin te geloven.'

Bill keek door het raampje naar buiten en was het in stilte met hem eens.

De bedelaars zagen hen aankomen.

Aanvankelijk had Bill het idee dat elke vrouw een bovenmaatse baby in haar armen hield, alsof bedelen zonder peuter bij de plaatselijke wet verboden was. Maar toen realiseerde hij zich dat er ook oude mensen meeschuifelden in de groep, met uitgestrekte, vuile handen, en verlaten, verwilderde kinderen die wegdoken onder de vrouwen met de peuters, die ze droegen alsof ze baby's waren.

Maar Bill had geen oog gehad voor de oude mensen en de grote kinderen. Hij had alleen de peuters gezien die in de armen van hun moeder werden rondgezeuld. Ze leken allemaal slechts een beetje jonger dan Holly te zijn.

Shane vloekte. Hij had niet naar het restaurant willen lopen. Hij had tegen de twee Duitsers gezegd dat het beter was de Mercedes en een taxi te nemen, maar ze hadden voet bij stuk gehouden. Ze wilden over de Bund wandelen. Daar had je het gedonder al! De bedelaars stortten zich op hen, met hun tandeloze, vleiende glimlach, hun stinkende kleren en hun vieze lichaam, de verwarde gezichten van de kinderen in de armen van hun moeder.

Shane duwde hen weg en schreeuwde iets in het Shanghainees tegen hen, terwijl Nancy hen smeekte weg te gaan en Devlin instructies aan de duidelijk doodsbange Duitsers gaf. Alleen Bill treuzelde, geschokt door een wereld waar kinderen van Holly's leeftijd op straat liepen te bedelen.

Hij reikte naar zijn portefeuille, maar hij besefte zijn fout onmiddellijk. Hij was van plan geweest wat geld aan de vrouwen met kinderen te geven, maar er waren er zoveel, te veel, en plotseling werd hij bedolven, de muntstukken en de bankbiljetten vielen uit zijn vingers en de vrouwen met peuters werden onder de voet gelopen door de oudere kinderen. Lege handpalmen werden in Bills gezicht geduwd.

Een van de grote kinderen – een onderdeurtje met een spits gezicht, gemillimeterd haar en de ogen van een oude man – pakte Bills jasje beet en wilde het niet meer loslaten. Het kind klampte zich aan hem vast, terwijl Bill zich een weg door de menigte baande naar het gebouw waar zijn collega's en de Duitsers stonden te wachten. Een portier in uniform zorgde – met geweld – dat het kind Bills jasje losliet.

'Je moet hier goed op je poen letten, maat,' zei Shane. 'Ze rijden niet allemaal in BMW's en ze doen niet allemaal inkopen bij Cartier. Er zijn nog miljoenen van die kleine opdonders die hun gat met hun handen afvegen.'

'En dat geldt niet voor het Westen?' zei Devlin scherp. Toen glimlachte hij. 'Hier is meer sociale mobiliteit dan waar ook ter wereld.'

Bill was in verwarring, geschokt. De Duitsers staarden hem aan. Een van hen was kalend en droeg een pak. De andere zag eruit als een overjarige hippie met lang, grijs haar en een leren jack. Maar ze waren beiden erg zakelijk, ze hadden broers kunnen zijn. Ze fluisterden tegen elkaar in hun eigen taal.

Bill veegde het zweet van zijn voorhoofd. Toen ze met de lift naar het restaurant gingen, gaf Nancy hem een papieren zakdoekje om het vuil dat de jonge bedelaar op zijn jasje had achtergelaten te verwijderen. Hij bedankte haar met een gloeiend gezicht en probeerde de vlek te verwijderen. Tevergeefs.

Het was de perfecte, zwarte afdruk van een kinderhand.

Bill begreep het niet.

Hun cliënten, DeutscherMonde, investeerden miljarden in het Yangdong-project. De firma had al zo'n project gebouwd in de buitenwijken van Beijing. Maar toen de Duitsers met hun dure advocaten aan de eettafel zaten tegenover het plaatselijke bestuur van Yangdong – vijf mannen met goedkope pakken en slechte tanden, vergezeld door hun eigen advocaat, een broodmagere zestigjarige man met een dikke bos zwartgeverfd haar, en een grote, brede vent die eruitzag als een soort bodyguard – was het alsof de Duitsers de smekelingen waren, degenen die wanhopig naar de transactie verlangden, de bedelaars bij het banket.

De gangen kwamen en gingen. De Duitsers nipten van hun mineraalwater. De Chinezen rookten onafgebroken zware sigaretten en dronken niet-alcoholische drankjes. Het gesprek, gevoerd in het Engels en het Shanghainees, ging voornamelijk over de glorie van het Green Acres-project, en hoe rijk het de gemeenschap zou maken.

Het oudste bestuurslid van Yangdong sprak het minst. Bill vond dat hij er als een mini-Mao uitzag met zijn halfdichte ogen, zijn lange bovenlip en zijn kikkergezicht. Ze noemden hem Voorzitter Sun. Hij rookte voortdurend, zelfs als de eetstokjes in zijn vrije hand in een gerecht prikten. Sun maakte geen oogcontact, maar toch lukte het hem de indruk te wekken dat hij ontevreden was, over alles: het project, het voedsel, de restaurantkeuze, de aanwezigheid van zoveel vreemde duivels en misschien ook over het leven zelf.

Alleen Bill had zijn telefoon uitgezet en de lunch werd onderbroken door kleine fragmenten van bekende wijsjes. De herkenningsmelodie van *Mission Impossible*, de beginakkoorden van 'Brown Sugar', soundbites van Beethoven, Oasis en Faye Wong. Shane schoof zijn bord opzij en zette zijn laptop op tafel.

'Wat zit er in dat ding?' vroeg Bill.

'De waarheid, maat,' antwoordde Shane. 'De harde waarheid.'

Voorzitter Sun wenkte de ober en gaf hem instructies. De ober liep weg. Even later kwam hij terug met de wijnkaart. Sun koos een fles uit. Shane glimlachte innemend en mompelde in het Shanghainees zijn complimenten voor de uitstekende keuze.

Het werd stil toen ze allemaal keken naar het ritueel van de ober, die terugkeerde met de fles bourgogne en hem aan Voorzitter Sun toonde die, na een moment van grote spanning, met een knikje zijn goedkeuring gaf.

De ober ontkurkte de fles en schonk voorzichtig een beetje rode wijn in het glas van Voorzitter Sun. Suns kikkergezicht vertrok van achterdocht toen hij aan de wijn rook, hem proefde en – na wéér een gespannen moment – zijn goedkeuring knikte.

De ober vulde de helft van het glas van Voorzitter Sun met wijn. Toen schonk de Voorzitter er de inhoud van het blikje Sprite bij dat voor hem stond, nam een grote slok en zuchtte van genot.

Bill keek naar Shane, Devlin, Nancy en de twee Duitsers.

Die vertrokken geen spier.

Toen Bill op zaterdagmiddag thuiskwam, was het appartement leeg.

Hij legde de stapel dossiers die hij droeg op de tafel, trok zijn jasje uit, deed zijn das af en las het briefje dat Becca op de koelkast had geplakt. Ze was met Holly naar Fuxing Park om in de botsautootjes te rijden. Bill had beloofd met hen mee te gaan, als hij op tijd thuis zou zijn. Maar zaterdag was een werkdag bij Butterfield, Hunt & West.

Bill had de middag met Shane en Nancy doorgebracht. Ze hadden documenten doorgenomen. Het contract tussen de Duitsers en de Yangdong-autoriteiten was in het Chinees geschreven en opgesteld volgens de Chinese wet, maar de overeenkomst was zo geconstrueerd dat alle belangrijke commerciële rechten buitenlands waren, onderworpen aan de Hongkong-wet, met documenten in het Engels.

'Dat maakt het gemakkelijker om de transacties ook af te dwingen,' had Nancy uitgelegd.

'Wanneer iemand al het geld steelt,' had Shane eraan toegevoegd.

Bill pakte een fles mineraalwater uit de koelkast en liep naar het raam. Het binnenplein was leeg, op een zilveren Porsche 911 na. De wagen leek net een haai die op de bodem van de oceaan op zijn prooi wachtte. Een 911, dacht Bill, toen hij zich geeuwend op de sofa uitstrekte. Een 911 in China...

Toen hij wakker werd, hield zijn dochter haar gezicht tegen hem aangedrukt. Hij kon haar zoete adem ruiken terwijl ze lachte van verrukking. In elk vuistje hield ze een bontgekleurd plastic figuurtje. Een prins in haar ene hand en een prinses in de andere.

'Jij bent de prins,' drong Holly aan. 'Kom, pap, jij bent de prins.'

Hij sloot zijn ogen. Hij had zich nog nooit zo moe gevoeld. Toen hij ze weer opende, bood Holly hem nog steeds een van de figuurtjes aan. Hij rekte zich uit, kreunde en sloot zijn ogen weer.

'Later, lieverd,' hoorde hij Becca vanuit de keuken zeggen. 'Je papa heeft heel hard voor ons gewerkt.'

Bill was opgelucht toen hij kleine voetstappen langzaam hoorde weglopen. Op het moment dat hij zijn ogen weer opendeed, zag hij dat zijn dochter aan de andere kant van de kamer rustig in haar eentje zat te spelen, en hij vond zichzelf niet echt aardig.

'Holly?' Hij leunde op een elleboog.

'Ja?' zei ze, met die verlegen vormelijkheid die altijd zijn hart raakte en het voorgoed veroverd had.

Hij ging staan en haalde zijn vingers door zijn haren.

'Wat wil je dat ik doe?'

Holly keek naar hem op met haar volmaakte gezichtje. 'Hier, papa,' zei ze, terwijl ze met de figuurtjes in haar hand naar hem toe liep. Ze duwde een stukje plastic in zijn gezicht. Een kleine man zonder glimlach, met een gouden kroon op zijn hoofd en gekleed in een te strakke broek. 'Toe, papa – jij bent Prince Charming.'

Hij deed zijn best.

4

Hij vond het fijn om toe te kijken terwijl zijn vrouw zich aankleedde. Hij vond het vooral fijn op een moment als dit – als ze zich kleedde om uit te gaan. Overal waar ze binnenkwamen draaiden mannen en vrouwen hun hoofd om teneinde haar te bewonderen. Maar nu ze zich, half aangekleed, voor de avond klaarmaakte, was hij de enige die naar haar kon kijken.

Hij keek naar haar gezicht in de spiegel terwijl ze zich naar voren boog om haar lippen te stiften. Een blonde haarlok viel over haar voorhoofd. Hij keek naar de vertrouwde lijnen van haar lichaam, naar de speciale jurk die op het bed lag te wachten. Hij vond het prachtig. Hij kon wel eeuwig naar haar kijken.

'Naar wie zit je te kijken?' zei ze, terwijl ze in de spiegel tegen hem glimlachte.

'Naar jou.'

Ze waren in zijn kamer. Hij had nu zijn eigen kamer, de logeerkamer, zodat hij laat van zijn werk kon thuiskomen en vroeg in de morgen weer kon vertrekken zonder Becca en Holly te storen, die samen in de ouderslaapkamer sliepen. Sinds de eerste avond was dat zo gebleven.

Het was heel vervelend. Bill miste de fysieke nabijheid van Becca, hij kon haar niet meer voelen zodra hij wakker werd.

Hij kon haar niet meer midden in de nacht aanraken, hij miste het zachte geluid van haar ademhaling als ze sliep, en hij miste de warmte van haar lichaam naast hem. Maar in veel opzichten maakte het feit dat ze gescheiden sliepen dat haar fysieke aanwezigheid een traktatie was, alsof ze een soort spel speelden, intimiteit rantsoeneerden en net deden of ze vreemden waren. En misschien was dat een deel van de opwinding die hij nu voelde. Hij zag niet elke dag dat zijn vrouw zich aankleedde.

Toen ze zich had opgemaakt stond ze in haar ondergoed en op hoge hakken in de kamer. De aanblik van het litteken van de keizersnede op haar buik ontroerde hem, zoals altijd, hoewel hij niet precies wist waarom.

Hij keek toe terwijl ze haar jurk aantrok. Het labeltje aan de achterkant was te zien. Koh Samui stond erop. Hij dacht aan het boetiekje in Covent Garden, en hoe dol ze erop was geweest en dat ze daar zaterdagsmiddags veel tijd hadden doorgebracht voordat Holly was geboren. Hij trok haar ritssluiting dicht en stopte handig het labeltje terug, met de zelfverzekerdheid van de getrouwde man.

'Hoe zie ik eruit?' vroeg ze. Hij antwoordde dat ze er fantastisch uitzag. Daarna probeerde hij zijn lippen op de hare te drukken. Maar ze wendde lachend haar hoofd af om haar make-up te beschermen. Toen lachte hij ook, hoewel hij het gevoel had dat hij haar nooit mocht kussen als hij daar het meest naar verlangde.

Het was hun eerste avondje uit in Shanghai, in elk geval hun eerste avondje uit zonder Holly. Hun eerste 'volwassen avond', zo noemden ze het. Ze woonden nu drie weken in Paradise Mansions. De jetlag was verdwenen, evenals de verhuiskisten, maar ze hadden het nooit prettig gevonden om Holly alleen te laten. Dat was eigenlijk nog steeds zo, maar Bill kon niet altijd nee blijven zeggen tegen uitnodigingen om bij Hugh Devlin te komen dineren. Becca moest toegeven dat Doris, de oude Chinese ayi die haar eigen kleinzoon vrijwel had grootgebracht, op z'n minst even betrouwbaar was als de reeks Oost-Europese en Filippijnse meisjes die in Londen voor hen hadden gebabysit.

Holly sliep op haar zij en Doris zat naast het bed naar haar te kijken. De oude ayi glimlachte geruststellend toen Becca en Bill binnenslopen.

Bill keek naar het knappe gezichtje van zijn dochter. Toen dacht hij aan de kinderstoel die in een hoek van zijn slaapkamer stond, en aan het tweede kind waarover ze hadden gesproken. Ze zouden proberen nog een kind te krijgen als ze eenmaal gesetteld waren. Ze wilden beiden meer kinderen. Maar Bill hield zoveel van zijn dochter, dat hij diep van binnen het gevoel had dat hij Holly zou verraden door nog een kind te verwekken.

Hij begreep waarom mensen meer dan één kind hadden. Meestal omdat je, als je maar één kind had, er bijna te veel om gaf. Soms was je verlamd van liefde. Dat was niet goed, die voortdurende angst. Zo moest het niet zijn. Maar als je een tweede kind had, hoe kon je daar dan net zoveel tijd aan besteden als aan het eerste? Hij vond al dat hij lang niet genoeg tijd met zijn dochter doorbracht.

Als hij in zijn leven en in zijn hart en in zijn weekends ruimte moest vinden voor een tweede kind, zou dat ongetwijfeld betekenen dat er minder ruimte voor Holly was. Of werkte het zo niet? Hield je van het eerste kind op dezelfde oude manier en evenveel, maar ontdekte je een nieuwe voorraad liefde voor het tweede kind? Werd je hart steeds groter?

Ja, zo moet het zijn, dacht Bill, toen ze hun dochter bij de ayi achterlieten.

Het hart wordt groter.

Je houdt nog evenveel van het eerste kind. Het hart heeft altijd plaats voor degenen van wie het houdt.

De uitgang van het binnenplein werd geblokkeerd door een rode Mini Cooper. Op het dak was een Chinese vlag geschilderd.

Tiger drukte op de claxon terwijl George, de huismeester, opgewonden met de bestuurder van de Mini stond te praten. Een aantal vrouwen had zich rond de auto verzameld. Ze gaven de chauffeur advies. George moest zich een weg door de groep vrouwen banen. Toen hij bij de auto van Tiger was, stak hij zijn hoofd door het open raampje.

'Hallo, mevrouw. Hallo, baas,' zei hij tegen Becca en Bill, alvorens een stortvloed van Shanghainese woorden op Tiger los te laten.

'Sleutel blijft vastzitten,' vertaalde Tiger, terwijl hij Bill in zijn

achteruitkijkspiegeltje aankeek. 'Sleutel blijft in auto vastzitten.'
Becca kromp ineen toen Tiger zijn hand op de claxon legde en hem daar hield. 'Bill?' zei ze. Bill raakte Tigers schouder aan en vroeg of Tiger wilde ophouden met toeteren. Daarna stapte hij uit en liep naar de Mini. George volgde hem. De vrouwen die rondom de auto stonden, zagen hem aankomen. Toen hij zaterdagavond door het raam van zijn flat naar hen had gekeken, hadden de vrouwen net zussen geleken, maar van dichtbij was er een heel groot verschil tussen hen. Er was een vrouw van rond de vijfendertig, verreweg de oudste, die het sierlijke lichaam van een danseres had. En er was ook een veel jongere vrouw met dikke brillenglazen die zo een bibliothecaresse had kunnen spelen. Er was er een die niet erg aantrekkelijk was en een beetje te dik. Ze had zich niet opgemaakt en droeg een pak wegwerpluiers. En er was ook een vrouw in een wel heel klein minirokje die een Louis Vuitton-tas vasthield.

'Neem me niet kwalijk,' zei Bill. De groep ging zwijgend, zonder te klagen, uiteen. Bill stak zijn hoofd door het open raampje van de Mini met de Chinese vlag op het dak. Het lange meisje met de orchidee in het haar zat achter het stuur. Haar lange ledematen waren overal, terwijl ze wanhopig aan het contactsleuteltje trok.

'Goeie genade,' zei ze in het Engels, afgewisseld met een stroom Chinese woorden. 'Goeie genade.'

'Auto kapot,' zei George over Bills schouder. 'Splinternieuwe auto en kapot.'

Bill zuchtte. Hij schudde zijn hoofd terwijl hij van de versnellingsbak naar het gezicht van het meisje keek. Ze was een paar jaar jonger dan hij. Een jaar of vijfentwintig, vermoedde hij. Maar dat was hier moeilijk te zeggen. Ze kon ook veel ouder of jonger zijn.

'Je moet hem in zijn vrij zetten,' zei Bill geduldig tegen haar. 'Anders krijg je de sleutel er niet uit. Dat is expres zo gedaan, zodat de auto niet uit zichzelf wegrijdt en iemand doodrijdt.'

Ze wierp hem een boze blik toe. Er kwam een been tevoorschijn uit de split in haar lange jurk, een *qipao*, die hij toen nog

43

als een *cheongsam* beschouwde. Haar huid was bijna lelieblank. Hij dacht: waarom worden ze verondersteld geel te zijn? Waar komt die mythe vandaan? Ze is blanker dan ik. Hij had nog nooit zo'n huid gezien, blank als albast.

'Het is uw zaak niet,' zei ze. Ze keek hem kwaad aan, als de vrouw van een rijke man die een lastige winkelier op zijn plaats zette. Ze had de grootste ogen die hij ooit had gezien. 'Mijn man zal zich om het probleem bekommeren.'

Bill keek haar even verbaasd aan vanwege haar formele taalgebruik. Toen begon hij te lachen. Ze was gekleed als Suzie Wong, maar ze sprak als een lid van een plattelandsvrouwenvereniging.

'Nee, het is mijn zaak niet,' zei hij. 'Dat klopt.' Hij wendde zich tot George. 'Ze moet de auto eerst in zijn vrij zetten, voordat ze de sleutel eruit kan halen.' George keek verward. 'Zo maken ze die auto's,' legde Bill uit, nu niet meer zo geduldig.

George dacht erover na. Toen was aan zijn ronde gezicht te zien dat het hem langzaam begon te dagen.

'Aha,' zei George. 'Heel slim veiligheidsmiddel.'

'Mijn man komt zo,' zei het lange meisje, terwijl ze nog steeds met de sleutel worstelde. Ze foeterde in het Chinees en gaf met haar open handpalm een klap op het stuur. 'Goeie genade!'

Bill keek haar zwijgend aan. Na vriendelijk tegen de vrouwen te hebben geknikt, liep hij terug naar de limo. Tiger toeterde opnieuw. Bill had zich al gerealiseerd dat het willekeurige gebruik van de claxon kenmerkend voor China was. Hij fronste zijn wenkbrauwen en schudde zijn hoofd. Tiger hield op.

Bill ging naast Becca zitten. Hij kon het achterhoofd van het meisje zien, en de witte orchidee in haar haar. George boog zich naar haar toe en gaf haar nauwgezette instructies, alsof het allemaal heel gecompliceerd was. De bloem bewoog toen ze haar hoofd schudde.

'Wat is het probleem?' zei Becca.

'Hij staat niet in zijn vrij,' zei Bill tegen zijn vrouw. 'Zo kan ze geen kant op.'

Ze stonden hand in hand op het balkon van de besloten club. De stad omringde hen met al zijn geld, mysterie en trots. Het was fantastisch. Zoiets hadden ze nog nooit gezien.

Ze keken uit over de met schijnwerpers verlichte daken van de Bund en zagen de glanzende torens van Pudong achter de grote rivier, die glinsterde door de reflectie van neonlicht. Schepen voeren met brullende misthoorns door de duisternis.

Overdag was Shanghai heet, wreed en overvol, maar 's avonds vond Bill de stad altijd mooi, onmiskenbaar mooi. 's Avonds zag Shanghai eruit zoals de allereerste keer dat hij haar had gezien, toen hij van de luchthaven kwam en de brug overstak, nog versuft door de vlucht.

Hij gaf een kneepje in Becca's hand. Ze glimlachte tegen hem.

Devlin kwam het balkon oplopen. Hij ging naast hen staan, met een drankje in zijn hand, en keek hoofdschuddend naar het uitzicht.

'Er is nog nooit zo'n stad geweest,' zei hij rustig. Becca had het gevoel dat hij het net zozeer tegen zichzelf zei als tegen hen. Hij lijkt op iemand die een wereldrijk heeft gesticht, dacht ze, hij straalt die woeste passie uit. Ze kon zich hem voorstellen op een boerderij in de Ngong Hills in Afrika, of stikkend in de hitte van Satipur, of zittend in een gesloten draagstoel naar Victoria Peak. Maar er was natuurlijk geen wereldrijk meer.

'Nooit,' zei hij. 'Niet in de geschiedenis van de mensheid.' Hij keek haar glimlachend aan. Hij had heel veel charme; ze kon zijn bewondering alleen maar delen. Hij vulde zijn longen met de zware avondlucht van Shanghai. 'Ik kan je verzekeren dat toekomstige generaties ons zullen benijden omdat we hier in deze tijd wonen.'

Becca glimlachte tegen hem. Wat ze het fijnste aan Devlin vond, was dat hij met oprechte genegenheid over de Chinezen sprak. In haar jeugd hadden ze rondgezworven, haar vader was een reporter voor Reuters geweest, en tot ze ten slotte naar Engeland terugkeerden toen zij elf was, had ze haar jeugd doorgebracht op diverse standplaatsen: in Johannesburg, Frankfurt en Melbourne. Becca wist dat de standaardreactie van een expat op het land waarin hij of zij woonde gewoonlijk een soort geamuseerde minachting was. Maar zo was Devlin niet. Hij hield van de Chinezen. Hij staarde in het donker voor zich uit en zei dat China's economie al groter was dan de Britse, dat die in 2010 groter dan die van Duitsland zou zijn, en in 2020 groter dan die van Amerika. Hij leek er geen aanstoot aan te nemen, maar er ontzag voor te hebben, alsof de Chinezen dat alleen maar verdienden. Hij heeft iets wonderbaarlijks, dacht Becca. Ze had het gevoel dat hun leven steeds beter zou worden als ze maar dicht in de buurt van Hugh Devlin bleven. Hij gaf haar het gevoel dat dit een goede zet voor haar gezin was geweest en dat de komende jaren alles zouden zijn wat ze hadden gedroomd.

Er was nóg een reden waarom Becca Devlin graag mocht: hij deed niet neerbuigend tegen haar, hij behandelde haar niet zoals de senior partners in Londen haar hadden bejegend. Als een vrouw en niets anders dan een vrouw, dacht ze. Als een moeder en niets anders dan dat, alsof er vóór het moederschap niets was geweest. Een huisvrouw, hadden ze gezegd, de zwaarste baan van de hele wereld. Ze had geweten dat ze het geen moment hadden geloofd, ze had de verborgen spot gezien.

Bij Devlin had ze niet het gevoel dat ze zich hoefde te bewijzen als voormalige carrièrevrouw en financieel journaliste. Ze wist dat Devlin besefte dat de opklimmende, slimme, ambitieuze Bill Holden hier zonder haar niet zou zijn geweest.

Een slanke, blonde vrouw van een jaar of veertig waggelde het balkon op, een glas in haar ene en een sigaret in haar andere hand. Ze zag eruit alsof ze al een uur geleden op Perrier had moeten overgaan. Het was de vrouw die Becca in Londen in Devlins portefeuille had gezien. Tess Devlin stak haar hand uit. Becca schudde hem.

'Ik wil dat je man me een kind geeft voordat het te laat is,' zei ze tegen Becca.

'Uitstekend,' zei Becca. 'Mag hij eerst zijn glas leegdrinken?'

'Kom toch binnen, tortelduifjes,' zei Mrs. Devlin. Ze kuste Bill op beide wangen en pakte zijn arm vast. Daarna wierp ze een blik op haar man. 'Het is hier zo warm.'

Mrs. Devlin stond Bill toe achter te blijven en met haar man te praten, maar Becca liet ze pas los toen ze haar naar de stoel had gebracht die naast de hare stond. Er zaten twaalf personen aan de tafel, allemaal advocaten van het advocatenkantoor en een paar echtgenotes. Sommige mannen leken single, of in elk geval waren ze alleen.

Becca kon de identiteit van sommigen raden aan de hand van de verhalen die Bill thuis over zijn werk had verteld. De Aziatische vrouw die de obers in het Shanghainees instructies gaf, moest Nancy Deng zijn. De vermoeid uitziende Engelsman die alleen zat en droef voor zich uit staarde moest Mad Mitch zijn, iemand die blijkbaar niet lang meer bij de firma zou zijn. Shane was de enige die ze herkende. Hij glimlachte tegen haar en noemde haar naam. Het raakte haar dat hij nog wist hoe ze heette. Hij hield een glas Tsingtao in zijn vlezige vuist.

'Waar hebben ze jullie ondergebracht, liefje?' vroeg Mrs. Devlin, terwijl diverse talen boven de dampende kommen haaienvinnensoep zweefden.

'In Gubei New Area,' zei Becca. Ze glimlachte tegen Mad Mitch, die tegenover haar zat en per ongeluk oogcontact maakte. Hij leek verrast te zijn door dit gebaar van warmte.

'Gubei?' Mrs. Devlin glimlachte goedkeurend. Becca zag dat ze een schoonheid was geweest. Dat was ze nog steeds, als je door het harde laagje vernis, de professionele charme en de effecten van de alcohol heen keek. 'Het is daar fijn wonen, hè? Goede scholen. Na onze komst hierheen hebben we de eerste twee jaar in Gubei gewoond.' Er werd een glas voor Mrs. Devlin neergezet. Ze draaide zich boos om naar de serveerster. 'Ik zei Amaretto zonder ijs. Dit is Amaretto mét ijs. Amerikanen en Duitsers drinken Amaretto met ijs, maar ik ben geen Amerikaanse en ook geen Duitse, verdomme. Ik ben Engels. En bij ons is het niet nodig elk drankje zo vol ijs te stoppen dat we het niet kunnen proeven. Neem dit mee en breng wat ik heb besteld.' Mrs. Devlin richtte zich opnieuw tot Becca, weer een en al glimlach. 'En hoe is het? Zijn jullie al gewend?'

Becca wist even niets te zeggen. Ze keek naar de jonge serveerster, die wegliep met de afgekeurde Amaretto. Toen richtte ze haar blik weer op Tess Devlin en probeerde een antwoord te formuleren. 'Het is anders. Ik verwachtte – ik weet gewoon niet wat ik verwachtte. Tempels en theehuizen, denk ik. Conrad en Kipling. Ik had een romantisch beeld van Shanghai. Dat heb ik nog steeds. De zucht van het Oosten op mijn gezicht... Heel dwaas.'

Mrs. Devlin gaf een klopje op haar hand, alsof ze wilde zeggen dat het helemaal niet dwaas was.

'Als kind heb ik in het buitenland gewoond,' zei Becca. 'Ik hou van Londen, maar Engeland is niet echt mijn vaderland, niet zoals Bill dat voelt. Dus voel ik me niet een van die expats die proberen het thuisland te herscheppen. Ze bestellen Marmite via internet. Ze kopen de laatste comedy-dvd's en zijn bezeten van voetbaluitslagen.' Ze pakte haar grote, witte soeplepel op en keek er peinzend naar. 'We hebben een mooi appartement en een geweldige ayi, en Holly houdt van haar school.'

Mrs. Devlin schoof haar haaienvinnensoep opzij en stak een sigaret op. 'En het verdient heel goed, hè?' zei ze met een flauwe glimlach, terwijl ze een trek van haar sigaret nam. 'In Engeland betalen mensen met een hoog salaris veertig procent belasting, maar in Hongkong, waaraan wij betalen, slechts zestien procent.'

'Het salaris is inderdaad heel goed,' zei Becca. Ze wilde graag laten zien dat ze gevoelig was voor de feiten van de werkende wereld. Soms had ze het gevoel dat ze Kipling en Conrad voor zichzelf moest houden.

Ze kon deze vrouw, deze krachtige, levendige, aangeschoten vrouw niet haar echte probleem vertellen. Namelijk dat ze haar man niet meer zo vaak zag als in Londen, of niet zo vaak als ze wilde of niet zo vaak als waaraan ze behoefte had. Ze miste hem. Ze kon dat niet tegen Bill zeggen, omdat ze hem dan onder druk zou zetten, en wat kon hij er nou aan veranderen? Daarom wierp Becca, de dappere jonge vrouw, Mrs. Devlin een stralende glimlach toe. 'Het kost natuurlijk tijd om je aan te passen,' zei ze.

'Het is geen stad van gelijke kansen,' zei Mrs. Devlin peinzend. Ze nam een trek van haar Marlboro-sigaret. Terwijl ze de rook uitblies, kneep ze haar groene ogen samen. 'Het is heel anders voor mannen dan voor vrouwen. Dat zul je wel merken. Misschien héb je het al gemerkt.'

Becca dacht aan de meisjes van Paradise Mansions die naar de auto's kwamen. Ze vroeg zich af of Mrs. Devlin ze ook had gezien.

Tess Devlin boog zich voorover. Ze rook naar Amaretto, sigaretten en Giorgio Armani. 'Ik weet dat het soms moeilijk is, maar je moet het zó zien,' vervolgde ze. 'Over een paar jaar zitten jullie voorgoed op rozen.'

Er werd een glas voor Mrs. Devlin neergezet. Amaretto, geen ijs. Zonder de serveerster te bedanken – ze vindt het haar goed recht om te krijgen wat ze wil, dacht Becca – nam Mrs. Devlin het glas in de palm van haar hand, controleerde de temperatuur en wierp de serveerster een vernietigende blik toe, zo van *ja, ik ken die oude truc: je vist het ijs eruit en geeft me geen vers drankje.* Ze nam langzaam een slok – het drankje was echt vers – en keek Becca samenzweerderig aan, zo van *mij houden ze niet voor de gek.* De serveerster verdween.

'O ja, Gubei New Area is geweldig,' zei Mrs. Devlin peinzend. 'Dat goeie ouwe Gubei. Je beseft amper dat je in China bent.'

Er was iets mis met de toiletten. Bill voelde het zodra hij binnenkwam. De toiletruimte leek leeg te zijn, maar – waarom stond er een emmer met een dweil in de hoek? En wat was dat geluid? Wat was hier gaande?

Hij liep voorzichtig naar voren en richtte zijn blik op de rij wc's. En dat was ook vreemd, want de deuren stonden allemaal op een kier. Maar hij kon absoluut iemand horen. Het klonk alsof iemand een kind probeerde te baren.

Toen zag Bill hem. De oude schoonmaker zat met zijn haveloze broek en zijn vieze onderbroek om zijn enkels op de wc, met de deur open. Hij gromde en kreunde en zwoegde, alsof alle vezels in de wereld nog niet genoeg waren om zijn verstopte darmen te bevrijden.

Hij bevond zich in de achterste wc, en misschien was dat zijn enige concessie aan fatsoen. Want hij keek Bill zonder enige gêne aan.

In feite keek de man alsof Bill net uit het vliegtuig vanuit Londen was gestapt terwijl hij, de man, daar al een eeuwigheid zat.

5

Bill stond voor het raam en keek naar het binnenplein, in afwachting van de komst van Tiger. Een grote, zwarte BMW met een bejaarde man achter het stuur stond met stationair draaiende motor te wachten. Een bebrilde, jonge vrouw kwam uit het tegenoverliggende flatgebouw en liep glimlachend naar de auto en de man, die alleen maar haar vader kon zijn. Ik herken haar, dacht Bill. De bibliothecaresse. Dus we zijn niet de enigen. Er zijn hier nog meer normale mensen.

'Papa? Papa?' De stem van zijn dochter, hoog en dwingend. 'Weet jij op welke planeet we leven, papa?'

Bill had ontdckt dat de zilveren Porsche het lange meisje op woensdag- en vrijdagavond kwam ophalen, en vaak op zondagmiddag. Er waren ook sporadische doordeweekse bezoeken. Dan werd ze vroeg in de morgen weer bij Paradise Mansions afgezet of werd ze op vreemde tijdstippen opgehaald. Haar man, dacht hij. Ja, vast.

Bill vroeg zich af wat voor smoesjes de man aan zijn vrouw vertelde. Misschien wel helemaal niets. Misschien hoefde hij geen uitvluchten te verzinnen. Misschien was dat hier gewoon.

'Papa?' Holly trok aan zijn mouw. Hij keek haar glimlachend aan, terwijl hij haar gezicht aanraakte. 'Weet je op welke planeet we leven, papa?'

Ze liet hem een ingewikkeld voorwerp van draden, wol, bollen en karton zien. Doris, de ayi, stond achter haar. Ze glimlachte vol trots.

'Op school gemaakt,' zei de ayi. 'Heel knap. Geniaal.'

Bill keek naar de bungelende draden en bollen.

'Het zijn de planeten,' zei Holly.

'Heel mooi, schatje,' zei Bill. Hij keek nog aandachtiger naar het geval. Zijn dochter hield een champagnekurk in haar vingertjes. Uit de kurk kwam blauwe wol die door een papieren bord ging dat zwart was geverfd en beplakt met gouden sterretjes. Onder het bord – hij begreep nu dat het de nachtelijke hemel voorstelde, of misschien de oneindige ruimte – hing een verzameling geverfde bollen van diverse afmetingen aan de wol. Ze draaiden om een grote, oranje, kartonnen zon.

Een vingertje wees naar een gele bol waarop een paarse cirkel was geschilderd. 'Dat is Saturnus,' zei Holly zelfverzekerd. Ze raakte de kleinste bol aan. 'Pluto – het verst verwijderd van de zon.' Een grotere, rode bol. 'Mars, natuurlijk.' Ze keek haar vader aan met haar glinsterende, blauwe ogen. 'Ik wilde geel karton gebruiken voor de zon, maar... in plaats daarvan gebruikte ik oranje.'

'Oranje is beter,' zei Bill. 'Tenminste, dat is mijn mening.'

'En dit zijn wij,' zei Holly, terwijl ze een groen-blauwe bol aanraakte. 'Dit is de aarde. Dit is waar we zijn... en raad eens wat, papa.'

'Wat, lieverd?' Had híj zoveel over de planeten geweten toen hij vier was? Hij dacht van niet. In feite wist hij op zijn eenendertigste nog niet veel over planeten.

'De helderste sterren die je kunt zien zijn al dood,' zei ze zelfverzekerd. 'We zien hun beeltenis, en ze zien er prachtig uit, maar ze zijn lang geleden gestorven.'

Waren de helderste sterren al dood? Kon dat waar zijn? Hij wist niet of hij haar moest corrigeren of niet. Ze wist veel meer dan hij.

'Dat heb ik op school geleerd,' zei Holly.

De ayi nam haar mee om haar tanden te poetsen voordat ze naar school ging. Bill hoorde dat Becca in de slaapkamer met haar vader aan het telefoneren was. Hij keek op zijn horloge. In Shanghai was het vroeg in de morgen, maar in zijn vaderland was het rond middernacht.

Becca belde haar vader bijna dagelijks. Bill voelde zich even schuldig, omdat hij sinds hun aankomst in Shanghai geen telefonisch contact met zijn eigen vader had gehad.

Misschien zou ik die ouwe eens moeten bellen, dacht hij. Onmiddellijk verwierp hij het idee. Ze zouden geen onderwerp van gesprek hebben. Of ze zouden ruzie om niks krijgen en boos ophangen, en dat zou nóg erger zijn.

Het was anders geweest toen zijn moeder nog leefde. Toen waren ze een echt gezin geweest. Maar vijftien jaar geleden was daar een einde aan gekomen. Bill en zijn vader deden hun best, maar ze wisten alle twee dat het tot mislukken gedoemd was. Twee mannen konden geen gezin zijn. Er waren onvoldoende leden, er was geen spil, geen hart, en er waren te veel harde woorden. Te veel testosteron, te veel ruzies.

Ze hadden over van alles en nog wat getwist, en toen was Bill het huis uitgegaan om aan de universiteit te studeren. In de vakantie en in de weekends had hij gewerkt, omdat dat moest, het was de enige manier om te kunnen blijven studeren, en ook omdat hij niet naar huis wilde. Het was heel triest om toe te geven.

Haal die ouwe hierheen, dacht Bill toen de limo op het plein verscheen en Tiger achter de zilveren Porsche stopte. Ja, haal die ouwe hierheen voor een paar weken. Laat hem de bezienswaardigheden zien. Laat hem genieten van zijn kleindochter, van wie hij veel hield. Dat móét gewoon goed gaan.

Zijn gevoel dat er voor hem geen gezinsleven meer zou zijn, was pas veranderd toen hij zes jaar later Becca ontmoette. Becca had hem doen geloven dat hij bij een ander gezin kon horen. Hij was op het eerste gezicht verliefd op haar geworden, en het had geleken of alles opnieuw begon.

Bill draaide zich om toen Holly en de ayi terugkwamen in de kamer. Zijn dochter hield nog steeds het in elkaar geknutselde heelal vast. Hij glimlachte tegen haar en knielde om het ingewikkelde ontwerp beter te kunnen bewonderen.

Dat is liefde, dacht hij, terwijl hij beneden op het binnenplein het geluid hoorde van een Porsche 911 die wegreed.

Een kans om een nieuwe start te maken.

Vijf jaar lang, tussen hun elfde en zestiende levensjaar, waren Becca en Alice Greene hartsvriendinnen geweest.

Het was een van die dolzinnige, allesoverheersende jeugdvriendschappen, afgesloten van de buitenwereld, een tijd van gedeelde geheimen en wilde, roekeloze daden. Op een avond had Alice met een naald gaatjes in Becca's oren geprikt, nadat ze de naald boven een kaars had verwarmd. Ze hadden jarenlang over het bloedbad gelachen. Maar het was geen volmaakte vriendschap geweest, het had altijd iets onevenwichtigs gehad.

Ze waren alle twee leerlingen van een kostschool in Buckinghamshire geweest. Een somber, gotisch gebouw, omringd door dichtbeboste heuvels, als in een sprookje. Toen hun vriendschap begon, waren ze zich hetzelfde gaan kleden en hadden ze hetzelfde kapsel gehad. En ze hadden beiden gezegd dat ze journalist wilden worden als ze groot waren. Natuurlijk vonden ze het heerlijk als hun schoolvriendinnen en hun leraren zeiden dat ze net een tweeling leken. Maar dat waren ze niet.

Becca's vader verdiende een behoorlijk salaris bij Reuters, maar zonder beurs zou de school onhaalbaar voor hen zijn, terwijl de familie van Alice een aantal restaurants aan Boat Quay in Singapore had. Alice had het zorgeloze zelfvertrouwen dat je krijgt als je opgroeit met geld dat je niet hebt verdiend.

De vrijgevigheid kwam van één kant. Becca bracht schoolvakanties in Bali door, samen met Alice en haar ouders. Ze kochten van alles en nog wat in Hongkong, met dank aan de creditcard van Alice. In de lange zomervakantie maakten ze eersteklasvluchten naar Singapore. Alice noemde Singapore Singy, en voor ze twaalf jaar was, noemde Becca de stad ook Singy. Ga je mee naar Singy, Bec? Dus toen Becca ontdekte dat Alice als freelance journaliste in Shanghai werkzaam was, was dat het beste nieuws van de wereld.

Alice verscheen vlak voor Holly's bedtijd. Toen de twee vrouwen elkaar omhelsden, vielen vijftien jaar weg.

Ze deden samen Holly in bad. Het kind praatte opgewonden tegen de vreemde vrouw, die kirrend Holly's schoonheid en jeugd bewonderde. Becca kon niet anders dan zich gelukkig voelen omdat het evenwicht in hun vriendschap enigszins was hersteld. Nu had ze een kind, een man en een thuis. Ze had het gevoel dat zíj het grootste aandeel in het goede leven had, en niet Alice.

Toen Holly sliep, haalde Becca een fles witte wijn uit de koelkast en bracht hem naar de plek waar Alice voor het raam stond.

'Schrijf je niet meer?' zei Alice. Ze bedoelde er niets mee, maar toch raakte het bij Becca een snaar.

'Nee, ik zorg voornamelijk voor Holly.' Ze begon het verhaal van Holly's astma-aanval in Londen te vertellen. Alice knikte en keek bezorgd, maar Becca maakte er snel een einde aan en schonk wijn voor hen in. Het klonk als een excuus, maar dat was het niet. Het was een reden. 'Hoe dan ook, er is hier veel te doen,' zei ze. Waarom zou ze zich moeten verontschuldigen omdat ze gestopt was met werken? 'Wat heeft je naar Shanghai gebracht, Al? Ik dacht dat je in Hongkong zat of in Singy.'

Alice trok een grimas. Becca glimlachte. Voor haar geestesoog verscheen het beeld van het meisje dat Alice op haar elfde, twaalfde en dertiende was geweest. Verwend, vrijgevig, heel gemakkelijk om van te houden.

'Je weet hoe het is voor correspondenten,' zei Alice. Ze klonken en glimlachten tegen elkaar. 'Proost. We moeten het verhaal volgen.' Alice zuchtte. 'En het verhaal dat ze tegenwoordig allemaal willen, is de China-droom. Je weet het – hoe China onze wereld een nieuwe vorm geeft. Een miljard nieuwe kapitalisten. De grote goudkoorts van China.' Alice keek uit het raam. 'Zij – alle westerse kranten – willen dat je schrijft over het wonder.' Ze schudde haar hoofd. 'Maar het is niet alles goud wat er blinkt.'

'Hoe bedoel je?' Becca nam een slok wijn. Ze had een akelig voorgevoel. Ze wilde echt dat ze een gezellige avond hadden. Gewoon een beetje dronken worden, urenlang praten en voelen dat er niets was veranderd.

'De hoofdreden waarom de economie blijft groeien, is dat buitenlandse idioten hier willen investeren,' zei Alice. Becca herinnerde zich dat haar vriendin niet tegen traagheid en domheid kon. Er waren meisjes op school geweest die doodsbang voor haar waren. 'Geen enkele westerse directeur wil te boek staan als de man die China miste,' zei Alice. 'Maar hoe kan het nou een economisch wonder zijn als 500 miljoen Chinezen moeten leven van twee dollar per dag? Halverwege de eeuw zal China's economie groter zijn dan de Amerikaanse. En weet je wat? Dan zullen ze nog steeds 500 miljoen mensen hebben die van twee dollar per dag moeten leven. Het deugt allemaal niet.' Ze nam een slok. 'Lekkere wijn,' zei ze.

'Maar veel mensen laten de armoede achter zich, is het niet?' zei Becca zacht. 'Dat zegt Bills baas altijd.'

'Sommigen, ja,' gaf Alice toe. 'Een paar miljoen of zo. Maar de Chinezen verdienen een duurzame welvaart: schoon water, geen lege wolkenkrabbers; gerechtigheid, geen smeergeld; nieuws dat niet gecensureerd is, geen breedbandporno. Ze hebben scholing nodig, democratie, vrije pers – geen propaganda, Prada-tassen en verkeersopstoppingen, veroorzaakt door plaatselijk geproduceerde Audi's.'

'Ik had gedacht dat Shanghai meer een stad als Hongkong zou zijn,' gaf Becca toe. 'Of Hongkong zoals wij het kenden. Je weet wel, dagtrips naar de eilanden, weekends op iemands jonk, zondagse lunch in Aberdeen.'

Alice lachte. 'Je laat het idyllisch klinken.'

'Dat was het toch ook?'

'Maar het ís geen Hongkong,' zei Alice, terwijl haar glimlach verdween. 'Shanghai is altijd van China geweest. Vergeet al die onzin over Parijs-van-het-Oosten maar. De Engelsen hebben zich Shanghai nooit zo eigen gemaakt als bij Hongkong het geval is geweest.'

'Hoe dan ook,' zei Becca. Ze had het gevoel dat ze te sentimenteel was geweest en te veel had onthuld. Alice zou wel denken dat ze een trieste, oude huisvrouw was die droomde van betere tijden. 'Ik ben er zeker van dat we het zullen redden. Nog een wijntje?' vroeg ze aan haar oude vriendin.

Ze keken beiden naar het plein beneden. Glanzende auto's stonden te wachten, klaar om te vertrekken. Het was niet zo druk als in het weekend, maar er was een constante stroom jonge vrouwen die naast oudere mannen in splinternieuwe auto's gingen zitten.

'Het is heel opwindend,' zei Becca opgewekt. Ze wilde dat de stemming luchtiger werd. Ze was zo blij dat ze haar vriendin zag. Ze wilde dat ze het echt fijn hadden met elkaar, zoals vroeger. 'Ik denk dat we een soort hoerenkast hebben betrokken.'

'Geen hoerenkast.' Alice glimlachte. Becca zag dat ze blij was met de kans om te pronken met haar kennis van de stad, om de touwtjes in handen te hebben. 'Becca, Paradise Mansions is een *niaolong* – een vogelkooi. Daar zijn er veel van in Gubei. Misschien zijn er nog meer in Hongqiao. De meisjes worden *jinseniao* genoemd – kanaries.'

Becca's blauwe ogen gingen wijd open. 'Is het dan waar? Zijn die meisjes allemaal… prostituees?'

Alice schudde heftig haar hoofd.

'Nee – ze slapen maar met één man. Het is allemaal deugdzaam, op een vreemde manier.'

Becca keek naar het binnenplein.

'Ik snap het,' zei ze. 'Ze zijn allemaal minnares van een rijke man.'

'Niet echt,' zei Alice. 'Tweede vrouw komt er dichterbij. Ik heb er een artikel over geschreven. Die vrouwen worden verliefd. Krijgen kinderen. Wassen veel, als de man afkomstig is uit een andere stad. Het is geen aantrekkelijk beroep, Bec. Ze leiden een normaal, huiselijk leven, en wachten tot de man vrouw nummer één dumpt. Wat hij vrijwel nooit doet. Maar ik neem aan dat het wel eens is gebeurd. Het kan een nogal chaotisch bestaan zijn. Je status kan plotseling veranderen. De man raakt verveeld. Of zijn vrouw komt erachter. Of de kanarie wordt betrapt op vreemdgaan. Of de man slikt te veel Viagra en sterft tijdens het liefdesspel.'

Becca stikte bijna in haar chablis.

'Lach niet, harteloos mens!' zei Alice. 'Deze vrouwen zijn de moderne concubines. De man komt vaak uit een andere stad – Hongkong, Singy, Taiwan. Veel overzeese Chinezen. Ze zetten de vrouw in een flat en logeren daar als ze in Shanghai zijn. Veel Taiwanezen. De meisjes noemen hen *Taibazi*, wat zo ongeveer betekent: Taiwanese pummels uit de Taiwanese rimboe. Ze geven af op Taiwanezen, maar de meeste meisjes geven de voorkeur aan mannen die niet in Shanghai wonen.'

'Hoezo?'

'Omdat die de nacht bij hen doorbrengen,' zei Alice, met een blik op het binnenplein. 'Dan voelen ze zich meer een echte echtgenote, denk ik.' Ze glimlachte tegen haar oude vriendin.

'Vertel eens, Bec. Hoe voelt een echte echtgenote zich?'

Becca glimlachte alleen maar.

Alice gebaarde met haar glas naar het binnenplein. 'De meeste van die mannen zien eruit als echte Shanghainezen. Niemand in Taiwan of Hongkong kleedt zich zo slecht als zij. Maar ja, de man wordt de kwelling bespaard om gezelschap in de bars te zoeken, en de vrouw, die steevast is opgegroeid in onvoorstelbare armoede, krijgt bescherming. Voor haarzelf en haar familie. In elk geval voor zolang als het duurt, wat jaren kan zijn.'

'Een verstandshuwelijk,' zei Becca.

'Meer een zinvolle relatie tussen seks en economie,' zei Alice.

'Ik denk dat dat overal plaatsvindt,' zei Becca. Ze probeerde mondain te klinken en niet verschrikt te kijken. Op de een of andere manier zou prostitutie gemakkelijker te begrijpen zijn geweest.

'In een normale baan verdienen deze vrouwen een paar duizend RMB per maand, als ze geluk hebben,' zei Alice. 'Of ze kunnen buren zijn van jou en Bill, en gebruiken wat ze hebben om te krijgen wat ze willen. Heel pragmatisch. Heel Chinees. En deze stad stikt ervan.'

Tussen de grotere auto's stond de rode Mini Cooper. Natuurlijk, dacht Becca. Het lange meisje zat natuurlijk weer vast, de auto stond niet in zijn vrij.

'Er is hier geld, dat is waar,' zei Alice. 'Maar Shanghai is een lachspiegel. Ga naar het platteland. De helft van de kinderen daar heeft nog nooit de binnenkant van een school gezien.'

Uit de babyfoon kwam gehuil. Becca liet Alice voor het raam

staan peinzen. Misschien deed zij, Becca, te veel haar best om hun oude vriendschap te laten herleven. Misschien zou ik een beetje meer van mijn eigen gezelschap moeten genieten, dacht Becca, terwijl ze de half slapende Holly in haar armen nam, en van het gezelschap van mijn kind in de uren tussen school en bed, en van het gezelschap van mijn man op zondag en soms een deel van de zaterdag. Getrouwde mensen horen niet zo'n dringende behoefte aan vrienden te hebben.

Toen Holly weer in bed lag, liep Becca terug naar de zitkamer. Ze trof Alice glimlachend aan, alsof haar net iets grappigs te binnen was geschoten.

'Hé Bec,' zei ze, 'weet je nog dat ik gaatjes maakte in je oren?'

Ze konden hun vak niet uitoefenen in China.

Dat was de grap die in Shanghai over westerse advocaten werd gemaakt. Shane zei dat graag wanneer het tegen middernacht liep, de lichten in Pudong uitgingen en ze een slok van hun koude koffie namen, gezeten achter een bureau dat nog steeds bezaaid was met papieren.

Er stond *Buitenlandse advocaat* op hun visitekaartje, omdat de positie van advocaat voor buitenlanders anders was. Als je een buitenlandse advocaat was die voor een buitenlandse firma in Shanghai werkte, mocht je alleen als vertegenwoordiger van dat bedrijf optreden. Zelfs een Chinese advocate als Nancy Deng kon bij een buitenlands bedrijf niet het recht van de Volksrepubliek China beoefenen. Ze werd bestempeld als een nietpraktiserend advocate van de Volksrepubliek China. Butterfield, Hunt & West moesten al hun Chinese contracten door een bereidwillige, plaatselijke advocaat laten goedkeuren.

Maar al waren ze in de ogen van de Volksrepubliek China dan geen echte advocaten, de eindeloze bureaucratie van het zaken doen in China hield Bill de meeste avonden op kantoor, tot hij te moe was om goed te kunnen kijken en te vol cafeïne zat om aan slaap te denken.

'Voor juristen die geen zaken mogen doen,' zei Shane, 'hebben we het behoorlijk druk.' Hij gaapte, rekte zich uit en ging op

Bills bureau zitten, boven op een stapel dossiers. 'Genoeg voor één avond, maat. Meer dan genoeg. Laten we een biertje gaan drinken.'

Een biertje, dat klonk goed. Bill wist dat Becca en Holly al uren in bed lagen. Nu hij in de logeerkamer sliep om hen niet te storen als hij laat thuiskwam en als hij vroeg moest gaan werken, maakte het in feite niet uit wanneer hij thuiskwam. Een beetje ontspanning was precies wat hij nodig had.

'Ik zal je vertellen hoe het hier gaat,' schreeuwde Shane boven een lied uit dat Bill niet kende. Iets over dingen gecompliceerder maken. 'Ik zal je vertellen over wat we de Kai Tak-regels noemen, oké?'

'De wát?'

'De *Kai Tak*-regels. Let goed op. De Kai Tak-regels zijn heel belangrijk.'

Ze bevonden zich in een bar die Suzy Too heette. 'Iedereen gaat naar Suzy Too,' zei Shane. Het was er ongelofelijk lawaaierig, rokerig en bomvol. In een hoek was een dansvloer, maar er werd overal gedanst, ook op de toog.

Er waren jonge Chinese mannen met geblondeerd haar, westerse vrouwen in spijkerbroek en T-shirt, westerse mannen in een fleurig poloshirt of in een pak zonder das, en Chinese vrouwen in een kort rokje, of in *qipao*, of in een spijkerbroek met het woord 'Juicy' op de achterzak. Er waren er veel.

Een vrouw trok aan Bills mouw. Ze zag er hongerig uit. Ze toetste een paar cijfers in op haar mobiele telefoon en liet het hem zien. Er stond: 1000.

'Duizend RMB,' zei Shane, terwijl hij Bills andere mouw beetpakte. 'Dat is ongeveer zeventig pond.'

'Achthonderd is oké,' zei de vrouw. Ze knipperde met de ogen, die rood waren door rook en vermoeidheid.

Bill keek naar de telefoon. Hij probeerde het te begrijpen.

'Zoek je een vaste vriendin?' vroeg ze aan hem.

Bill had zijn gezicht dicht bij het hare gebracht om te horen wat ze zei. Nu deinsde hij terug. 'Ik ben getrouwd.'

De vrouw ging daar niet op in. 'Ja, maar zoek je een vaste vriendin?'

'Nee, dank je,' zei Bill. Hij was zich ervan bewust dat hij preuts klonk.

Shane stopte een koud flesje Tsingtao in zijn hand.

'Ken je Kai Tak?' zei de Australiër. 'Nee? Kai Tak was het oude vliegveld van Hongkong. Aan de kant van Kowloon. Je vrouw zei dat ze als kind de Big Noodle had bezocht. Ze kon het zich nog herinneren. Vóór jouw tijd, maat.' Shanes vrije hand, de hand die geen Tsingtao vasthield, deed een vliegtuig na dat een slechte landing maakte. 'Als je tussen die flats door vloog en de was hing op het balkon, gebeurde het vaak dat iemands broek om je nek hing. Soms ook die van jezelf. En daar gaat het om.' Met een knipoog tikte hij met zijn flesje tegen dat van Bill en zei: 'Proost.'

De vrouw met de mobiele telefoon zei iets in het Chinees, terwijl ze een arm om Bills schouders sloeg, meer een daad van vermoeidheid dan van begeerte.

'Je bent mooi,' zei Shane tegen Bill.

'Wie zegt dat?' vroeg Bill. 'Jij of zij?'

'Zij,' antwoordde Shane. 'Wat mij betreft, ík vind je gewoon schattig.'

De vrouw wendde zich tot Bill en zei iets, met samengeknepen ogen.

'Ze houdt van je,' zei Shane.

Bill staarde haar aan. 'Maar we zien elkaar voor het eerst!'

'Maakt niet uit,' zei de vrouw in het Engels. Ze leunde tegen hem aan. 'Ik heb financiële problemen.'

Shane lachte en zei iets in het Shanghainees tegen de vrouw. Ze draaide zich schouderophalend om en vertrok. Toen keek hij snel naar Bill. 'Je wilde haar toch niet, hè?'

Bill staarde hem aan. Het lukte hem om zijn hoofd te schudden. Shane boog zich naar hem toe. Dit was belangrijk. Dit was cruciaal.

'Kai Tak-regels betekent dat we nooit praten over wat er gebeurt als we op avontuur zijn, goed?' vervolgde hij. 'Kai Tak-regels betekent *omertá*, geheimhouding. Mondje dicht!' Shane tikte zacht tegen Bills hart. 'Kai Tak-regels betekent: je kop houden. Je praat er niet over met je vrouw, noch met je vriendin noch met de getrouwde idioten op kantoor. Wát we ook uitspoken, je bekent het niet aan Devlin, je schept er niet over op bij Mad Mitch. Het is de eerste regel van Fight Club. Je praat niet over Fight Club, ja? Wát er ook gebeurt, het blijft onder ons.'

'Ik heb geen flauw idee waar je het over hebt,' zei Bill. Maar ergens wist hij het wél. Hij had al een vaag vermoeden. Het was hier anders.

Op de dansvloer heerste opschudding. Er waren bankbiljetten uit de lucht komen vallen. Toen Bill en Shane opkeken, zagen ze een van hun Duitse cliënten – niet de oude rocker, de overjarige hippie, maar de andere, Jurgen, de man met het conservatieve uiterlijk. Met een dwaze grijns op zijn gezicht stond hij naast de deejay. Hij gooide met beide handen zijn geld in het rond. Hij maakte een pauselijk gebaar, telkens wanneer hij een handvol RMB's losliet, alsof hij de menigte zegende.

'Dit zal in tranen eindigen,' voorspelde Shane, toen de dansparen met elkaar vochten om het geld in handen te krijgen, dat langzaam naar de dansvloer zweefde voordat het werd beetgepakt door langbenige Chinese meisjes, gekleed in een *qipao*, en zwetende, westerse zakenlieden.

Twee vrouwen sloegen hun armen om Bills middel, lachend en zuchtend en grijnzend, alsof ze hem ten onrechte hadden aangezien voor Brad Pitt op een vrije avond. Shane maakte een gebaar en toen vertrokken ze. Ze deden precies hetzelfde bij een kleine, kale Fransman, die aan de bar zat. Hij was ongeveer vijfenzestig, en ze deden of ze hem ten onrechte hadden aangezien voor George Clooney. Bill keek ontzet en verbijsterd.

'Gaat het elke avond zo?'

Shane knikte. 'Sommigen zeggen dat het feit dat men in Shanghai tot diep in de nacht doorgaat laat zien hoe weinig mensen in deze stad 's morgens serieuze verplichtingen hebben,' zei hij. Hij nam een grote slok Tsingtao. 'Misschien hebben ze gelijk.'

Een vrouw met wilde ogen en een Louis Vuitton-handtas danste op een tafel. Ze bewoog langzaam haar smalle heupen, terwijl ze in een spiegel aan de muur keek en helemaal in zichzelf opging. Een andere vrouw, met een gespierd, sterk lijf, geen grammetje vet, stond op de grond en voegde zich lachend bij een groepje zakenlieden die op een dertig jaar oude rocksong dansten.

Bill was er zeker van dat hij hen alle twee bij Paradise Mansions had gezien, te midden van de vrouwen die om de rode Mini heen stonden toen die het niet deed. En nu hij erover nadacht, de vrouw met de mobiele telefoon kwam hem ook bekend voor. Maar het was moeilijk te zeggen wie klanten lokte om handel mee te drijven en wie gewoon een avondje uit was.

'Zijn deze vrouwen allemaal prostituees?' vroeg Bill.

Shane dacht even na. 'Het is prostitutie op de Chinese manier,' zei hij. Hij keek naar Jurgen, de Duitser. Het geld was op, maar Jurgen stond daar nog steeds met die dwaze grijns op zijn gezicht, alsof hij een punt had gemaakt. Daar gaat Jurgens winstmarge van het laatste fiscale kwartaal,' zei Shane. 'Malloot.' Hij knikte tegen de lachende meisjes aan de bar. Ze streelden al kwebbelend het hoofd van de Fransman. 'Ik ken die twee. Het zijn leraressen. Wiskunde en Chinees. Ze verdienen alleen maar een beetje bij voor hun designhandtassen en hun mooie kleren. Prostituees? Dat is een beetje lomp, maat. Dat is een beetje grof. Sommige van hen zijn hier alleen maar om de hele avond te dansen. Ze zijn net zo onschuldig als jij en ik. Nou – als jíj. De meisjes van Paradise Mansions "bewaren" zichzelf voor de juiste man – ook al is hij met een andere vrouw getrouwd. Dat is de theorie – in Paradise Mansions wonen allemaal goede "tweede vrouwtjes", die natuurlijk veel nachten alleen zijn. De andere meisjes willen alleen proeven van het economische wonder dat ze op de televisie hebben gezien, en dat kan niet met het schamele loon van een lerares.' Hij dronk peinzend zijn Tsingtao op.

'En de autoriteiten zien dit alles zeker door de vingers, hè?' zei Bill. Hij wist dat hij preuts klonk. Hij wist dat de toon helemaal verkeerd was. Hij was op Shane gesteld. Hij wilde alles begrijpen. Maar de wereld stond op zijn kop. Hier was commerciële seks niet moreel laakbaar. Het was een carrièremogelijkheid, of een parttime baan of iets wat een lerares deed als ze eigenlijk repetities van haar leerlingen hoorde na te kijken en cijfers te geven.

'Helemaal niet,' zei Shane. 'Als ze het horen, zijn de autoriteiten geschokt – geschokt! Twee jaar geleden waren we allemaal in Julu Lu. Vorig jaar waren we allemaal in Maoming Nan Lu. Nu zijn we in – waar zijn we nu? O, ja – Tong Ren Lu. Volgend jaar zullen we ergens anders zijn. Af en toe worden de autoriteiten lastig en jagen ze ons weg, een straat verderop. Dat is China.'

Een broodmagere vrouw van rond de vijfendertig danste in haar eentje tussen Bill en Shane in, haar armen boven haar hoofd, een brede glimlach op haar gezicht. Ze was tien jaar ouder dan de meeste vrouwen die aanwezig waren, maar ze was beter in vorm.

Zíj zag eruit als een danseres. Ze was een schoonheid, dat kon Bill zien, maar de schoonheid was door tijd en teleurstelling afgenomen. Je zou er geen bezwaar tegen hebben om oud te worden met een vrouw die er zo uitzag, als je vroeg genoeg kennis met haar had gemaakt. Want onwillekeurig dacht hij dat een man of meerdere mannen vroeger het beste van haar hadden gehad. Het was vreselijk om zoiets van iemand te denken, maar hij kon er niets aan doen. Ze glimlachte tegen hem.

'Deze danst niet,' zei Shane tegen haar. 'Vraag het alsjeblieft niet, want weigering kan aanstoot geven.'

'Ik geef les,' zei ze. Ze had een onwaarschijnlijk Frans accent. Ze sprak Engels met een Frans accent. Hoe was ze daaraan gekomen? Shane zei iets in het Chinees. Ze haalde haar schouders op en danste weg, terwijl ze naar Bill wuifde. Hij keek haar na, met een gevoel van spijt. Shane lachte.

'Vergeet haar,' zei hij. 'Ze zijn er in alle soorten en maten, maat. Zij is gewoon een danspartner die je kunt inhuren en die de hele avond zal dansen, maar dat is dan ook alles. Ze danst met mannen voor geld en dan gaat ze alleen terug naar haar huis in Paradise Mansions. Een gehuurde danspartner in de eenentwintigste eeuw! Raar maar waar. En verder zijn er de amateurs.' Hij wees met zijn lege bierflesje naar de leraressen. 'Shanghai is een complete chaos. Het is niet zoals in andere delen van Azië. Niet zoals in Manilla. Niet zoals in Bangkok. Niet zoals in Tokio. De vrouwen hier werken niet voor de bar. Het zijn klanten, zoals jij en ik. Ze werken voor zichzelf. Zoals de grote Deng Xiaoping zei: "Rijk worden is prachtig." Maar denk niet dat ze promiscue zijn. Dat is het niet. Ze zijn alleen maar praktisch. Deze stad is te hard om niet praktisch te zijn. Dat wil zeggen, hard voor hén, niet hard voor mensen als wij. China is geen slechte standplaats voor jou en mij, maat. Luister niet naar wat die klagende expats tegen je zeggen – voornamelijk Engelsen trouwens. Dat is niet beledigend bedoeld.'

'Dat vat ik ook niet zo op,' zei Bill, terwijl hij een slok van zijn bier nam. Misschien moest hij weggaan. Misschien had hij meteen naar huis moeten gaan. Zijn kleren zouden naar rook gaan stinken.

'Het is gemakkelijk om in China te wonen, omdat alles een duidelijke financiële basis heeft,' zei Shane. 'Het is alleen gecompliceerd als je ervoor kiest het ingewikkeld te maken.'

Ineens was de vrouw met de mobiele telefoon terug. Ze trok aan Bills mouw en gaf hem een zacht duwtje. Toen hij zich naar haar omdraaide zag hij voor het eerst dat typisch Shanghainese gebaar – de duim en de wijsvinger werden tegen elkaar aan gewreven, gevolgd door het openen van de handpalm.

Geef me geld, meneer.

Hij zou dat gebaar duizend keer zien voordat hij deze stad verliet. Ze hadden weliswaar 4000 jaar beschaving achter zich, maar ze waren niet zo dol op *alstublieft* en *dank u wel*.

In haar vrije hand hield de vrouw een foto van een jongetje met een ernstig gezicht. Hij was ongeveer even oud als Holly.

Bill haalde zijn portefeuille tevoorschijn en gaf haar een briefje van vijftig RMB. Ze keek er even naar, snoof afkeurend en vertrok.

'Ze nemen geen vijftigjes aan,' zei Shane lachend. Hij legde een arm om Bill heen. 'Je betaalt minimaal honderd RMB, ook al ben je alleen maar aardig.'

'Hoe is het mogelijk dat je minimaal honderd moet betalen om gewoon aardig te zijn?'

'Omdat hun motto is: heb je niets groters?' Shane gaf Bill een klap op zijn schouder. Hij was blij met Bills gezelschap. Bill had het idee dat zijn collega eenzaam was, ook al woonde hij op een fraaie heuvel. 'Je zult ermee vertrouwd raken,' zei Shane. 'En dan zul je merken dat je heel dicht bij de hemel bent.'

'Ja,' zei Bill somber. 'Armoede is een geweldig middel om de geslachtsdrift te prikkelen.' Hij keek hoe de vrouw met de zoon en de mobiele telefoon door een groep jonge toeristen werd genegeerd.

'Dat klopt,' beaamde Shane. 'En vergeet het niet – Kai Tak-regels.'

'Maak je maar geen zorgen over mij,' zei Bill, plotseling geïrriteerd door de arrogantie en alle onverdiende intimiteit van de grote Australiër. 'Ik kan heel goed mijn mond houden. Maar thuis heb ik een vrouw en een kind.'

Shane fronste zijn voorhoofd, oprecht verbaasd. 'Wat heeft dat er nou mee te maken?'

Bill keek naar de magere danseres. Ze zwaaide naar hem. Ze is te oud om hier te zijn, dacht hij. Maar ja, alle aanwezigen hadden de verkeerde leeftijd. Te jong, te oud. Hij wendde zijn blik af. 'Ik ben niet van plan om vreemd te gaan,' zei hij. Het kon hem niet schelen hoe hij klonk.

Maar Shane bestudeerde de gouden gloed van zijn Tsingtao en zei niets.

En toen kwam Jurgen naar hen toe en vroeg om geld voor een taxi, omdat hij al zijn cash geld had weggegooid, de stommerik. Bill keek op zijn horloge en Shane zei: 'Nog één rondje, Bill, kom op, jij bent anders dan de rest van die ellendige Engelsen.' Bill stemde in. Hij was niet als die anderen, die verwende rijkeluiszoontjes. En toen was het plotseling drie uur in de nacht en zouden ze nog één borrel nemen, absoluut het laatste slaapmutsje. 'Je moet gewoon een slaapmutsje nemen, maat.' Shane kende een kroeg waar een Filippijnse band liedjes van Pink en Avril La-vigne speelde. Een ander meisje toonde Bill een foto van haar dochter. Bill haalde zijn portefeuille tevoorschijn om haar een foto van Holly te laten zien. Daarna gaf hij haar een biljet van 100 RMB, en nog een en nog een. Hij wenste haar succes en zei dat ze een fantastische moeder was. Shane zong met zijn zware stem mee met *Complicated*. Toen hij zich ergens anders met Bill in een smalle, roodleren box had gewurmd, zei hij: 'Er zijn zo-veel vrouwen in de wereld, Bill – hoe kun je daar nou die ene speciale uit kiezen, hoe kun je dat nou zeker weten?' Kort daar-na verschenen de twee leraressen, stomdronken. Ze riepen luid om mojito's. Ten slotte strompelden ze weg, de nacht in of wat daar nog van over was, met Shane tussen hen in. Ze lachten alle-maal, alsof het iets heel onschuldigs was.

Bill was helemaal alleen in de met bomen omzoomde straten van de Franse Wijk. Hij liep in het zachte, troebele licht dat in Shanghai aan het ochtendgloren voorafgaat. Hij kon geen taxi vinden in de stad waarvan ze zeggen dat er altijd een te vinden is. Een straatventer ging aan het werk. Hij stalde zijn armzalige verzameling sigaretten uit op het trottoir. Ineens zag Bill een ho-telletje waar een taxi voor de deur stond. De chauffeur zat ach-ter het stuur te slapen.

Bill stopte even om een takelwagen te laten passeren. Achter-op zag hij een rode Mini Cooper. De voorkant was helemaal in elkaar gedrukt en er stroomde olie uit de motor. De voorruit was verbrijzeld. De voorwielen waren stroken gemangeld me-taal en rubber. Maar hij kon duidelijk het onbeschadigde dak met de erop geschilderde vlag van de Volksrepubliek China zien. Het rood en geel glinsterde in het licht van de nieuwe dag.

6

Meestal nam hij niet de moeite om te lunchen.

Alleen als hij cliënten op een etentje moest onthalen. Verder was het niet echt nodig om zijn werkkamer te verlaten. Er was een oude ayi die een karretje door het kantoor reed, het Shanghainese equivalent van een koffiedame. Ze verkocht broodjes, noedels, koffie en groene thee. Maar Bill vond het fijn om het gebouw midden op de dag te verlaten, al was het maar voor een kwartier. Dan kon hij zijn benen strekken en een frisse neus halen.

Vlak bij hun gebouw was een cafetaria. Toen hij er om twaalf uur heen liep, genietend van de buitenlucht en de geur van de rivier, greep een hand plotseling zijn das vast.

'Ga je lunchen?' zei Becca, terwijl ze hem in een deuropening trok. Ze drukte haar lippen tegen zijn gezicht, een roekeloos gerichte kus die hij op zijn mond en wang voelde.

'Lunch?' zei hij, alsof hij nog nooit van zoiets had gehoord. Ze kuste hem opnieuw, deze keer vol op de mond. 'Ik wilde een broodje halen.'

'O,' ze drukte zich lachend tegen hem aan. Toen ze zijn onmiddellijke reactie voelde, genoot ze. 'Dat lijkt me niks voor een opgroeiende jongen als jij. Ik zal je vertellen wat er vandaag in de aanbieding is.'

Ze trok hem verder de deuropening in, begroef haar vingers in zijn haar en kuste hem intenser. Het was koel en donker. Hij keek om zich heen en was zich er vaag van bewust dat ze in de ingang stonden van een gebouw dat werd afgebroken om plaats te maken voor meer kantoorruimte. Mannen in witte hemden en donkere dassen passeerden hen met hun diplomatenkoffertjes en hun koffiekopjes. Af en toe wierpen ze Bill en Becca een blik toe. Bill draaide haar om, zodat zij tegen de muur gedrukt en hij met zijn rug naar de straat stond.

'Je bent gek,' zei hij, terwijl hij naar haar gezicht keek, heel dichtbij, zodat hij haar adem kon voelen. 'Ik heb je gemist,' zei hij en omhelsde haar, zo innig als hij durfde.

Sinds het zakendiner op de Bund waren er drie dagen verstreken en al die tijd hadden ze elkaar niet gezien. Hij was te vaak pas thuisgekomen nadat Becca en Holly al naar bed waren gegaan, en hij was te vaak vroeg in de morgen de flat uitgeslopen omdat Becca en Holly nog sliepen.

'Dus we kennen elkaar?' zei Becca, met haar handen op zijn armen, haar ogen halfdicht, een glimlach om haar mond. Hij trok haar tegen zich aan en kuste haar. Hij hield haar vast alsof hij haar nooit meer zou laten gaan.

'O,' zei ze. Ze kon voelen hoezeer hij haar had gemist. 'Ik herinner me jou.'

En hij herinnerde zich haar ook.

Shane, die een fikse kater had, keek Bill met half dichtgeknepen ogen aan. 'Hoe zie ik eruit, maat?'

Ze waren in de modelwoning op het terrein van Green Acres in Yangdong, en zaten bij een fontein die nog niet werkte en de vorm van een drakenkop had. Op weg naar het noorden had Tiger de auto drie keer gestopt, zodat Shane naar de bosjes kon strompelen.

'Je ziet er beter uit,' zei Bill. 'Je krijgt weer wat kleur op je wangen.'

Shane haalde opgelucht adem. 'Dat is mooi!'

'Maar de kleur is groen,' zei Bill.

'Dat is niet zo mooi,' antwoordde Shane. 'Het nadeel van een triootje is dat aan het eind ervan een van de drie altijd uit het raam zit te staren. Dat haalt je uit je concentratie, maat.' Hij fleurde een beetje op, zijn vlezige gezicht kreeg een lichtere kleur groen. 'Maar het positieve van een triootje is dat, als er een uitvalt, je altijd nog iemand hebt om seks mee te bedrijven.'

Toen Bill terug was gekomen op kantoor, hoorde hij dat Devlin een team naar Yangdong stuurde. Voorzitter Sun had onverwacht een persconferentie aangekondigd. Hun cliënten van DeutscherMonde waren nerveus. Wie wist wat hij ging zeggen als de rode wijn en de Sprite begonnen te vloeien? Bill keek naar Nancy Deng, die door de voordeur binnenkwam met een van de Duitsers. Wolfgang, de langharige, gekleed in een leren jasje. Hij zag eruit als een monteur die de loterij had gewonnen.

'Daar komt hij,' zei Nancy.

Shane en Bill gingen staan toen Voorzitter Sun de modelwoning betrad, geflankeerd door een delegatie van het plaatselijke bestuur en een zestal journalisten.

Op discrete afstand volgden Bill, Shane, Nancy Deng en een gespannen Duitser, terwijl Sun de persmeute door glanzende vertrekken leidde, trappen af, onder kroonluchters door en om een olympisch zwembad heen. Al die tijd sprak hij in het Shanghainees. Zijn bodyguard, Ho, was nooit ver bij hem vandaan.

Tijdens die lunch had Bill de voorzitter ingeschat als een man die de top bereikt had door zijn mond dicht te houden, maar nu hij hem opendeed, was hij duidelijk een man die gewend was dat er naar hem werd geluisterd, ook zonder de aanwezigheid van een tolk.

De journalisten waren allemaal Chinezen, op twee westerlingen na, die in Shanghai woonden. De ene was een zeer magere Amerikaanse vrouw op hoge hakken, en de andere was Alice Greene. Ze glimlachte tegen Bill, die ze sinds zijn bruiloft niet meer had gezien. Hij knikte terug.

Uit ervaring wist hij dat journalisten zelden iets goeds betekenden voor advocaten.

Ze gingen naar buiten. Voorzitter Sun liep voorop bij het verlaten van de modelwoning. Het was net of ze uit een hotel in Las Vegas kwamen en het maanoppervlak betraden, dacht Bill.

Zo ver het oog reikte was het sombere landschap één grote modderpoel, als gevolg van de bouwwerkzaamheden en de zomerregen. De boerderijen waren allang met een bulldozer weggeruimd, de kale velden waarop de nieuwe huizen zouden staan waren al verdeeld, touwen bakenden de stukken grond af en verdeelden de toekomst. De deur van de modelwoning werd bewaakt door een jonge agente van het PSB, de veiligheidsdienst van de staatspolitie. Ze had een zuigplek in haar nek. Toen ze buiten liepen, zag Bill dat er overal bewaking was, hoewel het niet gemakkelijk te zeggen was wie van de politie en wie van de particuliere bewakingsdienst was.

Het bouwterrein had iets krijgshaftigs. Binnen de afrastering van het bouwproject stond een lange, ordelijke rij trucks met een wapperende rode vlag op de motorkap. Mannen met knalgele helmen op liepen tussen oranje graafmachines door, die de berg aarde steeds groter maakten. Hun lichten flitsten in de mist.

Overal waren plassen water waarop een dun laagje olie lag. Achter de afrastering stonden boeren en hun families toe te kijken, als een verslagen leger in een krijgsgevangenkamp.

Er lag nog geen gazon voor de modelwoning en de vrouw op hoge hakken begon achterover te hellen toen haar hakken in de modder wegzonken. Bill ving haar op. Ze wierp hem een professionele glimlach toe.

'Ik ben van *Shanghai Chic*,' zei ze, terwijl ze steun bij hem zocht en zich aan hem vastklampte. 'Waar ben jij van? Is dit niet hilarisch? We staan gewoon voor gek!'

Aan de andere kant van de afrastering probeerden een paar verveeld uitziende bewakers de dorpsbewoners te gebieden door te lopen. Maar dat wilden ze niet. Ze begonnen te redetwisten, en plotseling barstten ze in woede uit. Dergelijke hysterische taferelen had Bill vaker gezien in de straten van Shanghai. Eén verkeerd woord of gebaar, dacht hij, en ineens ontploffen deze mensen.

Hij zag hoe een ongeveer twaalfjarige jongen met een vuil gezicht achteruitstapte en iets van de grond raapte. Hij tilde het op – een kapotte baksteen, weggegooid door de bouwvakkers – en toen smeet hij hem weg, in de richting van het paleis dat op hun land was verschenen. De baksteen kwam te vroeg neer. Ze draaiden zich allemaal om en zagen de steen tegen het smeedijzeren hek van de modelwoning knallen.

Er werden bevelen geschreeuwd en de dorpsbewoners renden

weg over het veld, met de bewakers op hun hielen. Bill zag dat Ho Voorzitter Sun had verlaten en zich bij de bewakers had aangesloten.

'Hilarisch,' zei de vrouw van *Shanghai Chic*. 'Is dit niet hilarisch?'

De jongen die de steen had gegooid stopte bij een stapel nieuwe bakstenen en begon ze naar de horde achtervolgers te gooien. Een oude man sloot zich bij hen aan, zo'n pezige, oude Chinese man zonder ook maar één grammetje vet op zijn lichaam. Tijdens de regen van stenen zochten Ho en de bewakers dekking achter een bulldozer. Toen begonnen ze de stenen terug te gooien.

Bill schudde zijn hoofd. 'Het is net een middeleeuws gevecht,' zei hij.

'China is een middeleeuws land,' zei Shane. 'Een middeleeuws land met plasmatelevisie.' Hij keek naar de persdelegatie. 'We zouden hier een einde aan moeten maken, maat,' zei hij. 'Het is niet goed in het bijzijn van journalisten. Ook al zijn het tamme.'

'Ik zal het wel regelen. Haal jij Tiger maar,' zei Bill. Hij begon naar de reporters te lopen. 'Dames en heren, als u weer naar binnen gaat, zal Voorzitter Sun uw vragen beantwoorden.'

Maar niemand luisterde. Ze keken hoe de bewakers over de moddervlaktes achter de oude man en de jongen aan zaten. De oude man was te langzaam. Toen hij viel stortten de bewakers zich onmiddellijk op hem en hesen hem aan zijn armen omhoog. De jongen was gestopt, zich afvragend of hij moest rennen of vechten, en toen hadden ze ook hem te pakken. Terwijl Ho bevelen schreeuwde, begonnen de bewakers hen naar de modelwoning te slepen.

'Hallo, Bill,' zei Alice glimlachend. 'Ga je rijk worden in China?'

Bill grijnsde. 'Dat is wel het plan,' zei hij, met een blik op de bewakers. Ze namen de oude man en de jongen mee naar de politie, om ze over te dragen. Hij zag dat de politieagenten al klaarstonden bij het hek.

'Weet je wie hier rijk gaan worden?' zei Alice. 'De Chinezen. Een paar, in elk geval. Voorzitter Sun, bijvoorbeeld. En een aantal vrienden van hem. Voel je je daar prettig bij, Bill?'

Hij keek haar zwijgend aan. Ze hield haar notitieboekje in haar hand. Ze was dan wel op zijn trouwerij geweest en ze was dan wel de beste jeugdvriendin van zijn vrouw geweest, maar toch leek ze een lastige tante. Hij begon naar het hek te lopen. Alice volgde hem.

'Je bent een intelligente man,' zei ze. 'En ik wil dolgraag weten wat jij denkt dat hier gebeurt. Onofficieel.'

'Wat denk jij dat er gebeurt?' zei hij, terwijl hij doorliep. 'Officieel.'

Alice haalde haar schouders op. 'Mij lijkt het een standaard landbezetting, een gronddiefstal. De nieuwe rijken krijgen hun fraaie huizen. De plaatselijke politici krijgen hun deel. En de boeren worden besodemieterd.'

Hij bleef staan en keek haar aan. 'Denk je dat deze mensen beroofd gaan worden?' zei hij, oprecht verontwaardigd. 'Denk je écht dat dat zal gebeuren? Ik heb gezien hoe hoog hun schadeloosstelling is.'

Ze lachte spottend.

'Denk er maar eens goed over na,' zei Alice. Ze waren allemaal tegelijk bij het hek aangekomen. Ho en de bewakers leverden de oude man en de jongen over aan de staatspolitie. De oude man leek in zijn lot te berusten, maar het kind zag er doodsbang uit. 'Tot halverwege de jaren negentig was het volk eigenaar van al het land in China,' zei Alice. 'En ineens was dat niet meer zo. Op een dag werd je wakker en was het land dat je familie generaties lang had bebouwd het eigendom van iemand die je nog nooit had ontmoet, iemand die wilde dat je verdween.'

'Deze mensen zullen ruimschoots schadevergoeding ontvangen,' zei Bill. Hij zag dat een van de bewakers de oude man een duw gaf. Dat was niet juist. Dat hoorden ze niet te doen.

'Laat je niks wijsmaken, Bill. We weten allebei dat het geld naar het plaatselijke bestuur gaat. Zal je vriend, Voorzitter Sun, ervoor zorgen dat de boeren recht wordt gedaan?'

Hij negeerde haar. De bewakers beraadslaagden met de politieagenten terwijl ze de armen van de oude man en de jongen vasthielden. Ze waren aan het overleggen wat ze met hen zouden doen. Bill aarzelde. Hij vroeg zich af of hij zich met de zaak moest bemoeien.

'Elke buitenlander die in China werkt moet de struisvogeltruc leren,' zei Alice. 'Weet je wat dat is, Bill? Dat is negeren wat er vlak voor je ogen gebeurt.'

Ho kreeg plotseling genoeg van al het gekeuvel en gaf de jongen een klap in het gezicht. Het kind viel achterover in de modder. Bill zag het. Hij kon zijn ogen niet geloven. Hij probeerde Ho zo hard mogelijk weg te duwen, maar er was geen beweging in de man te krijgen. Bill schreeuwde dat Ho de jongen met rust moest laten en de zaak aan de politie moest overlaten.

Bill trok de jongen overeind, trillend van schrik en woede, en ontdekte dat hij de jongen vast moest blijven houden, omdat die bewusteloos was geslagen. Er zat bloed op de lippen en de kin van de jongen, en zijn neus was gebroken. Bill zocht in zijn zakken naar iets om het bloed te deppen, maar hij vond niets. Twee van de politieagenten trokken de jongen los uit Bills greep.

'Dit is onduldbaar,' zei Bill, hoewel hij wist dat ze er geen woord van begrepen. Zijn stem trilde van emotie. 'Mijn kantoor zal hier niet aan meewerken, horen jullie dat?'

De agenten leidden de jongen en de oude man weg. Ho grinnikte en keek Bill oprecht geamuseerd aan. De bewakers stonden Bill wezenloos aan te gapen. Toen Bill opkeek, zag hij dat Alice Greene hem een papieren zakdoekje aanbood.

Voor het bloed op zijn handen.

Op de terugweg naar Shanghai moest Tiger plotseling naar rechts zwenken om een blauwe Ferrari te ontwijken, een tegenligger die aan de verkeerde kant van de weg reed. Terwijl Tiger zich tot het uiterste inspande om de limo over de kuilen en het grind te sturen, ving Bill een glimp op van een jongen en een meisje die zaten te lachen achter hun zonnebril.

'Moet je dat zien,' zei Shane. Hij legde een dankbare hand op Tigers schouder toen de Ferrari in een stofwolk verdween. 'Zo rijden ongeveer vijftig miljoen jongeren rond die vorig jaar nog op de fiets zaten.'

Tiger gaf gas, in een poging de limo uit een kuil te bevrijden. Een boerenfamilie, donkerbruin door de zon, stond met een norse blik naar hen te kijken.

'Zeer lage mensen,' zei Tiger. 'Van zeer lage komaf.'

Nancy keek op. 'Ik ben afkomstig uit Yangdong,' zei ze in het Engels. Tiger prutste aan de knop van de airco en liet niet merken dat hij haar had gehoord.

Bill keek naar Nancy. Hij probeerde zich haar dossier te herinneren. Ze had aan twee van de beste universiteiten van het land gestudeerd – aan Tsinghua University Law School en daarna aan de University of Political Science en Law in Beijing. Ze had een goede opleiding gehad en was advocaat geworden na in deze sombere omgeving te zijn opgegroeid. Dat betekende dat Alice Greene het bij het verkeerde eind had, dat Chinese vindingrijkheid, hard werken en intelligentie het uiteindelijk van Chinese wreedheid, corruptie en domheid zouden winnen.

Dat betekende het.

Maar hij geloofde het niet helemaal.

Terug op kantoor kwam Devlin Bills kamer binnen. 'Is alles goed met je?' vroeg hij aan Bill.

'Uitstekend,' zei Bill.

'Ik heb gehoord wat er is gebeurd. De jongen en de oude man.' Hij schudde zijn hoofd. 'Akelige toestand.'

'Ja.'

'Maar we kunnen hier niet al te kieskeurig zijn,' zei Devlin. Bill keek naar hem. Devlin raakte zijn arm aan. 'Ik meen het. Het is nu beter dan het ooit is geweest. Dat weet je toch? En het zal nóg beter worden. Er komt verandering. Omdat de mensen ons mogen.'

Ze keken naar buiten. Er waren rode lichten op de daken van de wolkenkrabbers. Ze leken in geheime broederschap te knipogen naar de rode lichten van de camera's van het gesloten televisiecircuit in Bills kamer.

'Weet je wat ik zo leuk aan je vond toen we elkaar voor het eerst ontmoetten?' zei Devlin.

'Mijn vrouw,' zei Bill. Devlin lachte. 'Dat vindt iedereen het leukste aan mij.'

'Wat ik leuk aan je vond was dat je een advocaat bent, geen technicus,' zei Devlin. 'Advocaten lossen problemen op. Advocaten kunnen redeneren. Technici – hun mama en papa wilden dat ze advocaat werden, dus doen ze dat veertig jaar lang. Technici weten maar heel weinig van het recht, ze kennen het van hun studieboeken. Maar ze voelen het niet in hun botten. Het zijn geen echte advocaten, het zijn technici. Maar jíj bent een échte advocaat. Jij beschouwt de wet als een sociaal smeermiddel, en niet als een knuppel. Maar jij komt uit een land waar de wet wordt gebruikt om rechten te beschermen. En je woont in een stad waar de mensen in feite geen rechten hebben. We hebben hier niets verkeerd gedaan, dat weet je toch wel?'

'Maar die dorpsbewoners,' zei Bill. 'Die jongen...'

'Voor zijn familie zal worden gezorgd,' zei Devlin. 'Luister, Bill, je moet kiezen voor wat je hier ziet. Weet je wat de China-prijs is?'

'Natuurlijk.'

De China-prijs was de sleutel tot alles. Als buitenlandse fabrikanten naar elke prijs hadden gekeken die hun door de leveranciers werd aangeboden, vroegen ze om de China-prijs – wat altijd de allerlaagste prijs was.

'Het betekent dat je je bedrijf naar China kunt verplaatsen en alles goedkoper kunt krijgen.'

Devlin schudde zijn hoofd.

'De echte China-prijs,' zei hij. 'De echte China-prijs is: de compromissen die we moeten sluiten om hier te werken. Vergeet al dat gedoe over oude beschavingen. Vergeet al die propaganda over vierduizend jaar geschiedenis. Dit land is volwassen aan het worden, en sommige ziektes kun je het beste op jonge leeftijd krijgen.'

Ze stonden naast elkaar voor het raam en keken hoe snel de zon onderging. In de toenemende duisternis leek het plotseling of heel Pudong ineens werd verlicht. De twee mannen staarden zwijgend naar de lichten.

Hij was klaar om naar huis te gaan.

Het bezoek aan Yangdong had hem vuile schoenen en vlekken op zijn pak bezorgd. Hij had de dringende behoefte om naast Becca in bed te kruipen en haar een tijd vast te houden. Of misschien kon ze naar zijn bed komen. Dan zouden ze zich geen zorgen hoeven maken dat Holly wakker werd, en dan zouden ze meer kunnen doen dan alleen maar knuffelen.

Jurgen en Wolfgang waren in Shanes werkkamer toen Bill vertrok. Ze waren duidelijk geagiteerd en uitten hun bezorgdheid in vloeiend Duits tegen elkaar en in gebroken Engels tegen hun advocaat. Shane kwam zijn kamer uit en nam Bill apart.

'Ze zijn bloednerveus,' verzuchtte Shane. 'Ze maken zich zorgen over wat de pers na vandaag zal schrijven. Laten we ze op een paar drankjes trakteren en hun zenuwen kalmeren, maat. Zeg tegen hen dat we allemaal lang en gelukkig zullen leven.'

'Ik moet echt naar huis,' zei Bill. 'Ik zie mijn vrouw niet meer. Ik zie mijn kind niet meer.'

'Eén drankje,' zei Shane. 'Het zijn ook jóúw Duitsers, maat.'

'Goed,' zei Bill. 'Maar niet meer dan eentje.'

Er was een Ierse bar, BB's geheten, aan de Tongren Lu. De kroeg werd gerund door een lange Zweed die geen druppeltje Iers bloed in zijn aderen had.

In BB's – Beejeebers Bejaybers – was het altijd druk, omdat je er naar Engels voetbal met Kantonese commentatoren van Star TV kon kijken, Guinness van het vat kon drinken en naar live-muziek van een band uit Manilla kon luisteren.

'Je ziet ze in heel Azië,' zei Shane, hersteld van zijn kater en klaar voor de avond. 'Filippijnse bands met zangeressen die écht kunnen zingen en muzikanten die écht kunnen spelen. In het westen zouden ze misschien een platencontract hebben of in elk geval in een talentenjacht op de tv verschijnen. Hier spelen ze in kroegen voor mensen als wij.' Hij sloeg zijn Guinness achterover en bestelde er nog een.

Bill staarde hem aan. Omdat hij Shane nooit zo naar een vrouw had zien kijken als hij nu naar de kleine Filippijnse zangeres keek. Ze leunde tegen de rug van haar keyboardspeler en gaf een haarzuivere vertolking van *We've Only Just Begun* van de Carpenters. Ze gooide haar tot aan haar taille reikende haren naar achteren, pikzwart met blonde highlights. Toen ze glimlachte, leek het of alle donkere hoeken van de kroeg werden verlicht. Een eind bij de bar vandaan dronken Wolfgang en Jurgen van hun Guinness. Ze keken vol aandacht naar de zangeres, de pers was vergeten.

'Wie is ze?' vroeg Bill.

'Rosalita,' zei Shane met oprechte genegenheid. 'Rosalita en de Roxas Boulevard Boys.'

'Ken je haar?' vroeg Bill. Shane leek veel over haar te hebben nagedacht.

Shane keek hem aan. 'Ik zie je met je vrouw,' zei hij, tot Bills verbazing. 'Ik zie je met Becca. Zag jullie samen bij dat diner. En ik benijd je, Bill.' Hij richtte zijn blik weer op het podium. 'Dit kan niet altijd zo doorgaan, hè? Dit leven.'

Rosalita zong nu een vrolijk nummer. Ze schudde haar haar, liet haar blinkende tanden zien en wiegde met haar smalle heupen. De bovenkant van een citroengele string stak boven de tailleband van haar broek uit, die strak om haar heen zat, als een duikerspak. De Duitsers likten hun lippen.

'Ze heeft een tatoeage,' bekende Shane, terwijl hij goed op Bill lette om te kijken hoe die op dit nieuws zou reageren.

Bill haalde zijn schouders op. 'Nou, tegenwoordig hebben veel vrouwen een tatoeage.'

'Ja, maar zij heeft *Tom* laten tatoeëren.'

Bill dacht even na. 'Wie is Tom?'

'Een of andere hufter,' zei Shane. Zijn gezicht betrok. 'Ze zegt dat Tom gewoon een of andere klootzak was.'

De Roxas Boulevard Boys gingen over op een romantischer lied – *Penny Lover* van Lionel Ritchie – en Rosalita boog zich voorover met een onverdraaglijke melancholie, terwijl haar haren over haar gezicht vielen. Shane zuchtte. En toen, boven de trieste klanken uit, hoorde Bill expats roepen, het geluid van mannen die een vrouw aanspoorden. Hij draaide zich om en keek.

Ze waren met z'n vijven, blanke jongens in pakken, die het

lange meisje met de orchidee in haar haar omringden, het meisje dat hij buiten Paradise Mansions had gezien. Maar nu was de bloem weg. Ze stonden met z'n allen op de kleine dansvloer.

Het meisje leek versuft. Ze danste in haar eentje op een lied in haar hoofd, haar ogen gesloten en haar armen hoog boven haar hoofd. De handen van de mannen raakten haar hele lichaam aan. Het lange meisje had een schram op haar jukbeen, alsof ze was geslagen.

'Kom op, liefje,' zei een van de mannen, terwijl hij aan de knoop van haar broek trok. 'Laat eens zien wat je in huis hebt.'

Een andere man stond achter haar. Hij was jong, maar hij begon al dik te worden. Zijn handen waren op haar billen en haar borsten. Hij beet op zijn onderlip terwijl hij mimische bewegingen maakte en net deed of hij haar vanachteren nam, tot groot vermaak van zijn lachende vrienden.

Ze kwamen dichter bij haar, werden nu vrijpostiger, een van hen trok de rits van zijn broek naar beneden, en daarna de rits van haar broek. Een ander trok haar topje omhoog, zodat er een glimp van een zwarte beha te zien was. Het meisje besteedde er geen aandacht aan, of ze was te ver heen om zich er druk om te maken. Plotseling mengde Bill zich erin. Hij duwde de dikke jongen achter haar weg. Daarna ging hij tussen het meisje staan en de vent die haar rits naar beneden had getrokken. In plaats van verlekkerd keken de mannen nu verbijsterd en vervolgens liepen ze rood aan van woede.

Toen Bill het lange meisje bij de arm nam en haar van de dansvloer wegleidde, gaf een van de mannen een klap tegen Bills achterhoofd. Vlak onder de schedelbasis. Hij draaide zich om en kreeg een mep op zijn oor. Hij verkocht een paar opstoppers, maar ze stortten zich allemaal op hem en verdrongen elkaar om naar hem te kunnen uithalen.

Maar toen was Shane er en sloeg erop los met zijn sterke handen. En toen waren Wolfgang en Jurgen er, die verbazingwekkend echte gabbers leken. En toen voegden de Zweedse eigenaar en een jongen uit Belfast, die achter de bar stond, zich bij hen en gingen tussen Bill en het meisje en de vijf dronken kerels in staan. Er brak een vechtpartij uit van een seconde of vijf, maar die was even snel voorbij als hij was begonnen. De kerels renden naar de achterdeur van de kroeg en gooiden een paar barkrukken om terwijl ze wegvluchtten.

Bill hield de hand van het lange meisje vast toen Shane hen naar buiten bracht en op de achterbank van een Santana-taxi liet neerstrijken. 'Rijden maar!' zei hij. De taxi vertrok. Het meisje hield nog steeds haar ogen dicht. Bill zag dat de schram op haar jukbeen bloedde.

'Hebben zíj dat gedaan?' vroeg hij. 'Die schram op je gezicht. Hebben die schoften dat gedaan?'

Ze boog zich voorover en raakte haar gezicht aan. Toen ging ze weer rechtop zitten, vechtend tegen de misselijkheid. Bill realiseerde zich dat hij nog nooit iemand zo hopeloos dronken had gezien.

'Airbag,' zei ze. 'De airbag van mijn Mini.'

Ze moesten aan de zijkant van de weg stoppen, zodat ze kon overgeven. Ze boog zich uit het open achterportier en kotste tot ze niets meer te braken had. De chauffeur keek via zijn achteruitkijkspiegeltje naar Bill, met nauwelijks verholen verachting.

Klotewesterlingen, leken zijn ogen te zeggen. *Onze schattige meisjes verpesten.*

'Ik kan niet ophouden met overgeven,' zei ze, toen ze weer op de weg reden. 'Neem me alstublieft niet kwalijk. Ik moet steeds overgeven.'

Haar Engels was bijna volmaakt. Misschien te duidelijk in een leslokaal geleerd. Te vormelijk. Maar ze maakte bijna geen fout, besefte hij, en als ze dat wel deed, had hij geen enkele moeite om haar te begrijpen.

'Je hebt een ongeluk gehad,' zei Bill. 'Wat is er gebeurd?'

Ze begon te rillen.

'Mijn man is heel boos op me,' zei ze. 'Heel boos omdat ik de nieuwe auto kapot heb gemaakt.'

Hij trok zijn jasje uit en sloeg het om haar magere schouders. Ze nestelde zich erin, in een poging zich voor de wereld te verbergen. Hij gaf haar een aai, zoals hij altijd probeerde Holly gerust te stellen als ze een boze droom had gehad. En toen viel ze in slaap, tegen hem aan geleund. Hij aaide haar opnieuw.

Hij keek naar haar terwijl ze in zijn jasje zat te slapen en zag toen dat er een vage handafdruk op zat.

Die zal er nooit meer uitgaan, dacht hij.

Het was de flat van een alleenwonend meisje.

Iets, dacht Bill toen hij haar naar binnen droeg, iets zegt dat iemand hier in z'n eentje woont. Een fruitschaal met één bruine banaan. Een tijdschrift dat opengeslagen was bij de televisiepagina en waarop favoriete programma's rood waren omcirkeld. Een boekje met kruiswoordraadsels, dat openlag bij een half afgemaakte puzzel. Ze lijkt niet het soort meisje dat kruiswoordraadsels oplost, dacht hij. Maar ja, wat wist hij nou van haar?

De flat zag er prima uit, maar hij was veel kleiner dan het appartement waarin híj woonde. Toen hij de enige slaapkamer vond, legde hij haar op het dekbed. Ze droeg nog steeds zijn jasje. In de film, dacht hij, in de film zou ik haar uitkleden en haar in bed leggen en 's morgens zou ze zich er niets van herinneren. Maar hij kon zich er niet toe zetten ook maar iets te doen, behalve haar slapend op het bed achter te laten en het licht uit te doen. Haar stem bereikte hem op het moment dat hij de deur achter zich wilde sluiten.

'Hij heeft alleen maar zijn vrouw en mij,' zei ze in het duister. 'Daar ben ik absoluut zeker van.'

'Hij klinkt beslist als een goede partij,' zei Bill, met een minachting die hem verbaasde. Hij verliet de flat zo stil mogelijk.

Becca wist gewoon zeker dat er iets mis was. Dat had ze onmiddellijk door. Het was niet het soort gehuil waaraan ze gewend was – het gehuil van een kind dat een nare droom had, dat het te koud of te warm had, of een glas water of een knuffel nodig had.

Becca zat te knikkebollen voor de televisie toen ze Holly door de babyfoon hoorde huilen. Ze wist onmiddellijk dat er iets met Holly's ademhaling was.

Het was erg. Heel erg. En Holly was doodsbang.

Becca bleef belachelijk vrolijk en optimistisch, terwijl ze het beademingsapparaat aanzette en het mondstuk op Holly's gezicht plaatste.

'Diep... diep... diep,' zei Becca. Intussen toetste ze wanhopig Bills telefoonnummer in. 'Goed zo, schat. Heel goed.'

Er werd niet opgenomen.

Het apparaat nam het ergste van de astma-aanval weg, maar het was niet genoeg. Becca had Holly sinds die eerste verschrikkelijke dag niet meer zo benauwd gezien. Het kind haalde oppervlakkig en moeizaam adem. Becca was doodsbang. Ze waren beiden doodsbang. Ze had een dokter nodig. Ze had een ziekenhuis nodig. Onmiddellijk!

Geen telefoonnummers, dacht Becca woedend. Ik heb geen telefoonnummers. Ze had geen idee wat voor nummer ze moest bellen om een ambulance te krijgen. Hoe kon ze zo stom zijn? Hoe kon ze er zo zeker van zijn geweest dat er nooit iets ergs zou gebeuren?

Ze wikkelde Holly vlug in haar ochtendjas, pakte haar jas en haar sleutels en draaide nogmaals Bills nummer.

En nog een keer en nog een keer en nog een keer.

Geen gehoor.

Toen was Becca buiten, met Holly in haar armen. Het kind was verbazingwekkend zwaar. Becca probeerde zo opgewekt als de presentator van een spelletjesprogramma te blijven klinken, terwijl ze de duisternis in liepen, op zoek naar een taxi.

Zodra ze buiten Paradise Mansions was, zag ze een aftandse, rode Santana, maar hij stopte niet en ze ging woedend tegen zijn achterlichten tekeer.

Holly begon te huilen. Becca hield haar dicht tegen zich aan en wiegde haar. Intussen speurde ze de lege straten af, op zoek naar een andere taxi. Ze probeerde Bill te bellen, maar er werd nog steeds niet opgenomen. Daarna deed ze geen pogingen meer. Daarna wist ze dat ze er alleen voor stond.

7

Er was iets mis met zijn huis.

Het had stil en donker moeten zijn en ze hadden beiden moeten slapen, met alleen in de keuken een nachtlampje aan. Maar alle lampen brandden. De televisie stond aan, hij hoorde de BBC World-tune. De deur van de ouderslaapkamer stond wijd open.

Ze waren weg.

Bed leeg. Dekbed op de grond. Licht aan.

En Becca en Holly waren weg.

Hij rende door de flat, gooide deuren open, riep hun naam. Hij was compleet in paniek, zijn keel kneep dicht en hij voelde zich kotsmisselijk.

Hij riep hun naam, ook al wist hij dat ze er niet waren. Hij schreeuwde hun naam boven het lawaai van BBC World uit, snapte niet wat er gaande was. Het was volstrekt onbegrijpelijk. Hij wilde hen terug! Hij keek op zijn horloge en bedekte het meteen weer met zijn hand. Het was zo laat. Hij wilde braken.

'Becca!'

Hij liep naar de tafel en pakte het mondstuk van Holly's beademingsapparaat op.

Toen ging zijn telefoon.

Hier was ze goed in. Dit kon ze. Ze kon voor haar kind zorgen. Dat kon ze. En zolang dat zo was, kon de rest van de wereld haar gestolen worden.

Holly zat rechtop in bed in een kamer van het International Family Hospital and Clinic aan de Xian Xia Lu. Ze werd onderzocht door een jonge arts met een Indiaas gezicht en een Liverpools accent.

'Heb je wel eens gehoord van een man die Beethoven heet?' vroeg dokter Khan aan Holly, terwijl zijn vingers haar ribben betastten.

'Nee,' zei Holly behoedzaam.

'Beethoven had astma,' glimlachte de dokter.

Becca lachte, met tranen in haar ogen. Devlin stond naast haar. Hij legde een hand op haar schouder. Ze raakte zijn hand aan, misselijk van opluchting. Het zou allemaal goed komen met Holly.

'En hoe zit het met Charles Dickens, Augustus Caesar en John F. Kennedy?' vroeg dokter Khan aan Holly. 'Heb je daar wel eens van gehoord?'

'Ik heb van geen van die mensen gehoord,' zei Holly. Ze keek met grote ogen naar haar moeder. Becca glimlachte tegen haar. 'Waarom huil je, mama?'

'Omdat ik blij ben, liefje. Jij maakt me blij. Dat is alles.'

'Wat een gekke reden om te huilen. Volwassenen huilen niet.'

'Nou,' zei dokter Khan, 'al die mensen hadden astma.' Hij trok Holly's topje naar beneden. 'De beste mensen hadden astma.' Hij wendde zich tot Becca. 'Ze redt het wel.'

Becca knikte vol dankbaarheid. 'Dank u. Dank u.'

'Bent u dokter?' vroeg Holly aan hem.

'Ik ben een zogeheten medisch specialist,' zei hij. 'Een chique naam voor een dokter.' Hij ging op het bed zitten, nam Holly's hand in de zijne en zei tegen Becca: 'Ze heeft een allergische reactie gehad op iets dat door vrijwel alles kan zijn veroorzaakt. Als ze niet in de buurt van tabaksrook is geweest, is luchtverontreiniging het meest waarschijnlijk. Shanghai is beter dan Beijing, maar het is en blijft een Chinese stad. De uitlaatgassen van de auto's zorgen voor de grootste luchtvervuiling in het land. Verder zijn er heel veel fabrieken en nogal wat krachtcentrales in de noordelijke voorsteden, in Baoshan.'

'Gelukkig beginnen ze dat onder controle te krijgen,' zei

Devlin. 'Tien jaar geleden kwam het vaak voor dat je vanuit Puxi Pudong niet kon zien.'

'We kunnen astma niet genezen,' zei de dokter, 'maar het is een ziekte die we in de hand kunnen houden.' Hij ging staan. 'Maar dat weet u natuurlijk al.'

Becca hield van dit ziekenhuis. Buiten de glazen toegangsdeuren was Changning een wijk die net zo groezelig en armzalig was als de rest van Shanghai, maar dit ziekenhuis zag er nieuwer, schoner en moderner uit dan de ziekenhuizen die ze in Londen had gezien.

'Al mijn jongens hebben wel eens in dit ziekenhuis gelegen,' zei Devlin, alsof hij haar gedachten kon lezen en probeerde de stemming vrolijk te houden. 'De jongste twee zijn hier geboren. En, even denken, wat hebben we hier allemaal gehad? Twee gebroken armen, een niet afgedaalde testikel en een hyperactieve schildklier.' Hij keek dokter Khan stralend aan, maar Becca wist dat de woorden waren bedoeld om haar gerust te stellen. En dat deden ze.

Het was geruststellend om te weten dat deze oase van in het westen opgeleide, Engels sprekende artsen in hun schone dokterskleren vierentwintig uur per dag beschikbaar was.

In tegenstelling tot haar echtgenoot.

Devlin en dokter Khan waren al weg toen Bill arriveerde. Holly sliep. Becca was bijna in slaap. Bill stond zwetend en hijgend in de deuropening.

'Wat is er gebeurd? Wat is er gebeurd?' zei hij, terwijl hij de kamer betrad. 'Is alles goed met haar?'

Becca schrok op in haar stoel. 'Ze werd wakker en kon haast geen adem meer krijgen,' zei ze. Ze klonk uitgeput. Ze wilde hem het hele verhaal vertellen, echt waar, maar het leek allemaal zo lang geleden, en nu was alles weer goed, en ze voelde zich echt moe. Maar hij wilde meer. Hij wilde alles weten.

'Ik heb geprobeerd je te bellen,' zei ze, duidelijk verontwaardigd. 'Heel vaak. Er werd niet opgenomen. Ik kon zelfs je voicemail niet bereiken.'

'Het spijt me,' zei hij, en knielde naast haar neer. Hij kuste haar handen en haar gezicht. Daarna sloeg hij zijn armen om haar heen. Het was alsof hij een standbeeld vasthield.

'Ik wist niet wat ik moest doen,' zei ze. 'Ik had geen telefoonnummers. Geen alarmnummer. Het is niet 999, hè?'

'Ik zal alle telefoonnummers voor je opschrijven,' zei hij hoofdschuddend.

'Ik kon zelfs geen taxi krijgen. Daarom belde ik Tess Devlin. Ze was geweldig. En toen gebeurde er eindelijk iets. Toen had ik hulp. Devlin kwam met Tiger. Ze brachten ons hierheen. Holly en mij. En dokter Khan – hij was...'

Bill kwam overeind en keek naar Holly's gezicht. Even vroeg Becca zich af of hij nog wel naar haar luisterde.

'Waar was je?' vroeg ze kalm.

'Ik was met Shane een biertje aan het drinken,' zei hij. Het was geen goed moment. Hij wist hoe het klonk. 'De Duitsers gingen door het lint. Er zijn een paar incidenten geweest op het bouwterrein van Green Acres in Yangdong.' Hij schudde zijn hoofd. 'De bewakers verloren hun zelfbeheersing. Ze sloegen een klein kind. Ik moest ze tegenhouden, Bec.'

'Mijn God,' zei Becca, en wendde haar gezicht af. 'Mijn God, Bill.' Ze richtte haar blik weer op hem. 'Je dochter wordt met spoed naar een ziekenhuis gebracht, en jij zit in een of andere kroeg!'

Bill keek haar hulpeloos aan, hij voelde zich nutteloos. Hij wilde zoveel dingen, een hele lijst vol. Maar meer dan alles wilde hij dat zijn vrouw en zijn dochter gelukkig en veilig waren, en trots op hem. Hij had ze teleurgesteld, omdat hij een biertje met cliënten was gaan drinken en betrokken raakte bij een vechtpartij vanwege een meisje dat hij niet kende. Terwijl zijn gezin hem nodig had, terwijl hij al die tijd bij zijn gezin had moeten zijn.

Misschien had hij het beter kunnen uitleggen. Hij had naar huis willen gaan. Echt waar. Maar het was werk. Hij wilde dat ze dat begreep. Ze wist toch wel dat niets zo belangrijk voor hem was als zij en Holly? Hij wilde haar alles vertellen.

Maar over het meisje moest hij zwijgen.

Devlin had tegen Tiger gezegd dat hij op hen moest wachten. Toen ze terugreden naar Gubei hield Becca Holly op schoot. Het kind sliep in haar armen. Bill raakte het haar van zijn dochter aan.

'Ze is in orde,' zei hij. 'Het gaat goed met haar...'

Becca ontstak in woede. 'Wat weet jij er nou van, Bill? Je bent er nooit. Hoe dúrf je? En ze ís niet in orde. Ze voelt zich niet prettig op school, omdat ze midden in een trimester is begonnen en de andere kinderen al hun eigen vriendjes en vriendinnetjes hadden, zodat ze nu in haar eentje op het schoolplein moet spelen.' Ze gooide er alles uit, zelfs dingen die ze niet met hem had willen delen, omdat ze niet wilde dat hij zich zorgen maakte. Hij had al genoeg stress en op zijn werk had hij al genoeg aan zijn hoofd. 'Wist je dat? Nee, natuurlijk niet. En met haar ademhaling is het ook niet in orde, omdat de lucht hier vervuild is. Dus zeg nou niet dat ze in orde is, want je weet er werkelijk níéts van.'

Ze reden over de verhoogde Ya'an Freeway. De lichten van de stad waren ver beneden hen.

'Het spijt me, Bec,' zei hij. 'Ik zal het goedmaken. Dat beloof ik.'

De tranen sprongen in haar ogen. Dit was zo positief aan hem. Hij stak altijd een hand naar haar uit. Zo was het altijd geweest als ze kibbelden. Hij stond niet toe dat ze boos en gekwetst gingen slapen. Hij probeerde het altijd goed te maken. En hij zei niet wat hij had kúnnen zeggen, wat de meeste mannen zouden hebben gezegd – het was jouw idee om hierheen te gaan. Maar dit was niet het leven dat ze had verwacht.

'Ik wilde dat we naar de jazzband in het Peace Hotel zouden gaan,' zei ze, bijna lachend. Het klonk zo absurd. 'En ik wilde dat we propagandaposters en Mao-badges kochten op de antiekmarkt van Dongtai Lu. Al die plekken waarover ik had gelezen, al die fantastische plekken waarvan gezegd werd dat je ze niet mocht missen.'

Hij legde zijn arm om haar heen.

'En ik wilde,' zei ze, terwijl ze Holly rechtzette op haar schoot, 'ik wilde dat we cocktails dronken in hotels waar je in de jaren dertig opium bij roomservice kon bestellen. Ik wil je steunen, Bill. Ik wil een goed maatje zijn en ik wil niet zeuren. Maar waarom is het zo niet?'

'Al die dingen zullen we doen,' zei hij. Hij raakte haar gezicht aan, het gezicht waarvan hij zoveel hield. Hij was vastbesloten haar weer gelukkig te maken.

'Maar wanneer?'

'Te beginnen met morgen, Bec.' Hij knikte. Ze glimlachte, omdat ze wist dat hij het meende.

Haar ongelukkig-zijn, haar eenzaamheid en alle paniek van vanavond waren zaken die hij zou aanpakken met de vastbeslotenheid waarmee hij alles aanpakte. Mijn man, dacht ze. De professionele probleemoplosser.

Hij kon nooit begrijpen waarom mensen sentimentele gevoelens koesterden over hun jeugd. Jong zijn betekende arm zijn. Jong zijn was een zware klus. Jong zijn betekende baantjes die al je energie kostten.

Jong zijn werd overschat. Of misschien was dat alleen bij hem zo. Als tiener en ook als twintiger had Bill acht jaar lang het gevoel gehad dat hij de enige jongere ter wereld was die eigenlijk niet écht jong was.

In de weekends en in de vakanties had hij gewerkt: tijdens zijn twee laatste middelbareschooljaren, zijn vier jaar aan de universiteit van Londen, zijn zes maanden voor het eindexamen van de beroepsorganisatie van advocaten, en zijn twee stagejaren bij Butterfield, Hunt & West.

Meer dan acht jaar van vakken vullen, bakken vol bakstenen dragen, biertjes tappen en alles en nog wat rondbrengen, van pizza's (op een scooter) tot drankjes op zaterdagavond (in een minitaxi) en kistjes wijn (in een wit bestelbusje van Majestic Wine Warehouse).

Het ergste baantje was in een pub aan Fulham Road, de Rat and Trumpet geheten. Het was niet zo slopend als het sjouwen met bakstenen op een bouwterrein, en het was niet zo gevaarlijk als na middernacht pizza's bezorgen in een afgelegen huis, en het was niet zo geestdodend als vakken vullen in een supermarkt, onder de middernachtelijke zon van neonlicht.

Het baantje in de Rat and Trumpet was het ergste van allemaal, omdat al zijn leeftijdgenoten die daar waren niet beseften dat ze bevoorrecht waren, een voorrecht dat hun in de schoot was geworpen.

De rijkeluiszonen met hun opzettelijk gescheurde spijkerbroeken, pastelkleurige truien en Hugh Grant-kapsels, en de rijkeluisdochters met hun lange benen, blonde haarlokken en zorgeloze lach vonden dat hun dit toekwam. Een gevoel dat Bill Holden nooit zou hebben.

Hij was dat soort jongens tegengekomen op de universiteit, maar ze waren niet in de meerderheid geweest. Brallerige stemmen waren daar overstemd door andere accenten van andere steden en andere leefstijlen. Maar dit was hún wereld, en Bill serveerde er slechts drankjes.

Kinderen van wie de ouders nooit ziek werden of uit elkaar gingen of stierven. Tenminste, zo dacht Bill over hen. Ze zagen er allemaal uit alsof hun nooit iets ergs was overkomen, en dat dat ook niet zou gebeuren.

Ze negeerden hem of ze riepen hun bestellingen naar hem. Het kostte hem geen enkele moeite om al die vervloekte schoften te haten.

De Rat and Trumpet had geen uitsmijter. Soms moest Bill een van hen eruit gooien. De kroegbaas stopte hem aan het eind van de avond een extra vijfje toe voor elke herrieschopper die Bill naar Fulham Road had moeten begeleiden – ze noemden het de 'aangeschoten-rijkeluiszoontjes-vergoeding'.

Het extra geld was zeer welkom. Maar Bill – tweeëntwintig jaar en woedend op het lot – zou het met alle liefde voor niets hebben gedaan. Hilarisch, zeiden ze altijd. Net als de vrouw van *Shanghai Chic*. Alles was hilarisch. Alles was zo verdomde hilarisch, dat je zin had om te kotsen.

Op een avond was een of andere idioot met Schotse eieren, gehaktballen met daarin een gekookt ei aan het gooien. Alle klanten in de kroeg werden bespat met eigeel en beschuitkruimels. *Hilarisch hè, schat?* De eierenwerper was een potige jongen, gekleed in een roze kasjmieren trui en een Levi-spijkerbroek die zorgvuldig oud was gemaakt. Ze konden lang zijn, die rijkeluiszoontjes. Op de scholen waar hun ouders hen heen stuurden was geen gebrek aan sportvelden.

Hij had een meisje bij zich – echt zo'n Fulham Broadway-blondje, dacht Bill. Ze probeerde de jongen te laten ophouden. Kennelijk was ze half op weg om mens te worden. Volgens Bill sierde het haar dat ze boos keek en het absoluut niet *hilarisch* vond. Dat was zijn eerste ontmoeting met Becca.

Bill vroeg beleefd aan de eierenwerper of hij wilde vertrekken. De jongen zei dat Bill moest oprotten en een biertje voor hem moest halen. Toen vroeg Bill het hem minder beleefd. Hetzelfde antwoord. Oprotten en een biertje. Voordat hij wist wat er gebeurde nam Bill hem in de houdgreep en bracht hem naar de deur. Je werd sterk in de bouw! Hoeveel ze ook sportten op hun particuliere scholen, het haalde het niet bij het werken als handarbeider.

Een stevige jongen maar vanbinnen zwak, dacht Bill. Hij duwde de jongen naar de deur – een beetje harder dan strikt noodzakelijk was, in feite veel harder dan strikt noodzakelijk was. De eierenwerper gleed uit en viel in de goot.

De mensen die op het terras zaten lachten.

'Op een dag zul je drankjes naar mijn kinderen brengen,' zei de jongen tegen Bill terwijl hij opstond. Zijn gezicht was rood, om allerlei redenen.

'Ik kijk ernaar uit,' zei Bill. We moeten ongeveer even oud zijn, dacht hij. Wedden dat zijn moeder niet dood is?

'En jij zult een tandeloze ouwe lul zijn met kwijl op je kin en je ellendige leven zal voorbij zijn en je zult nog steeds mensen als ik bedienen.'

Bill keek lachend naar het blonde meisje. 'Ik hoop dat je kinderen op hun moeder lijken,' zei hij. Hij draaide zich om, in de verwachting haar nooit meer te zullen zien.

Maar Becca kwam weer naar binnen om haar excuses voor haar vriendje aan te bieden en te zeggen dat ze alle schade die hij had aangericht wilde betalen. Ze was net op tijd om te zien dat de kroegbaas Bill ontsloeg. De man keurde het af dat Bill meer kracht had gebruikt dan nodig was om de eierenwerper de straat op te gooien. Hij was hier niet om de betalende klanten af te tuigen, hij was hier om een einde aan problemen te maken en niet om ze te creëren. Bill zei dat hij niet kon worden ontslagen, omdat hij zélf ontslag nam!

Becca volgde hem naar buiten en zei: 'Loop niet weg.'

Bill zei: 'Drie pond per uur om door idioten te worden beledigd? Waarom niet?'

Maar dat was niet wat ze bedoelde.

Ze bood nogmaals haar excuses aan en zei dat Guy echt een aardige jongen was. Toen zei ze dat Bill niet moest denken dat ze allemaal malloten waren. En Bill zei dat ze zich er niet druk om moest maken. Hij had er geen bezwaar tegen om rijke kinderen zonder manieren te verwennen, ze moesten toch érgens drinken? Toen zei ze dat zij niet zo was, en dat hij haar helemaal niet kende en dat ze nu boos was. 'Nou, bewijs het,' zei hij. 'Geef me je telefoonnummer, dan bel ik je misschien een keertje op.' Het kon hem allemaal niets meer schelen. Hij was het zat om geen vriendin te hebben die eruitzag als zij, en hij had er genoeg van om eenzaam en alleen te zijn en hij had genoeg van het gevoel dat hij nooit de kans had gehad om alles uit zijn jeugdjaren te halen wat erin zat.

Hij schreef haar telefoonnummer op de palm van zijn hand. Toen hij terug was in zijn gehuurde kamer aan de andere kant van de stad zonk de moed hem in de schoenen, omdat de acht cijfers bijna vervaagd waren.

Maar hij kon het nummer nog steeds lezen!

En zo ontmoette hij Becca. Ze was de eerste in die stad, de allereerste, die hem niet negeerde of als oud vuil behandelde, en daarom zou hij altijd van haar houden.

Soms werd hij bang. Omdat zijn leven ondenkbaar was zonder haar, omdat hij zich afvroeg wat er met hem zou zijn gebeurd als hij Becca niet had ontmoet. Hij dacht: wat dan?

Wie zou er van mij hebben gehouden?

Ze liepen met z'n drieën door een pakhuis met oude meesters. Er was de *Wenende vrouw* van Picasso, *Sterrennacht* van Van Gogh en *Nighthawks* van Edward Hopper. Er waren Degas-danseressen, Monet-waterlelies en hooibergen, Cézanne-appels en bergen. Er waren Lichtensteins' stripboeken, Jasper Johns' vlaggen, Warhol's Marilyn en Elvis en soepblikken. Overal waren er schilderijen, en vaak was de verf nog nat.

'Eén-twee-drie doen!' beval Holly, blij dat ze aan elke hand een ouder had. Dus deden Becca en Bill 'een-twee-drie' en zwaaiden hun dochter in de lucht. En zo liepen ze langs Gauguins inheemse meisjes en een stapel van tientallen *Laatste Avondmalen* en *Mona Lisa's*.

'Eén-twee-drie,' riepen ze. Holly schaterlachte terwijl ze Hockney-zwembaden, Jackson Pollock-schilderijen en zeilboten van Matisse passeerden.

Aan het eind van een gangpad bleven ze staan. Daar was een meisje van een jaar of achttien een zestal *Zonnebloemen* aan het schilderen, allemaal tegelijk. Ze werkte snel. Af en toe wierp ze een blik in een beduimeld boek, *History of Modern Art*.

'Het lijkt goed op het plaatje in het boek,' zei Holly.

'Het lijkt precíes op het plaatje in het boek,' zei Becca.

'Is het écht, papa?' zei Holly.

De jonge schilderes glimlachte. 'Alles is nep, behalve je moeder,' zei ze. 'Oud Shanghainees gezegde.'

Becca bestelde vier *Zonnebloemen*. Ze had al een *Sterrennacht* en *De zaaier* gekocht. Ze lachte blij en gelukkig, wat ze in tijden niet had gedaan. Vincent van Gogh zou de muren van hun nieuwe huis vullen.

Ze namen een taxi naar de Bund, waarvan Bill inmiddels wist dat hij de 'Waitan' werd genoemd, 'boven de zee'. Eindelijk gingen ze naar de jazzband luisteren in de bar van het Peace Hotel.

De zes muzikanten waren nu in de tachtig, dezelfde van swingmuziek bezeten Chinese jongens die hadden gespeeld toen het Japanse leger lang geleden Shanghai was binnengemarcheerd. En terwijl de serveerster Holly's haar bewonderde, Bill en Becca van hun Tsingtao's nipten en de band *String of Pearls* van Glenn

Miller speelde, dacht Becca even dat het echt leek of de oude wereld niet uit elkaar was gevallen.

De volgende dag kwam Bill vroeg thuis van zijn werk. Hij ging voor het raam staan, naast zijn dochter. Devlin had hem naar huis gestuurd. Hij wilde dat Bills gezin gelukkig was. Hij wilde dat ze bleven.

'Dat is mijn lievelingetje,' zei Holly, wijzend naar een half verhongerd, roodbruin poesje, dat over de buitenrand van de fontein patrouilleerde. 'Zij is de beste.'

In Paradise Mansions waren geen huisdieren toegestaan. Holly keek door het raam naar de zwerfkatten op het binnenplein – uitgemergelde dieren die zich oppoetsten in de schaduw van de bloembedden of water oplikten uit de plassen die door de moeder-en-kindfontein waren ontstaan, of knabbelden aan botten uit de enorme, zwarte vuilnisbakken die in een steeg achter het hoofdgebouw stonden.

Bill lachte. 'Waarom geef je het meest om haar?'

Holly dacht even na. 'Ze is het kleinste.'

'Zullen we haar eten geven, schat?'

Holly's ogen begonnen te stralen. 'Gaan we dat echt doen, papa?'

Holly huppelde opgetogen rond, terwijl Bill een pak melk uit de koelkast haalde en een schoteltje uit de kast pakte. Becca, die zich in de slaapkamer klaarmaakte om uit te gaan, fronste bedenkelijk haar voorhoofd en riep iets over vlooien, maar Bill en Holy waren de flat uit voordat ze echt tijd had om bezwaar te maken.

Op het binnenplein keken ze van een eerbiedige afstand toe terwijl het roodbruine poesje het schoteltje met halfvolle melk leeglikte en daarna naar een bloembed liep, waar het zich tevreden in de aarde neervlijde. Bill en Holly naderden schoorvoetend. Het poesje liet toe dat Holly haar rug streelde. Plotseling was Bill zich ervan bewust dat ze niet alleen waren.

Het lange meisje stond naar hen en de poes te kijken. Ze droeg een groene *qipao*, die haar lange, slanke lichaam nog lan-

93

ger deed lijken. Haar haren hingen los. Ze was gekleed om uit te gaan.

'Hallo,' zei ze, en glimlachte tegen Holly. Bill zag dat ze zijn jasje in haar hand hield. Ze had het laten stomen, er zat een plastic hoes omheen waarop stond: Da Zhong American Laundry. Bill kon zien dat het niet was gelukt de handafdruk te verwijderen.

'*Tse-tse*,' zei ze, terwijl ze hem het jasje aanreikte. 'Heel veel dank.'

'*Bu ke-qi*,' zei hij.

'Dat betekent "geen dank",' zei Holly tegen het meisje. Ze schoten beiden in de lach. Het lange meisje raakte Holly's haar aan. 'Zo blond,' zei ze, 'ik ben er dol op.' Dat was de eerste keer dat hij echt haar Engels hoorde, de vreemde klemtoon die ze op bepaalde woorden legde, en haar raadselachtige woordkeus. *Ik ben er dol op*. Op de een of andere manier klonk het vreemd, maar toch was het niet fout. Hij kon niet zeggen dat het fout was.

Hij stak zijn hand uit en ze schudde hem onhandig en vlug, alsof ze nog nooit iemand een hand had gegeven. Haar hand was klein en koel.

'Bill Holden,' zei hij. Toen raakte hij Holly's hoofd aan. 'En dit is Holly.'

'Li JinJin,' zei ze. Hij wist dat ze eerst haar familienaam noemde, volgens Chinees gebruik. De familie kwam op de eerste plaats, de familienaam was voor altijd verbonden aan de voornaam.

'Hallo, Holly,' zei ze. Ze hield zedig de split van haar *qipao* dicht terwijl ze neerhurkte, zodat hun ogen op gelijke hoogte waren. 'Wat zijn jij en je vader aan het doen?'

Holly kneep haar ogen samen. 'We zorgen voor deze poes,' zei ze. De vrouw en het kind keken zwijgend naar de schurftige, roodbruine kat, die lui in het bloembed lag. Bill voelde dat JinJin niet goed wist wat ze over de zwerfkat moest zeggen. Chinezen deden nooit sentimenteel over dieren.

Bill keek naar JinJin toen ze ging staan. De schram op haar

94

gezicht zag er in het daglicht beter uit. Niet zo rauw. Of misschien was hij er nu op voorbereid. En hij kon zien dat een airbag de boosdoener was en niet een mensenhand. Zelfs met dat geschonden gezicht heeft ze iets speciaals, dacht Bill. Ze was niet de mooiste vrouw die hij ooit in Shanghai had gezien. Ze was zelfs niet de mooiste vrouw die hij ooit in Paradise Mansions had gezien – dat was zijn echtgenote. Maar als JinJin Li glimlachte, leek ze van binnen te worden verlicht. Hij had nog nooit zo'n glimlach gezien.

'Heb een fijne dag in Shanghai,' zei ze. Nu was het zíjn beurt om met de mond vol tanden te staan toen hij probeerde iets te zeggen over de avond ervoor, dat iedereen haar bevrijd zou hebben, maar er kwam geen woord over zijn lippen. Het deed er niet toe, want op dat moment stopte de zilverkleurige Porsche op het binnenplein. JinJin Li wierp Bill een laatste glimlach toe alvorens naar de auto te lopen die met stationair draaiende motor stond te wachten, klaar om Li JinJin mee te nemen naar haar leven.

Becca's avondje uit was leuk geweest, hoewel ze er achteraf meer van genoot dan op het moment zelf.

Alice had haar meegenomen naar een bar op de Bund en haar volgegoten met belachelijk sterke cocktails, mojito's. Becca had de hele avond haar gsm vastgehouden, voor het geval er iets met Holly was. Maar Bill had niet gebeld. Holly en Bill sliepen beiden toen Becca thuiskwam. Becca liep zo stil mogelijk door de flat en keek of alles goed was met haar gezin. Toen ze wist dat alles in orde was, kon ze eindelijk genieten van de avond.

Holly lag in het midden van het enorme bed en zag er heel klein uit. Ze ademde normaal. Bill was in de logeerkamer. Zijn voeten staken uit aan het voeteneinde van het eenpersoonsbed. Hij leek er veel te groot voor. Becca kleedde zich uit. Hij hapte naar adem en probeerde rechtop te gaan zitten toen ze naast hem ging liggen. Ze legde een geruststellende hand op zijn borst en kuste zijn gezicht.

'Is ze oké?' vroeg Becca.

'Prima,' zei Bill slaperig. 'Alles is goed. Hoe laat is het?'

Toen voelde hij haar handen op zijn lichaam. Ze fluisterde zijn naam. Haar mond raakte de zijne. Ze voelde zijn handen over haar ribbenkast dwalen, de welving van haar heup, de zijkant van haar dij. Zachte kussen in de duisternis.

'Bill?'

'Wat?'

'Vanavond moet je niet de liefde met me bedrijven, me alleen maar neuken. Dat kun je toch wel, hè?' zei ze.

Dat kon hij.

8

Toen Bills vader de aankomsthal van de luchthaven van Pudong betrad, klaarde zijn harde, oude gezicht op bij het zien van zijn kleindochter.

'Opa Will,' zei Holly. Ze maakte zich los uit Bills armen en rende naar haar grootvader.

Picasso, had Becca gezegd toen ze de oude man voor het eerst ontmoette. Hij leek sprekend op Picasso. Kaal, brede schouders, ogen die je recht aankeken en nooit werden neergeslagen. Bill vond dat zijn vader op een stier leek. Oud en sterk. Een taaie, oude stier.

Hij hield een koffer in zijn ene hand, de enige die Bill ooit van hem had gekend, want de oude man was heel monogaam wat bagage betrof. Onder zijn vrije arm hield hij een reusachtige teddybeer.

'Pa,' zei Bill, 'er zijn hier bagagewagentjes, hoor.' De oude man zei: 'Zie ik eruit of ik een wagentje nodig heb?' En zo hadden ze al bijna ruzie voor ze elkaar ook maar hadden begroet. Dat zou een record zijn geweest.

'Wees alsjeblieft aardig voor hem,' bromde Becca tegen Bill, toen Tiger hen naar de auto bracht. De oude man luisterde geduldig naar een van Holly's nietszeggende monologen over wat ze haar 'derde lievelingsprinses' noemde. Bill dacht aan zijn jeugd. Hij kon zich niet herinneren dat zijn vader ooit zoveel geduld had gehad. Bij kleinkinderen was alles misschien anders.

Het was de bedoeling geweest dat Becca's vader als eerste bij hen kwam logeren, maar hartproblemen en eindeloze tests hadden hem in Londen gehouden. Het voelde als meer dan een slechte gezondheid. Bill vond dat Becca's vader, die gedurende

97

zijn hele leven voor Reuters had rondgezworven, heel onwillig
leek om ver van huis te zijn. Maar Bills vader was spijkerhard.
Hij negeerde de gevolgen van een vlucht van tien uur alsof hij
net uit een middagdutje was ontwaakt.

'En? Wat wilt u gaan doen?' vroeg Becca op de terugweg naar
Gubei. Ze zoefden langs de Bund. Maar Bills vader keek onop-
houdelijk naar zijn kleindochter. Bill had het gevoel dat hij niet
naar haar kon kijken zonder te glimlachen.

'Nou,' zei hij. 'Ik wil natuurlijk de Chinese Muur zien.'

Bill en Becca keken elkaar aan.

'Dat is Beijing, pa,' zei Bill. 'De Chinese Muur is vlak bij Beijing.'

Becca keek bezorgd. 'We zouden in het weekend naar Beijing
kunnen vliegen,' zei ze tegen Bill. 'Als jij zaterdag vrij kunt krijgen van je werk...'

Bill schudde ongeduldig zijn hoofd. Dwaze pa. Waarschijnlijk
had hij niet eens een reisgids bekeken. 'En wat nog meer, pa?'

'Hoe zit het met de Verboden Stad? Die lijkt me mooi.'

'Die ís erg mooi,' zei Bill. 'Maar de Verboden Stad ligt in het
centrum van Beijing.'

Zijn vader keek hem aan. 'Ik wil jullie niet tot last zijn. Als
het te lastig is...'

'O nee, het is helemaal niet te lastig,' zei Becca opgewekt.

'Opa! Opa!' zei Holly, teleurgesteld dat zijn aandacht was afgeleid. Ze schopte tegen de achterkant van de bank. Becca zei
dat ze dat niet mocht doen.

'Het is niet te lastig, pa, als je dat zo graag wilt zien,' zei Bill,
met het geërgerde ongeduld dat hij zo goed kende. 'Maar het is
zoiets als verwachten de Tower van Londen te zien terwijl je in
Parijs bent.' Hij voelde de kalmerende hand van zijn vrouw op
zijn schouder en zei niets meer.

De volgende morgen waren ze allemaal vroeg op. Terwijl Holly
met haar grootvader speelde, nam Becca Bill apart.

'Maak er het beste van,' zei ze. Bill dacht dat ze aan haar
eigen vader dacht. 'Hij heeft niet het eeuwige leven.'

'Dat klopt,' zei Bill, terwijl hij zag hoe zijn vader op het tapijt lag en zich met één arm opdrukte, met zijn kleindochter op zijn rug. Holly gilde van plezier. De sterke bouwvakkershand drukte in het pas gereinigde tapijt van de bedrijfsflat. 'Maar het voelt wél zo.'

Holly verloor haar evenwicht, maar ze herstelde zich door wat er nog over was van haar grootvaders haar vast te pakken. Ze lachten alle twee. Holly liet zijn haar niet los. Hij wisselde van arm en begon zich weer op te drukken.

Bill wilde naar hen toe lopen, maar Becca hield hem tegen. 'Laat ze,' zei ze.

'Maar het is gevaarlijk!' zei Bill.

Zijn vrouw schudde haar hoofd. Bill ging naar zijn werk voordat er ruzie ontstond.

Becca was bezig thee en toast te maken toen Bills vader de keuken betrad, met Holly op zijn arm.

'Is de edelachtbare al naar zijn werk?' zei hij, terwijl hij het kind op de grond zette. Ze klom in haar speciale stoel.

Becca glimlachte en knikte. 'Jullie hadden zoveel pret samen, dat hij jullie niet wilde storen.'

'Bill moet vroeg beginnen,' zei hij, en deed drie klontjes suiker in zijn thee.

'Hij moet werken om geld te verdienen,' zei Holly. Ze nam een slok van haar sap, maar de helft ervan kwam niet in haar mond terecht.

'Vroeg beginnen en laat eindigen,' zei Becca. Met een tissue veegde ze het sap van Holly's gezicht. Daarna leunde ze achterover in haar stoel en glimlachte om de ongebruikelijke aanblik van drie mensen die samen zaten te eten. 'Dit is zó gezellig,' lachte ze.

'Lange dagen,' zei Bills vader. Becca smeerde boter op een geroosterde boterham, sneed hem in vier driehoekjes en legde die op een bordje met een afbeelding van de Kleine Zeemeermin.

'Nou, óf hij zit tot 's avonds laat op kantoor te werken óf hij is op stap met cliënten,' zei ze. Ze zette het bordje voor Holly neer. 'Dus ja – het zijn zeer lange dagen.'

Hij fronste afkeurend zijn voorhoofd. 'Hij moet gas terugnemen. Zo'n leven kun je niet eindeloos volhouden.'

Becca had behoefte om haar man te verdedigen. 'Hij wil gewoon een goed leven voor ons,' zei ze, terwijl ze nog meer toast beboterde. 'Dat is alles. Daarom zijn we hier.' Ze pakte opnieuw een tissue en maakte haar dochters kin schoon. 'Dat wil iedereen, is het niet?'

Bills vader kauwde op zijn toast. 'Waarschijnlijk wel,' gaf hij toe. 'Ik denk dat Bill altijd heeft gedacht dat ik een beetje behoudend was.' Hij zag er bijna verlegen uit. 'En dat ik geen genoegen had moeten nemen met ons kleine huis, mijn kleine baan en mijn kleine leven.'

Becca legde een hand op zijn arm. 'Ik weet zeker dat hij dat nooit heeft gedacht,' zei ze.

'Jawel, hoor,' hield Bills vader vol, 'en dat denkt hij nog steeds.' Hij keek haar uitdagend aan, een stuk toast in zijn hand. 'Maar dat is het verschil tussen mij en de edelachtbare, Bec. Hij wil alles hebben. En ik wilde alleen genoeg hebben.'

'Maar het was míjn idee om hierheen te gaan,' zei ze. 'Ik heb druk op hem uitgeoefend. Hij doet alles wat ik van hem vraag. Omdat hij van me houdt.' Nu was het háár beurt om er verlegen uit te zien. Ze voelde dat ze bloosde. 'Omdat hij van óns houdt,' corrigeerde ze. 'En hij zal zorgen dat het een succes wordt,' zei ze op luchtige toon. 'Zonder enige twijfel. Hij is net als jij – een harde werker.'

'Hij heeft zijn handen nog nooit vuil gemaakt,' zei Bills vader met een glimlachje.

Becca kon zien dat de vader trots was op zijn zoon, hoewel ze het idee had dat zij de enige in de wereld was die dat zag.

Aanvankelijk dacht Shane dat het een litteken van een brandwond was. Maar het was een soort moedervlek, een lichtbruine vlek op haar donkerbruine huid, een moedervlek die zo groot was als een handspiegel en die ze nooit helemaal kon verbergen, hoe ze dat ook probeerde, of hoe zorgvuldig ze haar paardenstaart ook drapeerde.

Rosalita had een waterval van gitzwart haar, dat ze in een dikke paardenstaart over haar ene schouder droeg. Als ze in Bejeebers-Bejaybers op het podium stond, trok ze af en toe aan haar paardenstaart, alsof ze zich ervan wilde verzekeren dat hij nog steeds op zijn plaats hing.

Shane had vaak genoeg tijdens een lied naar haar gekeken om te weten dat ze dat deed om de vlek in haar nek te maskeren. Iets aan die moedervlek en de manier waarop ze – tevergeefs – probeerde hem te verdoezelen, ontroerde hem en vervulde hem met ondraaglijke gevoelens van tederheid. Er was geen echt genot in het gevoel, alleen een soort gekwelde vervoering.

Rosalita en haar band, de Roxas Boulevard Boys, beëindigden hun optreden met een bezield 'Bad Moon Rising'. Glimlachend en glimmend van het zweet verliet ze het podium. Shane keek gefascineerd en met een ongelukkig gevoel toe, terwijl de kleine Filippijnse zich bij een groep Portugese zakenlieden voegde. De kleine gestalte met de ronde welvingen werd omringd door lange mannen in pakken, die proostten en lachten. Af en toe keek ze naar de bar en wierp Shane een stralende glimlach toe. Hij wendde zijn hoofd af.

Verderop aan de bar zat een vrouw die eruitzag of ze zojuist uit de bus was gestapt. Ze keek nerveus om zich heen en hield haar namaak Gucci-tas stevig vast, alsof iemand in de kroeg de moeite zou nemen hem te stelen.

Vóór haar stond een onaangeraakt glas vruchtensap. Shane liet zijn ervaren blik over haar dwalen. Ze zoekt haar geluk in de grote, slechte stad, peinsde Shane. Doen we dat niet allemaal, maat? dacht hij, terwijl hij zich aan zijn filosofische neigingen overgaf.

Hij trakteerde haar op een glas vruchtensap. En toen nog een. En hoewel hij niet echt greep op haar dialect kon krijgen, deelden ze zoveel *putonghua* – Mandarijns, wat letterlijk 'algemene taal' betekent – dat Shane erachter kwam dat ze nog niet zo lang geleden uit Fuzhou was gearriveerd, dat ze dicht in de buurt van BB's woonde en dat ze dacht dat de vriendelijke, oude Shane een potentieel vriendje was.

Daar zal Rosalita van opkijken, dacht hij. Doe je best, maat. Maar toen hij opkeek was Rosalita bezig de club te verlaten. De hand van een Portugese zakenman fungeerde als een roer op haar ronde billen.

Shane werd ladderzat van de Tsingtao's. Zijn kalme metgezellin met haar hertenogen sloeg het ene glas cranberrysap na het andere achterover. Op het moment dat Shane begon mee te zingen met liedjes die uren daarvoor al afgelopen waren, en alle cranberrysap in Bejeebers-Bejaybers op was, besloten ze weg te gaan. Shane was zo dronken dat hij bijna vergat zijn laptop van de barkruk te pakken en mee te nemen, wat voor alle betrokkenen een ramp zou zijn geweest. Hij stopte de pc onder zijn arm, en zo gingen ze naar haar verblijfplaats, waar ze erop aandrong dat hij zijn schoenen bij de deur uitdeed en stil bleef tot ze in haar gezellige kamertje waren.

Shane gehoorzaamde. Toen ze alleen waren en hij op haar aandoenlijk kleine eenpersoonsbed lag te kijken hoe ze zich uitkleedde, dacht hij: je moet niet te veel om ze geven. Als je te veel om ze geeft, trappen ze je dood. Het probleem was dat je alles sterker voelde als je te veel om ze gaf.

's Morgens, toen de vrouw uit Fuzhou nog sliep, zwaar verdoofd door een paar injecties van Doctor Love, stapte Shane poedelnaakt uit bed en liep naar de keuken. Hij gaapte uitgebreid en krabde zijn scrotum. Hij stopte abrupt. Evenals de Chinese familie die aan de keukentafel zat te ontbijten. Ze hapten ontzet naar adem en sperden hun ogen wijd open van schrik en ongeloof.

De hele familie was er. De bebrilde man van middelbare leeftijd, zoals altijd gekleed in overhemd en das, klaar voor het kantoor. Zijn vrouw, de mollige huisvrouw met een slecht permanentje en de belachelijke minikousen die in Shanghai werden gedragen en die alleen de enkels bedekten. En hun twee kinderen – een kleine, dikke, kortgeknipte jongen van een jaar of elf, en een meisje met lang haar, ongeveer vijftien jaar oud. Ze hield haar handen voor haar mond en keek vol afschuw naar Shane.

Toen Shane zichzelf met een pak sinaasappelsap bedekte en de moeder een pakje Cheerios voor de ogen van haar dochter hield, waren twee dingen heel duidelijk voor Shane.

De vrouw uit Fuzhou was een ayi die niet duidelijk was over haar arbeidsomstandigheden.

En in de tweede plaats: het werd tijd dat hij een burgerlijk leven ging leiden.

Zijn vader wilde eigenlijk niets bezoeken. Dat was de waarheid. Bill stond door het raam naar hem te kijken. Hij zag hoe de oude man een sjekkie rookte op het binnenplein van Paradise Mansions. Bill wist dat zijn vader ook gelukkig zou leven zonder de Chinese Muur, de Verboden Stad of heel Shanghai te hebben gezien, zolang hij maar wat tijd met zijn kleindochter kon doorbrengen.

Terwijl haar grootvader zijn sigaret rookte, dartelde Holly rondom de moeder-en-kindfontein. Haar favoriete zwerfkat hield haar gezelschap. Er kwam een auto het plein oprijden. De oude man deed een beschermende stap in Holly's richting en gebaarde met zijn sigaret, hoewel de auto ver bij haar vandaan was.

'Ze houden zoveel van elkaar,' zei Becca. Ze gaf Bill een kneepje in de arm, alsof het bezoek een groot succes was.

Bill knikte. Hij zag dat zijn vader zijn dochter optilde en haar boven zijn hoofd hield. Zijn handen, dacht Bill. Die bouwvakkershanden. Mijn vaders handen.

Dat was het voornaamste geweest toen Bill opgroeide, het toppunt van vaderlijke wijsheid – het verschil tussen mannen die met hun handen werkten en mannen die met hun verstand werkten.

'De handen zijn eerder versleten dan het verstand,' had hij herhaaldelijk tegen Bill gezegd. 'Daarom zijn je examens zo belangrijk. Dan hoef je nooit met je handen te werken.'

Wat waren we arm, dacht Bill. Zijn volwassen wereld was vol oude mannen geweest die er heel anders uitzagen dan zijn vader. Hij had ze in advocatenkantoren in de City in Londen gezien, hij had ze op stranden in het Caribische gebied gezien, en hij zag ze in restaurants hier in Shanghai.

Oude mannen in een blauw overhemd met het bovenste knoopje los, gebruind door zon en skihellingen. Hun vrouwen hadden nog steeds iets jeugdigs. Bills moeder was mooi geweest, maar hij kon zich niet herinneren dat ze ooit de jeugdige uitstraling had gehad die je bij rijke mensen zag. En Bills vader had er nooit uitgezien als de oude mannen in een blauw overhemd met het bovenste knoopje los. Ze hadden de zachte, verwende blik van mannen die nooit fysiek werk hadden verricht, die nooit met hun handen hadden gewerkt.

Dus moest Bill goed zijn best doen op school. Hij moest voor zijn examens slagen. Hij moest alleen heel hoge cijfers halen, en het zou verschrikkelijk zijn als hij ooit zou struikelen. Allemaal met als doel dat hij op een dag met zijn verstand zou werken en niet met zijn handen, en zou genieten van het zachte leven, het gemakkelijke leven, het goede leven. Het leven dat zijn vader nooit had gekend.

O, *pa,* dacht Bill bedroefd, terwijl hij zag dat zijn ouweheer nog een sjekkie rolde. *Wat weet jij nou van het goede leven, verdomme?*

Niet dat Bill Holden ooit 'verdomme' had gezegd in het bijzijn van zijn vader.

Rosalita verliet BB's en de lucht die naar rook, bier en zweet rook. Ze snoof onmiddellijk de geur van de bloemen op. De geur van rozen, tientallen, die de stank van het nachtelijke verkeer verhulden.

De band was eerder vertrokken dan zij, omdat ze de eigenaar van de club nog een plagerig klapje op zijn kont moest geven, bij wijze van afscheid, gewoon voor de lol. Ze was goed in dat soort dingen. De muzikanten stonden bij het busje te wachten. De achterdeur was al open, hun instrumenten waren ingepakt en ze grijnsden allemaal tegen haar.

Langzaam keek ze naar haar voeten om te zien waarop haar naaldhakken stonden... rozen, het begin van een spoor van rozen, een met de hand gemaakt pad van rozen dat van de toegangsdeur van de club naar een verlengde limousine leidde – een limo die onnodig en belachelijk verlengd was. Het achterportier was open. Daar zat Shane. Tussen zijn stevige benen stond een ijsemmer met een fles champagne.

Zonder waarschuwing begon in de schaduw luid een man te zingen. Rosalita deinsde van schrik terug.

Het was 'O Sole Mio', prachtig gezongen door een dikke, jonge, Italiaanse monteur, die Shane had ontdekt toen de man Elvis-ballades zong in de Funky Fox karaokebar aan de Tong Ren Lu. De jonge monteur zong met een hand op zijn hart, alsof hij smeekte om de oprechtheid van de man die hem voor een uur had ingehuurd.

De Roxas Boulevard Boys grijnsden en grinnikten om de schaamteloze afgezaagdheid van het tafereel. Rosalita lachte ook, hoewel ze gevleid was. Er klonk een zweem van verrukking in haar lach door. Shane glimlachte verlegen. Hij keek snel van de kleine zanger naar de jongens van de band.

De drummer brabbelde boos iets in het Tagalog, de Filippijnse taal, en Rosalita brabbelde boos iets terug. Even had het beide kanten op kunnen gaan.

De keus was aan haar – in het busje stappen of met de man meegaan.

En toen liep Rosalita over de romantische bloemen, alsof ze nooit aan haar besluit had getwijfeld. Haar naaldhakken klikten op de bloemblaadjes onder haar voeten. En ze lachte haar stralende lach.

'Ik zal je even helpen met je rolschaatsen,' zei Bill.

Hij knielde voor zijn dochter neer. Holly stak haar voet uit, als een prinses die een glazen muiltje past, en luisterde naar het oorverdovende lawaai van de rolschaatsbaan. Bills vader keek grinnikend op haar neer en hield zich vast aan het hek om in evenwicht te blijven. Hij had al een paar prehistorische rolschaatsen aan zijn voeten.

'Daar gaan we,' zei Bills vader. Hij stortte zich in de stroom rolschaatsende, Chinese tieners. Met flapperende armen probeerde hij zijn evenwicht te bewaren, en dat lukte. Toen schaatste hij weg met een verbazingwekkende zelfverzekerdheid, zwaaiend naar zijn zoon en zijn kleindochter.

Rolschaatsen in China, dacht Bill, toen het geluid van ijzeren wieltjes op hout achter hem klonk. Wie had nou gedacht dat de stad een plek voor zulke oeroude genoegens zou hebben? Maar dit was Shanghai, waar ouderwets vermaak nog steeds in verborgen hoekjes van de moderne stad op de loer lag. 'Ik zal de andere aantrekken,' zei Bill. En Holly bood hem haar schaatsloze voet aan.

'Het is eerlijk gezegd een beetje moeilijk voor iemand die zo klein is als ik,' zei ze.

Bill glimlachte om haar ernstige gezicht toen ze met gefronst voorhoofd naar haar voet keek. Daarna richtte ze haar blik weer op de rolschaatsbaan, popelend van verlangen om daar met haar opa en alle grote kinderen te schaatsen. Bill werd overspoeld door een grote golf van liefde.

Soms had hij het idee dat Holly meer Becca's kind was dan het zijne. Hij verzette zich ertegen, maar hij kon er niets aan doen. Als ze samen tijd doorbrachten had hij altijd het gevoel dat hij aanspraak op haar maakte. *Ze is ook mijn kind.*

'Daar is onze vriendin,' zei Holly.

Bill keek op en zag JinJin Li. Lachend schaatste ze aan het hoofd van een groep kinderen. Ze kon goed rolschaatsen, ze hield haar slanke armen als vleugels gespreid, zoals een koorddanseres. Soms leek het of ze nooit aan de lengte van haar armen en benen gewend was geraakt, maar niet wanneer ze rolschaatste. Er was een tiental jongens en meisjes, allemaal zo'n twaalf jaar oud, en ze speelden een spel waarbij ze zich vasthielden aan de persoon vóór hen. JinJin ging voorop. Ze had haar haar naar achteren gekamd. Bill had haar nog nooit zo zien lachen. Ongelofelijk, dacht hij. Ze kan niet alleen glimlachen, maar ze kan ook láchen. Wat nog meer? Je kunt haar gezicht beter zien als ze haar haar zo draagt, dacht hij. Niet slecht.

Holly zwaaide en JinJin zag hen. Haar ogen gingen wijd open van verbazing. Ze schaatste naar hen toe, nadat ze zich van het kind achter haar had losgemaakt. Bill voelde dat hij achteroverhelde op zijn schaatsen en ging snel rechtop staan. Plotseling was JinJin daar. Ze hield het hek vast, happend naar adem. Ze zag er stralend en levenslustig uit.

'Blijkbaar hou je van rolschaatsen, Holly,' zei JinJin. Een paar kinderen volgden haar. Ze lachten, maar plotseling werden ze stil en verlegen in het bijzijn van 'blanken met grote neuzen'.

'Het is mijn eerste poging,' zei Holly.

'Je redt het wel,' zei Bill. Hij keek op toen zijn vader heel kundig tot stilstand kwam. Bill probeerde JinJin in zijn wereld te plaatsen. 'Pa, dit is JinJin. Onze buurvrouw.'

'Aha,' zei ze, terwijl ze de hand van de oude man schudde. Deze keer leek ze niet zo onhandig. 'Je zorgt voor je vader. Heel goed.'

Bills vader trok een grimas. 'Hij voor míj zorgen? Vergeet het maar, liefje,' zei hij.

'En dit zijn mijn kinderen!' zei JinJin. Ze wees naar de jongens en meisjes die verlegen achter haar stonden. Ze deden hun best om in een vrolijke stemming te blijven.

'Je hebt veel kinderen,' zei de oude man.

'Uit mijn tijd als lerares!' zei JinJin. Ze had een verhit gezicht en was blij en gelukkig. Bill had nog nooit iemand gezien die zo straalde van geluk. 'Ik neem ze één keer per maand mee naar de rolschaatsbaan.' Ze zocht naar de juiste woorden. 'We hebben nog steeds contact met elkaar.'

Bill was verrast. 'Ben je lerares geweest?'

'Middenschool nummer 251, Shanghai,' zei ze, alsof hij het zou willen controleren. Ze woelde door het haar van een grote jongen die naast haar stond. De jongen kreeg een kleur als een boei. Hij is verliefd op haar, dacht Bill. Een verliefdheid die waarschijnlijk een leven lang zal duren. Maar hij vermoedde dat ze allemaal verliefd op haar waren. Waarom zouden ze dat níet zijn? Een lerares die er zo uitzag en die je meenam naar de rolschaatsbaan!

'Nou,' zei JinJin. 'We moeten verder.'

'Ja,' zei Bill. 'Veel plezier.'

Toen ze wegreed, knikte ze beleefd naar Bills vader. 'Prettig kennis met u te maken, meneer,' zei ze.

Geen mens sprak Engels zoals zij. Bill had moeten beseffen dat ze lerares Engels was geweest.

'Insgelijks, liefje,' zei Bills vader.

JinJin glimlachte tegen Holly. Niet de beleefde glimlach van het binnenplein, maar een brede, open glimlach, van oor tot oor. Haar vooruitstekende tanden waren zichtbaar. Bill vond ze leuk. En toen besefte hij dat hij iets aan haar moest vragen.

'Had je geen plezier meer in het lesgeven?' riep hij, en JinJin Li begon te lachen.

'Ik vond het enig!' zei ze, en toen was ze weg.

Bill was blij dat hij niet zo dom was geweest om de voor de hand liggende vraag te stellen – *Waarom ben je er dan mee gestopt?* Want hij kende het antwoord.

'Kom op, slome duikelaar, laten we kijken wie het snelste is,' zei zijn vader plotseling. Hij vertrok, terwijl hij Holly voor zich hield, tussen zijn benen. Ze lachten alle twee toen ze achteromkeken en zagen dat Bill achter hen aan sjokte, zijn gezicht rood van inspanning. Hij raakte steeds verder achter. Hij was zich ervan bewust dat hij hen nooit zou inhalen, hoezeer hij het ook probeerde.

9

'Laat de genezing maar beginnen,' zei Bill, en klapte in zijn handen.

Zijn vader lag plat op zijn rug, gekleed in een T-shirt en een zwembroek. Hij tilde zijn hoofd op toen de acupuncturist de naaldjes begon klaar te maken. De tafel waarop hij lag nam het grootste deel van de kleine ruimte in beslag. Bill drukte zich plat tegen de muur en glimlachte om het bezorgde gezicht van zijn vader.

'Ik ben hier niet zo zeker van,' zei Bills vader. Hij kromp ineen toen de acupuncturist het eerste naaldje in zijn grote teen stak.

'Ontspan je,' zei Bill. 'De Chinezen geloven hier al duizenden jaren in.' De naaldjes werden bedreven in zijn vaders kuit, dij en hand aangebracht. Het leek of de acupuncturist amper door de huid van de oude man heen prikte. Bill kon niet nalaten om te zeggen: 'Trouwens, ze geloven ook dat het eten van de testikels van een tijger je virieler maakt.'

Zijn vader wierp hem een twijfelachtige blik toe. Bill begon te lachen.

Het was Becca's idee geweest om naar de acupuncturist te gaan.

Ze had de pijn van Bills vader gezien, ze had gezien dat zijn lichaam was versleten omdat hij zijn hele leven met zijn handen had gewerkt. Zijn rug, zijn knieën, de gewrichten in zijn handen – ze had gezien dat zijn gezicht vertrok van pijn als hij met Holly speelde. Ze had gezien dat hij ineenkromp als hij haar boven zijn hoofd hield of bukte om op de vloer te spelen, en ze wist dat hij aanvaardde dat hij tot aan zijn dood toe pijn zou lijden.

Maar Doris, de ayi, was door deze acupuncturist van haar gewrichtsreuma genezen. En nu waren ze hier, in een kleine kamer in een Chinees medisch centrum in de oude Franse Wijk. Becca en Holly waren aan het winkelen. Bill grinnikte geamuseerd toen er een naaldje in zijn vaders schedel werd aangebracht en de man – eindelijk – een kreet slaakte.

'Dat doet pijn,' zei hij tegen de acupuncturist. De dokter knikte met academische belangstelling. Doris had hun verzekerd dat acupunctuur prettig was, heel ontspannend, maar het leek Bill even ontspannend als een wortelkanaalbehandeling.

'Zou u de pijn kunnen beschrijven?' vroeg de acupuncturist in volmaakt Engels.

'Ik zal het proberen,' zei Bills vader. 'Het is net of iemand een naald in mijn schedel steekt.' Hij tilde zijn hoofd op en keek naar de naaldjes in zijn lichaam. 'Ik hoop dat u ze er allemaal uit zult halen.'

De acupuncturist stak zijn hand op en vroeg om geduld. 'Ik moet een halfuurtje weg,' zei hij, terwijl hij de naaldjes zacht ronddraaide.

'Nog meer naaldjes en ik ben een radiozender,' zei Bills vader.

Bill leunde lachend tegen de muur. Toen liet de acupuncturist de oude man alleen met de naaldjes in de meridianen van zijn lichaam. Kort daarna kon Bill de acupuncturist door de dunne wand heen horen. Hij was in de aangrenzende kamer en sprak Chinees met een andere patiënt.

Bills vader lag doodstil, met gesloten ogen en regelmatig ademend. Bills glimlach verdween langzaam toen hij keek naar de dunne naaldjes in het harde, met littekens bedekte oude lichaam. In stilte hoopte hij dat dit, in een stad vol nep, wél echt was.

Ze gingen naar de bruiden kijken. Ze hadden ze niet meer gezien sinds die eerste zondag, toen ze boven in de Oriental Pearl TV Tower naar de bruiden in het park hadden staan kijken. Nu waren ze in het park, tussen de bruiden en hun bruidegoms. Er waren allerlei bruiden. Jong en oud, mollig en aantrekkelijk, luidruchtig en ingetogen, zwanger en met een platte buik. Zo verschillend als sneeuwvlokken, dacht Bill. Hij vroeg zich af hoe iemand ooit kon denken dat alle Chinezen er hetzelfde uitzagen. Bill en Becca liepen hand in hand. Ze glimlachten tegen de bruiden en de bruidegoms en ook tegen elkaar toen ze het kleurrijke visvoer in het water strooiden en het water glanzend oranje opspatte. De jongemannen in hun pakken hielden de armen van hun nieuwe echtgenotes vast, terwijl die de zomen van hun trouwjurken optilden en de karpers voerden.

Bills vader hield zijn kleindochter op zijn arm. Bill vroeg zich af of zijn vader nu aan zijn eigen bruid, Bills moeder, dacht. Holly keek ernstig naar de tientallen jonge vrouwen in hun witte bruidsjurken. De blik in haar ogen was vol bewondering en ontzag, alsof iedereen een echte Disney-prinses was, en alsof al hun verhalen vast en zeker zouden eindigen met: en ze leefden nog lang en gelukkig.

Dat was een fijne dag, dacht Becca, toen ze achteruitstapte om haar *Zonnebloemen* te bewonderen. De zachtgele en glanzende, gouden tinten van het schilderij brachten haar de wandeling over de kunstmarkt in herinnering die ze met haar man en haar dochter had gemaakt. Bill en Becca hand in hand met Holly. Ze hadden het spel gespeeld dat ze één-twee-drie noemden en hadden haar bij de derde tel omhoog gezwaaid. Mensen hadden glimlachend naar het gezinnetje gekeken.

Becca wist hoe ze eruit hadden gezien, het volmaakte plaatje, en het gaf haar een beter gevoel dan wat dan ook. De knappe echtgenoot. De mooie vrouw. En het schattige kind, gillend van plezier terwijl ze tussen hen in haar dunne beentjes in de lucht zwaaide. Dat is wat ik wil, realiseerde Becca zich, toen ze de zachte stemmen van Bill en zijn vader uit de logeerkamer hoorde komen. Ze wilde dat ze altijd dat volmaakte plaatje waren.

Terwijl Doris Bills bed op de sofa opmaakte, draaide Becca zich langzaam om. Aan elke muur van de zitkamer hing een *Zonnebloemen*. Ze twijfelde even. Zagen al die nep-Van Goghs er niet belachelijk uit? Te kitscherig, te ironisch – alsof ze probeerden te zeggen: *Kijk wat ze doen in deze krankzinnige stad. Is het niet hilarisch, lieverd?*

Nee, besloot ze, ze zien er prachtig uit. En de *Zonnebloemen*, met *De zaaier* in de logeerkamer en de *Sterrennacht* in de ouderslaapkamer, zorgden ervoor dat ze zich vasthield aan die heerlijke dag op de kunstmarkt, alsof het iets was wat ze kon bewaren.

De vloer was bezaaid met het dikke, beschermende karton waarin de schilderijen verpakt waren geweest. Samen met Doris raapte ze alles op en stopte het in twee grote, groene vuilniszakken.

'Ik zal ze naar beneden brengen, mevrouw,' zei de ayi, maar Becca schudde haar hoofd.

'Nee, Doris, ze zijn niet zwaar,' zei ze. Ze wilde niet een van die expatvrouwen worden die de ayi als een pakezel behandelden. 'Ga jij even bij Holly kijken. Maar ik denk niet dat ze wakker zal worden.'

Met een vuilniszak in elke hand ging Becca met de lift naar de kelder. Een auto verliet de ondergrondse parkeergarage. Even werd ze verblind door de koplampen en hield een hand boven haar ogen. Toen was de auto weg. In de kelder was het stil, op Becca's zachte voetstappen na. Ze liep naar de lange rij reusachtige, zwarte vuilnisbakken.

Ze gooide de eerste zak erin en ze had net de tweede opgetild toen ze het geluid hoorde.

Een zwak gemiauw, dat haar deed glimlachen.

Wedden dat het die schurftige, oude, roodbruine kat is? dacht ze. Dat beest volgt Holly overal.

Het poesje leek dichtbij te zijn, maar ze kon het niet zien.

'Geen melk vanavond, poes,' zei Becca hardop. Haar stem weergalmde door de kelder.

Ze tilde de tweede zak op en stond op het punt hem in een vuilnisbak te gooien toen ze het geluid opnieuw hoorde.

Ze verstijfde.

Langzaam liep ze langs de rij vuilnisbakken. Het geluid leek plotseling dichterbij. Becca vermande zich, want ze herkende het gemiauw als gehuil, onmiskenbaar van een mens. In een afschuwelijke seconde wist ze dat het geen dier was maar een mens die zich in een van die vuilnisbakken bevond.

Becca begon verwoed aan de zwarte vuilnisbakken te trekken. Ze haalde er zakken uit, scheurde ze open en graaide in het afval. Haar nagels braken en er zat bloed op haar handen. Een vuilnisbak viel om en knalde tegen haar heup. Ze schreeuwde bijna, terwijl ze op handen en voeten in de inhoud van de omgevallen bak zat te wroeten, waaronder stinkende blikjes, voedselresten en kapotte flessen. Tot ze eindelijk het fragiele, witte, levende lichaampje van de baby zag, een handje dat zich om haar vinger sloot en weigerde hem los te laten.

Toen lag de baby in haar armen. Becca klopte op haar zakken. Goddank, daar was hij. Ze had haar telefoon bij zich, en de nummers! Alle nummers die je nodig had als er iets ergs gebeurde: 110 voor de politie, 119 voor de brandweer en 120 voor de ambulance.

Ze toetste het laatste nummer in: 120. De vrouw kwam onmiddellijk aan de lijn en vroeg: '*Wei?*' Becca legde uit en smeekte en spelde langzaam het adres van Paradise Mansions, maar de vrouw aan de andere kant van de lijn zei alleen maar *Wei?* Daarna volgden een paar zinnen in ongeduldig Mandarijns voordat de vrouw ophing. Becca rende terug naar de lift, met de baby in haar armen. Af en toe gleed ze uit in het afval. Ze vroeg zich af waarom ze zo dom was geweest. Waarom ze had gedacht dat het opslaan van de telefoonnummers voldoende was en dat alles dan in orde zou zijn? Waarom had ze ooit aangenomen dat ze in geval van nood de hulpdiensten kon bellen en Engels kon spreken met degene die opnam?

Ze was vergeten hoe het voelde om een pasgeboren baby vast te houden. Ze was de melkachtige geur vergeten, ze was het gewicht in haar armen vergeten.

Het kindje weegt haast niets, dacht Becca. Licht als een veertje.

Bill stopte geld in de handen van de taxichauffeur. Daarna renden ze door de hal van het International Family Hospital and

Clinic aan de Xian Xia Lu. Onmiddellijk werden ze omringd door verpleegsters die de baby van Becca overnamen. Ineens zag Becca, tot haar grote vreugde, dokter Sarfraz Khan, die de leiding had en orders uitdeelde. Hij vroeg aan Becca wanneer en waar ze de baby had gevonden, terwijl ze door de verlichte ziekenhuisgang liepen. Ten slotte verliet hij Becca en Bill en deed een deur open waarop stond: Intensive care-afdeling.

Een uur later kwam de dokter weer naar hen toe. Becca was misselijk door de koffie die Bill maar bleef brengen, omdat hij iets moest doen. En ze was ook misselijk bij de gedachte aan wat er zou zijn gebeurd.

'Ze is een gezonde baby,' zei dokter Khan. 'Dank zij u, niet dank zij mij.'

Becca schudde haar hoofd. Ze was doodmoe. 'Ik heb het gevoel dat ik u voortdurend lastigval.'

Khan lachte. 'U valt me niet lastig. U brengt zieke kinderen naar me toe om voor hen te zorgen. En dat is mijn vak.'

'Bedankt,' zei Becca. Ze sloeg haar handen voor haar gezicht. 'O God. Bedankt, Sarfraz.'

Toen barstte ze in tranen uit.

Bill keek naar zijn vrouw. Hij streelde haar arm en dacht: Sarfraz?

Het was bijna tijd dat Bills vader weer naar huis ging.

Terwijl Becca de volgende morgen nog in bed lag, namen Bill en zijn vader Holly en haar fiets mee naar het park. Ze hadden slechts een klein ruzietje over de vraag wanneer een kind geen wieltjes meer nodig had om tijdens het fietsen in evenwicht te blijven. Op het moment dat ze in de flat terugkeerden, hoorden ze stemmen door de babyfoon.

Ze waren vergeten het apparaat uit te zetten toen ze terugkwamen van het ziekenhuis. Ze hadden de ayi naar huis gestuurd en waren uitgeput in bed gekropen, met Holly tussen hen in. Ze hadden door alles heen geslapen. De babyfoon moest de hele nacht aan hebben gestaan, want het groene lampje brandde en er kwam vaag gemompel uit de ouderslaapkamer. Zoals het geluid van geliefden in een andere wereld, dacht Bill. Zijn vader hield Holly op zijn arm. Hij gaf een kus op haar wang, zette haar neer en liep de logeerkamer binnen.

'Wat is opa Will aan het doen?' vroeg Holly.

'Opa moet zijn koffer pakken,' zei Bill.

'Moeten we dan afscheid nemen?' zei ze verdrietig.

Toen de ayi Holly snel en met bemoedigende woordjes meenam, bleef Bill aarzelend in de zitkamer staan. Hij luisterde naar het geluid van dokter Khan die met Becca sprak, maar hij verstond er niets van. De babyfoon was niet gemaakt om het geluid van een pratende man en vrouw op te pikken.

Hij wachtte even. Toen ging hij de slaapkamer binnen. Becca had een pyjama aan en zat rechtop in bed, hoewel het maar weinig scheelde of ze sliep. Haar rechtermouw was opgerold, en er zat een pleister op haar arm. Dokter Khan stond naast het bed. Hij had haar zojuist een injectie gegeven. Bill kromp ineen bij het zien van de injectienaald. Ze fluisterde Bills naam. Hij ging naar het bed, sloeg zijn armen om haar heen, kuste haar gezicht en drukte haar tegen zich aan. Haar gezwollen ogen deden pijn. Het was duidelijk dat het haar veel moeite kostte om ze open te houden.

'Ik heb uw vrouw een kleine dosis valium gegeven,' zei de dokter. 'Dat zal haar helpen om te slapen.'

'Maar ik kán niet slapen,' zei Becca, terwijl ze haar ogen sloot. Ze haalde een paar keer diep adem en legde toen haar hoofd op het kussen. Bill en de dokter stonden zwijgend toe te kijken. Toen ze er zeker van waren dat ze sliep, verlieten ze stilletjes de kamer. Ze hoorden dat Holly de ayi instructies gaf voor een prinsessenspelletje.

'Zodra ze het aankan,' zei dokter Khan, 'moet u uw vrouw naar het ziekenhuis brengen. Ik denk dat ze er beter mee om kan gaan als ze de baby ziet.'

Bill knikte. 'Waar is de baby vandaan gekomen?' Maar dat was niet wat hij bedoelde.

Wat hij bedoelde was: hoe kon dit gebeuren?

Dokter Khan haalde zijn schouders op. Ze waren naar het

raam gelopen. Er stonden al een paar auto's op de meisjes van Paradise Mansions te wachten.

'Jaarlijks vinden in deze stad ongeveer 300.000 abortussen plaats,' zei dokter Khan. 'Het is gemakkelijker dan een kies te laten trekken. Deze baby...' Hij haalde diep adem. 'Ik weet het niet. Misschien verwachtten ze een zoon. Dat komt voor. Of misschien dacht de moeder dat de vader zijn gezin zou verlaten.' Hij keek van de auto's op het binnenplein naar Bill. Blijkbaar wist hij alles van Paradise Mansions en dat soort plekken.

'Soms hebben die meisjes te hoge verwachtingen,' zei dokter Khan. 'Soms wordt hun wijsgemaakt dat hun vriendje zijn vrouw zal verlaten. En dan – doet hij het niet. Hoe groot is die kans echt?' Hij glimlachte en schudde zijn hoofd. 'Tenminste, als de moeder een van de meisjes van dit flatgebouw is. Maar ik vermoed dat ze een arme *dagongmei* is, een seizoenarbeidster.' Hij wierp een blik op het plein beneden. 'Het is mogelijk, maar ik denk niet dat de moeder hier woont. De meisjes hier zijn te hard en te slim voor zoiets als dit.' Hij keek Bill aan. 'Ze baren geen baby's die ze niet willen.'

Ze zagen dat een oude VW Santana-taxi op het binnenplein stopte en achter de wachtende auto's parkeerde, waarmee hij een schril contrast vormde. Alice Greene stapte uit de taxi. Dokter Khan zei dat hij terug moest naar het ziekenhuis. Bill bedankte hem, gaf hem een hand en bracht Khan naar de lift. Daar nam hij afscheid. Hij stond er nog steeds toen Alice een paar minuten later opdook.

Bill wilde haar niet in hun huis hebben. Vandaag niet.

'Voor Becca,' zei ze, en gaf Bill een pakje. Hij voelde losse thee in dik, bruin papier. 'Het is Dragon Well-thee uit Hangzhou,' zei ze, bijna verontschuldigend. 'De beroemdste Chinese thee. Van de Longjing-bron.'

Bill keek naar het pakketje. 'Weet je wat er gebeurd is?' vroeg hij.

Ze knikte. 'Becca heeft me gebeld. Vanmorgen, nadat jullie thuis waren gekomen. Ik denk niet dat er veel mensen zijn die ze kan bellen.' Alice was duidelijk in verlegenheid, alsof ze bang was dat dit als kritiek klonk.

Bill bleef naar de thee in zijn hand staren. 'Dank voor je komst. Ik stel het echt op prijs. Maar ze slaapt nu.' Toen keek hij Alice scherp aan en vroeg: 'Ga je hierover schrijven?'

Alice schudde haar hoofd.

'O nee,' zei ze. Haar glimlach was vol van een bijna fysieke pijn. 'Een babymeisje dat in de steek is gelaten? Een babymeisje dat met het vuil buiten is gezet? Nee. Dat wil mijn krant niet. Het is geen nieuws, weet je.'

De volgende dag nam Bill afscheid van zijn vader.

Tiger reed hen naar de luchthaven. Ze sloten zich aan bij de lange rij mensen die incheckten voor de economyclass, de goedkope klasse. Dat is het ergste als je arm bent, dacht Bill. Het is zo tijdrovend.

'Pa, ik kan ervoor zorgen dat je eerste klas reist,' zei hij met een blik op de lange rij. Er waren meer Chinese dan Engelse gezichten op weg naar Europa. 'Of in elk geval businessclass.'

Zijn vader schudde koppig zijn grote hoofd. 'Dat heeft geen zin.' Hij zette zijn koffer op de grond en stelde zich in op een lange wachttijd. 'Het is geldverspilling. Ik slaap toch tot we in Heathrow zijn.'

Bill had het aanbod zonder ongeduld gedaan, en zijn ouweheer had het zonder verontwaardiging afgewezen. Dat was nog nooit gebeurd.

'Ik hoop dat Becca zich snel beter voelt,' zei zijn vader, een beetje onbeholpen. Bill knikte. Er was iets tussen hen veranderd. Iets wat lang bevroren was geweest was gaan ontdooien.

Mijn dochter, dacht Bill. Dat heeft Holly gedaan. Hij kon niet ontkennen dat hij opgelucht was toen zijn vader zich omdraaide en wuifde alvorens uit het zicht te verdwijnen.

Bill stapte in bed en sloeg zijn armen om zijn vrouw heen. Ze bromde iets. Toen ging ze tegen hem aan liggen, hoewel ze nog steeds sliep of versuft was door de kalmerende middelen. Of beide.

Aan de andere kant van de deur kon hij Holly horen babbelen, terwijl de ayi haar uitkleedde voor haar bad. Ze zou vanavond in het bed van papa slapen, omdat mama zich niet lekker voelde.

Bill was bijna in slaap toen hij Becca zijn naam hoorde fluisteren. Hij ging op zijn zij liggen. Ze had nog steeds haar ogen dicht.

'Wat is er, schat?'

'Weet je nog dat ik vroeger, in je stageperiode, naar je kantoor kwam en buiten op je wachtte? Je had maar een uurtje vrij, zodat we moesten lunchen in restaurantjes waar een snelle bediening was. Kun je je dat nog herinneren, Bill?'

Hij begroef zijn gezicht in haar haar en inhaleerde diep. Toen kuste hij haar nek en haar schouderbladen door haar pyjamasje heen.

'Ik herinner me alles,' zei hij. 'Ga maar weer slapen.'

Ze wendde haar hoofd af. Hij zag haar glimlach in het duister. 'Dat was een fijne tijd, hè?' Ze wachtte op een antwoord. Hij streelde haar arm en herhaalde dat ze moest gaan slapen.

'Het was inderdaad een fijne tijd,' beaamde hij.

'Dat kan ik nu niet doen, hè?'

Hij zweeg.

Haar stem was zacht, begripvol. 'Zo'n baan is dit niet, hè Bill?'

'Nee,' zei hij. 'Zo'n baan is dit niet, schat.'

Ze zweeg even. Hij kon haar horen ademen.

'Bill?'

'Wat is er?'

Hij voelde dat ze naar woorden zocht. Ze wist niet hoe ze het moest zeggen. Hij hoorde haar diep ademhalen in het donker. Ergens in de flat was het geluid van Holly's bad dat volliep.

'Ik ga voor een tijdje terug,' zei ze.

Het lag daar tussen hen in, tot de verklaring – aarzelend uitgesproken, alsof het idee net bij haar was opgekomen – de kamer leek te vullen.

'Teruggaan?' zei hij stomverbaasd, niet in staat te begrijpen wat dat betekende. Voor hem. Voor hen. Voor hun gezinnetje.

'Het gaat niet zo goed met mijn vader,' zei ze snel, onmiddellijk haar troef uitspelend. 'Hij is anders dan jouw vader. Hij is niet fit en gezond. Niet onafhankelijk. Hij kan zich niet redden zonder mijn moeder. Hij is een ander soort oude man.' Ze streelde zijn arm, ze wilde dat hij het met haar eens was. 'En ik denk dat het misschien goed voor mij en Holly is om voor een tijdje terug te gaan,' zei ze, blij dat ze eindelijk open kaart had gespeeld.

Hij wist niet wat hij moest zeggen. 'Voor hoelang wil je teruggaan?'

'Ik weet het niet,' zei ze. 'Tot ik een beter gevoel over bepaalde dingen heb.'

Op de een of andere manier kon hij aan haar schouders zien dat ze bijna in tranen was. Hij hield haar stevig vast, alsof de kracht van zijn gevoel een besluit kon veranderen dat al was genomen.

'Ik vraag niet of jíj vertrekt,' zei ze. 'Dit was allemaal mijn idee. Om hierheen te gaan. Ik denk echt dat Devlin het meent – je zou over een paar jaar partner kunnen zijn. In Engeland zou dat nooit zo snel kunnen gebeuren.'

'Maar hoe zit het dan met óns?'

'Nou, er zal altijd "ons" zijn.' Ze gaf een klopje op zijn arm. 'Natuurlijk!'

'Je zou ook kunnen blijven,' zei hij. Hij hoorde het geluid van rondspattend water en Holly's schaterlach. 'Je zou ook kunnen blijven. En we zouden kunnen proberen er nóg een te krijgen.'

'Wát?' Ze leek het werkelijk niet te begrijpen. Hoe was dat mogelijk? Dacht ze daar dan niet de hele tijd over na? De baby die nog geboren moest worden?

'Een broertje of een zusje voor Holly,' zei hij. Het was zijn eigen troefkaart, de enige die hij kon uitspelen.

'Nee,' zei ze somber. 'Nee, dat denk ik niet. Ik denk dat het het beste is als we voor een tijdje teruggaan.'

'Met die baby zal het wel goed gaan,' zei hij, zich afvragend of hij dat echt geloofde. 'De baby die je hebt gevonden.'

'Maar het is en blijft een wrede stad, het is en blijft een harde stad. Hoe anders is het dan toen bij elk park een bordje stond met het opschrift: *Geen Chinezen, geen honden*? Hoe anders is het in feite?'

'God, Bec, het is écht anders. Het is beter dan het ooit is geweest. Dat moet je niet vergeten. Voor veel meer mensen is het beter dan ooit het geval is geweest. En we zouden hier een goed leven kunnen hebben. Dat weet je.'

'Ja, maar hoeveel dingen moeten we negeren voor ons goede leven?'

Na die woorden zweeg ze. Hij had niet de moed om met haar te kibbelen. Ze had al een besluit genomen. Toen ze sliep, ging hij naar zijn eigen kamer, waar Holly met wijdgespreide armen en benen in het eenpersoonsbed lag. Doris, de ayi, had een nachtlampje aangelaten. Bill schatte waar hij kon slapen. Toen deed hij het licht uit en ging liggen op het kleine strookje bed dat nog leeg was.

Hij sloeg voorzichtig een arm om zijn dochter, verbaasd dat ze zo klein was, amper dertig pond, een kwetsbaar en onzeker mensje op deze wereld. Hij hield haar zo stevig vast als hij durfde.

Maar ook hier kon hij de slaap niet vatten. Daarom verliet hij de kamer en ging voor het raam naar het lege binnenplein van Paradise Mansions staan kijken.

10

De verhoogde snelweg Chendu Lu loopt hoog boven St Peter's, de katholieke kerk in Chongqing Nanlu. Toen de bruid en de bruidegom in het zonlicht stapten, vermengde het gejuich van de kerkgangers zich met het lawaai van de verkeersstroom boven de torenspits.

Becca had Holly op haar arm, die confetti gooide. Ze kneep haar ogen samen, alsof zíj degene was die met de gekleurde papiersnippers werd bestrooid. De meeste confetti kwam op Bill terecht. Hij keek naar zijn vrouw. Ze zag er mooi uit vandaag. En dat was niet alleen hém opgevallen. Toen ze de kerk binnenkwamen, had Bill het gevoel gehad dat alle mannen die aan beide zijden van het middenpad zaten – keurige, kleine Filippijnen en grote, vriendelijke Australiërs – met een zekere hunkering naar zijn vrouw keken. En nu had hij het idee dat hij, ondanks de tweeduizend en nog wat nachten die ze samen hadden gedeeld, op precies dezelfde manier naar haar keek.

Maar hij wist dat hij de enige was die haar kwetsbaarheid zag. Alleen híj zag dat de vrouw van wie hij hield zich tot het uiterste inspande om zich te beheersen en de schijn op te houden. Ze kijken allemaal naar haar, dacht hij, maar ik ben de enige die haar écht ziet.

Hij zag dat Becca glimlachte toen ze Shane en Rosalita zag, en ook hij begon te glimlachen. Het gelukkige paar was compleet tegengesteld aan elkaar. De bruidegom was groot en blond, terwijl zijn bruid klein en donker was. Shane grijnsde als een dwaas, verlegen onder zoveel aandacht. Rosalita lachte en zwaaide naar haar vrienden en vriendinnen in de menigte. Eindelijk stond ze in het middelpunt van de belangstelling, ze voelde zich 'de grote ster'.

'Hij krijgt jeugd en schoonheid en zij krijgt invloed en bescherming,' zei Mrs. Devlin, die plotseling naast Bill was gaan staan en traag een handjevol confetti strooide. 'Tenminste, dat is het plan, neem ik aan.' Ze zuchtte diep, alsof ze het al heel vaak had meegemaakt. 'Wat zou er nou verkeerd kunnen gaan?'

De drie Devlin-jongens renden als gekken rond, tussen benen door. Ze vielen elkaar aan met confetti vermengd met grind dat ze van de grond hadden opgeraapt. De kleinste kreeg een klap op zijn oog van een van zijn broers, en begon te huilen.

Holly wierp een waakzame blik op hen en Bill nam haar op zijn arm. Ze had niet zo veel met jongens op. Ze trok aan Bills oren. Dat was haar nieuwe manier om zijn aandacht te krijgen. Hij voelde haar zoete adem op zijn gezicht.

'We gaan voor een tijdje terug,' fluisterde ze. 'Maar jij blijft thuis.'

Hij voelde dat hij in paniek raakte. 'Mijn thuis is bij jou,' fluisterde Bill. 'Altijd. Waar je ook bent, dát is mijn thuis. Oké?'

Ze dacht even na en keek haar vader aan met de ernstige, blauwe ogen van haar moeder.

'Oké, papa,' stemde ze kalm in. Ze hielden elkaar vast alsof zíj het bruidspaar waren, terwijl om hen heen vrolijk werd gebabbeld.

'We moeten iets met onze kinderen doen,' zei Mrs. Devlin tegen Becca. Bill dacht dat ze een soort militaire discipline bedoelde, maar kennelijk was ze van plan af te spreken wanneer hun dochter kwam spelen. 'Houdt Holly van panda's, liefje?'

'Ik hou van koeien,' zei Holly.

'We hebben in de buurt van Renmin Square een Chinees circus met een reuzenpanda ontdekt,' zei Mrs. Devlin. Ze ging rechtop staan en negeerde Holly's liefde voor koeien. 'Nou ja, hún versie van een circus. En de panda – bestuurt een auto!'

Devlin trok een grimas. 'Ze scheppen inderdaad genoegen in groteske dingen,' bromde hij.

Een van zijn zonen knalde tegen zijn benen.

Becca glimlachte verontschuldigend, maar ze zei niets.

'Ze gaan voor een tijdje terug,' zei Bill. Mr. en Mrs. Devlin lieten de woorden tot zich doordringen. Toen wendden ze snel hun blik af, met een starre glimlach, alsof ze het gênant vonden zich te bemoeien met een huwelijk dat fragieler was dan het hunne.

Op de eerste verdieping van het Portman Ritz-Carlton gingen Becca en Holly in de rij staan om de bruid en de bruidegom te feliciteren.

Bill ging op zoek naar een wc. En toen zag hij hen – een groep sportief geklede Chinese mannen en jonge vrouwen. Ze liepen een wenteltrap af.

De meisjes waren allemaal modieus gekleed, volgens de Shanghai-look.

De look van die zomer was: een lang, slank meisje op hoge hakken en gekleed in een nauwsluitende, witte lange broek. Steil, schouderlang, gitzwart haar, dat zijn natuurlijke kleur had. In het chique, zelfverzekerde Shanghai van de nieuwe eeuw werden de haren van de vrouwen veel minder geverfd en gehighlight dan in andere delen van Azië. En de Shanghai-look was: geen make-up, behalve misschien een vleugje lippenstift, en een top met korte mouwen om met lange, slanke armen te pronken.

Alles accentueerde hoogte en lengte en een elegante schoonheid die typisch Chinees was. De Shanghai-look kon een jonge vrouw van gemiddelde lengte veel langer doen lijken.

Het duurde even voor hij zag dat JinJin Li een van de jonge vrouwen van het eigentijdse groepje was.

Hij stond als aan de grond genageld toen ze langs hem heen liepen alsof hij er niet was.

Als ze hem al zag, liet ze het niet merken.

Hij vroeg zich af hoe het werkte. Haar onbegrijpelijke leven. Haar onbegrijpelijke nachten. Hij zag dat de man ongeveer veertig was, groot en fit maar kalend, de aftakelende middelbareschooljongen, veel te oud voor haar.

Hoe werkte de overeenkomst? Kreeg ze maandelijks een bepaald bedrag op haar bankrekening? Dat moest wel. Stond het appartement op zijn of op haar naam? Hoe vaak ontmoetten ze elkaar in een week? Vrijde hij elke keer met haar? Vermoedde zijn vrouw iets?

En hield hij van haar?

Bill voelde een belachelijke woede, zowel voor haar als voor de man. Maar wat verwachtte hij? Waar gaf hij de voorkeur aan? Dat ze lerares op middenschool nummer 251 zou blijven en een aardige jongen zou ontmoeten die met haar wilde trouwen? Ja, dat was precies wat hij wilde, dat was precies wat hij prefereerde.

Er was een band op de receptie. Nadat ze hun openingsnummer hadden gespeeld, ging Rosalita op het podium staan om te zingen. 'Right Here Waiting for You', een mooie ballade over verlangen en trouw, die ze aanvulde met veel gewieg van haar heupen en met schalks gegrijns.

'Ah, de schaamteloze bruid,' zei Mrs. Devlin. 'Eindelijk in haar element.'

Becca en Holly gingen de dansvloer op. Bill baande zich een weg naar het eind van de rij voor het buffet. Zijn hoofd duizelde van de lichtjes, de kaarsen, de geur van orchideeën en het gat in zijn toekomst. Hij vroeg zich af hoe zijn leven hier zonder hen zou zijn.

Hij wapende zich toen Devlin naar hem toe kwam, een meevoelende glimlach op zijn gezicht. Maar zijn baas zei niets en legde even zijn hand op Bills schouder.

Toen was Devlin weer weg, verdwenen in het gebabbel van de gasten en het gedempte geplof van champagnekurken. Bill keek hem dankbaar na.

Bill kon zien wat Becca nooit zou zien – het goede dat er in deze stad was, en de vriendelijkheid en edelmoedigheid van deze mensen.

Zijn vrouw was immuun voor iets wat Bill steeds meer fascineerde – de glorie van dit hier en nu, de magie van wat hier gebeurde.

Uiteindelijk zou het leven van iedereen beter zijn. Hij kon daar deel van uitmaken, iets bijdragen, iets veranderen.

En zijn leven zou ook beter worden. Hij zou niet worden belemmerd zoals in Londen, waar ze altijd wilden weten op welke school je had gezeten, wat je vader deed en hoe je echte accent was. Al die flauwekul die al eeuwen in Engeland voortduurde. In Engeland kon het ze echt niet schelen hoe goed je je werk deed.

Waar Alice Greene over had geklaagd – het feit dat de goed geschoolde elite de baas speelde over de gigantische hoeveelheid goedkope arbeidskrachten en zo de economie steeds verder opdreef – beschouwden de meeste mensen in deze ruimte als iets positiefs. Natuurlijk was het niet eerlijk. Maar wanneer was China ooit eerlijk geweest? Zeg me wanneer, dacht hij.

Toen hij wegliep van de buffettafel merkte hij dat hij zijn bord had volgeladen met jamdonuts en ganzenlever. Niets anders. Alleen maar twee jamdonuts en wat ganzenlever. Een bespottelijke maaltijd, dacht hij, beschaamd glimlachend om zijn keuzes.

Hij aarzelde even en toen dacht hij – waarom niet? Ja, waarom niet?

Waarom zou je niet mogen nemen wat je wilt hebben?

In de ouderslaapkamer las Bill aan Holly een verhaaltje voor. Toen ze in slaap was, sloot hij het boek en bleef een tijdje zo zitten. Hij streek een blonde haarlok uit haar gezicht. Zijn dochter had hem geleerd wat onvoorwaardelijke liefde was. Wat ze ook zou doen in haar leven, hij zou altijd van haar houden.

Becca was koffers aan het pakken. Ze was heel selectief. Ze zorgde er angstvallig voor dat het leek of ze niet voorgoed weggingen. Bepaalde spullen werden achtergelaten.

Mij inbegrepen, dacht hij, tevergeefs vechtend tegen de bitterheid. En het was niet mijn idee om hierheen te gaan.

'Hoe heet dat boek?' vroeg ze, met een armvol opgevouwen truien, die bij een andere wereld leken te horen.

Bill keek naar het boek in zijn handen. Hij had niet beseft dat hij het nog steeds vasthield. '*Farm Friends*,' zei hij. 'Hebben we de film niet gezien?'

Becca knikte met een ernstig gezicht. 'Dat moet terug naar de school,' zei ze. 'Het boek is niet van ons.'

'Oké,' zei hij, en sloeg het boek open. 'Ik zal tegen Tiger zeggen dat hij het naar school moet brengen.'

Achter in het boek was een leeslijst, een kleine bibliotheekkaart met bovenaan: datum van uitgifte, titel, datum van teruggave, gevolgd door een lijst van alle boeken die Holly zelf had uitgekozen om van school mee naar huis te nemen. De lijst deed hem glimlachen. Hij stelde zich haar ernstige gezichtje voor terwijl ze een keuze maakte.

5 juni – *Bunny Cakes*
12 jui – *Do Donkeys Dance?*
19 juni – *The Treasure Sock*
26 juni – *Favourite Rhymes*
3 juli – *But No Elephants*
10 juli – *There Was an Old Lady*
17 juli – *Christmas Can't Wait*
24 juli – *Imagine You're a Princess*
31 juli – *Happy and Sad*
7 augustus – *Sssh!*
14 augustus – *Ballerina Belle*
21 augustus – *Peter Pan's Magical Christmas*
28 augustus – *Farm Friends*

Een boek over Kerstmis in juli? En nog een in augustus? Iets aan de lijst leek het lieve, grappige wezen van zijn dochter te weerspiegelen.

Hij stak de lijst in zijn zak en liep naar het raam, waar Becca zwijgend naar de regen keek die op het lege binnenplein van Paradise Mansions kletterde.

'Slaapt ze?' vroeg ze aan Bill.

'Ze was doodop. Twee uur lang de macarena dansen.'

Waar zouden ze over praten als ze hun dochter níét hadden?

'Rotweer,' zei hij. Hij voelde zich belachelijk, omdat hij over zoiets oppervlakkigs als het weer sprak. Maar het onderwerp inspireerde haar.

'Ik denk dat dit het begin is van het *Plum Rain Season*,' zei ze.

'Klinkt dat niet mooi? *The Plum Rain Season*. Voordat we hierheen gingen heb ik er al over gelezen. Ik wilde het per se meemaken.'

Ze keken naar het binnenplein. Hij voelde dat ze zijn hand in de hare nam. Het Plum Rain Season, de zomerregens, hadden Shanghai veranderd in een mistige stad. Ze leken in de wolken te zweven.

'Hoelang duurt het?' vroeg Bill.

'Geen idee,' zei Becca. Ze wierp hem een speelse, slaperige blik toe die zei *je kent me*. 'Er komt heus wel een eind aan, lieverd.'

Hij nam haar mee naar zijn kleine slaapkamer, waar hij de liefde met haar bedreef, haar lichaam warm, bemind en vertrouwd. De vertrouwdheid die je alleen krijgt als je jaren samen bent, wat de positieve kant is van het heel goed kennen van een ander mens. Ze sliep in zijn armen tot hun dochter vlak voor het ochtendgloren begon te huilen.

Toen liep Becca terug naar de ouderslaapkamer. Hij lag te luisteren naar zijn vrouw die hun kind kalmeerde, hij rook haar parfum op zijn lichaam, en dacht aan de stad waar zijn vrouw en dochter spoedig naartoe zouden vliegen. Hij dacht aan hun oude leventje in Londen, toen ze erg jong waren geweest, en erg arm en erg gelukkig.

Hij kwam uit de vertrekhal van de luchthaven en keek naar de mist en de regen. Tiger toeterde vanaf een plek waar parkeren verboden was. Bill rende door de regen naar de wachtende limo.

'Waar gaan we heen, baas?' vroeg Tiger.

'Naar huis. Laten we gauw naar huis gaan,' zei Bill.

De auto zette koers naar de stad. Bill besteedde geen aandacht aan de dingen die hem ooit hadden verbijsterd en met ontzag hadden vervuld. Hij keek niet naar de blauwe en rode knipperlichten langs de snelweg, die de oplettende ogen van de *gong'an ju*, de agenten van de staatspolitie, moesten voorstellen. Hij keek niet naar de oude vrachtwagens, die te zwaar beladen waren met dieren, landbouwproducten, rommel en drijfnatte mannen. En hij keek ook niet naar de meisjes met de Shanghai-look, die achter het stuur van hun splinternieuwe BMW's zaten. Dat alles interesseerde hem geen fluit.

In plaats daarvan haalde Bill de verfrommelde leeslijst van zijn dochter uit zijn zak. De lijst wekte veel meer ontzag en bewondering bij hem op. Hij moest erom glimlachen. Dat meisje. Zijn meisje. Het kleine meisje dat op haar moeders schoot zat met haar boeken en haar kleurpotloden, hoog in de lucht – waarschijnlijk vlogen ze nu over Mongolië.

'Is alles in orde, baas?' vroeg Tiger, een beetje bezorgd. Je wist nooit wanneer die krankzinnige *da bizi*, grote neuzen, instortten. De hitte, de druk en de stress. Uiteindelijk werd het hen allemaal te veel.

'Ja,' zei Bill. Hij begon de leeslijst opnieuw door te nemen.

Buiten regende het pijpenstelen. Tigers ruitenwissers deden hun best, maar ze konden de tranen van Bill Holden niet bijhouden.

Deel twee

DE VASTE VRIENDIN

11

De Chinezen deden wat ze wilden. Dat was het vreemde. Dat verbaasde hem.

Voor zijn komst naar China had hij alles gelezen over mensen-rechtenschendingen, opgepakte dissidenten en beoefenaars van de Falun Gong-beweging, die zichzelf in brand staken op het Tiananmen-plein. Maar toen Bill op een zaterdagmiddag klaar was op kantoor en hij geen zin had om naar zijn lege flat terug te gaan maar liever door de Old City wilde wandelen, had hij het gevoel dat de Chinezen de meest vrije mensen ter wereld waren. Misschien lag wat zij hadden dichter bij anarchie dan bij vrijheid.

Vrouwen van middelbare leeftijd reden met hun scooter op het trottoir. Er werd handel gedreven op straat, met meestal wei-nig meer dan een kruk, een kartonnen doos en wat gereedschap – de eigenaren schoren oude mannen, hielpen klanten om een keuze te maken uit honderden brillen of knipten hun haar. In de deuropening van een kapperszaak met roze verlichting, waar haarverzorging laag op de agenda stond, werd Bill door twee jonge vrouwen gewenkt.

Hij schudde zijn hoofd. Een van hen deed net of ze teleurge-steld was. De andere wendde zich onmiddellijk tot de volgende man die passeerde. In zijn eenzaamheid was Bill zo blij met de-gene die teleurstelling voorwendde, dat hij naar haar bleef kij-ken tot zijn scheenbeen de bumper raakte van een auto die op de stoep was geparkeerd.

Toen hij opkeek zag hij dat het een rode Mini was met op het dak een Chinese vlag geschilderd.

Hij zag dat de auto zo'n zeven verschillende tinten rood had. Hij was duidelijk uit elkaar gehaald en weer in elkaar geflanst. JinJin Li stapte uit de auto. Hij realiseerde zich dat ze haar haar op twee manieren droeg. Ze droeg het los als ze een avondje uit was met de man die ze haar echtgenoot noemde. Anders kamde ze haar haar naar achteren en droeg het in een paardenstaart. Vandaag had ze het naar achteren gekamd en de paardenstaart stak achter uit een gele honkbalpet. Op de voorkant stond LA Lakers. Hij besefte dat hij de voorkeur aan de paardenstaart gaf, omdat je dan haar gezicht beter kon zien.

Ze was een mooi meisje met een probleemhuid. Toen hij later zag hoeveel aandacht ze besteedde aan de verzorging van haar huid, toen hij alle lotions en drankjes en pillen en speciale zeepjes zag, kwam hij tot de overtuiging dat haar huidproblematiek het gevolg was van innerlijke verwarring. En nóg later stond hij er niet meer bij stil – zo wás ze gewoon, en ze was altijd mooi. Maar op die dag in de Old City dacht hij dat ze een beetje te oud was voor zo'n huid.

'Aha,' zei ze, toen ze het portier achter zich sloot. 'Je bent naar de Old City gekomen. In het verleden durfden buitenlanders dat niet te doen. Ze waren doodsbang om hier te komen.'

Hij zag dat ze de Lakers-pet over haar ogen trok. Wat wist ze van de Lakers? 'Is dat zo?' vroeg hij.

Ze knikte kort. 'En hoe zit het met jou? Ben jíj bang om hier te komen?'

'Alleen als jij rijdt.'

Ze knikte. 'Engels grapje,' zei ze bloedserieus. 'Ik ga naar de markt. Yu Gardens.' Ze glimlachte bemoedigend. 'Ga je mee?'

'Natuurlijk,' zei hij. Ze gaf hem een arm. Absurd dat hij er zo mee ingenomen was. Hij voelde dat zijn wangen rood werden. Hij had in geen jaren gebloosd. Maar hij wist dat het niets betekende. Hij zei tegen zichzelf dat zij misschien ook eenzaam was.

De Yu Gardens-markt was de gebruikelijke verzameling van van alles en nog wat. In krakkemikkige houten gebouwtjes die niet door tijd en ontwikkelaars waren aangetast, lagen Maosouvenirs naast illegaal geproduceerde Disney-koopwaar en de nieuwste software van Microsoft.

'Voor je dochter,' glimlachte JinJin, terwijl ze een in plastic verpakt, vreemd vertrouwd kostuum omhooghield. Een gele rok, een blauwe top met rode biesversiering en pofmouwtjes. Er was een plaatje bij van een meisje met het gezicht van een koele brunette, zoiets als dat van de jonge Elizabeth Taylor. Bill dacht: maar waar zijn de zeven dwergen? *Prinses Sneeuwvlokje*, stond er op de verpakking. Prinses Sneeuwvlokje? Het was een na-maak-Disney-prinses.

Hij glimlachte, alsof hij geïmponeerd was, maar niet wilde kopen – Holly zou een nepprinses van mijlenver herkennen – waarna de vrouw die voor het stalletje op haar hurken zat haar armen spreidde om aan te geven dat als hij niet in de markt was voor een echte namaak-Sneeuwprinses, hij misschien wel interesse had voor een opiumpijp of een Rood Boekje, of voor een Deng Xiaoping-horloge of een groene jas van het Bevrij-dingsleger, of een propagandaposter met heroïsche fabrieks-arbeiders.

JinJin en Bill gingen verder. Een oude vrouw en haar dikke, boeddha-achtige kleinzoon liepen hand in hand, beiden niet zo vast op hun benen. Ze aten alle twee courgettes alsof het ijs-hoorntjes waren.

'Kijk die eens,' zei Bill, met een knikje naar het tweetal, dat bleef staan om met een ernstig gezicht naar een gehavend speel-goedkonijn te kijken.

JinJin glimlachte. 'Dik jongetje,' stemde ze in. 'Heel leuk kind.'

Voor JinJin Li was dit de echte wereld. Wat voor hem vreemd was, was voor haar normaal.

Toen ze de doolhof van de Yu Gardens-markt verlieten, zagen ze een theehuis dat aan een meertje lag. Een houten brug zigzag-de over het water.

'De Brug van Negen Bochten,' zei JinJin, terwijl ze erop stap-te. Onder hen borrelde het water, waarin honderden gouden karpers zwommen. 'Omdat boze geesten alleen maar rechtuit kunnen lopen.'

Hij keek naar haar gezicht. Ze was bloedserieus. Hij voelde haar hand in de zijne, klein en koel, en ze leidde hem over de bochtige brug naar het theehuis aan het meer, waar ze een houten ruimte binnengingen. Aan de muur hing een foto van de laatste Amerikaanse president, die breed glimlachte boven een kopje groene thee.

'Huxinting Theehuis,' zei JinJin. 'Het is erg beroemd. Er komen hier veel vips.' Ze wees naar de voormalige president. 'En ook voormalige vips.'

Plotseling wist hij het. Natuurlijk – Huxinting Theehuis was het grote symbool van het verleden van de stad, een verplicht nummer voor alle hoge Pieten die Shanghai aandeden en wilden laten zien dat ze in contact waren met het echte China.

Hij had altijd al naar het theehuis willen gaan, maar op de een of andere manier waren hij en Becca er nooit toe gekomen. Jin-Jin sprak in het Mandarijns met een vrouw, terwijl Bill de foto's van filmsterren, presidenten en mensen van koninklijken bloede bekeek. In de bazaar had het gewemeld van de mensen, maar Huxinting Theehuis was bijna leeg.

'We gaan nu theedrinken,' zei JinJin tegen hem. Ze gingen tegenover elkaar aan een houten tafeltje in een smal kamertje zitten.

JinJin zette haar Lakers-honkbalpet af. Er werden kopjes voor hen neergezet. Een kleine theepot. Drie kleine, glazen potjes met bladeren en diverse plantjes werden met kokend water gevuld. Hij vroeg zich af of het een echt historisch ritueel was of dat het bedacht was voor de toeristen. Maar ja, hij genoot. Hij vond het fijn om gezelschap te hebben, en hij was blij dat hij eindelijk een bezoek aan Huxinting Theehuis bracht.

Aan de tafel naast hen zaten een paar excentrieke, jonge Japanners met blond haar. Bill en JinJin glimlachten tegen elkaar. Toen wendden ze hun blik af. Hij wist niet wat hij moest zeggen. Hij had het gevoel dat er enorme gebieden van haar leven waren die verboden terrein voor hem waren. Ze zag dat hij naar de lange rij staarde die aan de overkant van het meer voor een winkel stond.

'Nan Xiang,' zei JinJin. 'Heel beroemde *dim sums*, dat zijn noedels. Wil je ze proeven?'

'Klinkt goed,' zei hij. Hij realiseerde zich dat hij vrij was, nergens heen hoefde, niets te doen had en met niemand een afspraak had. Toen keek JinJin op naar iemand die naast hem stond.

'Bill?' Tess Devlin raakte zijn schouder aan. 'Red je het een beetje zonder hen?'

Hij stamelde een antwoord, met vuurrode wangen – vijftien jaar niet gebloosd en nu twee keer binnen een paar minuten, dacht hij. Het gaat lekker, Bill. Hij had het gevoel dat hij betrapt was. JinJin nipte van haar thee en zette meteen haar kopje neer. Het water was nog kokend heet.

Bill zag dat een Taiwanese cliënt en zijn vrouw naar de foto's aan de muur keken. Devlin liep glimlachend om zijn vrouw heen om zich aan JinJin voor te stellen en haar een hand te geven. Dat doet hij geweldig, dacht Bill vol bewondering. Hij overziet de situatie en neemt het heft in handen. JinJin schudde de hand van Bills baas alsof het een vreemde gewoonte voor haar was, zoiets als neuzen tegen elkaar wrijven.

Toen richtte Tess Devlin haar alziende kraaloogjes op JinJin. De moed zonk Bill in de schoenen toen het hele gezelschap aan zijn tafel kwam zitten.

De Taiwanees keek Bill wezenloos aan, hoewel ze op kantoor aan elkaar waren voorgesteld, en daarna liet hij grijnslachend zijn blik over JinJin Li dwalen. Bill probeerde zich te herinneren waarvoor dit afschuwelijke mannetje in de stad was. Het had iets te maken met een zakelijk geschil met een Chinese telecomoperator. Zijn kleine, bebrilde vrouw, die duidelijk was meegekomen om te winkelen, begon vreemd beschilderde beeldjes uit te pakken en op de tafel uit te stallen. Het waren decoratieve marteltaferelen. Ze stelden oude mannen voor die kaal werden geschoren, en bebrilde vrouwen met hun armen op hun rug gedraaid. Hun kwelgeesten waren boze figuren in het groen, die hun kleine rode boekjes omhooghielden, alsof ze de waarheid en het licht waren.

'Kijk eens wat Mr. en Mrs. Wang op de Dongtai Lu-markt hebben gevonden,' grinnikte Tess. 'Is dat niet hilarisch? Souvenirs van de Culturele Revolutie. Waarom maken ze dat soort dingen in godsnaam?'

'Omdat ze weten dat een of andere maffe toerist ze zal kopen,' zei Devlin. Hij glimlachte vriendelijk tegen de vrouw van de Taiwanese cliënt.

Tess dacht even na. 'O, ja, geld natuurlijk,' zei ze. 'Daar draait het altijd om.'

Er werd meer thee besteld. Het leek Bill logisch om JinJin te vragen of ze dat wilde doen, maar Tess Devlin koos ervoor zelf instructies aan de serveerster te geven, luid en langzaam, in gebroken Engels.

'Waar kom jij vandaan, liefje?' vroeg Tess, met een scherpe blik op JinJins gelaatstrekken, alsof ze belangrijk forensisch bewijs onderzocht. 'Je ziet er niet uit als een typische Shanghainese.'

'Mijn moeder komt uit Changchun,' zei JinJin. Bill had nog nooit van Changchun gehoord. Waarschijnlijk had ze dat gevoeld, en ze richtte zich nu tot hem. 'Grote stad in de Dongbei – het noordoosten. Vlak bij de grens met Korea.' Ze wendde zich weer tot Mrs. Devlin. 'Mijn vader komt uit Guilin. In het zuiden. Maar ik ben opgegroeid in Changchun.'

Tess keek verrukt. 'Dus dan ben je – hoe zeggen ze dat ook alweer? Een *Dongbei ho...*'

JinJin glimlachte en knikte. '*Dongbei ho*, een noordoost-tijger...'

De Taiwanees hapte naar adem en sprong op, hij had zijn tong verbrand aan de gloeiendhete thee. Zijn vrouw keek verveeld om zich heen tot ze een foto aan de muur zag van een beroemde boeddhistische Hollywood-ster die in Huxinting Theehuis thee dronk. Toen ze opstond om de foto van dichterbij te bekijken, stootte ze met haar achterste tegen de tafel, waardoor haar martelbeeldjes gevaarlijk gingen rammelen.

'Dat dacht ik al,' vervolgde Tess. 'Je gezicht – niet echt Chinees, laat staan Shanghainees.' Ze kneep haar ogen tot spleetjes en vormde zich een oordeel. 'Hmm – je hebt iets van een Mantsjoe.'

JinJin fronste haar voorhoofd. Bill herinnerde zich de eerste keer dat hij haar had ontmoet, toen hij had getracht tegen haar te zeggen dat ze nooit het contactsleuteltje kon verwijderen als de auto niet in zijn vrij stond.

'Changchun,' zei Devlin. 'Ze hebben het daar moeilijk. Hebben het goed gedaan tijdens de geleide economie. Industrie. Steenkool. Auto's. Zware machines. Maar op de grote betaaldag visten ze achter het net. Hoe zat het ook alweer?' Dit zei hij tegen Bill, alsof die dat zou weten. 'Ongeveer vijftig procent werkloosheid?'

Devlin en zijn vrouw leken een bijna wetenschappelijke belangstelling voor JinJin te hebben. Bill was er niet zeker van of hij beledigd moest zijn of niet.

'Er zijn veel mensen zonder werk,' bevestigde JinJin, terwijl ze ging staan. Haar Engels leek het onder stress te begeven, want het was nu zonder het ouderwetse taalgebruik dat hem zo fascineerde. Hij zag dat het niet de massale werkloosheid in haar geboorteplaats was die haar stoorde. 'Ik ben geen Mantsjoe,' zei ze tegen Mrs. Devlin.

De twee vrouwen keken elkaar aan.

'Natuurlijk niet, liefje,' zei Tess. 'Dwaas van me om dat te denken.'

'Ik moet naar toilet,' zei JinJin. De weg werd haar versperd door de Taiwanese man, die nog steeds zijn verbrande mond stond te deppen. JinJin drong zich langs hem heen. Hij keek verlekkerd en likte zijn gloeiende lippen. JinJin vertrok zonder een blik op Bill te werpen.

'Wat een schattig meisje,' zei Tess. 'Waar heb je haar in vredesnaam gevonden?'

'Ze is een buurvrouw,' zei Bill. 'Alleen maar een buurvrouw.'

Hugh Devlin keek geschokt. 'Plaatsen als Changchun – als je eraan denkt, breekt je hart.' Hij nam een slokje van zijn jasmijnthee. 'China's achtergebleven gebied, Bill, dat is het. Brengt ons in herinnering dat het niet alleen boeren zijn die in de steek zijn gelaten, maar hele steden, hele regio's.' Hij staarde peinzend in zijn thee. 'Changchun is een stad met twintig miljoen mensen, en die zijn verdomde wanhopig. Dat moeten we toegeven en er iets aan doen.' Hij ging staan. 'Het spijt me. Ik moet ze een rondleiding geven voordat ze naar de luchthaven gaan.'

Hij nam de Taiwanees mee naar de bovenverdieping van het theehuis om het uitzicht te bewonderen. Bill bleef alleen met Tess Devlin achter. Ze glimlachte en zuchtte.

'Bill, Bill, Bill,' lachte ze.

Hij dwong zichzelf haar aan te kijken. 'Wat?'

'Wees alsjeblieft voorzichtig, Bill.'

Hij schudde lachend zijn hoofd. 'Ik zei toch dat ze een buurvrouw is?'

'Echt waar? Ik had kunnen zweren dat je op het punt stond de hand van het Chinese meisje vast te pakken... Hoe heet ze? Weet je haar naam, Bill? Je hebt ons niet aan haar voorgesteld en ik wilde het niet vragen. We hebben dit alles al met Shane meegemaakt, natuurlijk. Heel vaak.'

Hij haalde diep adem. 'Haar naam is JinJin Li.'

Tess Devlin leek zeer geamuseerd, maar Bill wist niet of dat echt was of niet. 'Weet je hoeveel JinJin Li's er in China zijn? Ongeveer... honderd miljoen.'

'Meen je dat?' Ze begon hem op de zenuwen te werken. 'Wie heeft ze dan geteld?'

Tess knikte. Ze was nu ernstig. 'Ik hoef niet tegen je te zeggen dat je aan je vrouw en kind moet denken, want ik weet dat je dat doet. Maar denk aan jezelf. Ik weet dat ik erg bof met Hugh. Hij bedriegt me niet. Dat heeft hij nooit gedaan. Een van de paar goede mannen hier die niet van Aziatische meisjes houden. Waarom, weet ik niet.' Ze knikte, alsof het allemaal een raadsel was. 'Sommigen zijn schattig als ze jong zijn.'

Bill verwarmde zijn handen aan zijn theekopje, dat niet meer zo heet was. Hij nam een slok. 'Waarschijnlijk zeggen ze hetzelfde over ons, Tess. *O, die grote neuzen zijn schattig als ze klein zijn.*'

'Ongetwijfeld,' zei ze bruusk. 'Maar wat ik nooit begrijp, is hoe een man het serieus kan menen met zo'n meisje. Stel jezelf de vraag of je écht bij een oud, Chinees dametje wilt zijn. Waar zou je dan over praten? Ik probeer je alleen maar goede raad te geven.'

'Bedankt, Tess.'

'Om wille van jou. Om wille van Becca. Om wille van de firma – wees alsjeblieft voorzichtig.'

Bill zuchtte. 'Ik heb het hele verhaal gehoord toen ik hier aankwam. Hoe was het ook alweer? Spijkerhard, die Chinese meisjes. De meesten zijn uit op geld. Ze zien geen man – ze zien een geldautomaat. Maar ik vraag me af, Tess – wat zien wíj als we naar ze kijken?'

Ze lachte en schonk nog wat thee in.

'Lieve hemel – je klinkt erg enthousiast,' zei ze. Hij voelde dat hij bloosde. Hij zou daar echt mee moeten ophouden. 'In theorie is een minnares een fantastisch idee, Bill.'

'Ze is verdomme niet mijn...' Hij zweeg abrupt en schudde zijn hoofd. 'Ik wil geen minnares, Tess,' zei hij, en hij meende het oprecht. De gedachte alleen al maakte hem misselijk. Het paste niet bij zijn idee over zichzelf, of wat hij wilde van zijn huwelijk. Hij hield van zijn vrouw, hij miste zijn vrouw, en hij wilde niet zijn als een van die mannen die hun auto het binnenplein van Paradise Mansions opreden. Hij wilde een betere man zijn. Hij wilde niet geloven dat hij net zo was als ieder ander.

'Mooi zo,' zei Tess Devlin, alsof ze tot een overeenkomst waren gekomen. Ze liet nu haar stem dalen. 'Want op zo'n meisje val je niet, Bill, zo'n meisje neuk je alleen maar. Daar ís ze voor. En als je toch in haar ban mocht raken – en dat is best mogelijk, ze is zo'n heet Mantsjoe-hoertje – dan zet je haar in een mooi flatje. Daarna verontschuldig je je en ga je op zoek naar de uitgang.' Ze lachte. 'Weet je dan helemaal níéts?'

'Nee, ik ben zo groen als gras, Tess.' Hij merkte dat hij aan een gele honkbalpet friemelde die reclame maakte voor de LA Lakers. 'Ik weet helemaal níéts.'

Devlin kwam terug met de Taiwanezen. Het duurde even voor ze onder aan de steile, houten trap waren.

'Laat je niet meeslepen, dat is alles wat ik zeg,' eindigde Tess op luchtige toon. 'Die Chinese meisjes zijn zo ervaren dat ze, als je hen hun gang laat gaan, je hart zullen breken, Bill.'

Haar man begon te grinniken. 'Is er nog thee?' vroeg hij.

Bill keek naar de mensen die op Nan Xiangs noedels stonden te wachten. Ineens zag hij JinJin aan de overkant. Ze liep net van de zigzagbrug, die zo was ontworpen dat boze geesten hem nooit zouden kunnen oversteken.

12

Prijzen, dacht Bill. Advocaten houden van het toekennen van prijzen.

De beste van dit, de meest veelbelovende van dat en de meest waardevolle van weer wat anders. Elk excuus om dronken te worden en onszelf een schouderklopje te geven.

Hij bevond zich in een balzaal met honderden advocaten, allemaal in smoking. De fleurige avondjurken van de vrouwen staken vrolijk af tegen de zwarte smokings. Bill zat aan de tafel van de firma, tussen Nancy Deng en Tess Devlin in.

Er zaten voornamelijk identiek geklede mannen aan de tafel.

Aan de andere kant van Tess Devlin zat Shane. Daarna kwam Devlin. En daarna Mad Mitch. En ten slotte de twee Duitsers, Wolfgang en Jurgen, met een lachende Rosalita tussen hen in.

Er zitten te veel mannen aan deze tafel, dacht Bill. Hij miste Becca, voelde haar afwezigheid. Hij besefte dat dit soort evenementen al die jaren draaglijk waren geweest omdat hij, hoe saai en langdradig ze ook waren, altijd haar gezicht kon zien of zwijgend een privégrapje kon delen.

De avond kroop voorbij in een waas van slecht voedsel, geïrriteerde obers en te veel drank. De glazen werden snel en slordig bijgevuld, een vreemde combinatie van slaafsheid en nonchalance. Een reeks mannen in smoking, en af en toe een vrouw in een avondjurk, ging het podium op om een glazen beeldje of een vogel in ontvangst te nemen van een elegante Chinese vrouw met een permanente, professionele glimlach, en een in een smoking geklede man die iets met een van de sponsors te maken had.

Ten slotte kwam de laatste prijs van de avond: Buitenlandse Advocaat van het Jaar. Op het moment dat Shanes naam werd genoemd, ging Bill staan. Hij juichte en applaudisseerde het hardst van allemaal. 'Ga zitten,' schreeuwde iemand achter hem. Een teleurgestelde kandidaat, dacht Bill, terwijl hij zich weer op zijn stoel liet zakken. Maar hij vloog opnieuw lachend overeind en klapte nog harder toen Shane zich met een verlegen glimlach een weg naar het podium baande.

'Dank u, dank u,' zei de grote Australiër, met een blik op de prijs. 'Ik zal deze... glazen duif altijd koesteren.'

Gelach. 'Mensen denken dat advocaten harteloos en geldbelust zijn,' zei hij. Hij brabbelde een beetje. 'Maar natuurlijk weten we allemaal dat dat niet waar is.'

Er werd geroepen en er klonk veelbetekenend, honend gelach. Shane rechtte zijn rug.

'Ik denk aan de mooie, jonge vrouw die een afspraak maakte voor een bezoek aan een advocaat,' vervolgde hij, met de plechtstatigheid van een dronkaard. 'Ze zei: "Wilt u alstublieft mijn zaak behartigen? Jammer genoeg heb ik geen geld. Maar ik zal u de beste pijpbeurt ter wereld geven."'

Nog meer gelach. Maar nu vermengd met afkeurend gejoel en een luidkeels 'Schande'. Het was conservatief publiek. Bill keek om zich heen. Aan de tafels van concurrerende advocatenkantoren werden hoofden geschud, en er betrokken gezichten. Shane was te ver gegaan. Deze mensen wilden geen pijpbeurten bij hun after-dinnerpepermuntjes.

Shane leunde op het spreekgestoelte, dat vervaarlijk wiebelde.

'De beste pijpbeurt ter wereld,' herhaalde hij, met een uitdagende klank in zijn stem, alsof elk woord waar was. Hij zweeg even om indruk te maken en keek strak naar de menigte. 'En de advocaat zei: "Wat levert het mij op?"'

Hij had ze teruggewonnen. En toen ze allemaal applaudisseerden en juichten, zelfs de concurrenten die net hadden gedaan of ze beledigd waren, bedacht Bill dat dit het wezen van zijn vriend was. Balanceren op het randje van een ramp en op de een of andere manier tóch nog zegevieren.

Shane kwam onder veel schouderklopjes en felicitaties terug naar hun tafel. Devlin stuurde de ober weg om champagne te halen.

Bill keek op zijn horloge. Het liep tegen middernacht. In Londen zou Becca Holly hebben opgehaald van de peuterklas. Als er geen ballet- of zwemles was, zouden ze thuis zijn en zou hij met beiden kunnen praten. Hij haalde zijn telefoon uit zijn smokingjasje, maar zag dat er geen signaal was.

De avond werd beëindigd. Toen de anderen opstonden om te netwerken en de benen te strekken, was Bill de enige die aan tafel bleef zitten, achter de puinhoop van lege wijnflessen en koffiekopjes. Er verscheen een ober met een emmer vol champagneflessen die hij op tafel zette. Shane en Devlin wierpen een snelle blik op Bill toen die naar de uitgang liep.

'Ik kom zo terug.' Hij vormde de woorden geluidloos met zijn lippen.

Hij zag niet de vier mannen aan een andere tafel, die opstonden en hem volgden naar de hal van het hotel. Hij keek naar zijn telefoon en wachtte op het signaal. Hij zag de mannen nog steeds niet op het moment dat hij het hotel verliet en de zachte zomeravond binnenstapte. Pas toen het signaal verscheen en hij snel Becca's nummer intoetste, keek hij op en zag ze staan.

Vier mannen die hij niet kende, keken hem aan alsof hij hen hoorde te kennen.

'Hallo?' zei Becca, maar Bill hoorde haar niet, omdat hij zijn gsm dichtdeed en ineens wist dat hij uit de buurt van die mannen moest zien te komen.

Omdat hij ze nu wél kende en zich hen herinnerde. Hij zag hen voor zich, op de dansvloer van Suzy Too, lachend als loterijwinnaars, met hun handen op JinJin Li's hele lichaam.

Bill liep langs hen heen, maar een van hen gooide zijn sigaret weg en ging voor Bill staan.

'Een advies,' zei de man.

Ze lijken sprekend op elkaar, dacht Bill. Jong, maar met de neiging om dik te worden, en met de gesloten, hatelijke gezichten die hij zo goed kende. Zijn landgenoten.

'Probeer ons niet te vertellen wat we al dan niet met een Chinese hoer mogen doen,' zei de man. Toen gaf hij Bill een klap in het gezicht. Zijn vrienden grinnikten goedkeurend.

Bill had de klap zien aankomen, maar hij was te zeer geschokt om zich te bewegen. Hij was als verstijfd toen de vuist van de man hard de zijkant van zijn mond raakte. Bill deinsde achteruit en trapte op iemand die in de rij voor de taxi's stond. Hij hoorde een meisje gillen. Toen hij opnieuw werd geslagen, voelde hij dat iets hards en onbreekbaars zijn lip spleet – misschien een trouwring, dacht hij, en viel tegen een groot, hard voorwerp aan. Hij klampte zich eraan vast, in een poging steun te zoeken, en zag dat het een van de twee Chinese leeuwen was die de ingang van het hotel bewaakten. Hij had zijn handen aan de leeuw geschaafd, maar de leeuw brak zijn val en hield hem overeind.

Bills vingers gingen naar zijn mond, en daarna waren ze nat en rood. Hij had het idee dat hij het bloed kon ruiken, een sterke metaalachtige geur. Hij draaide zich half om en nu stonden er drie van hen voor Bill, met gebalde vuisten. Ze hitsten zichzelf op. Ze wilden allemaal plezier aan hem beleven. Hun lippen vormden een strakke lijn op hun gemene, domme gezichten. O, óf hij ze kende. De man die hem had geraakt leek graag iets te willen zeggen.

'Waar denk je wel dat je bent? Op de schooldisco? Ze had ons alle drie dolgraag voor vijfhonderd RMB willen naaien,' zei hij. 'Achterlijke toerist die je bent.'

'Toerist' was het ergste wat je in Shanghai tegen iemand kon zeggen. Vergeleken bij 'toerist' leek 'klootzak' een compliment!

Nog een klap, maar Bill had beseft dat hij moest proberen de klap te ontwijken, en deze scheerde langs zijn hoofd. Toen gaf iemand die hij niet zag hem een schop in zijn ribben. Hij kon geen lucht meer krijgen en stortte neer, hijgend van schrik en angst, want hij had ongelofelijk veel pijn in zijn zij. Hij vroeg zich af hoe dit zou eindigen, en of ze hem zouden doden.

Ergens in de verte hoorde hij de stem van Shane, die zijn naam riep. Hij schold de mannen uit voor schoften, en zei dat ze Bill met rust moesten laten. En aanvankelijk leek het of ze dat inderdaad deden.

De klappen hielden op. Toen Bill over het trottoir naar de hal van het hotel kroop, zich ervan bewust dat de mensen die op een taxi wachtten een stap achteruit deden, alsof hij een vreselijke, besmettelijke ziekte had, voelde het als een wonder. Maar ze hadden alleen maar hun aandacht op zijn vriend gericht.

Op het moment dat Bill zijn hoofd optilde, zag hij dat Shane op de grond lag, met alle mannen om hem heen. Bill trok zich op aan de stenen leeuw en ging staan. Shane sloeg om zich heen en vloekte en schold, maar een van de mannen liet zich boven op zijn borstkast vallen en bewerkte hem met zijn vuisten, terwijl de anderen op hun knieën lagen en Shane op de grond hielden. Shane brulde het uit. Er werd geschreeuwd, zowel in het Chinees als in het Engels. Mensen kwamen uit het hotel om te kijken wat er aan de hand was.

Bill hield zijn zij vast terwijl hij naar zijn vriend strompelde. Er ontplofte iets in zijn oor, als een rode lichtflits, en hij dook weg, te laat. Het was bijna komisch. Hij zag de gezichten van twee van de mannen, die zich van Shane afwendden. Een van hen had bloed op zijn smokinghemd. Dat zou wel eens van mij kunnen zijn, dacht Bill.

De beide anderen waren nog steeds aan het schoppen. Tegen Shanes hoofd, tussen zijn benen, tegen zijn ribbenkast. Hij kromp ineen, maar ze bleven doorgaan.

Bill besefte dat hij iets moest doen. Maar alles gebeurde zo snel, en ze waren met te veel, en hij voelde niet de woede die hij had gehad toen hij hen bezig zag met JinJin Li. Zijn hart had gebonkt van woede bij het zien van het jonge meisje dat zo ruw werd behandeld. Vanavond waren zíj vervuld van woede.

De mannen die Shane aftuigden ademden zwaar en zweetten ontzettend, en hun bewegingen werden langzamer. Hun strikjes waren losgeraakt. Shane was opgehouden met schreeuwen en lag roerloos op het trottoir. Bill liep naar hem toe, maar de praatgrage man hield Bill tegen, dansend op de ballen van zijn voeten, zijn gebalde vuisten langs zijn lichaam. Op zijn broek zag Bill de lange satijnen strepen waar advocaten zo van hielden. Het feit dat ze allemaal in smoking waren, maakte het tafereel op de een of andere manier grotesker. De mannen leken net een stel psychopathische pinguïns.

'Was je haar eer aan het beschermen?' Hij had het over JinJin Li. 'Wat denk je, stomme lul, dat ze niet voor geld neukt?'

Hij gaf een stomp in Bills maag. Bill boog dubbel. Maar ineens was alles voorbij, omdat de hotelbewakers naar buiten kwamen. De boosdoeners liepen weg, zonder enige haast. Ze gaven elkaar een high five, alsof ze zojuist een basketbalwedstrijd hadden gewonnen. Ze juichten en lachten en riepen grove woorden over hun schouder. De hotelbewakers keken even vijandig naar hen als naar Bill en Shane. Shane zat nu rechtop, maar hij boog voorover en legde kreunend zijn handen op zijn kruis. Er zat braaksel op de voorkant van zijn smokingjasje.

Bill hielp Shane overeind. Hij voelde het volle gewicht van zijn vriend toen die op hem leunde. Ze wankelden naar de straat, waar Tiger uit de auto stapte en hen ontzet aanstaarde. Hij zei iets, maar Bill kon hem niet verstaan.

Ja, dat is precies wat ik denk, dacht Bill, terwijl de vernedering van de aframmeling tot hem doordrong. *Ik denk het echt, hufter.*

Ik geloof met heel mijn hart dat ze nooit voor geld met iemand naar bed is geweest.

Toen ze heel jong waren en aan hun loopbaan begonnen, hadden Becca en Bill eindeloos gepraat, over hun relatie, gevoelens, het leven, de wereld, banen, vrienden en vriendinnen, problemen, voldoening, ouders en alle teleurstellingen uit het verleden.

En toen waren ze getrouwd en hadden een baby gekregen, en sindsdien spraken ze voornamelijk over hun dochter.

'Ze was op zoek naar "YMCA",' zei Becca door de telefoon. 'De cd met "YMCA" erop. Van de Village People.'

'Ja,' zei Bill. Hij onderdrukte de neiging om te zeggen: ik weet wel wie 'YMCA' zingt. Hij voelde afwezig wat voor puinhoop ze van zijn gezicht hadden gemaakt, en glimlachte bij de herinnering aan Holly, die op de bruiloft van Shane en Rosalita met haar moeder meedanste en meezong met de Village People. Holly's magere, witte armpjes spreidden zich voor de Y, haar vingertoppen raakten haar hoofd voor de M, met haar armen zijwaarts vormde ze bijna een cirkel voor de C – om de een of andere reden was dat het grappigst – en haar handen maakten een driehoek boven haar hoofd voor de A.

'Het staat op *Now That's What I Call Disco*,' zei hij. Zijn stem klonk hem vreemd in de oren. Het kwam door zijn gezwollen lippen, en door de schade die ze aan zijn tanden hadden aangericht.

'Maar dat is niet zo,' zei Becca. 'Dat dacht ik ook, maar het staat niet op *Now That's What I Call Disco*. Daar staat *In the Navy* op. Hun andere hit. Van de Village People, bedoel ik.'

Bill zuchtte. 'Kijk dan eens op *Super Dance Party 1999*,' stelde hij voor. 'Misschien staat het dáárop.'

'Oké,' zei Becca twijfelachtig. Als Holly op een bepaald lied wilde dansen, kwam het nooit bij haar ouders op om iets anders te doen dan hun hele verzameling cd's te doorzoeken tot het lied was gevonden. 'Momentje, Bill. Ze wil iets tegen je zeggen.'

Bill hoorde hoe Becca de hoorn doorgaf aan Holly.

'Holly?'

En toen hoorde hij haar stem. Melodieus, formeel, oneindig volwassener dan hij had verwacht, dan hij het zich herinnerde.

'Hallo?'

'Holly, je spreekt met papa.'

'Dat weet ik.' Een korte stilte. 'Ik heb een vraag.'

'Ga je gang, lieverd.'

'Heb jij een enge avond gehad?'

Hij ging abrupt staan en deinsde terug bij het zien van zijn gezicht in de spiegel. Hij was zich er plotseling van bewust hoe zijn kwetsuren eruitzagen, en niet alleen hoe ze voelden. Hij was niet om aan te zien. Dat zou ophef veroorzaken op kantoor.

'Een enge avond, schat?' Hoe wist ze wat er was gebeurd? Hoe kon ze dat in godsnaam weten? 'Waarom zou ik een enge avond hebben?'

Een lange stilte. Toen een zucht, zoals alleen een geïrriteerd, vierjarig meisje kan slaken.

'Omdat je alleen was.'

Hij lachte. Ze maakte hem aan het lachen. Hij kende niemand die hem zo aan het lachen kon maken.

'Nee, alles is in orde,' zei hij, met een gevoel van opluchting.

'En weet je waarom?'

Stilte. Waarschijnlijk schudde ze nu haar hoofd. 'Nee,' zei ze ten slotte.

Hij hoorde haar moeders stem op de achtergrond. Becca zei dat ze moest ophangen. Ze is ook míjn kind, dacht hij.

'Als ik ooit verdrietig ben of bang, hoef ik alleen maar aan jou te denken en dan voel ik me beter. Altijd. Het feit dat je mijn kleine meisje bent maakt me zo gelukkig.' Zijn ogen werden vochtig. Het was stil aan de andere kant van de lijn.

'Holly?'

'Ik moet mijn tanden poetsen.' Geen verontschuldiging, alleen de realiteit. Zo was het nu eenmaal.

'Voordat je gaat...'

'Trusten,' zei ze bruusk. Hij raakte in paniek. Dit was waardeloos.

'Wacht, wacht – voordat je gaat...' Hij zweeg, hij wist niet wat hij tegen zijn verre dochter moest zeggen. Maar ineens wist hij het. 'Vergeet niet dat ik je papa ben,' zei hij. 'En ik zal altijd van je houden. Wat er ook gebeurt en waar je ook bent, en waar ik ook ben, het maakt niet uit hoever we bij elkaar vandaan zijn, ik hou van je en zal dat blijven doen, en ik ben dolblij dat ik je papa ben. En ik ben heel trots dat jij mijn dochter bent. Apetrots. Vergeet mijn gezicht niet. Vergeet mijn stem niet. Afgesproken, Holly?' Er kwam geen antwoord. 'Hallo?'

'Afgesproken, maar ik moet nu echt gaan.' Ze klonk weer als zijn meisje. 'Trusten, papa.'

'Slaap lekker, schat.'

13

Het was zaterdagavond. Hij liep heen en weer, de namaak-Lakers-honkbalpet in zijn hand, en keek vanuit zijn flat naar haar verlichte raam.

Zielig, dacht hij. Weer een getrouwde grote neus die verlekkerd naar het plaatselijke talent kijkt als zijn vrouw even niet oplet. O, wat een cliché!

Moet je jou zien. Je vraagt je af hoelang je moet wachten voordat je de volgende stap zet. Waar ben je mee bezig? Waar ben je in godsnaam mee bezig? Nergens mee, zei hij tegen zichzelf. Ik ben nergens mee bezig. Ik ben alleen maar aan het bedenken wat het beste tijdstip is om de Lakers-pet aan haar terug te geven. En ik ben eenzaam. Daar is toch niks mis mee, hè? Eenzaam-zijn breekt toch geen huwelijksbeloften?

Het is allemaal heel onschuldig, maakte hij zichzelf wijs.

Maar hij ging er niet heen. Hij voelde zich te verlegen, te nerveus, te dom. Voor zover hij het zich kon herinneren had dat soort gevoelens een meisje altijd afgeschrikt.

Dus wachtte Bill terwijl hij naar haar verlichte raam keek. Maar toen arriveerde de zilverkleurige Porsche en na een tijdje ging het licht in haar appartement uit. Bill draaide zich om en keek in zijn koelkast. Hij keek niet naar haar vertrek. Dat wilde hij zichzelf niet aandoen.

Hij legde de Lakers-pet weg en ging op zijn eenpersoonsbed zitten. De ouderslaapkamer was nu leeg. Hij voelde zich belachelijk. Hij had zich voorgesteld dat JinJin Li net als hij was, dat ze de meeste avonden thuis doorbracht, in haar eentje, met een tafel die voor één persoon was gedekt en een zwijgende telefoon.

Ze miste iemand. Dat deed ze volgens hem met haar tijd – lanterfanten en iemand missen. Maar misschien had hij het bij het verkeerde eind. Misschien voelde JinJin Li zich prima. Misschien was de vróúw van de man degene die eenzaam was.

De volgende avond ging hij naar haar flat.

Hij vond het eigenlijk nog te vlug, maar als het weekend voorbij was, zou hij tot 's avonds laat op kantoor zitten of op stap zijn met cliënten, en dan zou hij moeten wachten tot het volgende weekend. Waarschijnlijk zou ze dan al een nieuwe honkbalpet hebben. Maar waar maakte hij zich druk over?

Hij bracht alleen maar een stomme pet terug!

Hij liep naar het tegenoverliggende flatgebouw van Paradise Mansions, en nam de lift naar haar verdieping. Voor haar deur bleef hij staan. Hij herinnerde zich de laatste keer dat hij daar was – het meisje dronken en misselijk, en hij die zich tot het uiterste inspande om haar rechtop te houden terwijl hij in haar tas naar haar sleutels zocht.

Dat had het einde moeten zijn. Dat had voldoende moeten zijn.

Maar toch drukte hij op de deurbel.

Er kwam niemand. Goddank. Hij kon muziek horen in het huis, maar er kwam niemand. Bill stond op het punt naar zijn veilige, eenzame bestaan te ontsnappen, toen de deur plotseling openging en ze daar in al haar schoonheid stond. Hij wist dat het gewoon niet waar was dat je niets van Aziatische gezichten kon aflezen. Want die noordelijke gelaatstrekken, dat *Dongbei ho*-gezicht, toonden verrassing en een beetje blijdschap en veel verwondering. Haar ogen leken te stralen terwijl ze hem aankeek. Misschien is ze op me gesteld, dacht hij. Of misschien is dit simpelweg de manier waarop ze naar de wereld kijkt.

Bill had nog nooit zo'n expressief gezicht gezien, een gezicht waarin zoveel gebeurde, een gezicht dat zoveel zei. En het zei: *Wat komt die blanke, die grote neus hier doen?*

Hij stak haar zijn geel-paarse excuus toe. 'Je bent je pet vergeten,' zei hij.

Ze nam de pet van hem aan. Ze had kleine handen. Buitengewoon kleine handen voor zo'n lange vrouw. 'O,' zei ze. '*Tsetse.*'

'*Bu ke-qi,*' zei hij. Er viel een onaangename stilte. Hij deed zijn uiterste best om die op te vullen. 'Wat weet je eigenlijk van de Lakers?'

Ze dacht even na. 'NBA, de nationale basketbalbond. Magic Johnson. Gele shirts,' zei ze. 'De Lakers zijn basketbal. Kobe Bryant. Shaquille O'Neal.'

'Je weet meer dan ik,' zei hij. 'Ik weet niets van de Lakers.'

'LA,' zei ze. 'LA, Californië.'

Hij mocht haar écht. Hij had het gevoel dat ze zojuist haar ogen had geopend en de hele planeet had gezien. 'Je hoefde niet weg te gaan, weet je,' zei hij.

Er verscheen een geïrriteerde blik in haar ogen. 'Die vrouw,' zei ze. 'Die vrouw zei dat ik een Mantsjoe ben.'

Hij wist niet veel van Mantsjoerije. Ongeveer net zoveel als hij van de LA Lakers wist. Hij wist dat Mantsjoerije in Dongbei had gelegen, het noordoostelijke gebied waar ze vandaan kwam, en dat het was gekoloniseerd door Mongolen, Mantsjoes en Japanners. Al wist hij niet veel, hij wist genoeg om te weten dat Tess Devlin een punt had.

Het gezicht van JinJin was niet typisch Chinees. Het was gemakkelijk te geloven dat het bloed van een indringer met hoge jukbeenderen door haar aderen stroomde, en het was gemakkelijk te begrijpen waarom ze er zo gevoelig voor was. Het was als wanneer je tegen iemand uit een kibboets zei dat hij eruitzag als een kozak.

'Ik dacht dat ze zei dat je een beetje op een Mantsjoe leek,' zei hij, het bagatelliserend.

Nu werkte hij haar echt op de zenuwen. 'Maar ik bén geen Mantsjoe.'

Hij stak zijn handen op, in een gebaar van overgave. Dit ging niet zo goed. Maar toen zette ze haar honkbalpet op en glimlachte, een glimlach die op de een of andere manier de betovering van haar uiterlijk verbrak. Het was een beetje malle

glimlach, omdat haar tanden enigszins vooruitstaken. De tand-
artsen van de Dongbei hadden zich niet echt druk over haar gemaakt, of misschien hadden haar ouders andere problemen aan
hun hoofd gehad, zoals het voeden van hun gezin. Haar glimlach was vol warmte en humor. En als hij iets wegnam van de
klassieke schoonheid van haar gezicht wanneer ze níét glimlachte, werd die door iets beters vervangen – in elk geval door
iets wat Bill nog veel leuker vond.

'Kom binnen, alsjeblieft,' zei ze, met de angstvallig beleefde
vormelijkheid waartoe ze in staat was. Ze deed een stap naar
achteren om hem in haar appartement uit te nodigen. En plotseling voelde hij zich erg getrouwd. Wilde hij echt dat dit gebeurde?

Hij was niet geschikt voor dit spel. Dat was de waarheid. Hij
had zoveel nagedacht en plannen gesmeed, en zo vaak uit zijn
raam gekeken – maar nu puntje bij paaltje kwam, nu het tijd
was om haar huis binnen te gaan, ontbrak het hem gewoon aan
de moed om door te zetten. Hij hield toch van zijn vrouw?

'Ik moet gaan.' Hij wees met zijn duim over zijn schouder.
'Morgen vroeg op.'

Maar ze was tot een besluit gekomen.

'Kom binnen, alsjeblieft,' hield ze vol. 'Ik wil dat je mijn *dim
sums* proeft.'

Dat was te veel, gewoon te veel.

'O, nee. Dat kan niet, dat kan echt niet,' zei hij met een zwak
stemmetje.

'Alsjeblieft,' zei ze. En opnieuw viel het hem op dat ze zo aan
vormelijkheid hechtte, alsof er een strenge gedragscode was die
moest worden gevolgd, en die op de een of andere manier
maakte dat hij haar niet kon weerstaan. Versuft merkte hij dat
hij haar appartement binnenliep, en het duurde even voor hij
besefte dat JinJin Li dim sums aanbood, maar dat dat dan ook
alles was wat ze aanbood.

De geur van dim sums vulde de lucht. De flat was vol mensen. Allemaal jonge vrouwen. Afgezien van een kind, een klein
kind, een peuter met gemillimeterd haar, die tussen de benen

van de meisjes van Paradise Mansions door waggelde. Er zat een gat aan de achterkant van zijn broek, waaruit zijn dikke kontje stak, om het gemakkelijk voor hem te maken om zijn behoefte te doen.

Ze waren een maaltijd aan het bereiden die uitsluitend uit dim sums leek te bestaan, kleine pakketjes deeg die met varkensvlees, vis of groenten werden gevuld en daarna werden gestoomd of gebakken.

De meeste gezichten herkende hij. Die vrouwen waren geen vreemden. De lange danseres uit Suzy Too stond achter het fornuis. Met haar ene hand haalde ze dim sums uit een stoompan en met de andere hand bakte ze die snel in een koekenpan. Ze wuifde naar Bill.

De vrouw die een nummer in haar mobiele telefoon had getoetst en zichzelf voor een appel en een ei had aangeboden, speelde met het kleine jongetje op de grond. Ze wees lachend naar het kind. Ze leek veel gelukkiger dan bij hun laatste ontmoeting. Toen had hij haar niet zien glimlachen of lachen.

Er was nóg iemand die hij meende te herkennen. Maar hij kon haar niet thuisbrengen, een verontrustend mager meisje in een minirokje. Ze stond de afwas te doen. Waar kende hij haar van? Toen hij de handtas zag die naast haar stond, wist hij het ineens. Het was een van de aan Louis Vutton verslaafde leraressen. Waarschijnlijk hadden ze na die avond een sponsor gevonden. Ze keek naar hem op, maar kennelijk herkende ze hem niet. Waarom zou ze ook? Hij was gewoon een van de kerels in Suzy Too geweest.

En er was nóg iemand. Niet een van de jonge vrouwen die hij zich van die avond herinnerde, maar een gezicht dat hij had gezien wanneer ze haar vuilniszakken wegbracht, kletste met de huismeester, langs de schappen van de plaatselijke Carrefoursupermarkt liep of als ze wegging met haar vader. Tenminste, hij had gedacht dat het haar vader was.

Ze was het eenvoudige, bebrilde meisje dat hij met de oude man in zijn BMW had zien vertrekken. Ze had anders geleken dan de rest. Nu zat ze te breien, waardoor ze meer leek op een huisvrouw van vijftig dan op een minnares. Ze was niet anders dan de rest. Ze was net zo.

'Buren,' zei JinJin, altijd de volmaakte gastvrouw. 'Alle buren. We maken *xiao long bao*. Shanghainese dim sums. En *jiaozi*, dim sums uit Changchun. Het is zoiets als ravioli. Ken je dat?'

Hij knikte. 'Dat ken ik, ja.'

'Proef alsjeblieft.'

JinJin bracht hem naar een stoel tussen het meisje met de bril en de vrouw met het kind. Daarna gaf ze hem een koude Tsingtao. Het kind hield hem een gehavend, metalen speelgoedautootje voor, en Bill pakte het aan. 'Ferrari,' zei hij. 'Erg mooi.'

Het meisje met de bril heette Jenny Two. Jenny Two? Ja, Jenny Two. Het meisje met het kind was Sugar. 'Ik denk dat we elkaar al eens hebben ontmoet,' zei hij. Hij was er niet zeker van of het juist was om dat te zeggen. JinJin had hem dat natuurlijk wel kunnen vertellen. 'Hoe gaat het?' vroeg hij aan Sugar. Jammer genoeg gaf ze antwoord.

'Soms moet ik me afsluiten van mijn familie,' zei ze op zakelijke toon, terwijl ze keek hoe Bill met haar kind speelde. 'Mijn vader en moeder en zoon. Ik kan dan niet bij hen zijn. Vanwege mijn werk.' Ze zweeg even en haalde diep adem. Dit is wat ze doen, dacht hij. Ze kroppen alles zo lang op, dat alles eruit stroomt als ze eindelijk hun mond opendoen. 'Gisteravond was er een man in Suzy Too,' zei Sugar. 'Een Australiër. Toen we vertrokken wilde hij naar het casino. En ik zei – o nee, geen casino, we gaan gewoon naar je hotel. Maar hij wilde naar het casino en hij verloor.'

Bill knikte. Hij verloor in het casino. Hoe groot was de kans op verlies?

'Vanmorgen gaf hij me tien Amerikaanse dollar,' zei Sugar. Eerst dacht Bill dat hij het niet goed had verstaan. Tien dollar? 'En hij zei tegen me: "Wat moet ik? Ik heb niets meer over." En ik was lief voor hem.' Ze veegde haar tranen weg. Haar kind keek haar aan, met het autootje in zijn hand. 'Het is niet genoeg, hè,' zei ze.

'Nee,' zei Bill kalm. 'Het is niet genoeg.'

Ze knikte. Haar zoon stak haar het autootje toe, bij wijze van troost. 'Dus soms moet ik me afsluiten voor mijn familie,' zei ze, en nam de speelgoed-Ferrari aan.

Jenny Two legde een beschermende arm om haar heen. Bill wendde zijn hoofd af. Hij wilde zich niet mengen in dit persoonlijke verdriet en hij kon geen woorden van troost bieden. Tien dollar voor je lichaam. Sugar was de arme bloedverwante, hoorde hij, die de logeerkamer van Jenny Two afwisselde met de flat van haar ouders. Alle anderen hadden iemand. Ze hadden allemaal een soort sponsor. Al zou de wereld waarin hij leefde het beslist afkeuren, het hebben van een soort sponsor was absoluut beter dan tien dollar voor je lichaam te krijgen.

Hij keek naar JinJin. Ze glimlachte. Hij voelde zich onmiddellijk beter – hij raakte eraan gewend, de malle glimlach die haar ziel onthulde, wat het koele, onbewogen gezicht dat ze had als ze in een Porsche stapte nooit deed en nooit zou kunnen doen. Hij raakte gewend aan haar glimlach, hij dacht dat hij er nooit genoeg van zou kunnen krijgen.

Terwijl hij een boekje met kruiswoordpuzzels weglegde, besefte hij dat hij zich in haar had vergist. Hij had zich in al deze vrouwen vergist, de *jinseniao* in de *niaolong* van Paradise Mansions. Alle mooie kanaries in hun gouden kooi.

Misschien zaten ze nachten lang in hun eentje op het telefoontje te wachten. En als ze terug waren van de glitter en glamour van een avond in Shanghai, terug van de restaurants, de cocktailbars en de clubs van de Bund, en eindelijk alleen thuis waren, voelden ze zich misschien wel tweederangs. Misschien leden ze onder het feit dat ze de minnares van een getrouwde man waren, of dat ze met iemand naar bed gingen en 's morgens alleen wakker werden.

Maar ze zouden nooit eenzaam zijn, niet zoals hij dat was. Dit was hun stad. En de meisjes van Paradise Mansions hadden elkaar.

Het was een ander soort karaokebar dan hij gewend was.

Bill had Shane en cliënten, allemaal Aziatische, vergezeld naar chique tenten in de oude Franse Wijk, maar de karaokebar waar de meisjes van Paradise Mansions de voorkeur aan gaven, was slechts een doolhof van eenvoudige kamertjes in een achterafstraat van Gubei. De neonreclame boven de deur was niet in het Engels, en er waren geen knappe meisjes in dienst om te applaudisseren voor Taiwanese zakenlieden van middelbare leeftijd die dronken waren en 'My Way' in het Mandarijns om zeep hielpen.

Bill en de meisjes propten zich in een kamer met de afmeting van de inloopkast van zijn vrouw. Ze bestelden vruchtensap voor iedereen en een Tsingtao voor Bill.

Sugar was thuisgebleven – in de logeerkamer in het huis van Jenny Two – maar verder ontbrak er niemand. In diepe stilte bestudeerden ze de menu's van de zangboeken, als uitgehongerde zielen die onverwacht in een vijfsterrenrestaurant waren beland.

Hij bladerde door het in leer gebonden boek op zijn schoot. Hij begreep er niets van. Er waren honderden Mandopop en Cantopop songs, maar tot zijn grote opluchting was er niets wat hem verplichtte te zingen.

Hij zag dat JinJin de microfoon pakte en aandachtig naar een televisiescherm keek waarop een Aziatische man en vrouw hand in hand over een strand liepen, met torenflats op de achtergrond. En toen begreep Bill de aantrekkingskracht van karaokebars voor de Chinezen.

De karaokebar bood privacy in een land waar privacy schaars was, en hij bood vrijheid van expressie in een cultuur waarbij je, als je jezelf te vrij uitdrukte, een kogel in je achterhoofd kreeg en de rekening voor de kogel naar je familie werd gestuurd.

JinJin begon vol vuur aan een weemoedige Mandarijnse ballade, een lied dat volgens Bill alleen maar over eeuwige liefde kon gaan.

Na afloop van het lied sprong de danseres, Jenny One, op. Ze probeerde de microfoon van JinJin af te pakken, die weigerde hem los te laten. Ze schreeuwden tegen elkaar in het Shanghainees. JinJin won en begon aan een andere ballade, met rode wangen van opwinding. Intussen keek ze naar het balletje dat over de Chinese lettertekens danste, terwijl een vrouw op het televisiescherm somber uit een raam staarde. JinJins stem was niet slecht, maar hij had de neiging over te slaan bij de grote climax.

Jenny Two keek op van haar breiwerk.

'Ze heeft een mooie stem,' mompelde ze. Haar ogen glinsterden achter haar brillenglazen. 'En een mooi gezicht.'

Bill knikte. Wat het gezicht betrof was hij het roerend met haar eens.

'Ik heb geen van beide,' zei Jenny Two met een gelukzalige glimlach, 'maar toch houdt mijn man van me. Ik ben een geluksvogel. Hij is erg oud.'

Bill verbaasde zich over zijn eigen naïviteit. 'Noordelijk flatgebouw, hè?' Ze knikte en lachte haar konijnentanden bloot.

Bill zag in gedachten de zwarte BMW op het binnenplein staan, en de gesoigneerde bestuurder, een man van in de zestig die nooit uitstapte. Bill had Jenny Two naar de auto zien rennen, opgetogen lachend, en hij had altijd aangenomen dat het een rijke, oude man was die zijn dochter, een arme studente, op een etentje in een restaurant aan de Bund trakteerde.

Jenny Two gedroeg zich niet als de anderen. Ze zag er anders uit. Bill mocht haar graag. Jenny Two had iets zachts en ze leek het leuk te vinden om het lelijke eendje van de groep te spelen. Toen ze opstond om een vormloze, blauwe, gebreide lap voor zijn borst te houden, zag hij dat ze een stevig lichaam had, en dat ze de enige van het groepje was die echte rondingen had. En ze was leuk. Bill kon begrijpen waarom oude *taipan* haar aardig vonden.

'So ies et altijd met JinJin en de karaoke,' verzuchtte Jenny One, terwijl ze op de gammele sofa neerplofte.

'Waar heb jij Engels leren spreken?' vroeg Bill aan haar. Hij vermoedde het antwoord al. Het antwoord op vrijwel elke vraag in Paradise Mansions was 'een man'. *Ik ontmoette een man.* Of meer dan één.

'Iek les gehad,' zei Jenny One. 'In bed. De beste plaats om taal leren, hè? Iek heb twee Franse vrienden. De eerste – hij ies jong en arm en iek hou veel van hem. Maar hij ies jong en arm, dus iek stop.' De tranen in haar ogen ondermijnden de achteloze hardheid van haar woorden. Ze depte haar ogen met een papieren servetje. Ze waren een en al emotie, die vrouwen. Het was altijd lachen en huilen bij hen, realiseerde Bill zich, vaak in een en dezelfde zin. 'De tweede ies rijk en getrouwd en gaat dan terug naar Parijs.'

Bill vermoedde dat de flat in Paradise Mansions een afscheidsgeschenk van de rijke, getrouwde Fransman was geweest. Daarom kon Jenny One zich veroorloven er te wonen en toch in haar eentje naar huis te gaan. Ze had een sponsor, ook al was hij allang verdwenen. 'Hij belde een jaar en toen belde hij niet meer.' Ze keek Bill onderzoekend aan. 'Waarom stopt hij met bellen, denk je?'

Bill schudde zijn hoofd. 'Geen idee.' Hij veronderstelde dat de vrouw van de man er iets mee te maken had. Jenny One huilde nu openlijk. Bill zag dat de meisjes van Paradise Mansions normale jonge vrouwen waren. In Engeland zouden ze accountants en leraressen, vriendinnetjes en echtgenotes zijn geweest. Maar niet in Shanghai. Niet in een tijd als deze. Hij zag dat JinJin schoorvoetend de microfoon aan het aan Louis Vuitton verslaafde, in minirok geklede meisje gaf.

'Ken je dat meisje?' vroeg Jenny One aan hem. 'Ze heet Annie – ken je haar?' Bill schudde zijn hoofd.

'Ze is nieuw,' zei Jenny Two, terwijl haar breinaalden tikten. Ze knikte veelbetekenend naar Annie, alsof ze over een tuinhekje heen aan het roddelen waren. 'Man uit Taiwan!'

Annie begon een verschrikkelijk Catopop-lied te piepen.

'Groot appartement in westelijk flatgebouw,' vervolgde Jenny Two. Haar ogen stonden wijd open en werden nog groter door haar dikke brillenglazen. 'Drie slaapkamers! En de man zal voor twee jaar in Shanghai zijn! Lang contract!'

'Is zijn gezin hier?' vroeg Jenny One. Toen de andere Jenny knikte, trok ze een filosofisch zo-is-het-leven-nu-eenmaal gezicht.

Annie was klaar met het ombrengen van haar lied en kwam

naar hen toe. Ze nam snel een slok vruchtensap, terwijl ze Bill doordringend aankeek.

'Ben je in Hawaï geweest?' vroeg ze, en ze sloeg haar benen over elkaar. Hij schudde zijn hoofd. Ze leek verbaasd, alsof elke zichzelf respecterende buitenlander Hawaï door en door kende. 'Daar moet je echt heen,' adviseerde ze hem. 'Ik heb er met mijn Amerikaanse vriend gewoond.' Ze dacht even na. 'Vier maanden. Hij verkocht *timesharing*.'

Jenny One wendde haar hoofd af, alsof ze alles al eens had gehoord. Maar Jenny Two legde haar breiwerk neer. 'Wat is er gebeurd met de Amerikaanse vriend in Hawaï?' wilde ze weten. Bill merkte dat ze was overgegaan op het Engels, omwille van hem, en dat raakte hem.

'Het klikte niet,' zei Annie. Ze friemelde aan de zoom van haar rok toen Jenny Two haar een blik vol medelijden toewierp.

JinJin ging naast Bill zitten. Ze glimlachte en zei: 'Nu zal ik iets voor jou zoeken.' Ze negeerde zijn protest, terwijl ze in het zangboek bladerde. Hij reikte nerveus naar zijn biertje en vroeg zich af waarom alleen westerlingen van streek raakten door karaoke. Omdat we denken dat we moeten presteren, dacht hij. Omdat we denken dat er wordt verwacht dat we goed zijn. En karaoke heeft absoluut niets te maken met al dan niet goed zijn.

JinJin was de enige van hen die geen westerse naam had aangenomen. Ze was de enige die de Chinese naam had gehouden die ze bij haar geboorte had gekregen. Terwijl hij toekeek hoe ze een karaokelied voor hem zocht, vroeg hij zich af wat dat over haar zei. Het was alsof JinJin iets onveranderlijks, iets onaantastbaars en onbereikbaars had. Hij vond het leuk dat ze geen westerse naam had.

Ten slotte vond JinJin iets voor hem. Ze klapten allemaal in hun handen toen hij opstond en onhandig voor het televisietoestel ging staan. Tot zijn verbazing voegde JinJin zich bij hem, een microfoon in haar hand. Misschien had ze hem de beurt gegeven met als enige reden dat ze dan de microfoon weer kon terugvorderen.

Ze had een lied van de Carpenters in het zangboek gevonden.

'Yesterday Once More', een brok onvervalst melodrama, waarbij de meisjes van Paradise Mansions heen en weer wiegden met
een dromerige blik in hun vochtige, bruine ogen.

JinJins stem rees en daalde onzeker en begaf het bij de hoge
tonen, een made-in-China Karen Carpenter. Bill kraste zo goed
mogelijk mee.

Na afloop applaudisseerden alle meisjes. Bill pakte een van
JinJins kleine handen vast.

Ze trok hem snel los.

Ze had er geen bezwaar tegen om in een flat te worden gezet
door een getrouwde man die langskwam als hij daar zin in had,
maar ze piekerde er niet over om in een karaokebar hand in
hand met een grote neus te staan. De meisjes van Paradise Mansions behielden hun waardigheid.

En toen moest hij alléén een liedje zingen. Er was geen ont-
komen aan. Aanvankelijk bood hij weerstand, maar daar wilden ze niets van weten. Hij kon er niet omheen. In China was
bij het karaoke je beurt accepteren net zo onvermijdelijk als de
dood, en veel onvermijdelijker dan het betalen van je Chinese
belasting.

'Ik snap het,' zei JinJin. 'Je geneert je te veel om te zingen.'
Daar was het weer, haar vormelijke woordkeus, die uiteindelijk
op de een of andere manier gepaster leek dan de voor de hand
liggende keuze. Het was waar. Hij voelde zich niet verlegen, opgelaten of bedeesd. Hij schaamde zich.

Maar ze vonden een oude Elvis voor hem. Met een Tsingtao
in zijn ene hand en de microfoon in de andere deed hij zijn best
om de tekst te zingen die op het scherm oplichtte.

De meisjes van Paradise Mansions juichten hem toe. Ze dachten dat hij verlegen was. Maar dat was het probleem niet. Het
probleem was dat hij de tekst van het oude Elvis-lied kende. Hij
kende hem heel goed van al die stapavondjes met Shane en de
Aziatische cliënten, van al die andere avonden waarop karaoke
verplicht was geweest.

En de tekst op het scherm was alleen maar een ruwe Chinese
imitatie, een slechte kopie van het oorspronkelijke lied.

Maar toch zong Bill 'She's Not You' mee, terwijl JinJin Li
tegen hem glimlachte. Hij zong zo goed mogelijk mee, hij zong
mee, hoewel de woorden allemaal verkeerd waren.

14

Toen hij thuis was voelde hij zich zo lekker, dat het hem een goed idee leek zijn vrouw te bellen. Hij hoorde haar stem, broodnuchter, zesduizend mijl ver – het was daar nog gisteren. 'Hallo?"

'Ik ben het.'

Het was even stil terwijl ze wikte en woog.

'Ben je dronken, Bill?' vroeg ze, op zo'n manier dat hij niet wist of ze geïrriteerd was, vrolijk of een beetje van beide. Het was vooral het geluid van een woedende vrouw. 'Ik was net bezig Holly naar bed te brengen,' zei ze. Hij hoorde de zucht in haar stem, en plotseling was hij zich ervan bewust dat ze hem heel goed kende.

Dat is het probleem als je trouwt, dacht hij. Ze leren je heel goed kennen.

'Ik wil je alleen maar iets vertellen,' zei hij. Het had zo belangrijk geleken toen de gedachte tijdens de taxirit van de karaokebar naar huis bij hem opkwam. Hij had op de achterbank gezeten, tussen de twee Jenny's in. JinJin en Annie waren naast de taxichauffeur gaan zitten. JinJin was ineens stil geweest na al die uren over eeuwige liefde te hebben gezongen.

Maar nu voelde hij het belang van wat hij had willen zeggen wegvloeien, terwijl hij zich van de realiteit van hun leven in Londen bewust werd.

'Ik zal een exemplaar van YMCA on-line voor haar bestellen,' zei hij. In de stemming geraakt om te zingen, en met de gedachte dat zijn stem misschien niet zo slecht was als hij altijd had gedacht, begon hij enthousiast het oude Village People-lied te zingen. Maar hij stopte toen hij Becca's verpletterende stilte hoorde.

'En daar bel je voor?' Hij meende te horen dat ze haar hoofd schudde. 'Hoe laat is het bij jullie?'

Hij keek naar de klok, die er niet meer was. Wat had hij daarmee gedaan? 'Het is laat,' bekende hij bedeesd. 'Rond vier uur, denk ik.'

'Is het rónd vier uur of is het vier uur, Bill? Nou, hier is het bedtijd. En het is echt lief dat je aan Holly denkt wanneer je met Shane op stap bent om samen dronken te worden, maar ze denkt absoluut niet meer aan dat dwaze liedje. Weet je wat het deze week is? "Independent Women" van Destiny's Child. Ken je dat, Bill?'

Hij lachte. 'Independent Women' van Destiny's Child! Holly's keuzes, de dingen die haar aandacht trokken, vond hij heel amusant. Ze brachten hem in verrukking, betoverden hem.

'Becca, kan ik Holly even spreken?'

Stilte. Hij kende haar stiltes zo goed. 'Ze ligt al in bed, Bill. Als je wat eerder had gebeld...'

'Oké,' zei hij snel. 'Volgende keer. Is alles in orde? Hoe gaat het met haar ademhaling?'

'Dat gaat beter hier in Londen,' zei ze.

'En hoe is het met je vader?' Hij had eerder naar haar vader moeten vragen, besefte hij nu. En toen volgde de langste stilte van allemaal.

'Het ziet ernaar uit dat hij moet worden geopereerd,' zei ze, met een vlakke, onbewogen stem. Stilte. 'Bedankt dat je het vraagt,' voegde ze eraan toe. Hij kromp ineen, omdat het hard en sarcastisch klonk.

'Een operatie? Wat vreselijk. Wat – bedoel je een bypass?'

'Eerst moet hij een zogenaamde hartkatheterisatie krijgen,' zei ze. Ze klonk een beetje vriendelijker. Hij kon horen dat ze haar tranen inhield. 'Ze plaatsen een buisje in zijn hart, door een ader of een slagader of zoiets, en dan injecteren ze een kleurstof. Daarna besluiten ze of hij moet worden geopereerd.' Hij hoorde haar slikken. 'Ik ben bang, Bill.'

'Ik vind het zo naar voor je, Bec,' zei hij. Ze zwegen beiden, maar de stilte was niet onaangenaam. Ze verbraken de verbinding niet, want ze vonden er alle twee troost bij.

'Het komt wel goed met hem, Bec,' zei Bill zacht. 'Dat weet ik zeker.'

'Bedankt, Bill.' Becca had zichzelf weer in de hand. Hij voelde een golf van liefde. Het zou niet gemakkelijk voor haar zijn. 'Luister, ik moet even naar Holly toe. Ik hoor haar.'

Hij kon haar ook horen huilen door de babyfoon. Een nare droom.

'Natuurlijk,' zei hij. 'Ik hou van je, Bec.'

'Ik hou ook van jou.'

Ze zeiden dat niet zo vaak. Ze waren niet zo'n echtpaar dat de behoefte voelt om het dagelijks te zeggen. Maar ze zeiden het als ze beseften wat ze hadden. Ze waren dankbaar en zo wijs om hun zegeningen te tellen.

Bill hing op. Hij voelde zich leeg en moe, alsof alle magie van de avond slechts een illusie was, het gevolg van Tsingtao, oude Elvis-songs en het gezicht van JinJin Li. Hij liep naar het achterste raam van de ouderslaapkamer. Er brandde nog licht in haar flat. JinJin was nog wakker.

Hij besloot de andere morgen een paar kruiswoordpuzzelboekjes te kopen. Kennelijk was ze daar dol op.

En misschien maakte het dan niet zoveel uit als haar telefoon bleef zwijgen.

Shane kon niet slapen. Telkens wanneer hij bijna in slaap was, werd hij tegengehouden door hevige pijn en werd hij gedwongen weer wakker te worden.

Zo voorzichtig mogelijk paste hij zijn grote lichaam aan. De felle pijn, ergens diep in zijn liesstreek, nam af en werd een matte pijn. Een paar minuten lang bewoog hij zich niet, bang om te ademen. Hij wilde Rosalita niet meer storen. Maar het hielp niet.

Rosalita slaakte een vermoeide zucht. In één soepele beweging stapte ze uit bed, trok een dunne ochtendjas aan en liep de zitkamer binnen. Ze liet de deur openstaan. Toen ze een lamp aandeed, verdween de duisternis in de slaapkamer.

Zo was het steeds geweest sinds hij samen met Bill in elkaar was geslagen – of, zoals Rosalita Bill het liefst noemde: 'Je vriend de verliezer, die door zijn knappe vrouw in de steek is gelaten.'

Soms ging de pijn weg, maar nooit voor lang. Hij stond niet toe dat Shane de hele nacht sliep. Shane ging op zijn rug liggen en betastte zijn lies, in stilte vloekend en banger dan hij ooit in zijn leven was geweest.

Er was iets mis met hem. Dat kon hij voelen. Er was iets heel erg mis.

Toen hij de zitkamer binnenliep, zat Rosalita met haar rug naar hem toe op het toetsenbord van de computer te tikken. Hij begroef zijn gezicht in haar zwarte haren en zijn hand voelde haar schouder door de dunne zijden ochtendjas heen. Hij keek naar het raam. Buiten was het nog donker.

'Kom terug naar bed,' zei hij. Zijn stem was rauw, omdat hij uit zijn slaap was gehaald. 'Het is daar veel te laat voor.'

Haar kleine, bruine handen vlogen over het toetsenbord. 'Geen slaap, geen liefdesspel,' zei ze opgewekt. 'Dus kijk ik de e-mails na.'

Hij keek over haar schouder naar de monitor. Zijn vermoeide ogen knipperden plotseling vol ongeloof.

Lieverd, wat mis ik je ogen, je lippen, je grote, dikke penis –

Hij deinsde terug, alsof hij een elektrische schok had gekregen. 'Wat is dit verdomme, Rosalita?'

'Oude e-mail, oud vriendje,' zei ze achteloos. 'Ik was het net aan het wissen.'

Zijn vrouw draaide rond in haar stoel en keek hem aan met ogen als enorme, bruine koplampen. Hij kromp ineen door een nieuwe pijnscheut.

'Je moet naar een dokter,' zei ze boos. 'Jij ziek, dan moet je naar een dokter.'

'Wie was dat?' vroeg hij. 'Wie was het? Ik wil het weten.'

Maar ze glimlachte koeltjes tegen hem, en hij deed een stap naar achteren. Ze had een felheid in zich die je nooit zou vermoeden wanneer ze al die sentimentele liefdesliedjes zong. 'Alsjeblieft, ik wil het weten, Rosie.' Zijn stem klonk zachter, smekend.

'Nee,' zei ze kalm. 'Je wilt het niet weten. Je wilt het echt niet weten.'

Ze logde uit en sprong overeind, een bruine, wilde kat, soepel en klein en in staat om je ogen uit je hoofd te krabben. Shane, die boven haar uittorende, volgde haar gedwee naar de slaapkamer. Ze trok haar ochtendjas uit. Hij hield zijn adem in toen ze naakt tussen de lakens gleed en met haar rug naar hem toe ging liggen.

Hij begeerde haar nog steeds. Tenminste, in theorie. Tenminste, in zijn hoofd. Maar sinds de pijn was begonnen had zijn lichaam geen zin meer in seks. Dat bracht hem in verwarring. Shane had gedacht dat hij altijd wel met haar wilde vrijen, en nu al – zo gauw! – was de pret voorbij. Misschien zou er zonder de pijn en de bezorgdheid niets aan de hand zijn geweest. Misschien verpestten de pijn en de bezorgdheid alles.

Shane lag in het donker en probeerde zich niet te bewegen. Hij miste het fysieke leven dat ze eerder hadden gekend, de intimiteit in al haar facetten, maar hij verlangde ook naar iets wat hij en zijn vrouw nog nooit hadden ervaren, iets wat hij wél zag in het huwelijk van zijn vriend Bill, iets wat veel op vriendschap leek.

's Morgens kwam Bill hem ophalen.

Ze gingen brunchen met een afgevaardigde van een particuliere gezondheidszorgorganisatie uit Zwitserland. Rosalita sliep nog. Shane hoopte maar dat ze doorsliep. Hij wilde niet dat zijn vriend zag hoe slecht het allemaal ging.

'Dat zal de volgende grote groeimarkt in China zijn,' zei Bill. Hij keek hoe Shane zijn voeten in zijn schoenen wurmde. 'Particuliere gezondheidszorg. De nieuwe rijken zullen er helemaal gek van zijn.'

'Veel geld in die handel,' stemde Shane in.

Het was het favoriete onderwerp van gesprek in Shanghai – het volgende nieuwe ding, de volgende slag om te slaan. De Zwitsers waren in Shanghai om de mogelijkheid van een particulier ziekenhuis in China te onderzoeken, de soort dienst die in het International Family Hospital, het ziekenhuis waar Becca Holly naartoe had gebracht, aan expats werd aangeboden, maar dan uitsluitend voor Chinezen. 'Chinezen zijn hypochonders,' zei Shane. 'Die armoedzaaiers krijgen jeuk aan hun kont, en dan denken ze dat het darmkanker is.' Hij strikte de veters van zijn gaatjesschoenen, met een van pijn vertrokken gezicht.

'Alles goed met je?' vroeg Bill, toen Shane opstond. Op zijn voorhoofd parelden zweetdruppels.

'Alles in orde, maat,' zei Shane. Hij streek een vochtige, blonde haarlok weg en ging zitten om weer op adem te komen. Toen deed hij zijn laptop open en haalde er een schijfje uit. 'Wil je dit even voor me in de kluis leggen?'

Bill nam het schijfje aan. Op het etiket stond: SUN. 'Achter de *Mona Lisa*,' zei Shane.

Boven de plasmatelevisie hing een volmaakte reproductie van de *Mona Lisa*. Bill legde het schilderij voorzichtig op de vloer. Terwijl Shane de zes cijfers riep, draaide Bil aan de knop van een kleine muurkluis. De dikke metalen deur ging met twee elektronische piepjes open. Toen Bill het schijfje erin legde, viel zijn blik op paspoorten, juwelendoosjes en een stapel Amerikaanse bankbiljetten.

En toen zag hij het.

Het wapen leek net een speelgoedpistool. Zo klein, simpel en goedkoop zag het eruit. Bijna ongevaarlijk. Het lag te midden van de blauwe doosjes van Tiffany, het Amerikaanse geld en de paspoorten van Australië en de Filippijnen.

Bill stak zijn hand uit en haalde het wapen er bij de loop uit, zich ervan bewust dat zijn hart bonsde. Het was zwaar, veel zwaarder dan het leek, maar toch lichter dan een zak suiker. Het rook naar olie. Bill liet het in de palm van zijn hand rusten en hield het Shane voor.

'Wat is dit, verdomme?'

'Kai Tak-regels,' zei Shane. 'Denk aan de Kai Tak-regels. Geen woord. Tegen niemand. Leg terug.'

'Kai Tak-regels?' zei Bill. 'Je bent niet aan het rampetampen met een of ander animeermeisje. Dit is geen vluggertje tijdens een avondje stappen. En aan wie zou ik het vertellen? Wat zou ik zeggen? Ons prijswinnende Hoofd Procesvoering is – wat? – heeft een blaffer? Is dat de juiste terminologie?'

'Ik meen het, Bill. Leg het terug op de plek waar je het hebt gevonden.'

'Ik wil weten wat het is, Shane.'

'Oké.' Shane pakte het pistool van hem af. Hij leek er verbazingwekkend bedreven in. Alsof hij weet dat het niet plotseling zal afgaan, dacht Bill.

'Dit is een PSM, vaak een Makarov genoemd,' zei Shane. 'Het is Russisch. Een Russische kopie van de Walther PP. Het wapen van James Bond. Dit is de goedkope communistische versie. China stikt ervan. Uit de tijd toen Stalin wilde dat Mao voor hem vocht. Vijftig jaar terug, tijdens de Koreaanse Oorlog. Toen Mao tegen Stalin zei dat hij een miljoen Chinezen in een oorlog tegen Amerika zou opofferen, maar dat hij daarvoor vuurkracht nodig had. Mao wilde een wapenindustrie, maar Stalin gaf hem alleen maar wapens. Zoals dit pistool. Het is klein, gemakkelijk mee te nemen en doodsimpel om mee om te gaan. Dat kan elke idioot.'

Bill stond met zijn mond vol tanden. Hij wist niet hoe hij moest beginnen.

'Maar waarvoor heb je een wapen nodig? Ze zullen je het land uitzetten. Ze zullen je in de gevangenis gooien. Ze kunnen de firma het land uit schoppen.'

'Niemand zal de firma het land uit schoppen.'

Bill staarde sprakeloos naar het pistool. 'Ik kan me niet voorstellen hoe het je is gelukt dit ding te kopen.' Hij keek Shane doordringend aan. 'En ik wil het ook niet weten.'

'Je kunt alles kopen in China,' zei Shane. 'Weet je dat nog niet? Er zijn wapens zat. Wat denk je dat er gebeurde toen Mao het volk bewapende, in afwachting van een buitenlandse inva-sie? Denk je dat ze de wapens allemaal teruggaven?'

'Ze zullen je in mootjes hakken,' zei Bill. 'Als je tenminste de eerste keer dat je de trekker overhaalt, jezelf niet voor je kop schiet.'

Hij wachtte op uitleg. Maar Shane kon het niet uitleggen. Hij probeerde het niet eens. Hij legde de Makarov voorzichtig terug in de kluis, sloot de deur af en hing de *Mona Lisa* weer op zijn plaats. Bill wachtte nog steeds, maar Shane schudde zijn hoofd. Hij kon de juiste woorden niet vinden. Hij wist dat het nodig hebben van het wapen iets met hun aframmeling te maken had, en ook met de angst voor wat de pijn zou kunnen betekenen en ook met het overweldigende gevoel dat alles in zijn leven uiteen begon te vallen.

Maar Shane kon niet echt aan zijn vriend uitleggen waarom hij een wapen in deze stad nodig had.

Hij wist dat het op de een of andere manier verband hield met zijn grapjes over het plebs, zijn gewoonte om zich elke avond te bezatten, de behoefte om de stapel bankbiljetten steeds groter te zien worden, en het verlangen naar iets wat voelde als echte liefde.

Daarom had hij een vijftig jaar oud pistool in zijn huis.

Alles om zich ervan te vergewissen dat deze stad hem nooit kwaad kon doen.

Niet elke cliënt wilde worden meegenomen naar de Mao Ming Nan Lu. Niet elke zakenman die van de diensten van Butter-field, Hunt & West gebruikmaakte wilde de meisjes in Suzy Too zien. Maar ze wilden wel allemaal zien wat ze als het echte Shanghai beschouwden.

De stad in al haar woeste moderniteit moedigde het geloof aan dat je op de een of andere manier altijd het echte Shanghai miste. De heroïsche skyline van Pudong, de meisjes die in Bejee-bers-Bejaybers op de tafel dansten met een Guinness in hun hand, de cappuccino's op elke hoek – dat kon het echte Shang-hai toch niet zijn?

169

De meisjes die 's avonds naar de Mao Ming Nan Lu kwamen, of die in de flats van Paradise Mansions woonden, waren geen mindere Shanghainese burgers dan een straatkapper op de Fuyou Lu. Van Starbucks houden werd als iets echt Shanghainees gezien – men zei dat Shanghai nu meer coffeeshops had dan Miami. Tegelijkertijd had de stad er dringend behoefte aan om de Westerse wereld te laten zien dat China hen niet alleen had ingehaald, maar ook op het punt stond hen te passeren en hen voor dood in het stof achter te laten.

Dat was allemaal het echte Shanghai, als je dat wilde.

Bill was blij toen hun cliënt van de gezondheidszorgorganisatie – een blanke fan van Miles Davis uit Genève – tijdens de brunch verkondigde dat hij het allerliefst de jazzmuziek in het Peace Hotel wilde horen.

Bill wist dat Shane heimelijk de pest had aan het Peace Hotel, omdat het toeristen afzette, dus liet Bill zijn vriend terugkrabbelen. Bovendien zag Shane er verschrikkelijk uit. Trouwens, Bill vond het altijd fijn om een Tsingtao te drinken en te luisteren naar de muziek van Glenn Miller, die voor de miljoenste keer werd gespeeld. Hij zat daar en dacht aan Becca en Holly, en dat ze op dat moment waarschijnlijk van huis naar school liepen, terwijl hij naar jazzmuzikanten keek die tieners waren geweest toen de Japanners binnentrokken. Nu waren het levendige, oude katten van in de tachtig, die nog steeds hun bezielde versies van 'In the Mood' en 'String of Pearls' en 'I Love My Wife' ten gehore brachten.

Toen de cliënt er genoeg van had en last van zijn jetlag kreeg, gaf Bill aan Tiger opdracht om zijn gast naar het hotel terug te brengen. Hijzelf nam een taxi naar zijn eigen huis en ging naar binnen, blij dat hij het plastic tasje van de boekhandel nog bij zich had.

Hij had het tasje urenlang rondgedragen en was bang geweest dat hij het onder de tafel in de bar van het Peace Hotel zou achterlaten. Het bevatte een grote verzameling kruiswoordraadsels. Elk kruiswoordraadselboekje dat hij maar in de boekhandel had kunnen vinden.

Er werd gebeld. Hij vloog naar de voordeur, in de verwachting haar gezicht te zullen zien. Maar het was Jenny One. Ze hield een doos in haar hand, gewikkeld in een witlinnen servet. 'Noedelsoep,' zei ze, alsof dat alles verklaarde. 'Je hebt noedelsoep nodig.'

Ze ging zijn flat binnen en liet haar ervaren blik rondgaan. 'Bedrijf betaalt,' zei ze, terwijl ze keek waar ze de soep zou kunnen neerzetten. 'Jij hoeft niet betalen.' Ze liep naar de keuken en ging op zoek naar een pan en een bord.

'Je bent heel aardig,' zei hij. 'Maar waarom heb ik noedelsoep nodig?'

'Vrouw weg,' zei ze.

Wisten ze dat allemaal? En wat dachten ze? Dat Becca voorgoed was verdwenen?

'Het is maar tijdelijk,' bromde Bill. Hij keek toe terwijl de danseres de noedelsoep opwarmde.

De soep was lekker. Vol groenten, dikke noedels en sappige stukjes varkensvlees. Ze keek hoe hij het eten naar binnen schrokte. Zijn uitnodiging om met hem mee te eten wees ze met een achteloos schouderophalen af.

'Goede eetstokjestechniek,' zei ze, met een goedkeurende glimlach om haar lippen. Toen haar blik op het plastic tasje van de boekhandel viel, keek ze erin. 'Aha.' Ze keek Bill met een veelbetekenende glimlach aan. 'Zijn deze voor Li JinJin?'

Hij schudde zijn hoofd en voelde dat hij bloosde. 'Nee,' zei hij. 'Ze zijn voor mij. Ik hou van kruiswoordpuzzels.'

Ze kruiste haar armen voor haar borst, niet echt overtuigd. 'Is soep lekker?'

'Erg lekker. Dank je, Jenny One.'

'Ik denk hij heel veel van haar houdt.' Ze knikte. Bill hield zijn ogen op de soep gericht. 'Ik denk van wel. Ik denk hij zijn vrouw voor Li JinJin verlaat. Uiteindelijk.'

Bill zei niets. Hij begreep dat Jenny One wilde dat JinJins relatie een goede afloop zou hebben, waaraan het de danseres met het Franse accent zelf had ontbroken.

En Bill begreep ook dat, hoewel de meisjes van Paradise Mansions de expatwereld waarin hij zich bewoog choqueerden en ontzetten, ze allemaal zeer conventionele dromen hadden – dromen over eeuwigdurende relaties. Dromen over huwelijk, monogamie en kinderen. In het gunstigste geval waren ze maîtresses die werden onderhouden, dat viel niet te ontkennen. Maar wat ze écht wilden, en wat geen van hen had, was iemand die de hele nacht bij hen bleef.

'Jij houdt van haar,' zei Jenny One. Bill huiverde vanwege het achteloze, Chinese gebruik van het woord 'houden van'. Ze strooiden het rond alsof het niets betekende, of alsof het betekende dat je een zwak voor iemand had.

'Ik hou van mijn vrouw,' zei Bill. Hij dacht aan het lied in het Peace Hotel, en Becca en Holly die van huis naar school liepen. 'Dat is degene van wie ik hou.'

'En misschien houdt Li JinJin van jou,' vervolgde Jenny One, hem negerend. Ze was nu ernstig. Hij begreep dat dit de echte reden voor haar bezoek was. Het had niets met noedelsoep te maken. Ze moest iets tegen hem zeggen, iets wat hij zich niet realiseerde, omdat hij daar te dom voor was. 'Maar ze moet aan haar toekomst denken,' zei Jenny One. 'Getrouwd... buitenlander... geen toekomst.'

Ze stond op om te vertrekken. Er was niets meer te bespreken. Bill bedankte haar voor de soep en liet haar uit. Toen ze weg was, liep hij naar het achterste raam van de ouderslaapkamer en keek naar het binnenplein. Daar stond de zilverkleurige Porsche, en hij was leeg. De man was langsgekomen, maar ze gingen die avond niet uit. In gedachten zag hij akelig duidelijk het beeld voor zich van de man die met JinJin Li vrijde, terwijl ze genoot en kreunend smeekte om meer.

Bill keek naar de lichten in haar flat tot ze allemaal uitgingen. En toen dat eindelijk gebeurde, gooide hij het tasje met de kruiswoordpuzzels in de afvalbak.

Dat was óók het echte Shanghai.

Gedurende de wandeling van Holly's kinderarts aan Great Portland Street naar het huis van Becca's zus in Primrose Hill liepen ze vrijwel de hele tijd over gras.

Becca kocht twee ijsjes bij het meertje in Regent's Park, de laatste ijsjes van de zomer. Ze roken de dierentuin in de verte. Londen voelde als een stad die op een menselijke schaal was gebouwd, een stad waar een kind kon ademen.

Toen ze het park verlieten, passeerden ze de dierentuin en liepen over Prince Albert Road naar Primrose Hill. Ze waren al een eindje voorbij de dierentuin op het moment dat twee giraffes plotseling uit het niets opdoken.

'Kijk, mama!' riep Holly. 'De geheime giraffes!'

Dit beschouwden ze als een van hun familiegeheimen. De giraffes in de Londense dierentuin werden ver van de ingang gehouden, ver van het centrum van het dierenpark. Dat betekende dat de giraffes plotseling konden verschijnen, als bij toverslag. Hun koppen zwaaiden boven de bomen uit, alsof ze vrij waren om door de drukke straten van Noord-Londen te dwalen.

'We hebben ze samen met papa gezien, hè?' zei Holly opgetogen. 'Weet je het nog? We hebben de geheime giraffes met papa gezien.'

'Dat klopt, schat,' zei Becca. Ze nam haar dochters hand in de hare terwijl ze naar de giraffes opkeken. 'We hebben ze met papa gezien.'

15

De volgende avond belde zijn vader.

De telefoon ging toen Bill de flat binnenkwam, doodop na twaalf uur op kantoor te hebben gewerkt en daarna nog een paar uur met cliënten naar de Mao Ming Nan Lu te zijn geweest. De moed zonk hem in de schoenen toen hij de woede in zijn vaders stem hoorde. Hij was te moe voor een ruzie met hem.

'Je moet terugkomen,' zei zijn vader. 'Je moet bij je gezin zijn.'

Hoelang had hij dit opgekropt? Dagen? Weken? Bill kon zijn ouweheer zien broeden, terwijl hij zijn dagelijkse programma afwerkte: boodschappen doen, televisie kijken en theedrinken. In het rustige, huiselijke leventje dat zijn vader leidde had er altijd heel veel woede in hem geborreld tijdens de spelprogramma's op de tv en de gezellige gesprekjes in de plaatselijke supermarkt. Zijn vader zou tot aan zijn dood toe boos zijn.

'Ik kan niet terugkomen, pa,' zei Bill. 'Ik heb een contract. En dit is mijn kans. Mijn grote kans om partner te worden.'

'Ik snap het niet.' Bill wist dat dat precies het probleem was. Zijn vader begreep het niet en dat zou hij nooit doen, omdat hij zijn hele leven voor een habbekrats had gezwoegd. 'Waarom is het zo belangrijk om partner te worden, Bill? Wat betekent dat?'

Bill haalde diep adem. 'Partners werken niet voor de firma, pa,' zei hij. 'Partners zíjn de firma. Partners zijn geen loonslaven. Ze delen in de winst van de firma.'

Zijn vader dacht daar even over na. 'Als er winst is, tenminste,' zei hij.

'Wat?'

'Als er winst is, tenminste,' herhaalde zijn vader. 'Je kunt alleen maar delen in de winst als er winst is. Je kunt niet delen in gebakken lucht, nietwaar? Je kunt geen percentage van niks krijgen, nietwaar?'

Bill lachte vol ongeloof. 'Technisch gezien is dat waar,' zei hij. 'Maar dat zal hier niet gebeuren. Geloof me, pa. In Shanghai zal dat niet gebeuren. De economie rijst hier de pan uit. De firma heeft meer werk dan we aankunnen.'

'Ik heb er geen verstand van,' zei zijn vader, 'maar ik denk dat een partner zowel in de onkosten als in de winst moet delen. Ik bedoel, je kunt toch niet alleen de positieve dingen delen? Maar ik heb er natuurlijk geen verstand van.'

Hoe technisch moest Bill het maken om zijn vader te laten inzien dat hij een domme ouwe zak was. Hij was zich ervan bewust dat zijn hoofd pijn deed. Van het botsen tegen een stenen muur, dacht hij. Van het botsen tegen mijn ouweheer.

'Je hebt gelijk, pa,' zei Bill kalm, terwijl hij over zijn slapen wreef. 'Een partner neemt de hele verantwoording voor het advocatenkantoor op zich. Daarom moet je geld in de firma investeren als je partner wordt. Ongeveer £250.000. De firma helpt je een lening af te sluiten.'

Even was het stil van verbijstering en ongeloof aan de andere kant van de lijn. 'Moet je een kwart miljoen lenen wanneer ze je partner maken?'

Het was meer geld dan Bills vader ooit had gezien. Het was meer geld dan hij zich kon voorstellen. Hij woonde in een klein huis in een buitenwijk, en hij had zijn hele leven gewerkt om de hypotheek te kunnen betalen. Van al dat geld zou je vier van dat soort huisjes kunnen kopen.

'Je investeert in de firma, zodat je in hetzelfde schuitje zit als de partners,' zei Bill. 'In goede en in slechte tijden. In voor- en tegenspoed.'

'Net als in een huwelijk.'

'Ja, pa – net als in een huwelijk.'

Stilte. En toen volgde de werkelijke reden voor het telefoontje.

'Kom naar huis.' De stem van de oude man was schor van emotie. 'Kom onmiddellijk naar huis.' Het was geen voorstel, het was een bevel. 'Laat alles in de steek, Bill. Je kind heeft je nodig.'

'Holly? Maar het gaat goed met haar. Becca zei tegen me dat ze...'

Plotseling stak de woede in Bills vader de kop weer op. Even dacht Bill dat zijn pa hem écht haatte.

'Je denkt dat je alles weet, hè?' zei zijn vader. 'Maar je weet niets. Absoluut niets. Holly woont niet eens bij haar moeder. Wist je dat?'

Bills maag draaide om. 'Wát?'

'Zo is het, Einstein. Zo is het, meneertje Allesweter. Becca's zus is met het arme kleintje opgezadeld. Hoe vind je dat?'

Becca's zus? Woonde Holly bij Becca's gestoorde zus, bij wie alles om de paar jaar veranderde: carrière, haarkleur, man?

Vechtend tegen paniek en boosheid maakte Bill zo snel mogelijk een einde aan het telefoontje. Daarna probeerde hij Becca te pakken te krijgen. Tevergeefs.

Waarschijnlijk is ze bij haar vader in het ziekenhuis, dacht hij bitter. Het excuus voor alles.

Nadat hij het adresboekje had gevonden, toetste hij het nummer in dat hij van haar zus had. Het was niet in gebruik. Toen belde hij zijn vader, maar die had alleen maar Becca's nummer. Bill hing op zonder de moeite te nemen gedag te zeggen.

Waarom had Bill het nummer van de zus niet? Omdat ook haar telefoonnummer verbijsterend vaak veranderde. De gekke zus nam steeds een ander telefoonnummer om haar gestoorde ex-vriendjes en soms hun boze echtgenotes van zich af te schudden.

Bill stelde zich zijn dochter voor in het huis van haar onevenwichtige tante Sara. Voor het eerst in deze ellendige, trieste toestand was hij boos op zijn vrouw.

Wat gebeurde er op dit moment in Sara's leven? Wiens huwelijk probeerde ze nú kapot te maken? Wat interesseerde haar déze week – tantristische seks, een veganistisch dieet of cocaïne? Het kon van alles zijn. Het kon Bill niet schelen hoe ziek Becca's vader was, het kon hem niet schelen hoe slecht het met hem ging, er was geen enkel excuus om Holly weg te sturen. Hoe kon

Becca zoiets doen? Ergens aan de andere kant van de wereld werd er op zijn dochter gepast door Becca's labiele, promiscue, verwarde zus.

En door degene die met haar samenwoonde, wie dat dan ook was.

Bill smeet de telefoon door de kamer, die tegen een van de *Zonnebloemen* van Vincent van Gogh knalde en aan diggelen viel op de vloer.

's Morgens zag hij dat iemand een briefje onder zijn deur had geschoven. Een opgevouwen blaadje 'Hallo Kitty-papier'. *Bel me alsjeblieft*, stond erop. Gevolgd door JinJins naam, geschreven in het Engels en in het Chinees, en het nummer van een mobiele telefoon.

Hij keek er even naar. Toen verfrommelde hij het en gooide het in de afvalbak, waarin ook de kruiswoordpuzzels lagen. Wat een flauwekul allemaal. Hij had genoeg van puberspelletjes. Hij had er genoeg van om dingen te eten waar hij nooit om had gevraagd. Hij had er genoeg van om naar haar verlichte raam te staren.

Hij begon zich klaar te maken voor zijn werk. Hij kon Londen nog niet bellen. Hier was het te vroeg, daar te laat. Hoe je het ook bekeek, het tijdstip was verkeerd.

Zondagmiddag, toen hij niets anders te doen had dan te wachten tot de werkweek weer begon, klopte JinJin op zijn deur.

'Weet jij hoe dit werkt?'

Ze had een Sony-handycam bij zich, nog ingepakt. Het was de nieuwste versie van de camera die hij had gebruikt om Holly's ontwikkeling vast te leggen.

'Die kan iedere idioot bedienen,' zei hij tegen haar.

Ze knikte blij en gaf hem de handycam.

Hij was de idioot die ze had uitgekozen.

Ze gingen terug naar haar appartement. Terwijl Bill de handycam oplaadde, verdween ze in de slaapkamer. Ten slotte kwam ze tevoorschijn in een onberispelijke, rode *qipao*, met veel te veel make-up op haar gezicht. Afschuwelijk spul dat de huid wit maakte en haar op een spook deed lijken, appelrode rouge, en een kleverige brij waardoor haar mond erg vochtig leek. Hij schudde zijn hoofd. Hij herkende haar amper als de jonge vrouw die nooit make-up gebruikte, op de permanent aanwezige zwarte lijntjes rond haar ogen na.

'Wat vind je ervan?' zei ze. Haar natuurlijke schoonheid ging schuil onder een dikke laag poeder en verf.

'Heel mooi,' loog hij.

JinJi Li had niet al haar dromen rond de man in de zilverkleurige Porsche gebouwd. Haar grootste droom was: het presenteren van het avondjournaal van China Central Television. Dat zou al haar problemen oplossen. Plechtig achter de desk zitten met een foto van de skyline van het nachtelijke Shanghai op de achtergrond, en met behulp van de autocue goed nieuws brengen over China's laatste triomf. Dat wilde ze nog liever dan een gelukkig thuis.

Ze liep door de flat, tot ze een plek had gevonden waar hij haar kon filmen. Ze waren alle twee nerveus. JinJin omdat ze leek te denken dat dit haar grote kans was om door te breken in de showbusiness, en Bill omdat hij niet meer wist hoe hij de handycam moest aanzetten. Het was een tijd geleden dat hij zijn dochter had gefilmd.

Toen het rode lampje eindelijk aanging, knikte hij naar JinJin. Ze keek in de camera en begon een verhaal in het Mandarijns af te steken, terwijl hij trachtte de handycam stil te houden. CCTV, de zender van de staatstelevisie, zocht aankomende presentatoren. En JinJin was op zoek naar verandering van carrière, een ander leven, een manier om uit Paradise Mansions weg te komen.

Het is een ontroerende, zielige droom, dacht Bill. Het herinnerde hem aan haar weigering om de microfoon los te laten in de karaokebar. Het leek een kinderachtige fantasie, alsof een verwaarloosd deel van haar hunkerde naar aandacht en zij door de wereld wilde worden opgemerkt.

Maar wie was híj om met iemands dromen te spotten? Hij voelde een zweem van onverdiende trots in haar – waarom zou ze níet het avondjournaal op CCTV presenteren? Ze was mooier dan de meisjes die ze op CCTV hadden. Of misschien was ze alleen maar levenslustiger.

Hij bracht de camera omhoog en haar grappige Valentine-gezicht vulde het kader. Haar mond was te klein. Haar kin was een beetje slap. Haar zwartbruine ogen waren groot en leken nog groter in het kleine hoofd dat op haar lange lichaam rustte. Ook zonder de vooruitstekende tanden was ze niet echt een klassieke schoonheid. Zou iemand haar in dienst nemen als televisiepresentator? Hij wist het niet. Maar toen hij de camera liet zakken en naar haar bleef kijken, kon hij moeiteloos zien waarom iemand van haar zou houden.

'Is er iets mis?' vroeg ze.

Hij schudde zijn hoofd. 'Er is niets mis, JinJin.'

Haar vingertoppen vlogen naar haar gezicht. 'Is het mijn huid?'

'Je huid is prima,' zei hij. In feite was haar probleemhuid onzichtbaar onder al die make-up.

'Zie ik er lelijk uit?'

'Nee,' zei hij. Hij lachte even om de dwaasheid van de vraag. 'Jij zou er nooit lelijk kunnen uitzien.'

'Ik heb een heel gevoelige huid,' zei ze, starend naar de vingers die haar gezicht hadden aangeraakt. 'Jij boft. Jij hebt geen gevoelige huid.'

'Dat is waar,' zei hij. 'Ik heb een heel ongevoelige huid.' Hij bracht de camera omhoog en liet hem toen weer zakken. 'Maar ik heb een gevoelig hart.'

'Haha,' zei ze met haar malle glimlach. 'Engels grapje.'

'Je bent mooi, JinJin,' zei hij. 'Weet je dat niet? Hebben massa's mannen dat niet tegen je gezegd?'

Hij zag de onzekerheid in haar. 'Het te horen krijgen is niet hetzelfde als het weten.'

'Is dat een wijs Chinees gezegde? Of heb je het net verzonnen?'

Ze grijnsde. 'Het is een wijs Chinees gezegde dat ik net heb verzonnen.'

'Oké, we doen het nog een keer,' lachte hij, en richtte de camera op haar gezicht. 'Maar probeer ditmaal te ademen. Je mag ademhalen.'

'Pardon?' Ze zei 'pardon' als ze wilde dat iets werd herhaald. Hij kende niemand die 'pardon?' zei.

'Laten we het nog een keer doen,' zei hij.

En dat deden ze. De moed zonk hem in de schoenen, omdat hij zag dat ze misschien niet het avondjournaal van CCTV zou presenteren. Omdat al haar gratie, charme, humor, warmte en lieftalligheid als sneeuw voor de zon leken te verdwijnen zodra het rode lampje brandde. En omdat ze te nerveus was en dat niet minder werd toen ze de ene opname na de andere maakten. En omdat haar huid, net als haar streven naar televisieroem, puberaal was. Het was een jonge, gevoelige huid die gauw te lijden had van uitslag.

Haar zenuwen maakten hem ook nerveus. Als hij haar een knikje gaf, veranderde haar charmante, natuurlijke glimlach in een kille grijns; ze struikelde over haar woorden en haar stem bleef trillen van angst.

Ze was niet goed genoeg. Dat was de waarheid. Maar misschien kon ze leren zich te verbeteren, haar angst te overwinnen, iets aan haar huid te doen. Om de een of andere reden wilde hij vertrouwen in haar hebben.

Na afloop van het filmen liet ze hem aan de tafel in de kleine keuken zitten en haalde twee kommen dampende rijstepap. Ze vertelde dat ze, als ze alleen thuis was, niets anders dan rijstepap at.

'Ik ga naar te veel restaurants,' zei ze. 'Maar als ik thuis ben, hou ik van eenvoudig voedsel.'

'Ik snap wat je bedoelt,' zei hij, terwijl hij keek hoe ze twee kopjes groene thee inschonk. 'Ik eet vaak in een restaurant.'

'Met je vrouw?' vroeg ze, zonder hem aan te kijken. 'Soms,' zei hij. Hij stak een hand uit naar het kopje, maar het was nog te warm om vast te houden. Hij trok snel zijn hand terug. 'Maar meestal met cliënten.'

'Het is niet nodig om de hele tijd rijk te zijn,' zei ze.

Toen hoorden ze dat de sleutel van de voordeur werd omgedraaid. De man kwam binnen. Plotseling was hij bij hen. De onbekende man in de zilverkleurige Porsche.

Hij staarde JinJin en Bill zwijgend aan, stomverbaasd dat hij hen daar aantrof. Bill beantwoordde zijn blik, zich afvragend waarom hij geschokt was omdat de man een sleutel had. Natúúrlijk had hij een sleutel. Dit was zíjn huis, hij was de eigenaar!

JinJin ging snel naast de man staan. Hoewel ze hem niet kuste, lachte ze en pakte zijn arm vast, op een bezitterige manier die intiemer leek dan een kus zou zijn geweest, en veel erger.

Vrolijk vertelde ze wat ze hadden gedaan. Daarna liet ze de man een advertentie zien in een Chinese krant, als om te bewijzen dat ze niet loog.

Bill keek toe, terwijl JinJin overdreven veel aandacht aan de man besteedde – ze liet hem op de sofa plaatsnemen en gaf hem de handycam, zodat hij hem kon bekijken en zijn goedkeuring geven. Daarna ging ze verse thee zetten. En al die tijd kletste ze maar door. Bill onderdrukte emoties die hij niet wilde voelen.

Hij was teleurgesteld. Na die lange momenten waarin ze ervoor zorgde dat de man het zich gemakkelijk maakte, was hij diep in haar teleurgesteld. Hij wilde zich niet zo voelen, maar hij kon zich er niet tegen verzetten.

Was ze voor deze vent gestopt met lesgeven? Had ze de kinderen die dol op haar waren voor hem in de steek gelaten? Speelde ze de gouden kanarie voor iemand die zo gewoontjes was als hij? Was dit de vent aan wie ze haar lichaam gaf?

De twee mannen knikten naar elkaar. Bill was misselijk van afkeer. De man was een jaar of veertig. Geen groentje, dacht Bill. Vroegtijdig vergrijsd, maar zonder het pafferige van veel succesvolle Chinese zakenlieden. Hij was een lange man – Bill vroeg zich af waarom hem dat verbaasde. Bill vroeg zich ook af of hij goed verborgen had gehouden dat hij de man al van begin af aan verachtte.

De man was gekleed in de modieuze, sportieve stijl van de welvarende Aziatische man. Poloshirt, grijsflanellen broek, schoenen die zo glansden dat je je gezicht erin kon zien – de vrijetijdskleding van een Japanse werknemer die alle nieuwe Chinese grote bazen zich eigen maakten. Hij sprak geen Engels en deed geen poging Bill de hand te schudden, maar er was geen vijandigheid. De man was gewoon onverschillig. Bill Holden betekende niets voor hem. Slechts een buurman, een domme grote neus die gestrikt was om een klusje te klaren.

Geen bedreiging, geen rivaal, geen probleem.

Zonder dat het haar was gevraagd had JinJin de man een duidelijke verklaring gegeven voor wat ze aan het doen waren, en de man had het geaccepteerd. Het was geen punt voor hem. Bills onbeduidende aanwezigheid in JinJins flat had geen enkele invloed op zijn leven of zijn plannen voor de avond.

Bill vroeg zich af wat Becca zou hebben gedacht als ze binnen was gekomen terwijl hij een splinternieuwe Sony-handycam op het gezicht van JinJin gericht hield.

Zijn vrouw zou hem meteen hebben doorzien.

Dit is wat hij zich afvroeg. Hij vroeg zich af of het in elk huwelijk steeds minder om de man en de vrouw ging en steeds meer om hun kind, of dat dat alleen bij zíjn huwelijk het geval was.

's Middags belde Becca hem op. Hij was op kantoor.

Hij zat midden in een spoedvergadering, die belegd was omdat de Britse pers lucht had gekregen van het steeds groter wordend aantal bedrijfsongelukken in de fabrieken van China. Al die mannen en vrouwen die ogen, ledematen en levens verloren in de werkplaats van de wereld, zodat het Westen hun supergoedkope snufjes, sportschoenen en onderbroeken kon afnemen. Buitenlandse investeerders in China waren plotseling bewust gemaakt van het begrip 'ethisch winkelen'. Bij de firma wisten ze dat dit alleen maar slecht voor de handel kon zijn. Er moest iets worden gedaan.

Toen Bill zag dat Becca hem belde, stond hij op. Iedereen was er: Devlin, Shane, Nancy en Mad Mitch. Het kon hem niet schelen wat ze dachten. Geen enkele vergadering was belangrijker dan zijn dochter.

'Het spijt me, ik moet dit telefoontje even aannemen,' zei hij, en verliet de vergaderruimte. Hij bleef lopen, om in beweging te zijn en ook om te voorkomen dat ze hem zouden horen.

'Bill?'

Ze klonk somber, heel somber. Onverwacht voelde hij een golf van de oude liefde, de oorspronkelijke liefde, het gevoel dat er van begin af aan was geweest. Eén woord en hij wist in wat voor gemoedstoestand ze was. Ze sprak zijn naam uit, en hij voelde het, was er absoluut zeker van – het was haar vader.

'Je vader,' zei hij. 'Wat is er gebeurd, Bec?'

Maar het was haar vader niet. Hij vergiste zich.

'Met mijn vader gaat het goed,' zei Becca, zo opgewekt dat Bill zich een malloot voelde. 'Hij is naar het ziekenhuis geweest voor een aantal onderzoeken. Ze lieten hem weer naar huis gaan tot zijn cardioloog de uitslagen heeft bekeken.'

Dan is er geen excuus, dacht Bill. Er is gewoon geen excuus.

'Is er iets met Holly?'

Becca lachte. Dat maakte hem woedend. 'Het gaat goed met haar. Ze is al zo groot. Ze mist je, Bill. Ze mist haar papa. Ze mist de acrobatische toeren die jij met haar uithaalt. Dat kan ik niet. Niet zoals jij dat kunt.'

Dat was hij vergeten. Hoe kon hij dat nou vergeten zijn? Zijn dochter sloeg haar armen om zijn nek, hij liet haar los, en ze gilde terwijl haar vingers weggleden en ze begon te vallen. En juist op het moment dat ze losliet, ving hij haar op en zwaaide haar over zijn schouder en weer naar beneden en in zijn armen, haar ogen vlak bij de zijne.

'Ik heb met mijn vader gesproken,' zei hij, plotseling hopend dat het niet waar was en dat zijn ouweheer in de war was, de idioot. Misschien was Holly maar voor één nachtje bij de gestoorde zus ondergebracht, terwijl Becca's vader werd onderzocht. 'Mijn vader zei dat Holly bij je zus logeert.' Het leek altijd onnatuurlijk om de zus bij haar naam te noemen, alsof niets beter bij haar paste dan 'gestoorde zus'. 'Bij Sara,' zei hij.

'Dat is ook zo,' zei Becca vrolijk, alsof het goed nieuws was. 'En Sara heeft een nieuwe man. Hij is fantastisch voor Sara's kinderen en ook voor Holly.'

Een man? Een man, verdomme!

Het was erger.

Het was veel erger dan Bill ooit had gedacht. Het was zó erg dat hij zich amper kon beheersen.

'Ik kom terug,' zei Bill. 'Ik neem de eerstvolgende vlucht. Geef me Sara's adres.'

'Waarom?'

'Als jij niet voor haar kunt zorgen, zal ík dat doen.'

'Je komt niet terug,' zei ze. 'Je hoeft niet terug te komen. Luister, ik weet hoe je over Sara denkt. En het is waar dat ze in het verleden problemen heeft gehad. Maar in de afgelopen paar jaar is ze helemaal tot rust gekomen. Sinds ze is gestopt met drinken en dat andere gedoe, is ze een stuk aardiger, veel meer zichzelf. Therapie heeft wonderen voor haar gedaan. En Holly is absoluut veilig en gelukkig. Ik wilde het tegen je zeggen – echt waar – maar ik wist dat je je zorgen zou maken.'

Toen verloor hij zijn zelfbeheersing. 'Je wist dat ik me zorgen zou maken? Ik doe meer dan me zorgen maken, Becca. Wanneer was je van plan me dit te vertellen en me te laten weten dat ik me te veel zorgen maak?'

'Het is alleen maar tot mijn vader zich weer een beetje kan redden in zijn eentje.' Ze klonk echt geschokt over zijn reactie. Hij werd er gek van. 'En ze zijn allemaal heel lief voor Holly. Ze houden heel veel van haar. Sara. Haar kinderen. Allemaal. Vooral Sara's partner.'

Sara's partner.

Sara's partner, verdomme.

'Het is maar tijdelijk, Bill,' zei Becca, heel kalm. Ze wilde dat hij ook kalm was. 'Totdat mijn vader een beetje beter is. En Holly is erg blij en tevreden. Geloof me, alsjeblieft.'

'Het staat me niet aan.'

Toen klonk er een zucht. Hij werd hoorndol van dat gezucht. Het zou heerlijk zijn als hij haar nooit meer hoorde zuchten.

'Wat staat je niet aan?'

'Dat Holly bij vreemden is.'

'Mijn zus is geen vreemde.'

'Nee, ze is geschift. Ze is krankzinnig. Dat is altijd zo geweest.

184

Het ene moment is ze getrouwd, het volgende moment is ze een lesbienne...'

'O, dat was slechts een fase na het mislukken van haar eerste huwelijk. Ze is tot rust gekomen, Bill. Denk je dat ik Holly zou onderbrengen op een plek die niet echt veilig is? Sara is een fantastische hulp voor me. Dat moet je van me aannemen!'

Maar dat deed hij niet.

'Het staat me niet aan,' zei hij. 'Ze hoort bij jóu te zijn.'

'Maar ik ben bij mijn vader.'

'Toch staat het me niet aan.'

Ineens was haar geduld op. Ze had er genoeg van. Hij voelde de kilte die hem altijd verwelkomde als hij het niet met haar eens was.

'Maar jij bent hier niet. Dus ben ík degene die het probleem moet oplossen.'

'Als er iets met Holly gebeurt,' zei hij rustig, 'zal ik het je nooit vergeven.'

'Kom nou, Bill. Hoe durf je te suggereren dat ik mijn dochter in gevaar zou brengen? Als je de waarheid wilt weten, ze heeft het heel leuk. Ze heeft meer lol dan ze ooit met ons heeft gehad. Sara eet samen met haar gezin, ze brengen samen tijd door...'

'En wij niet? Hoe komt dat, Becca? Omdat ik twaalf uur per dag werk om jou een zorgeloos leventje te kunnen bezorgen.'

'En daarom denk je dat je van alle andere verplichtingen bent vrijgesteld, omdat jij de kostwinner bent?'

'Jij zegt me altijd wat ik denk.'

'Irriteert je dat?'

'Nee, ik hou ervan. Echt waar. Ik hou ervan!' Toen hij opkeek zag hij Shane aan het andere eind van de gang staan wachten. Achter hem, in de vergaderruimte, zaten de anderen. 'Holly gaat voor alles,' zei Bill terwijl hij Shane de rug toekeerde. 'Je moet haar boven aan je prioriteitenlijstje zetten.'

'Dat doe ik ook, Bill, en op een dag zul je dat beseffen,' zei ze. 'Hoe zit het met jou? Wat is jouw eerste prioriteit? Sara en ik hebben gisteravond een heel gesprek gehad. Sommige mannen klokken bij hun gezin uit, zodra ze op hun werk inklokken.'

'Waag het niet om met die gestoorde trut over mij of mijn werk te praten!' schreeuwde hij. Toen hoorde hij dat de verbinding was verbroken. Een hand raakte zacht zijn schouder aan. Hij draaide zich om. Daar stond Shane.

'Alles goed met de familie, maat?' vroeg zijn vriend.

'Uitstekend, maat,' zei Bill.

Becca zag Sarfraz Khan breed glimlachend naar hen toe komen terwijl ze door de hal van de kinderkliniek liepen. Even dacht ze dat ze spoken zag.

'Wat doe jíj hier?' vroeg ze. Wat klinkt dat onbeleefd, dacht ze meteen.

'Een paar vrienden bezoeken,' zei hij. Hij hurkte neer om Holly gedag te zeggen. Daar is hij goed in, dacht Becca. Hij zorgt altijd dat hij op dezelfde ooghoogte is als het kind. 'Morgen neem ik de trein naar Liverpool.' Zijn gezicht betrok even. 'Mijn moeder voelt zich de laatste tijd niet zo goed.'

Hij stond op, wendde zijn blik af en streek door zijn glanzende, zwarte haar. Ze herkende dat gevoel. Het schuldgevoel van het afwezige volwassen kind.

Becca was zich ervan bewust dat haar zus naar haar en Sarfraz Khan keek en stelde hen snel aan elkaar voor. De dokter gaf Sara een hand. Zijn blik dwaalde subtiel over haar gemillimeterde, oranje haren.

'Alles goed?' vroeg hij aan Becca. Ze wist dat hij het over Holly had.

'Prima,' zei Becca. 'Heel goed. Geen aanvallen meer. Ze vindt het fijn dat ze terug is in Londen, al mist ze haar vader, natuurlijk.'

'Natuurlijk,' zei hij. Hij ging weer op zijn hurken zitten en glimlachte tegen Holly. 'Hoe was de lange vliegreis?'

'Ik heb de cockpit gezien,' zei ze.

'O ja?'

'Daar zit de piloot. Ze hebben me uitgenodigd.'

'Wauw,' zei hij, terwijl hij overeind kwam en Becca een glimlach toewierp. 'Ik wou dat ík dat soort uitnodigingen kreeg.' Hij aarzelde even, alsof hij moed verzamelde. 'Heb je tijd om een kopje koffie te drinken? Mijn oude vrienden hier lijken andere plannen te hebben,' zei hij luchtig. 'Wat vergeten ze toch snel.' Hij keek naar Holly en Sara. 'Ik bedoel – met z'n allen. Tenminste, als jullie er tijd voor hebben.'

Becca schudde haar hoofd. 'Het spijt me, ik kan niet.'

Sara gaf haar zachtjes een por en zei: 'Doe het!' Becca ving een glimp op van de oude roekeloosheid. 'Ik breng Holly naar huis en jij drinkt lekker koffie met je vriend.' Ze wendde zich tot dokter Khan. 'Sinds ze terug is, heeft ze haar huis amper verlaten, tenzij om een of andere dokter te bezoeken.'

'Nou, hij is ook dokter, natuurlijk,' zei Becca. Maar op de een of andere manier was het geregeld. Becca en Sarfraz keken Sara en Holly na, die Great Portland Street afliepen tot ze in het Regent's Park verdwenen. Toen richtte hij zich tot haar en klapte in zijn handen. Ze dacht niet dat ze ooit een Indiase man had gezien die bloosde.

'Starbucks?' zei hij. 'Er is er een tegenover mijn hotel.'

Becca trok een grimas. 'Zien we die al niet genoeg in Shanghai?' zei ze.

'Dan drinken we koffie in mijn hotel,' zei hij. En voor ze het wist vergezelde ze hem naar zijn hotel. *Ik had naar Starbucks moeten gaan*, dacht ze.

Hij had een kamer in het Langham Hotel aan Portland Place. In de hal was een tearoom, vol toeristen die scones beboterden en van een high tea genoten. Khan en Becca bestelden koffie, en Becca begon zich te ontspannen. Khan was zo duidelijk een fatsoenlijk man en hij was zo openhartig over zijn schuldgevoel over zijn moeder – die worstelde met een beginnende MS terwijl haar enige zoon aan de andere kant van de wereld zat – dat ze merkte dat ze haar hart luchtte en zei dat ze zich ook verscheurd voelde. Ze stond in tweestrijd tussen hun gezinsleven in Shanghai en haar verantwoordelijkheid in Londen, tussen de rol van moeder en die van dochter en echtgenote.

'Soms weet ik gewoon niet wat ik moet doen,' zei Becca. 'Nee, dat is niet waar – ik weet nooit wat ik moet doen.' Ze staarde in haar koffiekopje. 'Omdat de belangrijkste mensen in mijn leven – mijn vader, mijn man, mijn dochter – me verschillende kanten optrekken.'

Dokter Khan keek haar peinzend aan. Ze had het over Bill gehad en ze dacht dat dat de dokter een beetje had getemperd. Daar was ze blij om, omdat ze niet wilde dat hij een koffiepauze zou verwarren met een afspraakje. Maar toen besefte ze dat hij zich alleen maar probeerde zich iets te herinneren.

'Dit is wat je moet doen,' zei hij.

'Sorry?'

'Dit is wat je moet doen,' herhaalde hij. 'Houden van de aarde, de zon en de dieren, rijken verachten, aalmoezen geven aan ieder die daarom vraagt, opkomen voor de dommen en de geestelijk gestoorden, je inkomen en je werk aan anderen wijden, tirannen haten, niet twisten over God en religies, geduldig en verdraagzaam zijn, je hoed afnemen voor het onbekende en voor onbekenden.'

'Nou, bedankt voor het advies,' zei Becca. 'Ik zal het beslist niet vergeten.'

Hij was teleurgesteld. 'Vind je het niet mooi?' zei hij.

'Ik vind het een van de mooiste dingen die ik ooit in mijn leven heb gehoord,' zei ze. 'Wat is het? Een gedicht?'

Hij knikte. 'Walt Whitman. Wist je dat hij arts was? Tijdens de Burgeroorlog zorgde hij voor de gewonden en stervenden. Het was de allesbeslissende ervaring van zijn leven.'

Khan vroeg om de rekening en probeerde die op zijn kamer te zetten, maar Becca wilde per se betalen. Ze was blij dat hij weinig verzet bood. Toen ze in de hal waren, zei ze dat ze hoopte dat alles goed kwam met zijn moeder en dat hij een goede reis naar Liverpool zou hebben.

'Zorg goed voor je moeder,' zei ze.

'Ga vrij om met krachtige, ongeschoolde mensen,' zei hij, terwijl hij een stap opzij deed om een piccolo achter een bagagekarretje vol koffers te ontwijken, 'en ook met de jeugd en met moeders van gezinnen.'

Becca dacht: een dokter die gedichten citeert.

'Lees deze bladzijden in de openlucht, elk seizoen van elk jaar van je leven,' zei hij, alsof ze er niet meer was, 'onderzoek opnieuw alles wat je op school is verteld, of in de kerk of in een boek. Verwerp alles wat je ziel kwetst, en je lichaam zal een geweldig gedicht zijn...'

Ze wist niet hoe het gebeurde.

Ze zei tegen hem dat ze de volgende morgen naar de kleine boekwinkel in Primrose Hill zou gaan om alles te kopen wat ze van Walt Whitman kon vinden. Khan zei dat hij een exemplaar van het verzamelde werk in zijn hotelkamer had en dat hij dat aan Becca wilde geven.

Ze weigerde het aanbod aan te nemen, maar hij stond erop. Ze wilde er geen probleem van maken. Dat zou nog erger zijn. Dus liepen ze door een van de fraaie, oude gangen van het Langham, omdat het op de een of andere manier niet gepast leek in de toegangshal te wachten terwijl hij Walt Whitman ging halen. Ze stapten in de lift en lieten zich zwijgend naar boven brengen. Toen gingen ze naar zijn kamer.

Khan deed de deur van de kamer open. Becca volgde hem. Het was een suite, veel groter dan ze had verwacht.

'Ze hebben me een grotere kamer gegeven,' zei hij, terwijl hij de truffel pakte die op zijn kussen was gelegd. 'Ik logeer hier altijd als ik uit Shanghai kom en op weg ben naar Liverpool. Het is te ver om alles in één dag te doen.' Hij praatte te veel. Hij draaide zich naar Becca om. Ze keken elkaar even aan en toen stopte hij de truffel in zijn mond. 'Ik zal dat boek voor je pakken,' zei hij met zijn mond vol chocola, en ging de andere kamer binnen.

Ze liep naar het raam en keek naar buiten, naar de lichten van Broadcasting House, de wapperende vlaggen buiten de ambassades, het uitgestrekte Portland Place, dat helemaal naar Regent's Park, Primrose Hill en de geheime giraffes leidde.

Toen dokter Khan terugkwam, het boek in zijn handen, was Becca verdwenen.

16

De liftdeuren gingen open, en plotseling stond ze daar.

JinJins blik dwaalde van Bills gezicht naar de koffer in zijn hand. Haar innemende glimlach verdween niet. Ze deed geen poging om uit de lift te stappen, toen de deuren al begonnen dicht te gaan. Bill stak zijn voet ertussen en de deuren gingen weer open. JinJin stapte uit de lift. Daarna sloten de deuren zich achter haar.

'Ik kom je dit brengen,' zei ze, en bood hem een vierkant pakje aan. 'Er zit een dvd in. De film die we hebben gemaakt,' zei ze. 'Hij is erg goed, William.'

Bill glimlachte beleefd. 'Ik zal ernaar kijken als ik terug ben,' zei hij, terwijl hij het pakje met zijn vrije hand aannam.

JinJin wierp opnieuw een blik op zijn koffer. 'Vakantie?' vroeg ze.' Vakantie in Londen?'

Hij stopte de dvd in zijn jaszak. 'Zakenreis,' zei hij. 'Sorry.'

Ze deed een stap opzij en hij drukte op de knop om naar beneden te gaan. Ze zag er teleurgesteld uit, maar ze bleef glimlachen. 'Je bent een goede filmer,' zei ze.

'Ik verheug me erop om de film te zien,' zei hij, met een blik op zijn horloge. Tiger zou beneden op hem wachten. Toen de lift arriveerde stapten ze er samen in. 'Als ik de dvd heb gezien, stop ik hem in je brievenbus,' zei hij. Op dat moment begon de lift te dalen.

'Breng hem naar me toe,' zei ze. Er was nog steeds iets over van de glimlach. 'Breng hem wanneer je er tijd voor hebt.' Haar gezicht klaarde op. 'We zouden hem samen kunnen bekijken!'

Bill knikte. 'Ik stop hem wel in je brievenbus,' zei hij.

Ze bereikten de begane grond en de liftdeuren gingen open. Bill zag dat Tiger klaarstond om hem naar het vliegveld te brengen.

'Zoals je wilt,' zei JinJin.

Ze stonden daar in een pijnlijke stilte, met achter hen de lift en de glazen deuren naar het binnenplein vóór hen. Als ze door die deuren gingen, zouden hun wegen zich scheiden.

'Waar leidt je weg je heen?' vroeg ze. Iets in haar woordkeus greep hem aan. Het klonk als iets wat zijn moeder zou hebben gezegd.

Zonde, dacht hij. Wat zonde dat we alleen maar vrienden kunnen zijn.

'De Pearl River Delta,' zei hij. 'Shenzhen.'

Ze trok een grimas, die vol was van het instinctieve wantrouwen dat noorderlingen voor zuiderlingen koesterden. 'Wees voorzichtig,' zei ze. 'Daar zijn veel slechte mensen.'

Hij lachte. 'Ik red me wel,' zei hij. 'Pas jíj maar op.' Hij merkte dat hij naar de juiste woorden zocht. 'Rij voorzichtig en zo.'

Hij zag dat haar ogen zich plotseling vulden met tranen, als van een kind dat zojuist heeft gehoord dat haar beste vriendin naar een nieuwe school verhuist.

'Waarom huil je?' vroeg hij.

Ze snoof en veegde haar tranen weg. 'Ik huil niet.'

Hij keek of hij Tiger zag. 'Ik moet gaan,' zei hij. Hij stak een hand uit en raakte een van haar lange, slanke armen aan.

'Dat weet ik,' zei ze. Ze trok zich abrupt los en liep door de automatische glazen deuren naar buiten.

Hij zag haar over het binnenplein van Paradise Mansions lopen met die vreemde, onbeholpen gang van haar, als een veulen dat nog aan de lengte van zijn benen moet wennen. Ze bracht een hand omhoog om haar gezicht tegen de genadeloze ochtendzon te beschermen, alsof dat ook iets was waar ze nooit aan gewend was.

Hun auto stopte. Achter het vastzittende verkeer kon Bill de vrachtwagen zien die op zijn kant lag, met zijn linkerwielen in een greppel.

De chauffeur stond ernaast. Hij keek verbijsterd naar zijn voertuig, alsof hij dit verraad niet kon geloven. Hij hield nog steeds de draagbare dvd-speler vast waarnaar hij achter het stuur had zitten kijken toen hij van de weg afraakte.

De vrachtwagen vervoerde fruit en blokkeerde de weg van Shenzhen tot aan de fabriek van de Happy Trousers Trading Company. De weg was bezaaid met allerlei vruchten: appels, bananen, meloenen, pruimen, sinaasappels, mango's en lychees. Ze waren uit hun kartonnen dozen geslingerd, maar ze waren nog steeds in cellofaan gewikkeld, alsof ze de gehemelten probeerden te verleiden van de toeschouwers die zich aan de kant van de weg hadden verzameld.

Het ongeluk moest nog maar een paar minuten eerder zijn gebeurd, want er was nog geen staatspolitie. Sommige toeschouwers kwamen in beweging. Terwijl de mannen stonden toe te kijken, liepen de vrouwen de weg op en verzamelden het fruit. Ze werkten snel, ze wilden klaar zijn met plunderen voordat de politie arriveerde. Maar er was zo'n overvloed aan fruit dat ze meer vruchten vertrapten dan opraapten.

Bill zat op de passagiersstoel, met Nancy Deng en Mad Mitch op de achterbank. Hij wendde zich ongeduldig tot de chauffeur, die met een onbewogen gezicht toekeek hoe het fruit werd vernietigd. Bill miste Tiger.

'Kunnen we geen andere weg nemen?' vroeg hij. Nancy boog zich naar voren en vertaalde het in het Kantonees.

Mad Mitch legde een geruststellende hand op Bills schouder. 'Rustig maar, Bill,' luidde zijn advies. 'We komen heus wel op tijd.'

Bill kneep zijn ogen samen. Mitch had hier niet moeten zijn. Shane had deze trip moeten leiden. Maar Shane had nog steeds veel pijn en wilde niet naar Shenzhen vliegen voor een bezoekje aan de Happy Trousers Trading Company. Daarom was Mitch hier in zijn plaats, hoewel Bill eigenlijk oudere rechten had.

'Ik kan geen gas terugnemen, Mitch,' zei Bill luchtig. Misschien eindig ik zoals jij, dacht hij. Misschien eindig ik zoals mijn vader.

Ineens was de politie op de plek des onheils. Ze joegen de plunderaars weg en maakten de weg vrij voor alle auto's met belangrijke buitenlanders die op weg waren om in de vrije handelzone zaken te doen.

Bill keek naar de strakke gezichten van de plunderaars en naar het fruit dat de weg nog steeds bedekte, maar nu was geworden tot een rode en goudkleurige moes, de kleuren van China.

De auto trok op.

Een ethisch onderzoek. Daar kwamen ze voor.

Een van de cliënten van de firma had gevraagd om een ethisch onderzoek van de Happy Trousers Trading Company, een morele beschouwing over de voors en tegens van goedkope kleren voor het Westen, gemaakt door in lompen gehulde fabrieksarbeiders.

'Het is een industriële revolutie,' had Devlin tegen hen gezegd, en hij had er gepijnigd uitgezien. 'En jammer genoeg krijg je niet al te veel betaalde vakanties en theepauzes tijdens een industriële revolutie.'

Nancy maakte aantekeningen, terwijl een kleine, dikke manager met een wit nylon overhemd en een flauwe glimlach hun een rondleiding door de fabriek gaf.

Ze keken in een ongeventileerde slaapzaal waar arbeiders sliepen: vier rijen stapelbedden, drie bedden boven elkaar. Door het plotselinge licht bewogen de slapende lichamen zich als slangen. Bill kreeg er koude rillingen van. Hij dacht aan slavenschepen, hij dacht aan concentratiekampen. Hij keek naar Nancy's gezicht. Daar viel niets van af te lezen. Ze sloten de deur en liepen verder.

Het is net iets uit een andere eeuw, dacht Bill. Hij probeerde zich te wapenen. Hij zou aan dit soort dingen gewend moeten raken. Buitenlandse bedrijven die onder druk stonden van consumenten in hun eigen land vroegen vaak om ethische onderzoeken, om zich ervan te verzekeren dat hun fabrieken zich aan de Chinese wet hielden, aan de regels van de International Labour Organisation, en aan het menselijke fatsoen.

Ze zagen de koudwaterkranen waar de arbeiders zich wasten, met groteske trots door de glimlachende fabrieksmanager getoond. Ze zagen de brij waarvoor de arbeiders in een stinkende kantine in de rij stonden. Ze zagen de doffe blik van mannen en vrouwen die twee diensten achter elkaar hadden gedraaid. En met een wee gevoel besefte Bill dat het luxe winkelcentrum van de Bund en de glanzende Pudong-torens en de hele Chinese goudkoorts hierop waren gebaseerd.

Maar Bill zag ook de meisjes in de kantine samen lachen. Hij zag fototootjes van schoongewassen kinderen op de muren van de overvolle, stinkende slaapzalen. En toen de middagploeg de poort uitliep, zag hij een jongen en een meisje bij de fabrieksmuur staan, hun handen ineengestrengeld. En hij dacht dat Devlin misschien gelijk had.

Aangezien de werkomstandigheden in de fabriek vrijwel negentiende-eeuws waren, vroeg hij zich af of het voor deze arbeiders niet beter was geweest om in hun dorp te blijven. Hij wist het niet. Zijn zekerheid was verdwenen. Hij kon Devlin bijna tegen hem horen zeggen dat vijftig jaar terug miljoenen Chinezen honger hadden geleden dank zij de Grote Sprong Voorwaarts, en dat ze nu blij waren dat hun maag gevuld was en dat ze werk hadden.

Bill wilde hem geloven.

De manager glimlachte zelfverzekerd tegen de advocaten uit Shanghai. De man had al vaker ethische onderzoeken meegemaakt en in gebroken Engels demonstreerde hij dat hij heel goed wist wat hij moest zeggen. Hij weet hoe hij hun ongerustheid moet wegnemen, dacht Bill, hij weet hoe hij hun zwakke Westerse magen moet kalmeren. Bill vermoedde dat deze bezoeken weinig veranderden, behalve aan het vermogen van de fabrieksmanager om de geruststellingen die de grote neuzen wilden horen steeds beter te formuleren. Maar wie weet? Zonder deze bezoeken zou het nog erger kunnen zijn.

Ze gingen een ruimte binnen waar honderden jonge vrouwen achter weeftoestellen zaten. Hun hoofden waren half verborgen achter enorme klossen geel katoen. De vrouwen zagen er groezelig, slecht gevoed en afgemat uit. Hun haar, hun tanden, hun huid – alles zag er versleten uit, hoewel het voornamelijk tieners waren.

Ze waren niet als JinJin Li. Ze hadden niet 'de look'. Niet de look van de meisjes in Paradise Mansions, de look van de vrouwen in Shanghai. Ze hadden een andere look, de look die vaker voorkwam bij Chinese vrouwen, de look van vrouwen die oud waren geworden voordat ze ooit echt jong waren geweest. De look, dacht Bill, van een vrucht waaruit al het sap is geperst. Het lawaai dat hun machines maakten was oorverdovend, alsof je in een gigantische vuilnisbak zat die vanaf een klif naar beneden was gegooid. Mad Mitch zei iets en Bill schudde zijn hoofd. Een gesprek was onmogelijk. In die herrie was het zelfs moeilijk om twee gedachten aan elkaar te rijgen.

Toen kwamen ze in een ruimte vol jongemannen. Iedereen was zo jong. Bill vroeg zich af waar alle oude mensen waren. Waar waren de steden en de dorpen en de boerderijen die deze jongemannen hadden achtergelaten? En hoe zag het er daar uit nu alle jonge mensen vertrokken waren?

Het lawaai was hier zo mogelijk nog harder. Reusachtige persen kwamen keihard neer op platen rubber die op de lopende band lagen.

Jongemannen met neergeslagen ogen sorteerden sportschoenen die voorbijkwamen. Ze maakten zich druk over de wereldberoemde merknaam, ze besteedden constant aandacht aan de schoenen. De lucht rook naar brandend rubber. Er werd niet gepraat en er was ook geen oogcontact. Alleen maar het eindeloze gedreun van de lopende band en het slaan van de persen, die onder het gesis van samengeperste lucht naar beneden kwamen, als een enorme deur die in de hel werd dichtgegooid.

En toen was er de schreeuw die boven alle herrie in de fabriek uit kwam.

Aanvankelijk leek het niet menselijk. Aanvankelijk klonk het alsof het een defecte machine was. Een schel, hoog, gierend geluid, als ijzer dat langs ijzer knarst. Maar toen stopte de lopende band en keken alle ogen naar het andere eind van de werkruimte, waar een jongeman zijn arm vasthield, net boven de elleboog. Zijn gezicht was lijkbleek en zijn ogen waren groot van ongeloof en angst.

Hij werd gesteund door twee vrienden. Ze waren alle twee aan het praten. Bill wist niet of ze verklaringen gaven of om hulp riepen. Een van hen huilde. Toen Bill opkeek, zag hij dat Nancy al aan het bellen was om een ambulance.

De gewonde man was voorzichtig op de vloer gelegd en lag op zijn zij. Hij hield nog steeds zijn arm vast. Onder de elleboog restte een verminkte stomp van vlees en bot. De fabrieksmanager knielde naast de man neer. Een grote groep arbeiders ging eromheen staan om raad en hun mening te geven, maar voornamelijk om te kijken. Toen arriveerden de ambulancebroeders. Ze namen de man mee op een brancard. Er was niets bijzonders meer te zien. Er werden orders gegeven en de lopende band kwam weer in actie. Bill zag dat een vrouw de pers schoonmaakte waaraan de man had gewerkt.

De fabrieksmanager bracht hen naar hun auto. Voortdurend glimlachend verzekerde hij hen dat de werkomstandigheden opnieuw werden bekeken om zeker te stellen dat zo'n ongeluk nooit meer zou gebeuren. Bill wilde gewoon weg.

Dit was een wrede, harde, smerige plek, en hij kon niet tegen het idee dat hij er deel van uitmaakte. Ze werden teruggereden naar het hotel. Bill ging lang onder de lauwe douche staan, en toen Mad Mitch hem een paar uur later in de bar ontmoette, was Bill halfdronken.

'Hij is zijn arm kwijt,' zei Bill. 'Die jongen in de fabriek. Nancy heeft het ziekenhuis gebeld. Ze moesten zijn arm amputeren.'

Mitch knikte. 'Dat heeft ze me verteld.' Er stond een klein woud van groene Tsingtao-flessen voor Bill. Mitch zat op de kruk naast hem en gaf een teken dat hij nóg twee biertjes wilde.

'En dat allemaal voor een paar sportschoenen,' zei Bill. 'Allemaal om het Westen goedkope spullen te kunnen aanbieden.'

Mitch schudde zijn hoofd. 'Er is niet zoiets als goedkope kleding,' zei hij. 'De echte prijs wordt niet betaald door de mensen die de spullen kopen, maar door de mensen die ze maken.' Hij nam een slok van zijn bier. 'Maar we zijn hier toch niet voor hen? We zijn hier voor onze cliënt.'

Bill keek hem vertwijfeld aan. 'En wat zeggen we tegen de cliënt?'

'Zeg wat we hebben gezien,' zei Mad Mitch. 'Zeg precies wat we hebben gezien. Zeg tegen ze dat de Happy Trousers Factory een negentiende-eeuwse werkplaats is. Zeg dat je Charles Dickens zou moeten zijn om die plek recht te doen.'

'En wat zal dat veranderen?'

'Geen sodemieter,' zei Mad Mitch. 'De cliënt houdt van de winstmarges die hij hier krijgt. En zijn klanten houden van bodemprijzen. Het Westen wil het alle twee. Spotgoedkope producten en een zuiver geweten. Niemand is van plan om hier geen zaken meer te doen. Waarom zouden ze? Wij zijn toch ook niet van plan om hier te stoppen?'

'Maar ik zie niet in waarom dat betekent dat de plaatselijke bewoners moeten leven van twee dollar per dag,' zei Bill. 'Ik zie niet in waarom dat betekent dat een jongen een arm moet missen.' Hij dronk zijn bier op. 'Kunnen we niet iets doen?'

'Wat dan?' zei Mitch. Hij had zijn glas niet aangeraakt.

'Je hebt ze daarbinnen gezien,' zei Bill. 'Boeren die zo van de boerderij komen en veertien uur per dag werken. Ze draaien twee tot drie diensten achter elkaar, tot ze erbij neervallen. Ze krijgen vijftig pond per maand en één vrije dag. En die fabrieksmanager kan het allemaal geen moer schelen, als hij onze cliënten maar op afstand kan houden. Wat kunnen we doen? Om te beginnen bij hém?'

'Misschien kan het Westen het niet alle twee hebben,' zei Mad Mitch. 'Misschien kun je geen spotgoedkope sportschoenen hebben en Chinese fabrieken waar arbeiders als mensen worden behandeld. En misschien kan onze cliënt het alleen maar iets schelen als hij de pers uit zijn buurt wil houden. Luister – als de cliënt hier te veel slechte publiciteit krijgt, wat denk je dat er dan zal gebeuren? Dan verplaatsen ze de fabriek gewoon naar Vietnam. Of naar India.'

'Maar er zijn regels voor werkomstandigheden,' zei Bill. 'Er zijn wettelijke voorschriften voor veiligheid. Die fabriek schendt elke dag van het jaar de regels van de International Labour Organisation, om maar te zwijgen over het schenden van de Chinese wet. De jongen die een arm kwijt is, zou een gerechtelijke aanklacht moeten indienen.' Bill viel bijna van zijn kruk, maar glimlachend hervond hij zijn evenwicht. 'Ken jij een paar goede advocaten, Mitch?'

Mitch nam voorzichtig een slokje van zijn Tsingtao.

'Wij zijn advocaten in een land zonder recht,' zei Mad Mitch. 'Waar wij vandaan komen zijn de rechtbanken onafhankelijk en gezaghebbend. Rechters beschermen de burgerrechten van individuen tegen de staat. Hier is dat anders. De PRC, de Volksrepubliek China, hanteert een communistisch rechtsstelsel. Niemand met enige macht – financiële, politieke of militaire macht – acht zich gebonden aan rechtsregels die hen niet aanstaan. Waar geen recht wordt toegepast, zijn wettige oplossingen altijd onvolmaakt. De jongen die een arm verloor zou geen schijn van kans hebben.'

Bill schudde zijn hoofd. 'Mag ik je iets vragen, Mitch?'

'Ga je gang.'

'Waarom ben jij nooit partner geworden? Wat is er gebeurd?' Bill lachte, in een poging het luchtig te houden. 'Heb je het iets te vaak te rustig aan gedaan?'

Mitch lachte met hem mee. 'Bij de firma zeggen ze dat ik voor Hongkong niet het nodige uithoudingsvermogen had, en voor Shanghai niet de geschikte maag. Dat lijkt me een redelijke inschatting. Maar het handhaven van het recht is een dienstverlenende industrie, en dat heb ik nooit echt begrepen. Ik dacht dat het over waarheid ging en over gerechtigheid, fatsoen en al die ouderwetse zaken.' Hij hief zijn glas op in een toast. 'En ik had het bij het verkeerde eind.'

Nancy kwam de bar binnen en Bill gleed voorzichtig van zijn barkruk. Hij wist dat het hem heel veel moeite zou kosten om overeind te blijven.

'Ga je mee eten?' vroeg hij aan Mitch.

Mitch schudde zijn hoofd en keek de jongere man verwonderd aan.

'Kun je dan nog eten na wat we vandaag hebben gezien?' vroeg Mitch.

Bill knikte verbaasd, en Mad Mitch gaf hem een klopje op de arm.

'Maak je geen zorgen, Bill,' zei hij. 'Het staat buiten kijf dat jij partner wordt.'

Het hotelrestaurant was leeg, op een groep dronken Russen na, die hun zoetzure varkensvlees met mes en vork aten. Bill en Nancy draaiden zich om en stonden op het punt te vertrekken toen Bill zag dat de enige andere eetgast Alice Greene was. Bill liep naar haar tafeltje, en bij wijze van groet stak ze haar eetstokjes in de lucht.

'Butterfield, Hunt & West doet zaken in Shenzhen, het slavenhok van de wereld,' zei ze. 'Wie had dat ooit gedacht?'

Bill lachte. 'Is het niet het wérkhok van de wereld? Ben je vanmorgen uit Pudong hierheen komen vliegen? Ik heb je niet gezien in het vliegtuig.'

'Ik heb in Hongkong de trein genomen,' zei Alice. 'De krant stuurde me hierheen toen we van het ongeluk hoorden. Heb jij nog iets te zeggen over de man die zijn arm verloor?'

'Het is duidelijk een tragisch ongeluk,' zei Bill. Hij was zich ervan bewust dat alles wat hij zei tegen hem kon worden gebruikt, en hij dacht aan de constant aanwezige kille glimlach op het gezicht van de manager. 'De fabriek is de zaak al aan het onderzoeken.'

Alice knikte goedkeurend. 'Je doet het heel goed, Bill.' Ze nam een hapje van haar varkensvlees. 'Heb je al commentaar van je cliënten gehoord?'

Hij had haar genoeg gegeven. 'Ik heb niet de kans gehad om met onze cliënten te spreken,' zei hij. 'Ze zullen er vast en zeker kapot van zijn.'

De journaliste leek niet echt overtuigd. 'Nou, ik weet niet of ze er werkelijk kapot van zullen zijn, Bill. Per dag verliezen een stuk of tien arbeiders een ledemaat in de fabrieken van Shen-zhen. Tien per dag! En ze hebben tien keer meer kans om te sterven dan hun tegenhangers in Europa.'

Hij ontstak in woede. Het is zo gemakkelijk, dacht hij, het is zo gemakkelijk als je er zo zeker van bent. 'Had je liever dat ze allemaal werkloos waren?' zei hij.

'Ik zou liever willen dat die arme drommels als mensen werden behandeld,' zei ze.

Bill besefte dat Nancy achter hem stond te wachten. Hij stelde de twee vrouwen aan elkaar voor. Alice glimlachte tegen Nancy.

'Willen jullie onze Russische vrienden en mij gezelschap houden bij het diner?' zei ze, terwijl ze een blik op de andere bezette tafel wierp. Een van de Russen vermaakte zijn vrienden door aan de paardenstaart van de serveerster te trekken toen die probeerde hun Tsingtao's in te schenken. 'Ze hebben heel veel lol. Vlak voordat jullie arriveerden, gaf een van hen me een klap op mijn hoofd met een loempia.'

Maar Bill wees het aanbod af. Ze lieten Alice en de Russen in het lege, donkere hotelrestaurant achter en gingen naar buiten. Toen begonnen ze door de overvolle straten van Shenzen te lopen, een lawaaierige wereld die naar diesel en geroosterde eend rook.

Bill keek Nancy aan en zei verontschuldigend: 'Dat is een jeugdvriendin van mijn vrouw.'

Nancy knikte. 'Ik heb je vrouw gezien,' zei ze, terwijl ze zich een weg door de menigte baanden. 'Ik heb Mrs. Holden gezien.'

Bill knikte. 'Het etentje in dat restaurant aan de Bund.' Hij herinnerde zich dat hij en Becca hand in hand op het grote balkon hadden gestaan. De skyline van Pudong had geschitterd, net als hun gezamenlijke toekomstbeeld. Het leek heel lang geleden.

'Nee, al vóór die avond,' zei Nancy. 'Zij kon zich mij niet herinneren, maar ik herinnerde me haar wel.' Ze praatte snel en onthulde iets waarvan hij wist dat ze het lang voor zich had gehouden. 'Vlak na jullie aankomst in Shanghai. In het museum. Het museum van Huangpi Lu in Xintiandi. Ken je dat?'

Bill dacht even na.

'Is de Partij daar niet voor het eerst bijeengekomen?' zei hij.

Nancy knikte. 'Ik vind je vrouw heel aardig,' zei ze. Bill was opnieuw verbijsterd door het gewicht dat de Chinezen aan bepaalde woorden gaven. Ze gebruikten woorden als 'aardig' en 'liefde' op een manier die hun betekenis leek te veranderen, of hen helemaal van hun betekenis leek te ontdoen. Nancy Deng knikte heftig. Ze wist wat ze bedoelde. 'Je vrouw moet heel aardig zijn, aangezien ze zich voor die plek interesseerde.'

Bill knikte. Hij voelde zich stom. 'Ze is een liever, ja,' zei hij. De mensenmassa, de geur van geroosterd vlees en het vastzittende verkeer begonnen hem een claustrofobisch gevoel te geven, maar Nancy leek er geen last van te hebben.

'Ik hou van dat museum,' zei ze vrolijk. 'Er zijn niet veel mensen die er zoveel belangstelling voor hebben. Het is altijd leeg, maar ik vind het een heel interessante plek. Ze willen gerechtigheid. Mensen zijn dat vergeten. Die plek – ik ben er met mijn middelbareschoolklas geweest – is de reden waarom ik advocaat ben geworden.'

Bill dacht aan Mad Mitch en diens geloof in de wezenlijke goedheid van de wet.

'China was toen niet zo rechtvaardig, en ook nu is het dat niet,' zei Nancy. 'Je hebt de fabriek gezien.' Ze snoof minachtend en schudde haar hoofd. 'De honden van de rijken hebben een beter leven dan de kinderen van de armen.'

Bill bleef staan. 'Waarom gaan ze dan in de fabriek werken?' Het was een domme vraag, en hij wist het antwoord al.

'Omdat ze allemaal deel van het nieuwe China willen uitmaken,' zei Nancy. 'Ze hebben het op televisie gezien.'

Hij keek haar aan. Vijftig jaar geleden zou ze zich bij de Partij hebben aangesloten. Nu probeerde ze een beter land van China te maken door aan de Tsinghua University Law School te studeren en voor Butterfield, Hunt & West te werken.

'Ben je daarom advocaat geworden?' vroeg hij. 'Om de wereld te veranderen?'

'Je lacht me uit,' zei ze.

Hij schudde zijn hoofd. 'Dat zou ik nooit doen,' zei Bill.

Ze begonnen weer met de menigte mee te lopen, de geur van geroosterde eend volgend.

'Mijn vader vond dat het beroep van advocaat heilig was. Zoals dat van een dokter. En niet – wat zal ik zeggen – dat van een zakenman.'

'Je vader moet een goede man zijn.'

Ze haalde verlegen haar schouders op. Ze waren blijven staan bij een eetstalletje. Nancy bestelde voor hen beiden. Iets wat eruitzag als geroosterde eend met rijst.

'Ik heb geen grote dromen,' zei Nancy. 'Ik weet dat ik niet belangrijk ben. Maar ik denk dat de toekomst van mijn land misschien nog beslist moet worden. Het maakt niet uit wat iemand zegt. In China is niets onvermijdelijk.'

'Eén ding begrijp ik niet,' zei Bill. 'Waarom geven de plaatselijke autoriteiten in Yangdong die boeren niet gewoon de schadevergoeding waar ze recht op hebben? Waarom beduvelen ze hen?'

Nancy had twee borden met dunne plakjes geroosterde eend op rijst gekocht. Een ervan gaf ze aan Bill, samen met een paar plastic eetstokjes.

'Ik geef de schuld aan Confucius,' glimlachte Nancy. 'Confucius benadrukte dat familietrouw boven maatschappelijke plicht gaat. Dat is heel erg Chinees – moeilijk voor je om te begrijpen misschien. Waarom iets aan een vreemde geven als je het zonder angst of straf voor je eigen mensen kunt gebruiken? Dat is wat ze denken. Iemand als Voorzitter Sun. Dat is wat hij denkt.' Ze nam vlees en rijst tussen haar eetstokjes en hield ze voor haar mond. 'In China hebben de belangrijke mannen een bloedhekel aan corruptie, behalve die van henzelf.'

'Toen we in de fabriek waren, heb ik een paartje gezien,' zei Bill. 'Een jonge vrouw en een jongeman. Zo te zien waren ze net vrij van hun werk. Ik vroeg me af of hun leven beter zou zijn geweest als ze in hun woonplaats waren gebleven, waar dat dan ook geweest mag zijn. En ik weet het niet.' Hij keek haar hulpeloos aan. 'Ik weet het echt niet.'

Nancy Deng zat peinzend te kauwen. 'Dan hadden ze elkaar nooit ontmoet.'

Hij lachte. 'Zo kun je het ook bekijken.' Hij begon te eten. Het was de beste eend die hij ooit had geproefd. 'Heerlijk,' zei hij. Hij zag dat ze een bord met glanzende groene *choi sam* bestelde, glibberig van de oestersaus. 'Maar wat gaat er in China gebeuren?' vroeg hij. 'Vertel op, jij hebt gestudeerd, jij bent advocaat. Hoe schat jij de toekomst in?'

Nancy knikte. 'De oude mannen zullen doodgaan,' zei ze. 'Dat is de enige zekerheid. De oude mannen zullen doodgaan. Maar wie weet wanneer? Oude mannen kunnen lang leven.'

Toen zwegen ze een tijdje, omdat ze alle twee het hete voedsel in hun mond propten. Bill wierp Nancy een dankbare glimlach toe toen ze hem een bord met lychees aanreikte. Hij had zich de hele dag nog niet zo goed gevoeld.

Praten met Nancy Deng op een straathoek in Shenzhen, haar met voorzichtig optimisme over de toekomst van haar land horen praten, de avondlucht vol diesel en eend inademen, eten wat de mensen aten – dit was eindelijk het echte China.

Ze liepen terug naar hun hotel. Zodra Bill in zijn kamer was, haalde hij de drie foto's tevoorschijn die hij overal mee naar toe nam.

Holly zag er aanbiddelijk slordig uit in haar peuterschooluniform van een jaar geleden. Becca en Holly twee jaar terug op het strand in het Caribisch gebied, zijn dochter glimlachend onder een roze hoed van het vreemdelingenlegioen, en zijn vrouw in haar oranje hemdjurkje, haar haren naar achteren gekamd en opgestoken in een chignon. Ze zag eruit als een filmster uit de jaren vijftig. En Holly als ernstig kijkende, beetje vochtige baby, gewikkeld in een wit badjasje, kijkend in de camera na in bad te zijn geweest. Hij keek een poosje naar de foto's van zijn gezin en toen zette hij ze neer op het bureautje, zijn eigen privébarricade tegen de buitenwereld, aan de andere kant van het raam.

Hij dacht aan Becca's hemelsblauwe ogen, en hij wist dat hij na zijn terugkeer in Shanghai JinJin Li niet zou zien. Beter gezegd, hij zou haar nog steeds zien – als ze Paradise Mansions verliet of er aankwam, aan de andere kant van een bomvol restaurant aan de Bund, lopend door de chique lobby van een of ander nieuw hotel – en hij zou beleefd zijn, maar hij zou afstand bewaren. Hij zou niet haar glimlach zien, of haar lange lichaam, of de manier waarop haar ogen oplichtten als ze naar hem keek. Hij zou zijn hart verharden, en hij zou die verlokkingen niet zien. Hij zou wachten tot zijn vrouw terugkeerde en hem met haar hemelsblauwe ogen aankeek.

17

Bill werd wakker door hevige maagkrampen. Hij stapte uit bed en liep op de tast naar de badkamer.

Daar knielde hij neer voor de wc-pot en gaf over tot hij leeg was, rillend, verbijsterd door het zweet dat uit hem gutste. Toen verliet hij de badkamer, maar hij ging terug en begon opnieuw te braken, tot hij bloed opgaf.

Ten slotte slofte hij weer naar de slaapkamer en liet zich op het bed vallen. Toen hij een aanhoudend geluid hoorde, had hij een paar seconden nodig om te beseffen dat het slechts de wekker was. Waar ben ik? dacht hij, even verdwaasd. Hij was in Shanghai. Het was maandagmorgen, tijd om te gaan werken.

Opnieuw liep hij naar de badkamer en probeerde zich te douchen en te scheren. Hij moest een sneetje in zijn gezicht hebben gemaakt, want toen hij gedwongen was weer voor de wc-pot neer te knielen om te braken, vielen er een paar bloeddruppels van zijn kin op de vloertegels.

Hij kleedde zich met trillende handen aan en ging op het bed liggen, doodmoe en zwetend. De logeerkamer draaide om hem heen. Op het moment dat hij ging staan, hield het op. Zich moed insprekend verliet hij de flat, met een licht gevoel in zijn hoofd en een pijnlijke maag.

In de lift realiseerde hij zich dat zijn benen niet waren zoals ze zouden moeten zijn. Hij leunde tegen de deur tot die op de begane grond openging. Het daglicht was verblindend. Hij liep naar het binnenplein, maar na een paar stappen besefte hij dat hij niet naar zijn werk kon.

Hij leunde tegen een nieuwe BMW die daar de avond ervoor

was geparkeerd en probeerde weer op adem te komen. Toen kwam Annie uit het tegenoverliggende flatgebouw, gekleed voor het fitnesscentrum. Ze keek hem aan met haar harde gezicht. Bill stak zijn hand op, een lusteloos verzoek om hulp, maar ze liep snel door op haar gymschoenen, na hem over haar schouder een afkeurende blik te hebben toegeworpen. Hij had niet geweten dat er Louis Vuitton-gymschoenen bestonden.

De tijd leek stil te staan terwijl hij tegen de auto leunde. Hij keek om zich heen, maar de huismeester was in geen velden of wegen te bekennen. Hij zou het kantoor bellen, dát zou hij doen. Hij zocht in zijn jaszak naar zijn mobiele telefoon, maar die had hij in de flat laten liggen.

Bill keek peinzend op naar de wolken, die voortjoegen langs de hemel. Hij zou teruggaan naar de flat, dat zou hij moeten doen. Vloekend maakte hij zich los van de auto, maar voordat hij bij de lift was, voelde hij dat hij vooroverviel.

Iemand probeerde hem op te vangen. Hij voelde handen op zijn armen. De handen braken bijna zijn val. Daarna trokken ze aan de revers van zijn colbert en hesen hem half overeind. Toen waren er nóg twee handen die hem hielpen te gaan staan.

Zodra hij zijn ogen opendeed, zag hij Jenny One en Jenny Two, ieder aan een kant van hem. Ze spraken met elkaar in het Shanghainees, terwijl ze hem naar de lift brachten. Ze waren beiden helemaal in het zwart gekleed, maar op de een of andere manier drong het niet tot hem door dat ze naar een begrafenis gingen.

De twee Jenny's zochten in zijn zakken en vonden de sleutel van zijn flat. Ze probeerden hem naar de ouderslaapkamer te brengen, maar hij trok zich los en even later lag hij op zijn knieen voor de toiletpot, alsof hij bad. Jenny Two streek over zijn rug terwijl hij kokhalsde, kreunde en zweette. Er zat niets meer in zijn maag.

In de ouderslaapkamer had Jenny One de gordijnen dichtgetrokken. Hij was te moe om te zeggen dat dit niet zijn kamer was, dat zijn kamer de andere was, de logeerkamer, dat zijn vrouw en dochter in de ouderslaapkamer sliepen, of dat vroeger altijd hadden gedaan, maar het was allemaal te gecompliceerd en kostte te veel inspanning. Daarom zei hij niets. Hij deed zijn best om hen te helpen toen ze hem tot op zijn onderbroek uitkleedden en hem voorzichtig tussen de lakens legden. De lakens waren koel en fris. Wat een fantastisch bed!

Daarna moest hij een tijdje hebben geslapen, want plotseling was JinJin er. Er volgde een gesprek dat hij niet kon verstaan, en daarna vertrokken de Jenny's en sloten ze de voordeur. De slaapkamer probeerde rond te draaien, maar JinJins gezicht bleef vóór hem, het stille middelpunt van zijn heelal.

'Slaap maar,' zei ze.

'Jij verdient,' zei hij. Hij pakte haar hand en probeerde rechtop te gaan zitten. Haar hand was zo klein. Hoe kon iemand zulke kleine handen hebben? Ze trok hem los met een ongeduldig gefronst voorhoofd. Hij wilde praten. Er waren dingen die hij moest zeggen, maar er was iets mis met zijn ademhaling. Hij kon haast niet ademen. Dat leidde hem af, en hij vergat wát ze precies verdiende.

'Te veel praten,' zei ze hoofdschuddend. Ze trok hem overeind, schudde – zinloos – zijn kussens op en legde hem weer achterover in bed. Hij sloot zijn ogen, die prikten van het zweet. Zijn lege maag deed pijn. Hij had nooit geweten dat een mens zich zo moe kon voelen.

Hij stak opnieuw zijn hand naar haar uit. En toen hij deze keer haar hand vastpakte, trok ze zich niet los. Ergens rinkelde een telefoon, maar ze negeerden het.

Gedurende de hele eindeloos lange dag bleef ze bij hem. Ze droeg hem bijna naar het toilet als hij op zijn knieën moest gaan bidden. Later realiseerde hij zich dat niemand hem ooit zo ziek en kwetsbaar had gezien. Ze sliep naast hem, helemaal aangekleed boven op de lakens, met haar slanke arm over zijn borst.

's Morgens, toen er vierentwintig uren waren verstreken en hij nog steeds rilde en zweette in het heerlijke bed en gekweld werd door maagkrampen, zocht ze in zijn zakken naar zijn portefeuille, in een poging iemand te vinden die ze kon bellen.

'We spreken over hartverlamming, maar dat woord is misleidend,' zei de cardioloog. 'Medisch gezien is hartverlamming een relatieve term. Verlamming impliceert dat het hart niet langer bloed in de aderen pompt en dat de patiënt dood is.' Om zijn lippen speelde iets tussen een glimlach en een grimas in. 'En dat kan natuurlijk gebeuren.'

Becca, Sara en hun vader waren in de spreekkamer van de cardioloog. Becca vond het vertrek verbazingwekkend klein voor zo'n populaire specialist. Hij was een zongebruinde man van vijfenvijftig, die zich verheugde op zijn pensioen, die zich verheugde op zijn etentje in het Ivy. Haar vader had een afspraak om twee uur, maar de dokter liep achter. Dat hadden we moeten weten, dacht Becca. Als je een vroege afspraak maakte, had je minder kans om in de wachtkamer te moeten zitten en oude tijdschriften door te bladeren, je afvragend of het eindresultaat leven of dood zou zijn.

De assistente van de cardioloog, een dikke verpleegster in een blauw uniform, hing zwarte röntgenfoto's aan een lichtkast. Ze zagen er niet uit als foto's van haar vader. Ze leken niet op een hart.

Becca zat daar tussen haar vader en haar zus in. Ze vroeg zich af hoeveel patiënten de dokter elke dag zag? De cardioloog was duidelijk ervaren in het tonen van medeleven. Hij heeft dit alles eerder gezien, dacht Becca. De panische angst in de ogen van de patiënt, het huilerige ongeloof in die van de dierbaren, het wanhopige verlangen naar een beetje goed nieuws. Hoeveel doodvonnissen, hoeveel zuchten van opluchting? Ontelbare, dacht ze. En wij zijn nog maar zijn afspraak om twee uur.

'Zie een ongezond hart maar als een inefficiënte werker,' zei de cardioloog. 'De inefficiënte werker werkt twee keer zo hard als de efficiënte werker, maar hij krijgt slechts half zoveel af. Het gezonde hart...'

Becca's telefoon, die in haar tas zat, ging over. De dikke verpleegster keek Becca aan alsof ze haar wilde vermoorden. Becca liet de handen van haar vader en haar zus los en haalde snel haar telefoon tevoorschijn. Ze zag dat er op de display ONBE-KENDE BELLER stond en zette de telefoon uit.

'Het spijt me,' zei ze tegen iedereen, maar voornamelijk tegen de dikke zuster die haar wilde ombrengen.

Toen voelde Becca dat de handen van haar vader en haar zus haar handen weer opeisten, hun vingers prikten in haar handpalmen, ze hielden haar vast voor steun en geruststelling. En het was alsof ze haar beletten ervandoor te gaan.

'U mag uw onderbroek en uw pantalon weer aantrekken,' zei dokter Khan tegen Shane. Terwijl Shane dat deed, liep Khan naar de badkamer en plonsde koud water in zijn gezicht. Hij zag er uitgeput uit. Hij was nog maar een paar uur geleden uit Heathrow aangekomen en had last van een jetlag. Toen hij terugkwam in zijn spreekkamer zaten ze op hem te wachten.

Rosalita zat naast Shane, maar Shane voelde zich helemaal alleen. Op de een of andere manier gaf Rosalita's aanwezigheid in de spreekkamer van de dokter hem een nog eenzamer gevoel dan wanneer hij daar zonder haar zou zijn geweest.

Ze waren hier omdat de pijn niet was opgehouden. De pijn in zijn oude, vertrouwde penis en zijn twee zaadballen, die hem zo lang en bij zoveel avonturen trouw hadden gediend. Ten slotte hadden ze hem verraden, want de pijn in zijn onderlichaam was soms weg geweest, maar nooit erg ver weg. Hij dacht al een tijdje dat hij iets mankeerde, en vandaag zou hij te horen krijgen of dat ook zo was.

Op dit moment had hij een vriend, een bondgenoot en een echtgenote nodig. Iemand die tegen hem zei dat alles goed zou komen – dat hij, wát er ook gebeurde, erdoorheen zou komen. Ze zouden er samen doorheen komen. Maar in plaats daarvan voelde hij zich de eenzaamste man ter wereld.

'Het is geen kanker en het is geen scrotumbreuk,' zei dokter Khan. Iets in zijn toon belette Shane een zucht van verlichting te slaken.

Gelukkig had het onderzoek niet lang geduurd. Shane op de onderzoekstafel, met zijn broek en zijn onderbroek naar beneden, maar niet helemaal uitgetrokken. De vingers in de plastic handschoenen hadden de bron van de pijn opgespoord en Shane vakkundig onderzocht. En nu zei dr. Khan zelfverzekerd dat het niet datgene was waar Shane het bangst voor was geweest. Het was geen kanker. De plastic handschoenen hadden zich van de testikels verwijderd. Ze hadden op de bovenkant van zijn lies gedrukt en op zijn onderbuik, en toen waren ze weer naar de rand van de bron van de pijn gegaan. Maar het was ook geen breuk. En door de manier waarop Khan over de kwestie sprak, wist Shane dat de dokter heel zeker van zijn zaak was.

Maar er was wél iets anders.

'Jammer genoeg zou het een torsie kunnen zijn,' zei dokter Khan. Torsie? dacht Shane. Het was een woord, een lot, waarmee hij nog nooit was geconfronteerd, dat hij nog nooit was tegengekomen. Shane had wekenlang in medische encyclopedieen gekeken naar wat er met hem aan de hand kon zijn, als het niet alleen maar de nawerking van een schop tegen zijn ballen was.

Kanker? Misschien. Een scrotumbreuk? Misschien. Hoewel het vervelend zou zijn, zou het veel verkieslijker zijn dan kanker. Maar torsie? Hij had er nog nooit van gehoord. Stond torsie eigenlijk wel in het *Beknopte medische woordenboek*? O, vast wel, maar hij had het woord niet opgezocht. Dit zal je dood betekenen, dacht Shane.

Iets wat je niet eens kunt benoemen.

'Torsie is een abnormale draaiing van een testikel,' zei Khan. 'Stel je een bal voor die ronddraait.' Shane sloeg zijn benen over elkaar en zette ze toen weer neer, ver uit elkaar. Hij stelde het zich maar al te goed voor.

Shane probeerde een dappere glimlach, maar er was te veel dat hij niet wist en te veel waar hij bang voor was.

'Slechtste scenario?' vroeg hij zo luchtig mogelijk.

Dokter Khan keek hem aan. 'Nou, als het torsie is, en als je zaadbal niet meer levensvatbaar is – als er geen bloed meer in komt en hij in feite dood is – dan zal hij zo snel mogelijk operatief moeten worden verwijderd.'

Van angst wist Shane geen woord uit te brengen.

Hij was zich bewust van zijn ademhaling en van zijn hart in zijn borstkas, en hij kon zijn leven een waanzinnige, onverwachte kant op zien gaan. Torsie! Nu heb ik er wél van gehoord! Toen deed zijn vrouw haar mond open, haar stem kil, vlak en hard.

'Zal hij nog kinderen kunnen verwekken?' vroeg ze, alsof ze zojuist een grove persoonlijke belediging had ondergaan.

Dokter Khan verkoos om de vraag heen te draaien.

'We moeten onmiddellijk een scan van u laten maken,' zei hij. 'Er is een radioloog die de beste is van de stad. Ik wil dat u in zijn wachtkamer gaat zitten tot hij tijd voor u kan vinden. Ik zal hem nu bellen, maar aangezien u geen afspraak hebt, vrees ik dat u daar zult moeten wachten tot hij u kan ontvangen.'

Shane knikte, nog steeds in shock. Waar moest hij verder nog heen? Wat stond hem nog meer te wachten? Zijn vrouw stond zwijgend naast hem. Ze raakte hem niet aan. Hij vergat bijna dat ze er was.

De telefoon op het bureau van dokter Khan rinkelde. Hij nam boos de hoorn van de haak. 'Geen telefoontjes als ik met een patiënt bezig ben, dat weet je.'

Zijn secretaresse verontschuldigde zich. 'Het is een noodgeval, dokter Khan,' zei ze. Haar Engels haperde onder de druk. 'Van JinJin Li over Mr. William Holden. Ze zegt u weet.'

Khan moest bijna lachen. God, wat was hij moe! 'JinJin Li?' zei hij. 'O, die. Waarschijnlijk zijn er zo'n vijftig miljoen JinJin Li's in China.'

Maar hij nam het telefoontje toch aan, met een verontschuldigende blik op Shane en Rosalita. Eén klik, en toen kwam JinJins stem aan de lijn.

'Dokter Khan?' zei ze. 'U kent me niet.'

Bill lag te dromen in het grote, vreemde bed, rillend onder de lakens, die nat waren van het zweet. Hij hoorde haar door de flat lopen. Uitgeput als hij was, kon hij zijn gedachten niet meer stilzetten.

Wat als het probleem was om niet te proberen één fantastisch mens maar veel fantastische mensen te ontmoeten? Wat als het probleem was om niet één persoon maar een heel groot aantal personen te vinden die het waard waren om van te houden? Wat dan? Was dat een blauwdruk voor een gelukkig leven? Of een recept voor een ramp?

'Je bent een geluksvogel,' zei dokter Khan, terwijl hij zich over Bills bed boog.

Bill lag in het Interational Family Hospital and Clinic en had een infuus in zijn arm. De infusievloeistof stroomde als gesmolten ijs door zijn aderen en hij kromp ineen van de pijn. JinJin stond ongemakkelijk in een hoek van de kamer, zich afvragend of ze al dan niet moest vertrekken.

'Ik weet niet wat je hebt gegeten,' zei Khan. 'Maar het is een virusinfectie van de maag en de ingewanden. Hoogstwaarschijnlijk amoebedysenterie. We zullen je hier houden voor een aantal onderzoeken. En je bent natuurlijk aanzienlijk uitgedroogd. Dat had je dood kunnen betekenen.'

'Heeft iemand mijn vrouw gebeld?' vroeg Bill met hese stem.

'Terwijl je sliep is er iemand van je kantoor langsgekomen. Miss Deng, klopt dat?' JinJin, die tegen de muur geleund stond, knikte, maar Khan zag haar niet. Bill besefte dat de dokter zijn best deed om haar aanwezigheid te negeren. 'Je firma is van de situatie op de hoogte,' zei hij. 'Miss Deng zei dat ze Becca persoonlijk zou bellen. Bel je vrouw. Je kunt haar zelf bellen, als je het aankunt.'

'Dat zal ik doen,' zei Bill. Dokter Khan knikte en draaide zich om. Toen hij verdween, met een kort knikje naar JinJin, zette JinJin een stoel naast het bed en keek naar Bills gezicht. Ze legde de rug van haar hand op zijn voorhoofd, alsof ze voelde of hij koorts had. Daarna streek ze over zijn slaap, zijn wang, zijn lippen en zijn andere wang, en verwijderde zo een dun laagje zweet.

'Bedankt dat je mijn leven hebt gered,' zei Bill. Ze glimlachte haar fantastische glimlach. Het is mogelijk dat ze antwoord gaf, maar toen sliep hij al.

Op het moment dat hij wakker werd, wist hij niet waar hij was, gedesoriënteerd door de onwezenlijke nachtelijke geluiden van een ziekenhuis.

Iemand riep in zijn slaap. Er rolden wieltjes langs zijn kamer. Verpleegsters hielden ruggespraak in de gang. Er rinkelde een telefoon, maar die werd niet opgenomen.

Naast hem stond het infuus, het zakje halfleeg. Hij kreunde toen hij de ijzige pijn langs zijn arm omhoog voelde kruipen.

Nu herinnerde hij het zich.

Khan was weg. JinJin was weg. Maar in de lichtstraal die door een kier boven de deur naar binnen kwam, zag hij het vertrouwde lichaam van Shane in de stoel naast zijn bed zitten.

'Gaat het, maat?'

Bill sloot zijn ogen en knikte. Hij glimlachte, getroost door het ruige accent van de Australiër.

'Behoorlijk aan de schijterij, hè? Dat kan de beste overkomen.'

'Ik weet niet wat ik heb gegeten,' kreunde Bill. Het laatste maal dat hij zich herinnerde, was een late avondmaaltijd van Dan Dan-noedels op de Bund, samen met Shane en de Duitsers. Maar Shane had de knoedels duidelijk overleefd. Bill sloot zijn ogen. Hij had zich nog nooit zo moe gevoeld.

'Amoebedysenterie,' zei Shane schouderophalend. 'Het kan net zo goed in het water als in het voedsel zitten. Waarschijnlijk heb je een slecht ijsblokje gehad. Blijf uit de buurt van het water, maat. Weten jullie Engelsen dan niets?' Hij gaf een klopje op Bills arm. 'Hoe dan ook – ik moet je de groeten van iedereen doen. Devlin zegt dat je alle tijd moet nemen.' Shane schoof ongemakkelijk heen en weer op zijn stoel. 'Ik heb zelf een rotdag gehad. Ze hebben mijn klok-en-hamerspel met gel ingesmeerd.'

Bill deed zijn ogen open en staarde zijn vriend aan. Shane zuchtte bij de herinnering. Het lukte hem niet echt om te glimlachen.

'Daar zouden veel mensen veel geld voor willen betalen, maat. Toen de dokter het over een scan had, dacht ik dat hij een van die scans bedoelde waar ze je instoppen – je weet wel, zo'n groot apparaat, net een doodkist. Hoe noem je zoiets, maat?'

'Een MRI-scan,' zei Bill. 'Het heet een MRI-scan.'

'Ja, een MRI-scan. Maar deze scan was van het soort dat een vrouw krijgt als ze in verwachting is, waarbij ze gel op haar buik smeren, zodat je het kindje in haar buik kunt zien.'

Bill dacht aan vroeger, lang geleden, toen hij hand in hand met Becca vol verwondering naar hun ongeboren dochtertje zat te staren. Dat was de beste tijd. Nee, toen hun dochter was geboren was de beste tijd. Nee, toen ze groter was, en ze liep en je kon zien wat voor klein meisje ze zou zijn, dat was de beste tijd. Nee, dacht hij, misschien later, toen we met elkaar konden praten. Dat was de beste tijd.

Shane had het nog steeds over scans. 'Het soort scan als de vrouw op de onderzoekstafel ligt en er veel *oohs* en *aahs* zijn,' zei hij. Hij schoof opnieuw heen en weer op zijn stoel. 'Nou, er waren *oohs* en *aahs* zat toen ze die gel op mijn kloten begonnen te smeren.'

Bill sloot zijn ogen en lachte. Hij wilde niet lachen, omdat dat te veel pijn deed, maar hij kon zich er niet van weerhouden. Het ijs kroop door zijn aderen en maakte dat hij naar adem hapte van de pijn. 'Is alles in orde met je, Shane?'

De grote Australiër had nog nooit over dit onderwerp gesproken. Hij had alles voor zich gehouden. 'De dokter dacht dat ik misschien een bal moet laten verwijderen. Het gevolg van ons avondje-uit in Pudong, weet je nog?'

Bill keek hem aan. Hij lachte niet meer. 'Jezus, Shane.' De geheimen die we bewaren, dacht hij. 'Het spijt me zo.' En het speet hem ook. Hij voelde zich verantwoordelijk. Als hij zich niet met JinJin Li had bemoeid, had zijn vriend deze dag niet hoeven meemaken.

'Het was in orde,' zei Shane luchtig. 'De radioloog zei dat er geen torsie was. Geweldige man. Heel sympathiek. Hij dacht dat het het gevolg was van een stel flinke schoppen. Maar je haalt je van alles in je hoofd, hè?'

'Mooi zo, Shane,' zei Bill. Hun stemmen waren zacht in de ziekenhuisnacht, alsof er een derde man in de kamer sliep die ze niet wilden storen. 'Dat is geweldig!'

'Ik weet nog dat mijn oma aan borstkanker stierf,' zei Shane.

'Fantastisch mens. Ze deed het edelmoedigste en dapperste dat ik iemand ooit heb zien doen in mijn leven. Ze pakte mijn moeders hand en liet haar de knobbel voelen – zodat die wist wat haar doodde. En mijn oma zei: "Daar moet je altijd alert op zijn, liefje, daar moet je je altijd voor hoeden, lieverd, en als je het vindt, versla je het. Je ontdekt het vroeg, je laat het wegsnijden en je leeft." En toen ik dacht dat het misschien zaadbalkanker was, dacht ik – geen sprake van dat ik Bill Holden, hoeveel ik ook van hem hou, toesta zijn hand in mijn broek te stoppen.'

Bill lachte opnieuw, harder nu, alsof er een last van hun schouders was gevallen. Het kon hem niet schelen dat het ijs in zijn arm bij elke beweging pijn deed. 'Het is goed afgelopen,' glimlachte hij. 'Uiteindelijk is het allemaal goed afgelopen.'

Shane knikte. 'Maar iets als dit – het werpt een licht op je leven.' Hij wreef in zijn ogen. 'Het werpt een licht op je huwelijk. Echt waar. Als er iets als dit gebeurt – als het ernaar uitziet dat ze stukjes van je gaan afsnijden – nou, dan kom je erachter wat je hebt en wat je niet hebt.' Hij wendde zijn gezicht af, hoewel Bill het in het donker niet kon zien. 'Ze had haar biezen gepakt. Dat zag ik. Niet letterlijk, maar ik zou er alleen voor hebben gestaan. Als het iets ergs was geweest, zou Rosalita 'm gesmeerd zijn.'

Bill bedacht dat zijn vriend te gauw met Rosalita getrouwd was, terwijl ze niet eens verkering met elkaar hadden gehad. Hij bedacht hoe snel alles kapot kon gaan. 'Dat weet je niet,' zei Bill. Hij greep naar een geruststellend cliché, zonder erin te geloven. 'Het had het beste in haar naar boven kunnen brengen. Het had jullie dichter bij elkaar kunnen brengen.'

Shane snoof.

'Radicale manier om je huwelijk op te lappen, maat. Je laten opereren aan het familie-erfgoed.' Shane schudde zijn hoofd. 'Het trieste is dat ze er niet voor me is zoals een vrouw dat hoort te zijn. Ze is niet mijn beste maatje.'

Bill sloot zijn ogen. Hij wilde zijn vriend helpen. Hij wilde hem troosten. Maar nu was hij te moe. Het enige dat hem wakker hield, was het ijs dat door zijn bloed kroop en hem ineen deed krimpen van de pijn.

'Het is niet zoals jij en Becca,' zei Shane. 'Rosalita en ik – het is anders. Wij zijn geen huwelijkspartners. We zijn – ik weet niet wat we zijn. Sekspartners met trouwringen. Dat is alles. En de laatste tijd, sinds die avond in Pudong, zelfs dát niet.' Shane sloeg zijn handen voor zijn gezicht. Bill hoorde zijn vriend in het duister ademen. 'Jíj hebt het soort huwelijk waar elke man van droomt,' zei Shane, en Bill wist dat het waar was.

Maar je haalt je van alles in je hoofd, dacht hij.

'Ik voel me afschuwelijk,' zei Becca. 'Ik voel me verschrikkelijk. Ik voel me echt rot.'

Aan de andere kant van de wereld lachte Bill zwakjes. 'Stelt niks voor,' zei hij, en toen wist ze hoe erg het was geweest. Haar man klonk alsof iemand hem bewusteloos had geslagen.

'Het spijt me zo, schat,' zei ze.

'Wat spijt je?'

'Het spijt me dat we naar huis moesten. Het spijt me dat je dit allemaal in je eentje hebt moeten doorstaan. Ik had bij je moeten zijn.'

'Je kunt er niets aan doen dat je vader ziek werd.'

'Dat weet ik, maar... ik wil gewoon dat we een gelukkig leven hebben. Echt waar. Dat is alles wat ik wil. Ik wil gewoon dat we weer samen zijn.'

'Ik ook,' zei hij.

Wat ze wilden, was zo simpel en zo voor de hand liggend. Ze kon zich niet meer precies herinneren waarom ze ooit naar meer hadden verlangd.

'Hoe gaat het met je vader?'

'Geen verandering,' zei ze. 'De onderzoeken waren niet afdoende. Hij heeft een onregelmatige hartslag, maar ze schijnen niet te weten wat er aan de hand is. Ik weet het niet. Plotseling lijkt hij een oude man, Bill.'

'En Holly,' zei hij. Ze herinnerde zich hun ruzie, en ze wilde niet opnieuw ruziemaken.

'Het gaat goed met haar, Bill,' zei ze snel. 'Ze heeft het naar haar zin bij Sara en haar kinderen. Geloof me alsjeblieft, lieverd.' Met opzet sprak ze niet over 'de partner'. Ze wist dat dat gevoelig lag bij Bill. 'En ik beloof je dat het maar voor een tijdje is, tot mijn vader weer voor zichzelf kan zorgen.'

'Mooi zo,' zei hij, zo neutraal mogelijk.

'Hoe is het met jou? Wanneer ga je weer aan het werk?'

'Ik ben beter. Werkelijk waar. Maak je geen zorgen. Devlin heeft gezegd dat ik een tijdje weg moest blijven. Dat is oké. Ik kan genoeg werk thuis doen.'

'Misschien zou ik toch naar je toe moeten komen,' zei ze. 'Ik zal met dokter Khan praten.'

'Nee,' zei Bill, 'doe dat niet, alsjeblieft.'

Het is niet waar dat ik er niets aan had kunnen doen, dacht Becca terwijl ze ophing. Ze had bij hem kunnen blijven. Maar het had geen zin daar nu over na te denken. Het ergste is voorbij, dacht ze. Ze liep de keuken binnen en maakte pasta en sla voor zichzelf en haar vader, die zat te slapen voor de televisie. Het avondjournaal werd uitgezonden. Becca maakte hem wakker toen het eten klaar was. Haar vader maakte veel verrukte en goedkeurende geluiden, maar hij raakte nauwelijks iets aan.

Na het avondeten toetste Becca Sara's nummer in om Holly welterusten te wensen. Daarna keek ze een paar uur televisie met haar vader, heen en weer zappend om het nieuws te volgen. Beter gezegd, Becca keek televisie, terwijl haar vader snurkte.

Het was vreemd. 's Nachts kon hij niet slapen, ze hoorde hem vaak rondstommelen, maar hij had geen enkele moeite om een dutje te doen op de sofa terwijl het nog geen tijd was om te slapen.

Rond middernacht maakte ze hem opnieuw wakker. Ze wachtte tot ze hoorde dat het hem was gelukt naar boven te komen, naar de wc te gaan en het licht uit te doen, alvorens zelf onder de wol te kruipen.

Becca glimlachte weemoedig. Vreemd dat het nu haar beurt was om naar een logeerkamer te gaan, in een eenpersoonsbed te stappen en alleen te gaan slapen.

Thee was goed voor zijn herstel, zei JinJin. En frisse lucht. En een wandeling.

Dus toen hij al een paar dagen thuis was, en op een van die ochtenden waarop er geen ayi was, geen Tiger om boodschappen voor hem te doen en geen Shane die na zijn werk even bij hem aankwam voor een gesprekje of om zijn thuiskomst een tijdje uit te stellen, belde JinJin aan en zei dat ze hem meenam naar buiten. Ze beval de Old City aan, Yu Gardens en het theehuis aan het meer.

Ze reden in haar rode Mini. Hij kon niet besluiten of ze de slechtste chauffeur ter wereld was of alleen maar een typisch Shanghainese wegpiraat. Maar ze kwamen heelhuids aan. Ze gaf hem een arm terwijl ze door de Old City liepen, tot ze bij de brug kwamen die naar het theehuis leidde. Hij voelde haar lange lichaam tegen zich aandrukken en bleef staan. Haar blik dwaalde naar het water vol goudvissen beneden hen, en daarna keek ze hem weer aan.

'Goede vader, goede echtgenoot, goede man,' zei ze. Ze knikte, alsof ze een belangrijke beslissing nam. Ze keken elkaar lang aan. 'Ja, dat vind ik.'

Toen hij haar kuste, voelde dat goed. Hun monden pasten perfect bij elkaar. Meestal was dat niet het geval, dacht hij. Tongen die te actief of te passief waren, lippen die te hard of te nat waren, tanden en neuzen die in de weg stonden. Maar bij haar was dat niet zo.

'Het gaat niet gebeuren,' zei hij, en deed een stap naar achteren. Hij voelde hoe zijn lichaam op haar reageerde en wilde haar omarmen, maar hij stapte achteruit, zodat hij dat niet kon doen. 'Het zal niet gebeuren omdat, áls het gebeurt, ik geen van die dingen ben, is het niet? Goede vader, goede echtgenoot, goede man. Dat geldt dan niet meer, JinJin.'

Ze knikte peinzend, alsof ze het met hem eens was. 'We kunnen nergens heen,' zei ze.

Hij wist niet of ze bedoelde dat het niks tussen hen kon worden. Of bedoelde ze dat ze niet uit konden gaan, uit angst dat ze gezien werden? Het theehuis aan het meer was doordeweeks veel stiller, en er was niet veel kans dat er vandaag iemand van de firma was, maar ja, het was mogelijk. Of bedoelde ze dat het ondenkbaar was om de liefde te bedrijven in haar of zijn flat? Misschien bedoelde ze al die dingen.

'Nee, nee, nee,' zei hij, nu wanhopig, zich terugtrekkend uit de gevarenzone. 'Er zou nooit iets kunnen gebeuren. Ik kan je niet meenemen naar het huis waar mijn vrouw slaapt en mijn dochter speelt. En we kunnen niet naar jouw huis – je vriend zou kunnen binnenkomen.' Hij kon niet verhinderen dat hij jaloers klonk. 'Hij heeft toch een sleutel?'

JinJin bevestigde dat op haar zakelijke toon. 'Hij heeft een sleutel, ja,' zei ze. 'De flat is van hem.' Ze begonnen langzaam naar het theehuis te lopen. Ze glimlachte, als om een goeie grap. 'Geen liefdesspel in Williams appartement. Geen liefdesspel in JinJins appartement.'

Hij kon haar glimlach niet beantwoorden. Het was al te ver gegaan. De kus was een vergissing geweest. Maar ze was zo lief en zo mooi en hij had zich zo lang eenzaam gevoeld.

'Hoe moet het nou?' zei hij. 'Ik vind je fantastisch, dat weet je, maar hoe moet het nou?'

Ze zeiden niets tot de vrouw hun thee bracht en twee kopjes inschonk. En terwijl ze wachtten tot het kokendhete water afkoelde, deed JinJin haar tas open en gaf hem zwijgend een envelop waarin twee Dragon Air-tickets zaten met hun naam erop. Hij bekeek ze aandachtig. Van Shanghai naar Guilin. Vertrek: de volgende morgen. Onmogelijk, dacht hij. Dit is écht onmogelijk.

'Nee,' zei hij, 'ik ga niet naar – waar is het? – Guilin. Ik ga weer aan de slag op mijn kantoor.' Hoofdschuddend staarde hij naar de tickets. 'Ik heb nog nooit van Guilin gehoord.' Hij reikte haar de tickets aan, maar ze nam ze niet aan. Ze blies in haar thee. Hij boog zich naar voren. 'Luister naar me. Kijk me aan. Ik ben niet vrij, JinJin. Vier kleine woordjes voor het begint. 'Ik ben niet vrij.'

'Guilin zal je goed bevallen,' zei ze. Ze tilde haar kopje op, heel voorzichtig, want het was bijna te heet om vast te houden.

Daarna spraken ze niet tot de rode mini met de Chinese vlag op het dak oostwaarts raasde, naar New Gubei, en ze zich op de linkerrijbaan van de autoweg tot hem wendde. Ze zei dat haar vader uit Guilin kwam, dus dat ze een moeder had uit het noordelijke Chanchun en een vader uit het verre zuiden, dicht bij Vietnam. Ze drukte op de claxon om haar aanwezigheid in de wereld kenbaar te maken, haalde auto's in over de rechter rijstrook, hield geen afstand van de auto's voor haar en flitste met haar koplampen, maar toonde geen greintje angst.

Dat maakte hem het bangst. Haar totale gebrek aan angst, alsof ze geen idee had wat voor ergs er allemaal kon gebeuren.

18

Ze stonden samen onder een paraplu op een houten brug hoog boven de rivier en keken naar een visser die bezig was met zijn aalscholver.

Na het vallen van de avond namen boten toeristen mee om te kijken naar de mannen die met hun vogels visten. Op hun eerste avond in Guilin waren Bill en JinJin naar buiten gegaan. De zoeklichten van de boot verlichtten de vissers die op hun hurken achter in hun platte punter zaten, de aalscholvers tegenover hen en een petroleumlamp tussen hen in. Man en vogel verzameld rond de lamp, alsof het een kampvuur was.

Als de vogels aan het werk werden gezet, doken ze in het water en kwamen er meteen weer uit, met een miraculeuze vis in hun bek. De vissers – leeftijdloze, gespierde, pezige, kleine mannen – gooiden de meeste vissen in een grote, rieten mand. Maar als de aalscholver zes keer een vis had gevangen, maakte de visser de ijzeren band om de nek van de vogel los, waardoor de aalscholver de vis kon doorslikken. 's Avonds, omringd door de stomverbaasde Chinese toeristen, had het een slimme circustruc geleken. Maar overdag, wanneer de mannen zonder publiek met de aalscholvers visten en je ze gratis kon zien vanaf de hoge, houten brug, wist je dat dit gewoon hun manier van vissen was, en dat het niets te maken had met toeristenvermaak. Bill vond dat het een tafereel leek van duizend jaar terug.

Guilin was het China dat hij op schilderijen had gezien. Achter de stad kon hij de kalkstenen bergen zien die zich eindeloos uitstrekten, zelfbewust en pittoresk. Sommige waren zo driehoekig dat ze op de bergen op een van Holly's tekeningen leken.

Het hele landschap was in mist gehuld, alsof het poseerde, alsof het wachtte om voor het nageslacht te worden vastgelegd.

Het voelde als de uiterste rand van China, en hij dacht bijna dat het het eind van de wereld was, hoewel hij wist dat Vietnam aan de andere kant van de bergen lag. Het was de prachtigste landstreek die hij ooit had gezien, maar de ansichtkaartschoonheid van Guilin raakte hem minder dan de aanblik van de visser en zijn vogel.

'Dat is China voor mij,' zei hij. Ver beneden hen, op het spiegelgladde water van de River Li, de rivier die JinJins naam droeg, was de visser de ijzeren band om de nek van zijn vogel aan het losmaken. De vis in zijn bek was in een mum van tijd naar binnen gewerkt. 'Die visser,' zei hij, 'die vogel.'

JinJin haalde haar schouders op. Ze glimlachte tegen Bill en gaf een kneepje in zijn arm, maar het licht in haar ogen veranderde amper, alsof de aanblik van de visser en de aalscholver niet iets was om je over op te winden, alsof ze hem alleen maar ter wille wilde zijn. Alsof haar land en de wereld veel simpeler waren dan hij dacht.

'Praktisch,' zei ze, toen de vogel nogmaals in het water dook en eruit kwam met een vis die hij deze keer niet mocht houden. 'Gewoon praktisch.'

Dit was de tijd waarop hij niet genoeg van haar kon krijgen.

Overdag liepen ze wat rond in Guilin. Laat in de middag hingen ze het bordje NIET STOREN op de deur om het kamermeisje uit de buurt te houden. Dan kreunde hij en beminde haar en sliep in haar armen.

Het klopte allemaal, en het was ook een soort gekte – omdat de wereld wegglipte en het er alleen toe deed dat hij met haar in die kamer was. Hij wist niet hoe, hij had geen idee hoe, maar ze zouden er iets op vinden. Hij zou ervoor zorgen dat hun dagen in Guilin zouden voortduren als ze terug waren in de echte wereld. Hij zou een vakantieliefde eeuwig laten duren. Hij hoefde alleen maar uit te zoeken hoe hij dat moest doen.

Tegelijkertijd was het schuldgevoel in zijn lichaam net zo reëel als de ziekte was geweest – het verpletterende gevoel van schuld en schaamte, dat als een honkbalknuppel tegen zijn achterhoofd sloeg, wanneer hij wakker lag en zij sliep. De schuld was even onloochenbaar als de ziekte, en dat gold ook voor de verschrikkelijke wetenschap dat, als hij de kans had om het allemaal over te doen, hij precies hetzelfde zou doen. Hij zou JinJins hand pakken, naar de luchthaven rijden, naar Guilin vliegen, kijken naar de vissers met hun vogels, en de sprong wagen.

Het verbaasde hem dat ze haar vader wilde zien.

Op hun eerste ochtend in Guilin, geïnspireerd door de nabijheid van haar vaders woonplaats, had ze hem achteloos een paar griezelverhalen verteld over het opgroeien met de hevige woede-uitbarstingen van haar vader. Bill had aangenomen dat ze na de scheiding van haar ouders alle contact had verbroken. Maar haar vader woonde in een dorp in het landelijke gebied achter Guilin, een korte taxirit van hen verwijderd. Men zei dat hij een slechte gezondheid had, en JinJin vond dat ze bij hem op bezoek moesten gaan.

'Zo'n vader,' zei Bill verontwaardigd, 'in het Westen zou je niets met hem te maken willen hebben.'

JinJin haalde haar schouders op. 'Maar we zijn niet in het Westen,' bracht ze hem in herinnering.

Dus namen ze een taxi naar het dorp van haar vader. Bill keek door het raampje naar de kalkstenen bergen, de spiegelgladde rivier en de rijstvelden. Intussen dacht hij aan de verschrikkingen in JinJins jeugd aan de andere kant van het land. Haar vader had JinJin en haar zus met eetstokjes op hun hand geslagen als ze hem tijdens het avondeten ergerden. Haar vader had hun moeder meegesleurd voor een aframmeling met de woorden: 'Zeg je kinderen gedag, je zult ze nooit meer zien'. Haar vader was uiteindelijk vertrokken, maar hij had hen nooit met rust gelaten. Hij had ruzie met JinJin gemaakt toen ze vijftien was en hij veertig, en de voorbijgangers hadden hen voor geliefden aangezien.

Hij was een gokker. De gewelddadigheid was een gevolg van

het gokken. Hij werkte, hij gokte, en als hij alles had verloren, kwam hij thuis om zijn vrouw en twee dochters de schuld te geven en zich op hen af te reageren.

Zijn dorp lag in een dal tussen twee bergen. De witte stronken van bomen die jaren terug waren gekapt bedekten de hellingen, als de grafstenen van een vergeten oorlog. Het dorp zelf was voor een deel barakkenkamp en voor een deel kampeerterrein. Hutten van planken en golfplaten stonden naast vuile, bruine tenten. Kinderen op blote voeten kwamen de tenten uit om naar de komst van de taxi te kijken. Het is niet echt een dorp, dacht Bill.

'Wat is hier gebeurd?' vroeg hij.

JinJin keek naar de hellingen. 'Overstroming,' zei ze. 'In het verleden zijn hier veel bomen gekapt.' Ze zocht naar het woord. 'Grond? Als tyfoon komt, gaat grond snel de helling af als er geen bomen zijn.' Ze hief langzaam een van haar kleine handen op, met de palm naar beneden. 'Regen komt, rivier wordt groot – snap je?'

Hij knikte.

'Hoelang wonen deze mensen al in tenten?' vroeg hij. 'Wanneer was de overstroming?'

Ze dacht even na. 'Drie jaar geleden. Kom, laten we mijn vader gaan zoeken.'

JinJins vader was in het busstation, waar hij werkte. Hij had een Clark Gable-snorretje en hij was net zo breed als hij lang was. Hij had zo'n andere lichaamsbouw dan zijn lange, slanke dochter, dat Bill moeite had te geloven dat ze vader en dochter waren. De man glimlachte verlegen tegen Bill, terwijl hij met JinJin praatte. En omdat ze zich bij hem zo duidelijk op haar gemak voelde, kon Bill het niet over zijn hart verkrijgen om een hekel aan de man te hebben.

'Ik dit meisje vader!' zei hij. Bill knikte. Ze glimlachten beiden om deze schokkende onthulling. Zijn twee vrienden giechelden om zijn beheersing van de Engelse taal.

'Hij spreekt absoluut geen Engels,' zei JinJin minachtend.

Sinds haar vader zijn gezin had verlaten, had hij geen voorspoedige jaren gehad. Het gokken en de gewelddadigheid hadden nog twee gezinnen kapotgemaakt, en nu woonde hij in z'n eentje in een houten hut, gekweld door zijn longen en het vocht. Hij leefde van rijstepap, sjekkies en thee, het soort dat zijn tanden donkerbruin had gekleurd.

Naast het busstation stond een eetstalletje. Bill keek naar Jin-Jin en haar vader, die luidruchtig hun maaltijd opschrokten. Bill was op zijn hoede voor de lokale kost en at niets. Hoewel hij hun gesprek niet kon verstaan, kon hij wel zien dat het machtsevenwicht tussen hen was verschoven. De vader gaf bijna bedeesd antwoord op de vragen van zijn dochter, en hij kon haar niet lang in de ogen kijken. De dochter was de baas.

'Mijn vader zegt dat de plaatselijke autoriteiten heel slecht zijn,' zei JinJin tegen Bill. 'Na de overstroming heeft de staat een hulpfonds voor het dorp opgericht, maar het dorp wist daar helemaal niets van tot ze afgevaardigden naar Beijing stuurden om te protesteren.'

Haar vader glimlachte beschaamd onder zijn Clark Gable-snorretje.

'Mijn vader zou je in zijn huis willen uitnodigen,' zei JinJin. 'Maar ze zijn hier heel arm, en hij schaamt zich om je in zo'n nederig hutje te ontvangen.'

Bill stak protesterend zijn hand op. 'Alstublieft, meneer, schaamt u zich niet, ik ben blij u te leren kennen.'

Ze schudden elkaar de hand, enthousiast, en voordat Bill wist wat hij deed, had hij zijn portefeuille tevoorschijn gehaald en stopte hij een groezelig bankbiljet in haar vaders hand. Zijn protest was symbolisch. Toen trok hij zijn wenkbrauwen op en keek vol ongeloof naar het geld.

'Ik dit meisje vader!' riep hij uit. JinJin wendde haar hoofd af, alsof ze de aanblik van de twee mannen niet kon verdragen.

Zijn ouders hadden het gemakkelijk doen lijken. Je vindt iemand en dan blijf je bij die ene tot de dood jullie scheidt. Je houdt je aan alle beloftes die je in bed hebt afgelegd en in de kerk en op alle dagen die je nooit zult vergeten. Dat deed je gewoon. Je leven was simpel, en de toekomst duidelijk. Het leek niet onmogelijk en ondenkbaar.

Waarom kon híj het dan niet?

Wat was er mis met hem?

Ze waren teruggevlogen van de ultramoderne luchthaven van Guilin. Hij had er genoeg van. Hij was het spuugzat, wilde geen verhouding, en hij was niet een man die vreemdging. Hij wilde niet de Chinees in de zilverkleurige Porsche zijn, wilde geen stiekeme afspraakjes en gedeelde geheimen. Hij wilde de vrouw die hem alle anderen zou doen vergeten. Dat was wat hij wilde. Dat was alles wat hij wilde en altijd had gewild.

Je zoekt degene die de rest uitwist. Dat lost onmiddellijk alle problemen op, het lost alles op en maakt een einde aan al het verlangen. Want als je eenmaal aan dat verlangen toegeeft, is het nooit genoeg tot je hart ophoudt met kloppen, en dan kan er geen rust, geen vrede en geen echt geluk zijn. Het enige dat je moest doen, was degene vinden die je blind maakte voor de rest van de wereld. Dat was alles wat hij wilde, net als ieder ander. Het leek niet te veel gevraagd.

En dit meisje, dat in het vliegtuig naast hem had gezeten, verdiept in een tijdschrift dat was rondgedeeld – dit fantastische meisje – vulde zijn hart. Maar toen hij alleen in zijn flat was en zijn antwoordapparaat aanzette, hoorde hij alle telefoontjes die hij had gemist. Gemiste oproep. Thuis. Gemiste oproep. Thuis.

Zijn ouders hadden het gemakkelijk doen lijken, en misschien was het dat uiteindelijk ook. Zolang je je aan je beloftes hield. Als je je beloftes brak, was al het andere plotseling ook breekbaar.

Hij kwam laat thuis van zijn eerste werkdag na zijn lange afwezigheid. Hij zag dat er geen licht brandde in haar appartement. Hij wist dat ze niet sliep en dat de auto haar was komen ophalen.

Hij was boos en jaloers en blij. Mooi zo, zet er een punt achter, maak er een einde aan. Nu! Dacht hij dat ze bij de telefoon ging zitten wachten op zijn belletje? Dacht hij dat Guilin betekende dat niemand anders aanspraak op haar tijd kon maken? Verwachtte hij dat ze thuis zat, met haar eindeloos lange benen opgetrokken, en de avond met kruiswoordpuzzels doorbracht? Ja, ja, ja – hij was een dwaas. In hun gesloten niet-storen-hotelkamer had hij al die dingen verwacht, hoewel hij wist dat hij alleen maar kon worden teleurgesteld. JinJin was uit en bracht de avond ergens anders door, en hij was er blij om – maak er nu een einde aan – hoewel het net was of hij een stomp in zijn maag krceg.

Hij zat op de trap buiten haar appartement, toen ze om middernacht thuiskwam. Hij had nagedacht over wat er zou kunnen gebeuren als de man bij haar was. Het zou onaangenaam zijn. Maar de Porsche zette haar af bij haar huurflat en vertrok meteen weer. Bill ging staan toen ze haar sleutel tevoorschijn haalde.

'Ik doe het niet,' zei hij. 'Ik kán het niet. Ik hou van mijn vrouw en ons dochtertje. Ik ga niet bij ze weg. En ik wil geen vaste vriendin naast mijn vrouw. Dat is niets voor mij. Ik kan het niet aan – jij met hem op stap en ik wachtend op je terugkomst. Dat werkt toch niet? Hoe voelt dat voor mij?' Hij begon harder te praten. Achter een dichte deur protesteerde een vrouw luidkeels in het Chinees. Ze keken beiden die kant op en toen weer naar elkaar. 'Dat kan toch niet werken?' zei Bill. 'Krijgen wij je beurtelings, om de andere avond?'

JinJin ging haar flat binnen zonder hem aan te kijken. Hij volgde haar, pakte haar schouder beet en draaide haar om.

'Of ben je van plan ons alle twee op dezelfde avond te ontmoeten?' zei hij. Hij had haar nog nooit zo verdrietig gezien. 'Je weet wat je dan zou zijn, hè?'

'Ik stop ermee,' zei ze. Ze begon altijd in de tegenwoordige tijd te praten als ze moe, gestrest of gekwetst was. 'Ik stop met die man.'

Bill staarde haar aan. Hij wist niet wat hij moest zeggen. Hij had het gevoel dat hij haar altijd te overhaast beoordeelde en zich altijd vergiste.

'Vanavond zeg ik het tegen hem,' zei ze. '*We kunnen niet*

doorgaan.' Nu keek ze Bill aan. 'Omdat ik dat niet wil. Ik wil dat niet. En omdat ik de hele tijd van je hou.'

Toen was ze in zijn armen, zijn mond was op haar gezicht. Hij kuste haar tranen weg en liet geen nieuwe toe, geen tranen meer. Hij was gek op haar en verlangde naar haar. Hij kreunde zijn liefde en verontschuldigingen. Hij had heel veel spijt van alles en was heel dankbaar. Al zijn wijze besluiten werden uitgewist door de aanraking van haar lippen op de zijne, alles smaakte naar zout.

Ik wil dat niet.

Ik hou de hele tijd van je.

Hij hield ook de hele tijd van haar.

Buiten, aan de andere kant van haar raam, konden ze het aanhoudende lawaai van het dagelijkse stadsrumoer horen, maar in JinJins kamer had hij het gevoel dat de wereld een andere tijd was binnengegaan.

Hij bewonderde alles aan haar. Hij legde zijn handen om haar knieën en liet ze over de zijkanten van haar lange benen glijden. Er leek geen einde aan te komen. Dat wilde hij ook niet.

'Ben je me weer aan het opmeten?' vroeg ze lachend. Ze lachten veel. Gedurende de lange middag voelden ze zich luchthartig en bloedserieus tegelijk. Ze waren duizelig van vreugde en geluk. Ze drukte haar mond op de zijne, haar bruine ogen straalden. Toen die ogen dichtgingen, wist hij dat zij het ook voelde: dit verlangen, dat meer was dan een verlangen, deze hartstocht die niet kon worden bevredigd, ook al bleven ze de rest van hun leven in deze kamer.

Naakt stond ze op van de vloer waarop ze hadden gelegen. Ze bekeek zichzelf in de spiegel, haar lange armen en benen, haar kleine handen die haar nóg kleinere borsten omvatten.

'Te klein,' zei ze. 'Ik ben lelijk.'

'Ja,' zei hij glimlachend. 'Een echte lelijkerd.'

'Zelfs geen A-cup,' zei ze. Toen ze haar rug naar achteren boog zag hij de ribben in haar ribbenkast, en die vervulden hem met tederheid. Het was slechts een ribbenkast – dat wist hij.

Maar haar ribben tegen haar huid kwelden hem, hij wilde ze aanraken, en hij wilde niet dat een andere man dat ooit zou doen.

'AA!' riep ze uit, met wijd open ogen, alsof ze zojuist haar borsten had ontdekt. 'Ja, je hebt gelijk. Een echte lelijkerd.'

'Nou, niemand is voor honderd procent content met zijn lichaam,' zei hij, terwijl hij op zijn zij ging liggen en op een elleboog steunde. Hij stak een hand uit en streelde haar voet. Ze keek met een ernstig gezicht op hem neer. Toen liet ze haar handen zakken. Het was waar. Haar borsten waren erg klein. Zelfs in deze kamer, zelfs nu, kon hij zien dat ze niet volmaakt was – haar achterste was te plat, haar borsten waren te klein, haar huid was niet gaaf genoeg om volmaakt te zijn.

Maar voor hem was ze volmaakt.

Hij wilde niets aan haar veranderen. Hij hield evenveel van haar zwakke als van haar sterke punten – die ogen, die benen en – waarom niet? – die AA-cup- borsten. Dat was zíj. Dat was wie ze was, en hij genoot van alles.

'Neem mij nou,' zei hij, terwijl hij zijn ogen neersloeg en in kleermakerszit ging zitten. Hij aarzelde. 'Ik weet niet of ik er wel over wil praten.' Ze knielde naast hem neer, sloeg een troostende arm om zijn schouder en moedigde hem aan om door te gaan. 'Ik... ik maak me zorgen dat ik te groot ben,' zei hij. Hij keek in haar bezorgde, bruine ogen. 'Daar beneden. Te groot voor elke vrouw...'

Ze ging staan en gaf een klap op zijn schouder. 'Haha,' zei ze. 'Engels grapje!'

Hij ging grinnikend op zijn rug liggen. 'Jij zou er niet goed uitzien met grote borsten, JinJin. Je benen zijn te lang. Je zou er topzwaar uitzien – zoals Jessica Rabbit.'

Ze lachte even. 'O ja,' zei ze. 'Van Beatrix Potter.'

Toen hij naar haar keek, glimlachte ze. Die malle glimlach waar hij nooit genoeg van kon krijgen. Hij knikte. 'Uitstekend,' zei hij. 'Chinees grapje.'

Toen het nacht werd, verlieten ze de kamer niet, maar lagen ineengestrengeld op de grond, alsof ze dichter bij elkaar waren dan welk stel ter wereld ook, en dichter dan iemand ooit was geweest, alsof ze nu één lichaam vormden. Hij zag hoe ze naar hem keek en hij wist dat niemand ooit op die manier naar hem had gekeken.

Alsof hij bijzonder was.

Alsof hij – en hij moest erom glimlachen – exotisch was.

Maar het was waar. Hij was een ander soort man en zij was een ander soort vrouw. Hij verkende haar lange, bijna onbehaarde lichaam, en het was alsof hij een andere planeet ontdekte. Ze streek met haar vingers door de blonde haartjes op zijn armen, alsof hij vreemd voor haar was.

'Heel harig,' zei ze. 'Goeie genade. Je lijkt wel een aap. Help, help – er is een aap in mijn kamer.'

'Waar ik vandaan kom wordt dit niet als harig beschouwd,' zei hij, maar hij wist dat ze niet echt iets wilde weten over waar hij vandaan kwam. Ze wist hoe ze werkwoorden moest vervoegen en ze wist het een en ander van schrijvers, en ze kon alle archaïsche uitdrukkingen gebruiken, maar meer wist ze niet. Zijn ogen hadden een onopvallende kleur groen, maar ze keek erin alsof ze de schatten van Salomo waren.

Hij wist dat Becca hem nooit zo had aangekeken en dat ook nooit zou doen. Zijn vrouw hield van hem – daar was hij zeker van – maar ze keek naar hem zoals een zus naar een broer kijkt, met een soort geamuseerde vertrouwdheid, een liefde die helder is en niets mysterieus heeft.

Maar JinJin Li keek naar hem met nieuwe ogen, ogen zo bruin dat ze bijna zwart waren, ogen zo groot dat ze haar gezicht lieten stralen. Hij vond het heerlijk dat er zo naar hem werd gekeken.

Zijn eerste Aziatische vrouw. Haar eerste Westerse man. Later in de nacht, toen de stad sliep, twijfelde geen van beiden eraan dat ze ook hun laatste zouden zijn. Wat zou je meer willen buiten deze kamer?

Ze sliep. Hij legde zijn hand op haar buik, die net zo plat en hard was als een tafel. Hij glimlachte en dacht: je zou er pingpongballetjes op kunnen laten stuiteren. Hij legde zijn lippen op haar buik en kuste haar zo zacht mogelijk voordat hij zijn armen om haar heen sloeg en lekker tegen haar lange, dierbare lichaam aan kroop. Al gauw was ook hij in een diepe slaap van geluk en uitputting.

Als hij naar het raam van JinJins kamer was gegaan, had hij aan de andere kant van het binnenplein van Paradise Mansions zijn eigen flat kunnen zien, en de ramen van zijn andere leven. Maar dat deed hij nooit.

Toen hij bij het ochtendgloren wakker werd, keek hij hoe ze sliep. Hij bestudeerde haar huid, haar ledematen en haar gezicht tot hij ze beter kende dan die van hemzelf. Hij liep nooit naar het raam.

En hij verloor zichzelf in haar.

19

'Opa gaat dood, hè?' zei Holly.

'Nee, schat,' zei Bill. 'Je opa gaat niet dood. Hij is nog jong. Hij heeft uitstekende artsen die heel goed voor hem zorgen.'

'Martin zei dat iedereen uiteindelijk doodgaat.'

Martin was het oudste kind van de zus. Bill voelde een plotselinge opwelling van haat tegen de jongen, onmiddellijk gevolgd door een schuldgevoel. Sara – hij deed zijn best om aan haar te denken als Sara en niet als de zus – deed alles om zijn regelmatige telefoontjes naar Holly mogelijk te maken. Ze stond altijd bij de telefoon, of er niet ver vandaan, als hij rond een bepaald tijdstip zou bellen.

'Luister naar me, schat,' zei hij zacht. 'Niets leeft eeuwig. Een bloem leeft toch ook niet eeuwig?'

Holly dacht over die woorden na. Hij kon haar horen denken.

'Pinguïns leven niet eeuwig,' zei ze.

'Dat is waar,' zei hij. 'Daar had ik niet aan gedacht.'

'En dinosaurussen leefden niet voor eeuwig.'

'Dinosaurussen. Dat klopt.'

'De dinosaurussen zijn doodgegaan door een verandering in de temperatuur van de aarde.'

'Wauw,' zei hij, oprecht geïmponeerd. 'Waar heb je dat geleerd, Holly?'

'Op school.'

'Uitstekend.'

'Grootouders leven niet voor eeuwig,' peinsde ze.

De filosofie was nieuw. Een jaar geleden, toen Holly drie was, was haar conversatie een eindeloze ronde van vragen en bevelen geweest, zinnen die begonnen met 'waarom' of met 'je moet'. Bijvoorbeeld: waarom draagt Tony de Tijger een slabbetje als hij volwassen is? En: jij moet nu de prins zijn, papa. Maar op haar vierde worstelde Holly met de grote vraagstukken. Hij wist niet wat hij tegen haar moest zeggen. De waarheid leek te hard en liegen leek verkeerd.

'We gaan allemaal dood,' zei hij. 'Maar het duurt nog heel lang voor het zover is.' Hij zweeg even. 'Luister je wel naar me, lieverd?'

Haar aandacht was afgeleid door de televisie achter haar. Bill kon de reclameboodschappen horen. Er was een overtuigende, volwassen stem, gevolgd door kinderen die krijsten van opwinding. Bill wachtte geduldig. Hij kon ook andere geluiden horen. Alle geluiden van Sara's drukke huishouden. Kinderen maakten ruzie. Deuren sloegen dicht. Sara smeekte aan de eettafel *nog één hapje – eet nog één hapje...* Dat deel ik met Holly, dacht hij. Het is anders als je enig kind bent. Je wordt niet voortdurend gestoord door het lawaai en de drukte van broers en zusjes. Je bent alleen met je gedachten.

'Ga jíj dood, papa?'

Hij keek uit het raam van zijn kantoor naar de lichten van Pudong, en hoorde de geluiden van zijn kant van de wereld. Shanghai had zijn eigen karakteristieke geluid. Vooral 's nachts, een onafgebroken metaalachtig gebrom, veroorzaakt door verkeer op de weg en op de rivier, plus de levens van twintig miljoen andere mensen.

'Ooit op een dag zal ik doodgaan,' zei hij. 'Maar dat duurt nog heel lang. En weet je wat, schat? Als het mogelijk is om terug te komen en bij jou te zijn, is dat precies wat ik ga doen. Ik zal er voor altijd zijn, waar je ook gaat of staat. Je zult volwassen zijn, maar ik zal er nog steeds zijn. Ik zal in het zonlicht op je gezicht zijn, en ik zal in de regen op je schoenen zijn, en ik zal in de wind in je haar zijn. Ik zal er zijn als je 's morgens wakker wordt, en ik zal er zijn als je 's avonds gaat slapen. En ik zal de hele nacht de wacht houden naast je bed, en je zult voelen dat ik tegen je glimlach, en je zult nooit alleen zijn, omdat ik er ben, eeuwig en altijd.' De telefoonlijn kraakte en toen was het stil. 'Hoor je me, schat?'

Maar Holly luisterde niet naar hem. Ze keek naar de reclameboodschappen op de tv.

JinJins ogen hadden iets vreemds. Die grote, bruine ogen hadden iets mysterieus, iets waarop hij nog niet de vinger had weten te leggen, hoewel hij talloze uren in haar ogen had gekeken.

Hij zag nu dat er geen zwart lijntje rond haar ogen was getrokken. Dat was het niet. Hij had zich vergist. Ze droeg geen make-up, ze gebruikte nooit make-up, en toch had hij op de een of andere manier het idee dat ze zich altijd opmaakte. Hij snapte het niet. Hij was een getrouwde man, gewend aan de rituelen van een vrouw en haar schoonheidsmiddelen en de ceremonie van make-up aanbrengen, bijwerken en verwijderen. Hij wist dat zijn vrouw er heel anders uitzag als ze haar gezicht had opgemaakt of niet. Als ze uitgingen en Becca make-up ophad, had ze een verfijnde, glanzende schoonheid. Als ze thuiskwam en de make-up verwijderde, was de schoonheid er nog steeds, maar met een fris gezicht, onopgesmukt en natuurlijk en mooi op een andere manier.

Zo was het niet bij JinJin.

Hij keek naar haar, hij keek nog meer naar haar, maar hij kon het niet doorgronden. Hij begreep de dikke, zwarte en volstrekt onnodige eyeliner niet die nooit hoefde te worden bijgewerkt. Het raadsel werd opgelost op het moment dat hij erover begon.

'Permanente eyeliner,' zei ze op een avond, toen ze op de sofa lagen, met hun gezicht naar elkaar toe, en hij nogmaals naar de ogen keek die helemaal niets nodig hadden om er mooi uit te zien.

'Permanent?' zei hij, niet in staat tegen het weeë gevoel te vechten. 'Wat... je bedoelt toch niet tatoeages?'

Dat was precies wat ze bedoelde.

'Ik zal het veranderen,' zei ze, bij het voelen van zijn afkeer. Ze sprong overeind en ging voor de spiegel staan. Haar lange, slanke lichaam was bleek in het maanlicht. 'Ik zal het laten verwijderen.'

Hij ging naar haar toe, hield haar van achteren vast en trok haar weg van de spiegel. Hij zei dat hij niet wilde dat ze dat deed, dat alles volmaakt was, dat ze prachtig was, dat hij alleen maar verbaasd was. Hij vertelde niet dat hij bij een westers meisje nog nooit getatoeëerde ogen had gezien. Maar JinJin Li wás geen westers meisje, en dat vergat hij soms.

'Ik was jong,' zei ze. Ze klonk als een actrice van wie plotseling jeugdfoto's waren opgedoken. *Ik was jong. Ik had het werk nodig.* 'Ik zat op de middelbare school. We wisten niets van dergelijke dingen. En we konden het ons veroorloven. En we wilden eruitzien als de dames in de tijdschriften.'

'Het spijt me, het is oké,' zei hij. Hij leidde haar zacht terug naar de sofa. Hij wou dat hij er nooit over was begonnen, en hij wist dat hij dat ook nooit meer zou doen, uit angst dat hij er op een dag achter kwam dat ze de permanente eyeliner operatief had laten verwijderen. Hij kreeg al kippenvel bij het idee.

Maar toch vond hij het jammer dat ze permanente lijntjes om haar prachtige, grote ogen had laten aanbrengen. Ze had die troep niet nodig, en nu zat ze er haar hele leven mee opgescheept. Iets wat zo permanent is blijkt altijd een vergissing te zijn.

'Vrouwen zijn als vuur,' zei Tess Devlin tegen Bill. 'Het dooft als er geen aandacht aan wordt geschonken.'

Ze zaten te kijken hoe Rosalita zich een weg baande naar een band in een hotelbar, acht verdiepingen boven de stad. Het was een Filippijnse band, zoals de meeste in Shanghai, maar ze keken bepaald niet uitnodigend toen Rosalita hen heupwiegend naderde met een mojito in haar hand.

De zangeres van de band, een broodmagere schoonheid in een zwarte jurk met een lage rug, was niet ouder dan twintig. Ze deed een stap opzij toen Rosalita zich abrupt omdraaide om met de muzikanten te praten, waarbij ze een beetje mojito morste. De jongens van de band knikten schoorvoetend, alsof ze wisten dat dit alleen in tranen kon eindigen.

'Shane geeft haar genoeg aandacht,' zei Bill. 'Hij verwaarloost haar niet. Echt niet. Hij is dol op haar.'

Zijn vriend stond aan de andere kant van de tafel. Hij was in gesprek met een Londense partner die op weg was naar Hongkong, in Shanghai een stop maakte en nu de jetlag negeerde. Shane draaide zich niet eens om toen zijn vrouw begon te zingen: 'Right Here Waiting for You'. Hij zag eruit als een man die zich erop voorbereidde dat er iets ergs ging gebeuren.

Rosalita's stem was net zo mooi en zuiver als altijd, maar ze bewoog zich onzeker. Door het gebrek aan ruimte en de sterkte van de mojito's was er weinig over van haar soepele vakkundigheid. Toen ze op de voet van de bassist trapte en hij zijn wreef aan een spijker openhaalde en luid protesterend rondhupte, draaide Shane zich nog steeds niet om. Als hij het gelach in de bar al hoorde, liet hij het niet merken.

'Wat hij haar ook geeft,' zei Tess Devlin tegen Bill, 'kennelijk is het niet genoeg.'

Devlin en Nancy zaten aan het andere eind van de tafel. Ze keken van Shane naar zijn vrouw en weer terug. Shane reageerde niet toen Rosalita haar tweede nummer inzette. Hij sprak met de Londense partner en vertelde een interessant verhaal over Bao Luo, een restaurant als een vliegtuighangar waar ze hadden gedineerd, dat het allemaal was begonnen als een eetstalletje in een werkplaats van een fietsenmaker. Devlin stond op en ging vlug naast Bill staan.

'Zorg dat hij zijn vrouw onder controle houdt,' bromde hij boos.

Bill haalde hulpeloos zijn schouders op, maar toen zag hij dat Nancy op weg was naar het kleine podium waar Rosalita heupwiegend stond te zingen. 'I Will Always Love You'. De band bleek een heel ander lied te spelen. Bill stond op om Nancy te helpen. Ze bereikten Rosalita net op tijd om haar op de vloer te zien vallen. Ze trokken haar overeind onder een sarcastisch applaus uit de donkere hoeken van de bar.

'De show is afgelopen, Rosalita,' zei Bill luchtigjes. 'Zullen we met z'n allen koffie gaan drinken?'

'Hij gunt me nooit een pleziertje,' klaagde Rosalita. Ze begonnen haar weg te leiden, tot opluchting van de band. Onzichtbare mannen riepen om een toegift. Vrouwen lachten. Rosalita's ogen liepen over van woede en zelfmedelijden. 'Hij is zo'n gierige vent,' zei ze. Ze hadden inmiddels de tafel bereikt. Toen de band een verfijnde versie van 'The Girl from Ipanema' begon te spelen, gilde Rosalita tegen het achterhoofd van haar man: 'Zo'n gierige vent!' Shane kromp ineen, maar hij draaide zich niet om.

Bill en Nancy vergezelden Rosalita naar de bar en bestelden koffie. Ze kregen te horen dat er in de bar geen koffie was, dat alleen roomservice koffie had. Bill gooide ongeduldig een handjevol geld op de toog en de barkeeper vertrok richting roomservice.

Rosalita legde haar hoofd op Bills schouder en zei dat hij een aardige man was en dat ze hem van begin af aan had gemogen. Daarna zong ze een zwak refrein van 'Yesterday Once More', veegde een sentimentele traan weg, legde haar hoofd op haar armen en viel in slaap. De vrouw op de kruk naast haar keek haar aan. Daarna wendde ze haar blik af, terwijl ze minachtend snoof.

'De Carpenters,' zei Alice Greene. 'Ik had altijd al de pest aan die stomme Carpenters.'

Bill draaide zich opzij toen Shanes lijf zich op de kruk naast hem liet zakken. De grote man keek naar zijn slapende vrouw en stak een hand uit. Hij zweefde boven haar glanzende, dikke, zwarte haren, maar durfde haar niet echt aan te raken.

'Het komt wel goed,' zei Bill.

'Het is waar wat ze zeggen,' zei Shane somber. 'Je kunt het meisje uit de bar halen. Maar je kunt de bar niet uit het meisje halen.'

'Dat heb je ook niet gedaan,' zei Bill. 'Je hebt haar niet uit een bar gehaald. Het is een prima meid.'

Shane wilde hem geloven. 'Ja,' zei hij, en keek naar zijn vrouw, met een mengeling van angst en verlangen. 'Een prima meid.'

Hij knikte en draaide zich om. Toen gaf hij Bill zonder hem aan te kijken een klap op de schouder. Alice zat nog steeds tegen hem te praten.

'En? Hoe staan de zaken bij Butterfield, Hunt & West?' vroeg Alice aan Bill.

'Beter dan bij jou,' zei Bill. Hij had gekeken of haar verhaal op het internet stond, het verhaal over de man die een arm was kwijtgeraakt in de Happy Trousers-fabriek, maar het verhaal was nooit verschenen. Naar zijn weten was er al in geen maanden een artikel van haar gepubliceerd.

Ze lachte. 'Ja, nou,' zei ze. Hij besefte dat hij haar nog nooit opgelaten had gezien en kreeg een klein beetje medelijden met haar. 'Mijn krant is de morele verontwaardiging moe,' zei ze. 'Hoeveel verhalen kun je schrijven over landroof, industriële vervuiling of een arme sodemieter in een ellendige fabriek die dood neervalt van uitputting?' Ze staarde in haar glas, alsof daarin een aanwijzing zat. 'Of een arm door een machine verliest, omdat het niemand echt iets kan schelen? Hoe vaak kun je daarover schrijven? Ten slotte is het als een van honger omgekomen kind in de Derde Wereld of een bomaanslag in het Midden-Oosten. Iedereen heeft alles al eens gehoord. En het hangt iedereen mijlen ver de keel uit.' Ze keek Bill over de rand van haar glas aan. 'Weet je nog wat ik tegen je zei? Toen Becca die baby had gevonden?'

Bill knikte. Hij kon het zich nog herinneren. *Het is geen nieuws.*

Alice knikte ook. 'Nou, het is allemaal geen nieuws. Niet meer. Ze willen journalisten die schrijven over het wonder. Dat willen de redacteuren. Het bloeiende China. Het bruisende Shanghai. Zeg tegen de wereld dat Beijing Washington is en Shanghai New York. Dat soort flauwekul.' Ze hief haar glas, alsof ze een toast uitbracht. De barkeeper was teruggekeerd met drie cappuccino's.

'Zwarte koffie,' zei Bill. 'Ik heb zwarte koffie besteld.'

De barkeeper keek verdrietig. 'Alleen cappuccino,' zei hij. 'Geen zwarte koffie meer.'

Bij elk kopje was de schuimende melk zorgvuldig met chocoladehartjes versierd.

'Je hebt gewonnen,' zei Alice 'Jouw soort. Proost.'

'Mijn soort?' zei Bill, terwijl hij keek hoe Nancy voorzichtig probeerde Rosalita wakker te maken. Hij schoof zijn cappuccino weg. 'Ze zijn mijn soort niet.'

Maar Alice luisterde niet. 'Ik had eerder geboren moeten zijn,' zei ze, en gaf de barkeeper een teken om haar glas nogmaals te vullen. 'Ik had op het Tiananmen-plein moeten zijn.' Ze keek Bill met half dichtgeknepen ogen aan. 'Op 4 juni 1989 is dit alles begonnen. De hebberigheid. De corruptie. Het kwaad.'

Nancy staarde haar aan, maar Alice zag het niet. Er stond een vers drankje voor haar. Rosalita nipte van de cappuccino die Nancy voor haar had neergezet. De hartvormige chocola brak en smolt bij de aanraking van haar lippen.

Alice wees naar Bill.

'Denk je dat het toeval is dat de man die de tanks naar het Tiananmen-plein stuurde ook de man achter het economische wonder is?' vroeg ze. 'Denk je dat het toeval is dat Deng Xiaoping verantwoordelijk voor alles is? Het ís geen toeval. Op het Tiananmen-plein stuurden ze de volgende boodschap naar elke man, vrouw en kind in China: *Steun ons en wij zullen je rijk maken, verzet je tegen ons en we zullen je verpletteren.*' Alice nam een slok en schudde haar hoofd. 'Ik had daar geweest moeten zijn.'

'Blijf in de buurt,' zei Nancy. Ze keken allemaal naar haar. Alice. Bill. En zelfs Rosalita met haar waterige ogen, wazig van de mojito's. Ze had een snor van chocola.

'Echt waar, je moet in de buurt blijven,' zei Nancy. Uit haar mond klonken de woorden als iets wat geleend was uit een Berlitz-reisgids. *Blijf in de buurt.* 'Je hebt dan wel het laatste bloedbad gemist,' zei Nancy, met een vriendelijke glimlach tegen Alice, 'maar waarschijnlijk ben je net op tijd voor de volgende afslachting.'

In plaats van naar huis te gaan, dwaalde Bill over de Bund, tussen de naar de lichten gapende toeristen door, en de bedelaressen met hun baby's, de dronken zakenlieden, de barmeisjes die geen dienst hadden en de modieuze jonge Chinezen die de beroemde oude straat steeds meer als de hunne opeisten. Hij had een afspraak met JinJin in het Peace Hotel. Pas toen hij aan de volle bar zat, zijn Tsingtao dronk en de band zich met veel lawaai door 'I'll Be Seeing You' heen worstelde, besefte hij dat het een slechte plek was voor een ontmoeting.

Wat bezielde hem? De bar van het Peace Hotel was een fantastische plek om naartoe te gaan wanneer je als man en vrouw iets bijzonders had te vieren. Wat veel mensen niet wisten van de band in het Peace Hotel, was dat de oude jongens heel graag verzoeknummers speelden. Dus kon je daar de hele avond zitten luisteren naar je liedjes. Voor al die dingen was het een uitstekende plek. Maar het was een waardeloze plek voor een leugenaar.

Zoals altijd was de bar vol mensen van buiten de stad, maar Bill was zich ervan bewust dat elk moment een bekende van hem kon binnenkomen. Elke expat die een familielid uit het oude land te logeren had, móest deze bar zien. Elke zakenman van Pudong die een klant bezighield die nog nooit in Shanghai was geweest moest hier een drankje nemen. Als zijn biologische klok hem plotseling wakker maakte, was het zelfs mogelijk dat Devlin en Tess de Londense senior partner vanavond meenamen naar deze bar.

Bill keek naar de deur. Hij besefte dat zijn hart bonsde en dat hij veel te snel dronk. Hij zag dat JinJin de bar binnenkwam. Hij keek naar haar ernstige gezicht, terwijl ze haar blik over de menigte liet dwalen, zonder hem te zien. Hij glimlachte omdat hij van dit moment hield – het moment waarop hij naar haar kon kijken zonder dat ze wist dat hij keek. Hij hield ook van het moment waarop ze hem zag en waarop die volmaakte schoonheid werd doorbroken door haar glimlach en iets anders werd, iets beters, iets wat hij kon claimen als van hem. Het gezicht van zijn meisje.

JinJin liep door de mensenmassa naar hem toe.

Het is niet haar schuld, dacht hij met een gevoel van schaamte. Ze hoeft zich voor niemand te verbergen. Ze heeft geen reden om naar de deur te kijken. Ik ben de leugenaar, niet zij.

Ze kuste hem op de mond en pakte zijn hand, die naast zijn bierglas lag. De barkeeper vroeg wat ze wilde drinken.

'We moeten gaan,' zei Bill. Hij hield nog steeds haar kleine hand vast en gaf er een kneepje in, maar zo dat niemand het zag.

Ze zaten aan een tafel achter in Suzy Too. Toen JinJin druk in gesprek was met de twee Jenny's, Sugar en Annie, keek Bill naar de dansvloer.

Er was iets – een truc, een handigheidje, een vaardigheid – iets wat alle werkende meisjes in Suzy Too hadden. Ze benaderden een man met een blik die zo vol tederheid en edelmoedigheid was, dat de man zich onwillekeurig uitverkoren en speciaal voelde. Alsof deze lawaaierige, rokerige kroeg aan Tong Ren Lu hem kon voorzien van alles wat hij thuis miste, alsof hij hier iemand zou vinden die hem écht wilde. Als de man het aanbod van gezelschap afwees, liepen de Suzy Too-meisjes weg met een spijtige glimlach, alsof ze heel even doodgingen. Dát is de magische truc, dacht Bill, hun vermogen om zelfs na een afwijzing hun rol te blijven spelen. Maar als de man interesse had en met een cruciaal gebaar reageerde – een drankje, een dansje, lichamelijk contact – dan veranderde de uitdrukking in de ogen van de vrouw. De geverfde glimlach verdween nooit, maar de zachtheid werd vervangen door een kille, harde, professionele blik die je de adem benam. Bill vroeg zich af wat er gebeurde met de mannen die – ten onrechte – zakelijkheid aanzagen voor genegenheid, begeerte of liefde. Wat gebeurde er met hen?

Hij zag dat er in Suzy Too geen seks maar dromen werden verkocht. Hij vermoedde dat achter de kille, harde zakelijkheid die de lucht evenzeer vulde als de rook, het bier en de grootste hits van Eminem, een verbazingwekkend aantal mannen hunkerden naar de droom die te koop was. De droom van de grote, onbekende geliefde, de droom dat je iemand zou ontmoeten die echt om je gaf, de droom dat je 's morgens wakker zou worden in de armen van iemand die net zo mooi, zo evenwichtig en zo afstandelijk was als JinJin Li.

Zijn ogen prikten door de rook. Zijn oren tuitten van 'The

Way I Am' en 'Lose Yourself' en veel liedjes die hij niet kende. Ze hadden terug moeten gaan naar JinJins flat en de deur achter zich op slot moeten doen – hij nam haar nooit mee naar zijn eigen appartement. Zonder erover te praten wisten ze alle twee dat hij dat nooit zou doen – maar het Spring Festival naderde en JinJin wilde haar vriendinnen spreken voordat ze allemaal naar huis gingen voor China's grote vakantie. Het zou binnenkort tijd zijn om op te breken. Spoedig zou het hele land op reis zijn.

Het gesprek aan hun tafel leek complex en er leek geen einde aan te komen. Bill had geen idee waar het over ging. JinJin en Jenny One zaten te kibbelen met Annie, die huilerig haar onschuld leek te betuigen. Bill had nog nooit gezien dat Annie emoties toonde, buiten haar gebruikelijke ijzige hooghartigheid. Jenny Two en Sugar knikten peinzend en hielden haar handen vast, maar Annie rukte zich los en rolde haar mouw op, terwijl de tranen over haar wangen stroomden.

Bill zag tot zijn schrik een nieuwe verse tatoeage op haar rechterarm, hoofdletters van anderhalve centimeter die een naam in Chinese lettertekens vormden. Onder het licht van Suzy Too zag het brandmerk op haar gladde, bleke huid eruit als fluorescerende inkt.

'Hij werd heel boos toen hij het zag,' zei JinJin, in een poging Bill bij het verhaal te betrekken. Bill hoefde niet te vragen wie 'hij' was.

'En hij zei dat ze moest vertrekken,' zei Jenny Two. 'Maar ze deed het voor hém. Alleen maar voor hém!'

'En hij weigerde haar,' zei Jenny One. Zo noemden ze het als iemand werd gedumpt. *Hij weigerde haar.* Annie staarde naar haar beschadigde huid, haar rampzalige opoffering voor de man die haar in Paradise Mansions liet wonen. Allemaal keken ze Bill smekend aan, alsof hij het vreemde, raadselachtige en grillige karakter van een mannenhart kon uitleggen.

Hij schudde verontschuldigend zijn hoofd.

'We moeten gaan,' zei hij.

Toen ze terug waren in JinJins appartement, zei hij dat JinJin lekker moest gaan zitten, met haar voeten omhoog. Intussen zou hij thee maken.

Terwijl de stem van een jonge nieuwslezeres de keuken binnenkwam, deed Bill de kastdeurtjes open en dicht, tot hij kopjes en thee vond. Hij schoof het pakje thee opzij en zocht achter in het kastje. Hij was niet zo dol op Chinese thee, hoewel hij het gevoel had dat hij die elke dag van zijn leven dronk.

Chinese thee was een van die dingen, zoals jazz of cricket, waarvoor hij veel moeite had gedaan om ervan te houden, maar waarvan hij nooit de zin had ingezien. Hij vond dat Chinese thee niet veel meer was dan 'wel lekker'. Dus was hij opgetogen toen hij een ongeopend pakje Engelse ontbijtthee vond, iets exotisch dat JinJin in de plaatselijke Carrefour-supermarkt op de kop had getikt en daarna nooit meer had gebruikt. Haar keuken was vol van dit soort vreemde souvenirs. Een stoffige fles Perrier. Een pot cafeïnevrije instantkoffie. Een vergeten pak muesli. Zes blikjes cola. Ze waren als berichten in een fles die was aangespoeld uit een vreemd land waarover ze alleen in tijdschriften had gelezen.

Hij ging de zitkamer binnen met een dienblad met twee dampende kopjes Engelse ontbijtthee, een pak melk en een suikerpot met ruwe rietsuiker die JinJin soms bij het koken gebruikte. Ze zat smachtend naar de jonge nieuwslezeres op de tv te staren. Toen ze naar hem keek, deinsde ze terug.

'Engelse thee,' zei hij. 'Voor de verandering.'

Ze trok haar wenkbrauwen op. 'Thee met melk?'

'Probeer het eens.' Hij glimlachte. 'Alsjeblieft.' Hij zette voorzichtig het blad op het tafeltje voor haar. Toen aarzelde hij. 'Jin-Jin?'

JinJin had haar blik weer gericht op de jonge vrouw die het nieuws las. Hij wist wat ze dacht. Dat zou ík kunnen doen. 'Wat is er, William?'

'Je woont nog steeds in de flat.' Hij bracht eindelijk iets ter sprake wat hem lange tijd had verward. 'Deze flat, bedoel ik. Je woont hier nog steeds.'

Ze draaide zich naar hem om, de jonge vrouw met de autocue vergetend. 'Ja.'

'Hoe zit dat?' vroeg Bill, terwijl hij naast haar ging zitten. 'Het is toch niet jouw flat? Jij bent toch niet de eigenaar?'

Ze keek hem zwijgend aan.

'Hij is de eigenaar van de flat. De man. Je ex-vriend.' Hij kon het woord 'echtgenoot' niet over zijn lippen krijgen. Dat nooit. 'Ik vroeg me af – waarom heeft hij je niet uit huis gezet toen je een einde aan jullie relatie maakte?'

Ze keek geschokt. 'Zo iemand is hij niet,' zei ze. 'Misschien heeft hij altijd geweten dat ik iemand zou ontmoeten. Dat die dag zou komen.' Ze dronk van haar thee en trok een grimas. 'Ik kan hier niet eeuwig blijven. Dat weet ik. Maar hij zou me nooit... het huis uitzetten.'

Bill legde even zijn handen om zijn kopje. 'Hij moet heel veel van je hebben gehouden,' zei hij.

'Hij geeft om me,' zei JinJin.

Ze noemt het geen liefde, dacht Bill. Wát ze ook met hem had, ze noemt het nooit liefde.

'Heb je geld nodig?' vroeg hij.

'Ik heb genoeg,' zei ze. 'Voorlopig.'

'Hoe vind je de thee?' vroeg hij.

Ze trok een vies gezicht. 'Thee met melk. Afschuwelijk!'

Hij lachte en pakte de suikerpot. 'Sommige mensen hebben een beetje zoetigheid nodig,' zei hij. Hij deed een schepje rietsuiker in haar thee en begon te roeren.

JinJin nipte er voorzichtig van.

'Beter?' vroeg hij.

Ze knikte. 'Een beetje zoetigheid,' zei ze.

De volgende morgen kwam Bill in alle vroegte het binnenplein oplopen, waar Tiger achter het stuur van de auto zat. Zijn nieuwe laptop rustte op zijn dijen en zijn vingers vlogen over het toetsenbord. Tiger was zó verdiept in de beelden op het scherm voor hem dat hij Bill niet zag naderen. Bill had zich warm aangekleed. Hij droeg zijn nieuwe Armani-jas op deze ijskoude januarimorgen. Tiger zag niet dat Bill het portier aan de passagierskant probeerde open te doen. Tiger zag Bill pas toen die op de voorruit klopte.

'Doe dat maar in je eigen tijd,' zei Bill tegen hem, terwijl hij in de auto stapte. Hij wees naar de laptop die Tiger op de achterbank wilde leggen. 'Trouwens, wat is er zo boeiend?'

'Het is niets, baas,' zei Tiger, met rode wangen van schaamte. Bill schudde zijn hoofd, pakte de laptop uit Tigers hand en deed het deksel open. Hij verwachtte naakte meisjes of nieuwe auto's, maar in plaats daarvan keek hij naar een kleurenfoto van een stoel die de afmeting en de vorm van een telefooncel had. Het was een rode stoel, een ouderwetse Chinese stoel van gelakt hardhout, met fraai houtsnijwerk aan de ene kant en kalligrafisch schoonschrift aan de andere kant. Rond de stoel stonden kinderen op blote voeten, en er was een onderschrift in het Engels. *Hongkong, 1963. Jonge bloedverwanten proberen naar een bruid te gluren als ze naar haar bruiloft wordt gedragen.*

'Wat is dit?' vroeg Bill.

'Dat is mijn handel, baas,' zei Tiger. Hij glimlachte onzeker. 'Dit is mijn website. Zal ik hem laten zien?'

Bill glimlachte bemoedigend, en Tiger nam de laptop van hem over. Zijn vingers dansten over de toetsen. Toen flitsten er afbeeldingen van meubels die op beeldhouwwerk leken aan hun ogen voorbij. Zwartgelakte nachtkastjes. Hutkoffers, handgeschilderde schermen, hardhouten salontafels, dekenkisten en een hemelbed. Rode lantaarns die uit een Gong Li-film afkomstig konden zijn. Alles was van een sobere schoonheid.

'Zo zal ik rijk worden,' zei Tiger met een verlegen glimlach. 'Op deze manier. Ik heb contacten in Hongkong en Taiwan. En in het zuiden zijn fabrieken. Veel fabrieken, baas.'

'Grote markt voor dit soort spullen, Tiger?'

'Bloeiende markt, baas. In slechte tijden veel traditioneel Chinees meubilair vernield. Nu veel rijke mensen in China. Willen geen westerse meubels. Geen interesse. Willen Chinese meubels.' Tiger keek hem smekend aan. 'Slecht idee, baas?'

Bill schudde zijn hoofd. Hij was onder de indruk en een beetje

245

verdrietig, want vroeg of laat zou hij Tiger verliezen. Maar dit was Shanghai. Iedereen wilde rijk worden.

'Het is een goed idee, Tiger,' zei hij. 'Het is een fantastisch idee. En ik wens je veel succes. Is dit allemaal écht of namaak?'

'Zowel klassiek als eigentijds,' zei Tiger, heftig knikkend. 'Veel meesterstukken van de Ming en Qing-dynastieën. Ik heb goede mensen die restauratiewerk kunnen doen, maar ook echte replica's van fabrieken in het zuiden.'

Zoals altijd, dacht Bill, is er een vage lijn tussen wat echt is en wat nep. Het hing grotendeels af van wat je wilde geloven en hoeveel je bereid was te betalen. Spullen konden worden gevonden, of ze konden worden gerestaureerd of nagebootst. Ze keken naar de beelden van fraai bewerkte, met de hand beschilderde zwarte en rode hardhouten meubels. Bill zag dat niets daarvan gemakkelijk na te maken was. Je moest geniaal zijn om iets zó mooi na te maken dat je nooit zeker wist of het écht of namaak was.

Hij kon haar horen rondstommelen in de kleine keuken. Hij had het bevel gekregen om op de sofa te blijven zitten en naar BBC World te kijken, terwijl zij zijn traktatie klaarmaakte. Maar hij was niet in BBC World geïnteresseerd.

'Kan ik je helpen?' riep hij.

'Je hulp is niet nodig,' zei ze, en meteen daarna hoorde hij iets aan gruzelementen vallen. 'Goeie genade,' mompelde ze.

Toen hij zijn hals uitstrekte, kon hij zien wat ze aan het doen was. Ze had lang geleden het water gekookt, eeuwen voordat ze haar zoektocht naar de theezakjes begon. Dat had wat tijd in beslag genomen, maar nu had ze het water in Bills kopje geschonken. Ze voegde er een kleine waterval van melk aan toe en drie lepels ruwe rietsuiker. Daarna bracht ze het kopje trots naar de zitkamer en zette het voor hem neer.

'Engelse ontbijtthee,' zei ze. 'Zoals de koningin die drinkt.'

'Doe je niet met me mee, JinJin?'

Ze schudde haar hoofd en trok een grimas. 'Ik ga echte thee voor mezelf maken.'

Ze keek naar zijn gezicht toen hij het kopje voorzichtig optilde en een slok van zijn thee nam. Het was een lauw, melkachtig brouwsel, zo zoet dat zijn ogen ervan traanden.

'Mmm,' zei hij. 'Verrukkelijk.' Ze begon te stralen als de zon.

20

Het krioelde van de mensen op de luchthaven. Het was alsof iedereen in China terugkeerde naar huis, alsof het hele land op pad was. De mensen waren warm aangekleed tegen de vrieskou en ze droegen overvolle koffers. Overal waar Bill keek waren er rode lampionnen om het Spring Festival te vieren.

Langs de straten lagen vuile sneeuwhopen. Changchun was een harde, lelijke plaats. De mensen op de luchthaven zagen er anders uit dan de zelfverzekerde inwoners van Shanghai. In Changchun waren ze duidelijk armoediger, minder werelds, deel van het oude China. De mensen gaapten Bill en JinJin aan.

Bill had een kamer geboekt in het Trader's Hotel, gelegen in de binnenstad van Changchun. JinJin ging met hem mee om hem in te schrijven. Zij zou bij haar familie logeren in hun flat aan de rand van de stad. Ze zei dat haar moeder het niet goed zou vinden dat ze een hotelkamer met Bill deelde, en op de een of andere manier maakte hem dat blij. Hij wilde dat ze werd gekoesterd. Hij wilde dat ze werd beschermd.

Ze liet hem voor een paar uur alleen. Toen ze terugkwam om hem op te halen, was ze gekleed in een knalrode trui, en haar wangen waren rood van de kou. De grauwe stad werd rood voor het Spring Festival.

De opwinding was voelbaar in de lobby van het hotel, en ook in de lange rij voor een taxi en in de straten van de stad. Het was net of Kerstmis, nieuwjaar en de eerste dag van de zomervakantie samenvielen. JinJins gezicht straalde. Toen hun adem zich vermengde en een wit wolkje vormde achter in de taxi, haalde ze er een gehandschoende hand doorheen, lachend van verrukking.

De taxi bracht hen het centrum uit, en daarna passeerden ze een eindeloze rij grijze flatgebouwen. Het zag eruit als een communistische stad, een stad die gebouwd was zonder enige aandacht voor de individuele man, vrouw of kind. Maar achter elk raam van die afgrijselijke flats stond een rode lampion.

Terwijl Changchun aan hen voorbijtrok, hield Bill JinJins hand vast. Hij vroeg zich af hoe haar jeugd daar was geweest. Hij zag haar als een kind in de gezichten van de kinderen op straat, ingepakt als kleine Eskimo's, hun gezichten rood van de kou en de opwinding, terwijl ze met hun ouders naar huis liepen. Maar misschien was ze niet als die kinderen. Misschien was het veel moeilijker voor haar geweest. Hij wist min of meer hoe arm haar familie was geweest. Daar was hij achtergekomen op de momenten waarop hij alles van haar had willen weten. En hij had het aan haar tenen gezien.

Het kleine teentje van elke voet had niet de lengte die hij had moeten hebben. Haar kleine teentjes waren in hun groei belemmerd door de rest van haar tenen, die normale afmetingen hadden. Ze was trots op haar vreemde kleine teentjes, blij om deze onbeduidende misvorming te kunnen melden, blij dat ze zijn bewering dat ze mooi was opgewekt kon ontkennen. Ze zei tegen hem dat ze zo was geboren, dat ze met die ondermaatse kleine teentjes uit haar moeder was gekomen, en hij wist dat het niet waar was. Armoede hadden haar tenen zo gemaakt.

In haar jeugd had ze niet vaak genoeg nieuwe schoenen gekregen. Te klein geworden schoeisel had de groei van haar voeten belemmerd. Ze waren een teken van de armoede van haar familie. Al dat nieuwe geld in China, dacht Bill, en in haar kinderjaren heeft ze er niets van gemerkt. Ze heeft zelfs geen nieuwe schoenen kunnen krijgen toen ze die nodig had.

Ze bereikten het flatgebouw waar ze was opgegroeid. Hier scheen, zoals overal, een vrolijke, rode lampion in elk raam. Maar toen ze het flatgebouw binnengingen, kon hij zien dat de flats niet veel meer waren dan reusachtige, betonnen lucifersdoosjes, armzalige, in sovjetstijl gebouwde huizen voor het werkvee dat in de fabrieken van Changchun zwoegde, in de tijd waarin die mensen nog nuttig waren voor de staat, in de tijd waarin Changchun nog fabrieken had waarin dag en nacht werkt gewerkt.

Vanbinnen waren de flats heel vies. Hij had nog nooit zoiets gezien en probeerde zijn schrik te verbergen. De grijze muren, de stenen trap, het druipende plafond – alles was bedekt met roet, vuil dat decennia lang door de fabrieken was uitgebraakt. Met een hartverscheurende vormelijkheid pakte JinJin zijn hand en leidde hem naar het huis van haar familie. Er was geen lift. Hij voelde zich belachelijk omdat hij er een verwachtte.

Haar familie zat op hem te wachten. Haar moeder, mollig en opgewekt, een kleine boeddha met konijnentanden in een strakke legging en met een fles Tsingtao in haar hand, glimlachte van oor tot oor. En JinJins jongere zusje, Ling-Yuan, was verlegen, nieuwsgierig en engelachtig knap. Niet lang en slank zoals JinJin. Ze was kleiner en meer gezet, zoals hun moeder.

Toen ze hem vertroetelden, hem thee brachten en met hem praatten, de moeder zelfverzekerd in het Mandarijns, de zus verlegen in gebrekkig Engels, besefte Bill hoe zwaar het voor deze drie vrouwen was geweest. Ling-Yuan was vlak na het begin van de éénkindpolitiek van 1978 geboren. Er waren twee dochters en geen zoon, en toen was er geen hoop meer op een zoon. Wat voor effect had dat op hun vader gehad?

Hun vader was een van de *xiagang* geweest, de miljoenen werkloze staatsarbeiders van het land. Changchun stikte ervan. Nadat hij ervandoor was gegaan, JinJin was toen dertien, had haar moeder haar twee meisjes in haar eentje grootgebracht. Ze had drie banen gehad om te overleven, haar grote zus had vaak de zorg voor haar jongste kind op zich genomen.

In dit schone, kleine flatje had de moeder op de sofa geslapen, en JinJin had een bed met Ling-Yuan gedeeld. Zelfs nu, jaren later, kon Bill het geldgebrek en de armoede van het verleden bijna proeven.

De moeder sprak geen Engels en de zus sprak het een beetje. Bij stukjes en beetjes vertelde ze aan Bill wat de rituelen van het Spring Festival waren, terwijl de moeder een Tsingtao voor hem inschonk. Ze maakten dat hij zich thuis voelde, en hun edelmoedigheid en vriendelijkheid raakten hem diep.

Wisten ze dat hij een getrouwde man was? Wisten ze van het bestaan van Becca en Holly? JinJin had het niet gezegd en hij had het niet gevraagd. Het was voldoende dat hij hier was, vanavond, en hielp bij het maken van *jiaozi*-noedels, vlees, vis en groente. In een van de noedels werd geld gestopt om geluk te brengen, zoals Bills moeder altijd een muntstuk van vijftig penny in een kerstpudding stopte.

Plotseling hoorde hij de baby huilen.

Ling-Yuan liep de slaapkamer in en kwam terug met een jammerend kind in haar armen. Bill schatte dat het een jaar of twee was. Het had haar als Elvis in zijn jeugd. Het droeg een lichtblauw kruippakje met donkerblauwe hartjes. Daardoor wist Bill dat het een jongetje was. De familie had eindelijk een zoon. Ling-Yuam wiegde en suste hem tot hij ophield met huilen. Op het moment dat de baby met grote ogen en een strak gezicht naar Bill keek, barstte hij prompt weer in snikken uit. Iedereen lachte, en Ling-Yuan gaf de baby aan JinJin.

'ChoCho,' zei ze, en drukte hem tegen zich aan. 'Niet huilen, ChoCho. Deze grote neus is een aardige man. Hij houdt heel veel van baby's en kinderen.'

Het was een fijne avond, een heerlijke avond. Kleine ChoCho kroop tussen hen door terwijl ze hun noedels maakten, en om de beurt knuffelden ze hem en speelden met hem. Zelfs Bill, aan wie ChoCho langzaam wende, ondanks zijn vreemde uiterlijk.

Om middernacht barstte het vuurwerk los. Ze liepen naar het met roet bedekte trapportaal om naar het vuurwerk en de explosies te kijken. Ze waren allemaal warm aangekleed tegen de vrieskou. Het hoofdje van de baby stak uit Ling-Yuans jas, die gemaakt was van namaakbont. ChoCho had zijn ogen gesloten en jammerde van de bittere kou. De moeder droeg een oude, groene legerjas die haar een paar maten te groot was. JinJin droeg een gewatteerd geel ski-jack. Ze had de kraag opgezet en de capuchon over haar hoofd getrokken, en alleen haar grote bruine ogen waren nog zichtbaar terwijl ze Bills hand vasthield.

Zodra het te koud werd voor de baby gingen ze weer naar binnen, aten hun noedels op en wensten elkaar gelukkig nieuwjaar. En toen het vuurwerk buiten ophield, had Bill echt het gevoel dat er een nieuw jaar begon, hoewel het half februari was.

JinJin wilde hem terugbrengen naar het Trader's Hotel, maar hij zei dat ze bij haar familie moest blijven. Als ze met hem mee terugging naar het hotel, zou hij willen dat ze bleef, en hij wist dat dat onmogelijk was.

Dus nam hij afscheid van haar moeder en het zusje en de kleine ChoCho. JinJin trok haar gele jack aan en bracht hem naar het trapportaal, waar hij hard met zijn knie tegen een fiets stootte, die boven aan de trap stond. Ze verzekerde zich ervan dat hij een kaartje had met de naam van het hotel in het Chinees. Dat kon hij aan de taxichauffeur laten zien. Hij ritste haar ski-jack een eindje open, zodat hij zijn armen om haar heen kon leggen terwijl hij haar kuste. Hun lichamen trilden tegen elkaar. Het laatste stuk vuurwerk ontplofte.

'Het is koud,' zei hij. 'Ga gauw naar binnen. Ik zie je morgenochtend.'

'Goed, William,' zei ze. Ze gaf hem een lange kus en toen liet ze hem los. Hij liep naar beneden. Hij probeerde niet te vallen en zijn nek te breken in het pikzwarte trappenhuis en trachtte de vuile muren te vermijden, en de prehistorische fietsen die overal waren neergezet.

Ten slotte stond Bill in de schaduw van het betonnen flatgebouw. Hij ademde stoomwolkjes uit. In de brede straat was geen taxi te zien. Hij keek op naar het trapportaal, waar JinJins jas een knalgele vlek was in het donker. Ze zwaaide en hij zwaaide terug. Hij wou dat ze naar binnen ging. De vierkante, zwarte flatgebouwen strekten zich naar alle kanten uit, zo ver zijn oog reikte.

Hij had nog nooit zoveel armoede gezien. Hij had nooit geweten dat die bestond. Maar in elk raam van elke flat van die lelijke betonnen flatgebouwen scheen een rode lampion, vanwege het Spring Festival en de geboorte van een nieuw maanjaar.

De maan was achter de wolken verdwenen toen hij in de richting van de binnenstad begon te lopen. Terwijl hij opkeek naar de talloze flats met al die anonieme levens kon hij niets zien van het roet, de armoede en het beton.

Bill kon alleen alleen maar de rode lampionnen zien.

Toen hij in zijn hotelbed in slaap viel, dacht hij aan de baby.

Er liep een donkere streep over haar harde, platte buik, van haar navel tot aan haar schaamhaar. Het was een ander mysterieus verhaal over haar lichaam geweest – zoals de tenen, zoals de zwartomrande ogen, zoals de littekens op haar knieën, omdat ze in haar jeugd muren had beklommen en eraf was gevallen, en zich op haar eigen manier had vermaakt. Maar de donkere streep op haar buik was het enige raadsel dat hij niet wilde oplossen, omdat hij al wist wat het betekende.

De streep betekende dat ze zwanger was geweest.

De verticale lijn op haar buik was anders dan de misvormde kleine teentjes of de littekens op haar knieën. Hij wilde niet weten hoe ze aan die streep kwam. Hij had er geen belangstelling voor, omdat hij wist dat het antwoord, wát het ook was, pijn zou doen.

Hij had gedacht dat het een onderbroken zwangerschap betekende. Na vanavond leek hij zich te hebben vergist. Hij had aangenomen dat het kind waarvan hij wist dat ze het had gedragen nooit was geboren. De vader was misschien een jongen uit Changchun geweest, of de man in Shanghai, of een andere man. Hij wilde het niet weten. Het deed er niet toe.

Dit was een land waar abortus geen enkel probleem was en gemakkelijk en gratis verkrijgbaar. Wat had dokter Khan gezegd? Het was gemakkelijker dan een kies te laten trekken.

Wat had hij zich vergist! De baby was de reden waarom ze haar werk als lerares had moeten opgeven. Ze moest een heel gezin onderhouden – moeder, zus en kind – en ze moest rekeningen betalen die nooit betaald konden worden van haar salaris als lerares op Middenschool nr. 251. De streep op haar buik vertelde alles – waarom ze de schoolkinderen van wie ze hield had verlaten, waarom ze in Paradise Mansions woonde en waarom ze praktisch moest zijn.

Hij kende de lijn. Hij wist zelfs dat hij 'linea alba', witte lijn, werd genoemd, als je hem niet kon zien, en 'lina nigra', donkere lijn, als je hem wél kon zien.

Hij had die lijn eerder gezien, in een ander bed, in een andere tijd, bij een andere vrouw.

Hij had die donkere lijn op de harde, sneeuwwitte buik van zijn vrouw gezien, en van heel dichtbij, toen hij zacht met zijn lippen over haar huid streek die strakgespannen was als een trommel, en hij duizelig van verwondering werd.

JinJin kwam de volgende morgen naar het hotel met een lange, kasjmieren onderbroek. Haar moeder maakte zich zorgen en vroeg zich af hoe hij zich tegen de kou wapende. Ze liepen door de lege straten. Vlak voordat ze bij het park kwamen, bleef ze staan, sloeg haar armen om hem heen en vertelde over de getrouwde man die haar kind had verwekt.

Hij had gedacht aan een jeugdvriendje, een arme jongen van haar eigen leeftijd. Ook daarin had hij zich vergist. JinJin vertelde dat ze zielsveel van de man had gehouden, dat haar moeder de bank waar de man werkte was binnengestormd en had geschreeuwd dat hij haar dochter misbruikte. Er was een einde aan de relatie gekomen, en de man was bij zijn vrouw gebleven. Maar zij had de baby gehouden. Het ontroerde hem diep. 'Ik heb altijd geweten dat ik mijn baby zou houden.'

Toen ze nog het meisje was dat door de man in de zilverkleurige Porsche werd opgehaald, had hij zich afgevraagd of zo'n vrouw tot liefde in staat was.

Maar het was niet wat hij dacht, wat de wereld dacht, wat de mannen die hem en Shane in elkaar hadden geslagen hadden gedacht. Het was geen seks voor geld, het was nooit seks voor geld.

Het was seks voor overleving, een relatie met een man omdat er monden gevoed moesten worden. Het was praktisch. Waar zij vandaan kwam, waren er geen verwachtingen, er was geen hoop. Ze was praktisch, omdat er geen andere oplossing was.

Ze hadden het park bereikt. Achter het toegangshek stonden

eetstalletjes. JinJin kocht iets wat eruitzag als een met karamel overgoten appel op een stokje.

In het park was een bevroren meer, waar mensen rondgleden op houten kistjes. Ze stuurden met iets wat leek op afgezaagde ski's. Het was als de rolschaatsbaan in Shanghai, een ouderwets vermaak dat op de een of andere manier in de nieuwe eeuw had overleefd.

Ze huurden een paar gammele, oude kistjes en schaatsen weg. Toen hij over zijn schouder naar JinJin keek, werd hij verliefd op haar. Precies op dat moment in Changchun werd hij verliefd op haar. Hij zag haar gele jack afsteken tegen het witte ijs om haar heen, haar lachende gezicht, haar enorme bruine ogen die straalden, en hij kon niet anders dan verliefd worden. Hij bleef over zijn schouder naar haar kijken en prentte alles in zijn geheugen, precies zoals het was, zodat hij het zich in de toekomst kon herinneren wanneer hij aan alle dingen dacht die zijn leven de moeite waard hadden gemaakt.

'Kijk uit, William!'

Hij draaide zich net op tijd om om een frontale botsing met een stel tieners te vermijden. Hij week abrupt uit, gleed van het ijs op het keiharde gras en voelde JinJin tegen hem opbotsen. Haar lach veranderde in een kreet van pijn toen een van Bills afgezaagde ski's de rug van haar hand verwondde.

Ontdaan trok hij haar handschoen uit en bracht haar hand naar zijn mond. Hij proefde de zoute smaak van haar bloed op zijn lippen. Nog steeds glimlachend zei ze tegen hem dat het niets voorstelde. Hij kon zich niet indenken dat ze ooit geen deel meer van zijn leven zou uitmaken. Hij hield immers van haar.

Ze keerden terug naar het hotel, en toen JinJin naar huis was gegaan zette Bill zijn mobiele telefoon aan.

U hebt twaalf gemiste oproepen...

Hij had het telefoontje verwacht – de plotseling verslechterende gezondheidstoestand, het rennen naar het ziekenhuis, het oordeel van de dokter. Maar het was niet Becca's vader die doodging.

Het was zijn eigen vader.

Hij luisterde de berichten af en daarna nog een keer. Na enkele lange, verwarde minuten accepteerde hij de realiteit. De longen van de oude man. Er was iets verschrikkelijks aan de hand met de longen van de oude man, en het zag ernaar uit dat het al een hele tijd zo was. Becca had hem gebeld – terwijl hij bij JinJin was. Becca had zich om zijn familie bekommerd en ze had steeds geprobeerd hem aan de lijn te krijgen. Hij had zijn telefoon niet durven aanzetten omdat hij dan moest liegen.

Hij pakte zijn koffer en belde JinJin op weg naar de luchthaven, zodat ze geen kans had om mee terug te gaan naar Shanghai. Hij wilde haar Spring Festival niet verpesten. Hij begon te geloven dat hij alles verpestte voor iedereen die in zijn buurt kwam.

In de taxi naar het vliegveld luisterde hij nog een keer naar de berichten. De toon van Becca's stem maakte dat er iets in hem brak. Haar stem was geduldig, geërgerd, verstikt door emoties – de stem van een vrouw die hem heel goed kende, en veel, veel meer van hem hield dan hij verdiende.

Vlieg van Azië naar Europa en de tijd loopt terug. Je wist het heden uit, je duikt in het verleden, en je oude leven stormt op je af.

Bill bracht de nacht door op de ijskoude luchthaven van Changchun, en probeerde een vlucht naar Shanghai te krijgen. 's Morgens vloog hij met Dragon Air naar het zuiden, een onrustige vlucht, elke stoel was bezet. Daarna bracht hij drie uur door in de vertrekhal van Pudong, wachtend op zijn vlucht naar Heathrow.

In de hal van Pudong bracht een meisje hem een kopje Engelse ontbijtthee. Een kwartier later bracht ze hem een schoteltje. Het was de enige keer dat hij glimlachte in de vierentwintig uur die hij nodig had om te gaan van waar hij was naar waar hij moest zijn.

Maar hoeveel uren er ook waren verspild, Azië lag steeds voor op Europa, en zo zou het altijd zijn. De lange terugreis naar waar hij was begonnen maakte het verschil nooit goed.

Becca en Holly wachtten hem op in de aankomsthal. Toen hij hun gezicht zag en ook dat ze beiden hun roze Juicy T-shirts onder hun North Face-ski-jacks droegen en hun groene gevechtsbroek aanhadden, als twee vrouwelijke soldaten, een grote en een kleine, kreeg hij een brok in zijn keel. Hij probeerde het te verbergen en wenste met heel zijn hart dat hij was gestorven en verbrand en dat zijn as door de wind was verstrooid voordat hij ooit een ander dan zijn vrouw en dochter had liefgehad.

De dingen waren simpel en goed geweest en hij had ze gecompliceerd, verziekt en onmogelijk gemaakt, dat zag hij nu in. Hij snapte het vrijwel meteen, hij begreep wat zonneklaar was. Hij omhelsde Becca en Holly. Hij verlangde naar die oude ongecompliceerdheid, naar een tijd waarin hij zijn telefoon aan kon laten, kon liefhebben zonder te liegen en naar de twee gezichten voor hem kon kijken zonder zich te schamen.

Terwijl zijn vrouw zijn hand vasthield en zijn dochter op zijn schoot zat, dolblij met haar vaders plotselinge aanwezigheid, haar tandjes gelijkmatig, wit en volmaakt, namen ze een zwarte, Londense taxi naar het ziekenhuis, en naar wat Bill Holden alleen maar kon beschouwen als zijn straf.

Deel drie

DE ROEP TERUG NAAR HUIS

21

Bill schoof het gordijn opzij. Daar lag zijn vader in zijn ziekenhuisbed. Bill liep snel naar hem toe en gaf hem een kus op de wang. Hij probeerde zijn schrik te verbergen.

Hij vecht tegen zijn tranen, dacht Bill, bang om zichzelf voor schut te zetten. Wat is er met mijn vader gebeurd?

Zijn vader zag er voor het eerst in zijn leven onverzorgd uit. Zijn gezicht was niet geschoren, zijn schaarse haar was te lang, zijn ogen waren wazig door medicijnen en verbijstering. Hij zag er nu beslist niet uit als Picasso. Toen Bill een zoen op de ruige, grijze baard drukte, was het of zijn lippen langs schuurpapier streken. Het was alsof hij de dood zélf kuste.

In slechts een paar maanden tijd had iets de oude man van binnenuit uitgehold. Hij was nog slechts een schaduw van de trotse, sterke man die hij altijd was geweest.

Het stevig gebouwde lichaam met de brede schouders leek beroofd van alle kracht, energie en wilskracht. Toen een jonge Filippijnse verpleegster hem rechtop in de kussens zette, stond de zuurstoftank als een zwarte schildwacht naast zijn bed. De oude man leek net een ziek kind – zwak, passief, niet in staat die simpele daad zelf te verrichten. Het was hartverscheurend.

Bill gaf hem een knuffel. Daarna ging hij rechtop staan en keken ze elkaar aan. Toen Becca en Holly de oude man een zoen gaven, gebeurde er iets tussen de zoon en de vader, iets onuitspreekbaars, iets onzegbaars. Maar ineens was het verdwenen, vervangen door alle geforceerde joligheid van de ziekenzaal.

'Wat hebben we hier?' vroeg Bill, terwijl hij een blik wierp in de plastic tasjes die hij droeg.

'Cadeautjes!' riep Holly.

Bill legde een doos Engelse drop met een afbeelding van de skyline van Pudong op het nachtkastje. En ook een plastic tas met een op de luchthaven gekochte, draagbare dvd-speler en een stapel dvd's. Hij was heel vrolijk, als de kerstman van een warenhuis op kerstavond.

'Alles waar je dol op bent, pa,' zei Bill. 'Engelse drop en cowboyfilms.' Om iets te doen te hebben begon Bill dvd's uit de plastic tas te halen. 'Eens kijken wat we hier hebben. *The Wild Bunch... Shane... The Man Who Shot Liverty Valance... True Grit... High Noon.*'

De oude man bekeek zijn doos drop.

'Gary Cooper en Bertie Bassett,' raspte hij. Zijn stem was een hijgend gepiep. 'Wat wil een mens nog meer?' Zijn oude stem was weg. Hij had nu een nieuwe stem. Hij wendde zich tot de verpleegster. 'Dit is mijn zoon,' zei hij. 'Hij is topadvocaat.'

De verpleegster wierp Bill een brede glimlach toe. 'Hij krijgt meer bezoek dan de anderen,' zei ze. En toen tegen de oude man, met luide stem, alsof hij doof was of zwakzinnig, of beide: 'Hij is erg populair.'

'Ze kennen me niet, liefje,' zei de oude man.

De verpleegster was een goede vrouw, dat kon Bill zien, maar de toon waarop ze sprak, een mengeling van neerbuigendheid en vriendelijkheid, ergerde Bill, omdat het hem deed beseffen dat de oude man door zijn ziekte van de rest van de wereld gescheiden was.

Becca en Holly zaten op het bed. Holly vertelde enthousiast de laatste roddels van haar balletklas. De oude man en Becca glimlachten, terwijl Holly doorratelde. Bill probeerde zichzelf bezig te houden. Hij pakte zijn cadeautjes uit, gooide oude bloemen weg en ging thee halen.

Toen hij terugkwam, waren er twee oude buren gearriveerd. Ze hadden bloemen van een pompstation bij zich en zaten de oude man te plagen, omdat hij door al die aantrekkelijke jonge verpleegsters werd verzorgd. Plotseling had de oude man moeite met ademen. Ze keken allemaal zwijgend toe toen hij een zuurstofmasker over zijn mond en neus plaatste en zich inspande om zijn uitgeputte longen met een mondvol lucht te vullen.

Becca nam Holly mee naar de wc. Toen de oude man klaar was, ging hij hoofdschuddend op zijn rug liggen, met het masker in zijn ene hand. Becca en Holly kwamen terug, en ineens straalde het grauwe, stoppelige gezicht van de oude man.

De verpleegster had gelijk. Er waren veel bezoekers. Ze bleven komen en brachten druiven mee. Het duurde niet lang of de kleine, met een gordijn afgeschutte ruimte was vol. Bill besefte dat het dwaas van hem was geweest om te denken dat zijn vader misschien in alle eenzaamheid zou sterven. Daar was geen sprake van. Er waren te veel mensen die van de oude man hielden om hem in z'n eentje te laten sterven.

Het was zo lang een klein gezinnetje geweest, alleen maar Bill en zijn vader. Zo'n klein gezin, dat Bill, die was opgegroeid en later zijn eigen gezin had gesticht, zich afvroeg of ze wel echt een gezin konden worden genoemd. Geen moeder, geen echtgenote, geen vrouw. Alleen een vader en zijn zoon.

Maar de oude man had zijn eigen familie achter zich, de broers die nog leefden, en de weduwes van degenen die waren overleden. Bill zag dat er veel mensen waren die van zijn vader hielden om wie hij was, niet omdat ze zich als bloedverwanten daartoe verplicht voelden. Ze kwamen allemaal. Die laatste dagen in het ziekenhuis hadden een trieste grootsheid, alsof alle vrienden, buren en collega's van een heel leven hier waren verzameld, op deze speciale plek, niet alleen om te laten zien dat ze om hem gaven, maar ook om afscheid te nemen.

Wie zal er om mij rouwen? dacht Bill. Misschien had hij daardoor niet kunnen slapen op de lange vlucht – niet de gedachte dat zijn vader misschien wegglipte terwijl er niemand bij hem was, maar Bills angst dat hij zeker alleen zou zijn als het zíjn beurt was om te sterven.

Toen het tijd was dat Becca en Holly vertrokken, gaven ze Bills vader een kus. Bill liep met hen mee naar de hal. Buiten de glazen deuren stond een oude man in een streepjespyjama en pantoffels een sigaret te roken. Becca tilde Holly op en Bill sloeg zijn armen om hen heen.

'Je bent aan het eind van je Latijn,' zei Becca. 'Ga mee naar huis, Bill.'

Maar hun oude huis werd verhuurd aan de familie van een New Yorkse advocaat, om de hypotheek te kunnen betalen. Becca en Holly logeerden bij Becca's zus nu haar vader zich sterker voelde. Bill wilde in het ziekenhuis blijven.

'Ik kan hem niet in de steek laten, Bec,' zei hij, en dat sprak ze niet tegen.

Hij kuste hen en liet ze gaan. Daarna keerde hij terug naar de menigte rond zijn vaders bed. Het was net of het feest was in de afgeschutte ruimte. Er waren mensen die Bill in geen jaren had gezien, en mensen die hij nog nooit had ontmoet. Men stelde zich aan elkaar voor, er werden handen geschud en wangen gekust.

Ten slotte verliet iedereen de oude man, op Bill na, want het begon laat te worden en je kon niet eeuwig bij een ziekenhuisbed blijven staan. Er is geen tijdschema voor dit soort zaken, besefte Bill. Hij probeerde het harde feit te beseffen dat dit het was, er was maar één einde. De arts had het over weken in plaats van maanden, maar ze wisten het niet echt. Bill kon het werkelijk niet geloven. Hij kon absoluut niet begrijpen dat de wereld zonder zijn ouweheer bleef doordraaien.

Het was nu laat en hij keek hoe de verpleegster, een jong, Tsjechisch meisje, het zuurstofmasker over zijn vaders mond plaatste. Bill en zijn vader staarden elkaar even aan, en toen sloot de oude man zijn ogen. Hij was bang, zag Bill, en op de een of andere manier verbaasde hem dat, hoewel hij dacht: wie zou dat níét zijn?

'Mijn zoon,' zei de oude man toen de zuster het zuurstofmasker wegnam. 'Een knappe vent, hè?'

Hij had zijn vader nooit eerder over hem horen opscheppen. Het leek belachelijk, onecht, volstrekt niet natuurlijk.

De zuster stopte de dekens in. Op het matras van de oude man lag een plastic zeiltje, zoiets als Holly had gehad toen ze heel klein was. 'Ik kom later terug om u te wassen,' zei de verpleegster.

'We hebben heel wat in te halen,' zei de oude man. Hij hapte opnieuw naar lucht en trilde van de inspanning. Even vroeg Bill zich af of de zuurstoftank leeg was.

De zuster liet hen alleen. Het licht ging uit. Ze konden het geluid van een ziekenhuis in de nacht horen. Het weergalmende geluid dat nooit ophield. Stemmen in de verte, rusteloze slaap.

De twee mannen glimlachten tegen elkaar. Bill pakte zijn vaders hand en het leek heel natuurlijk, hoewel hij zijn vaders hand sinds zijn vijfde niet meer had vastgehouden.

Die oude bouwvakkershanden. De handen van een taaie man, een man die met zijn lichaam werkte en niet met zijn hoofd, een fysiek sterke man.

'Ga niet dood, pa,' zei Bill, en hij begon te huilen. Zijn ogen brandden. 'Ga alsjeblieft niet dood.'

Ze hadden veel in te halen.

Toen Bills vader 's nachts wakker werd, lag hij te kronkelen van de pijn. Bill was direct wakker. Hij stond op uit zijn stoel en drukte op de alarmknop. Er was te veel pijn, hij kon het niet verdragen. Hij stond naast het bed toen een zwarte zuster, die hij nog niet eerder had gezien, binnenkwam en rustig een wit pilletje aan zijn vader gaf. Daarna stopte ze zijn dekens in, wierp Bill een vermoeide glimlach toe en liet hen alleen. In het bed ernaast riep een man in zijn slaap de naam van een vrouw. Bill streelde zijn vaders hand toen de oude man weer op zijn rug lag, met gesloten ogen en open mond. Elke ademhaling was een gevecht.

'Ik wou dat het beter was geweest tussen ons,' zei Bill na een tijdje, heel kalm, bijna tegen zichzelf. De gevoelens die hij zo lang voor zich had gehouden stroomden over zijn lippen. 'Je was altijd mijn held. Ik bewonderde je altijd. Ik vond altijd dat je de fatsoenlijkste man was die ik kende.' Hij gaf een klopje op zijn vaders hand. Zó zacht, dat het leek of hij hem amper aanraakte. 'Ik wilde altijd wat jij en mama hadden, wat dat ook was.' Bill zweeg even. Het was nu erg stil in de zaal, maar hij kon al die lichamen in het duister achter het gordijn voelen. Hij haalde diep adem. 'Ik heb altijd van je gehouden, pa,' zei hij. 'Daar leek het misschien niet op, maar ik ben altijd van je blijven houden.'

Zijn vader sliep.

Een paar uur later was de zaal weer helemaal tot leven gekomen. Er waren stemmen, de geur van eten, en er was beginnend daglicht. Een dienblad met ontbijt lag onaangeraakt vóór Bills vader.

'Hoe lang weet je het al?' vroeg Bill.

'Een tijdje,' zei zijn vader. 'Ik wilde je niet ongerust maken.' Hij schoof het dienblad weg. 'Je had al genoeg op je bordje.' Bill kon de adem in de verwoeste longen horen. 'Vertel me over je leven,' zei zijn vader, terwijl hij zijn ogen sloot. 'Ik wil het horen. Zeg me hoe het daar gaat.'

Bill zette zijn stoel dichter bij het bed. 'Het gaat goed, pa. Als je beter bent, moet je weer komen logeren. Als Becca en Holly terug zijn. Ik zal de vlucht betalen. Deze keer eersteklas, pa.'

Bill dacht aan alle keren dat zijn vader hem had verveeld of hem ongeduldig en beschaamd had gemaakt, en hij wilde dat allemaal goedmaken. Hij wilde alles terugnemen, maar nu was het te laat, nu zou het altijd te laat zijn.

'We zullen in de luchthaven op je wachten en het zal fantastisch zijn. Je zult bij ons logeren, pa,' zei Bill. Opnieuw sprongen de tranen in zijn ogen, omdat hij wist dat hij net zo goed een reisje naar de maan kon beloven. 'Je logeert bij mij, pa, je logeert bij ons, en alles komt goed.'

De oude man raakte zacht Bills hand aan, alsof zijn zoon degene was die troost nodig had.

Overdag konden ze niet praten, niet met al het bezoek om hen heen, niet met al het geklets en het medeleven. 's Nachts konden ze doorgaan met 'inhalen', als Bills vader niet te veel pijn had en niet te versuft was door de pijnstillers die ze hem gaven.

'Is het goed tussen jou en Becca?'

Bill wilde dat hij het lef had om te liegen, maar hij was het spuugzat. Daarom zou hij nooit een aartsleugenaar zijn. Omdat het hem aantastte. Het nam iets van hem af dat hij nooit terug zou krijgen.

'Ik weet het niet,' zei hij.

Zijn vader keek hem met halfgesloten ogen aan. Bill kreeg het oude, angstige gevoel dat hij altijd had gehad als hij zijn vader ergerde.

'Heb je een ander?' vroeg zijn vader. Hij had het geraden. Bill vroeg zich af hoe de 'one-woman-man' zoveel wist van de broosheid van moderne relaties.

Bill overwoog te liegen, zijn laatste kans om te liegen. Hij knikte en wachtte op nog meer vragen, maar zijn vader zweeg.

Bill keek hem aan. 'Jij en ma bleven bij elkaar. Als ze niet was doodgegaan, zouden jullie nu samen zijn. Hoe doe je dat? Hoe blijf je een leven lang bij iemand?'

De oude man kromp ineen en kronkelde van de pijn. Bill sprong overeind, maar zijn vader gebaarde dat hij moest gaan zitten.

'We waren niet volmaakt,' zei hij. 'Kinderen denken altijd dat hun ouders van ander materiaal zijn gemaakt dan zij. Maar we zijn niet anders. We hebben onze goede momenten gehad.'

Bill probeerde zich zijn vader en moeder in hun goede momenten voor te stellen, in de moderne wereld. Hij probeerde zich hen voor te stellen in iets als Paradise Mansions, in de puinhoop die hij van zijn eigen leven had gemaakt. Maar dit ging zijn voorstellingsvermogen te boven.

'Maar jullie bleven bij elkaar,' zei hij. 'Wát er ook gebeurde, jullie bleven bij elkaar.'

De pijn was hevig. Dat was aan het gezicht van zijn vader te zien, en Bill ging opnieuw staan. Zijn vaders hand zweefde boven de rode alarmknop, maar hij drukte er niet op, alsof hij zich afvroeg of hij de zuster moest bellen of moest proberen een tijdje te wachten.

'Omdat je je kind niet voor een vrouw in de steek laat,' zei hij.

Hij wierp Bill een onschuldige blik toe. 'Zo goed is niemand in bed.'

Bills vader vond het leuk om op te scheppen tegen de zusters. Het was alsof hij indruk moest maken op de laatste jonge vrouwen die hij in zijn leven ontmoette. Waar hij over opschepte, was niet belangrijk.

'Moet je dit zien,' zei hij. Hij streek liefdevol over zijn draagbare dvd-speler, terwijl de Tsjechische verpleegster zijn kaart bekeek. 'Een van de nieuwste snufjes. Mijn vader heeft het voor me gekocht.'

Bill lachte vol ongeloof. Had zijn vader die voor hem gekocht? Hij wilde niet dat zijn ouweheer dat zei. Het betekende dat hij zijn verstand begon te verliezen, en dat joeg Bill angst aan. Hij raakte zijn vaders arm aan, die onder de zwarte en gele plekken zat van alle naalden voor de bloedonderzoeken, het infuus en de injecties tegen de pijn.

'Ik was het,' zei Bill met een geruststellende glimlach. 'Ik heb hem voor je gekocht.'

Onverwachte tranen sprongen in de ogen van de oude man, verward en vernederd door Bills tegenspraak.

'Maar mijn vader was hier echt,' zei hij boos. 'Ik heb hem gezien.'

De Tsjechische zuster keek Bill aan. Op haar onbewogen gezicht zag hij de boodschap, luid en duidelijk. *Ze raken in de war. Al die chemicaliën. In deze fase zijn ze in hun eigen kleine droomwereld.*

'Wilt u geschoren worden?' vroeg de verpleegster op luide toon. 'Wilt u dat ik u eens lekker scheer?'

'Dat zal ík doen,' zei Bill.

Op de zevende dag kon Bill niet langer zijn ogen openhouden. Hij zat in de stoel naast het bed te knikkebollen. Hij kon niet geloven dat hij zó moe kon zijn.

'Ga naar huis,' piepte zijn vader. 'Ga naar huis en zorg voor een goede nachtrust.'

Bill was inmiddels gewend aan zijn vaders nieuwe stem. Hij was bijna vergeten hoe de oude stem had geklonken. Dit was normaal – de schorre stem, de longen zonder lucht, de ondraaglijke pijn van het in- en uitademen. Het was volkomen normaal, nu. Bill kon elke deerniswekkende ademhaling horen, net zo onloochenbaar als een litteken. Bill worstelde om zijn ogen open te houden, maar zijn vader was in lange tijd niet zo helder geweest. De pijn was voorlopig verdwenen, en daarmee de doses morfine. Zijn vader leek bijna weer de ouwe. Hij gaf zijn orders, in de wetenschap wat het beste voor hem was, en hij was niet bereid erover te discussiëren.

'Ik meen het. Ga slapen,' beval hij.

Bill stond op en rechtte zijn rug. 'Dat ga ik doen, pa. Ik kom in de loop van de ochtend terug.'

'Goed idee.' Zijn vader zat rechtop in bed. Maar ja, hij zat altijd, ook als hij sliep. Hij knikte bemoedigend, niet zo streng meer. Hij wilde gewoon wat het beste was voor zijn zoon.

'Een paar uurtjes maar,' zei Bill. Hij keek naar zijn vaders pasgeschoren gezicht, glad als een baby. Plotseling herinnerde hij zich wat hij tegen zijn vader moest zeggen. 'Pa?'

De oude man leunde weer in zijn kussens. Zo te zien had hij geen last van de pijn die plotseling elke spier in zijn gezicht leek te verlammen. Hij zag er vredig uit. Alsof hij op het punt stond zijn ogen te sluiten en ook een dutje te doen. 'Wat is er?'

Het was zo simpel. En zo duidelijk. En zo noodzakelijk. 'Ik hou van je, pa,' zei Bill met een verlegen lachje.

Zijn vader deed zijn ogen open en glimlachte. 'Ja, dat weet ik. En ik hou ook van jou. Dat weet je wel.'

Bill boog zijn hoofd. 'Het spijt me zo, pa.'

'Wat?'

'Dat ik dat nooit eerder tegen je heb gezegd.'

Bills vader glimlachte tegen zijn volwassen zoon.

'Eén keer is genoeg.'

Ze belden hem die morgen om te vertellen dat zijn vader was overleden.

269

Hij wist wat het was voordat hij zijn mobiele telefoon opnam in de logeerkamer van Sara's huis. Hij wist het al. Een wereld waar zijn vader geen deel meer van uitmaakte. Het was een heel kort belletje van iemand die hij nog nooit had ontmoet en die hij ook nooit zou ontmoeten. Ze waren zo meelevend mogelijk, gezien de omstandigheden. Bill zat op de rand van het bed en staarde naar zijn gsm. Het was het meest natuurlijke van de wereld, en het meest gedenkwaardige. Het einde van het leven van de oude man. Het was natuurlijk en historisch.

Bill liep naar het kleine raam van de kamer, keek naar buiten en probeerde iets te voelen. Maar er kwam niets. Hij kon niet eens huilen. Het enige dat hij voelde was een sombere opluchting dat alle pijn voorbij was, een knagend schuldgevoel dat hij er niet bij was geweest toen zijn vader stierf, en dankbaarheid dat de oude man zijn vader was geweest.

Hij liep naar beneden, waar hij stemmen kon horen. Hij had geen zin in gezelschap. Sara stond met Becca in de keuken. Toen Becca Bill zag, stond ze op. Ze wist het, ze had het meteen door. Hij ging naar haar toe en liet zich door haar omhelzen, om zich vervolgens met een verontschuldigende glimlach van haar los te maken. Sara raakte even zijn arm aan en glipte de keuken uit.

Becca trok hem naar zich toe. Hij leunde tegen haar aan, haar blonde haren in zijn gezicht, zijn mond op haar huid. Hij ging volledig op in zijn vrouw, hij ademde haar in, hij wilde zichzelf in haar verliezen.

'Hij was een fijne man,' zei ze. 'Ik vind het zo erg voor je, Bill.' Ze keek naar zijn gezicht. 'Je moet een tijdje gaan slapen.'

'Maar er is zoveel te doen, Bec.' Hij werd al misselijk als hij eraan dacht.

Hij moest zijn vaders spullen ophalen uit het ziekenhuis. Hij moest de begrafenis regelen. Hij moest tegen iedereen die zijn vader kende en van hem hield zeggen dat hij dood was. Hij moest de dood laten registreren. De hele banale administratie die bij de dood hoort. Dat moest hij allemaal doen. En hij had geen idee hoe dat moest.

'Het kan allemaal wel een poosje wachten,' zei Becca. Ze streelde zijn rug terwijl hij haar een knuffel gaf. 'Ik weet het,' zei ze. 'Ik weet het, Bill. Maar je hebt óns nog!'

Hij knikte en wendde zijn hoofd af om zijn gezicht te verbergen. In de gang zag hij Sara staan, die haar kinderen verzamelde. Ze wil hen hier weg hebben, dacht Bill, om ons ruimte te geven. Het waren meisjes van zes en acht en een jongen van tien. Ineens lag hij in Sara's armen en werd hij geraakt door haar tranen, de tranen die hij zelf niet kon vergieten.

Sara was een oudere, sportievere versie van Becca. Ze droeg een T-shirt met reclame voor haar Pilates-klas. Haar gemillimeterde, roodgeverfde haar was het enige teken van een ander leven buiten dat wat ze nu leidde.

Becca had gelijk gehad wat Sara betrof, en Bill had zich vergist. Sara was haar avontuurtjes en veranderingen beu geworden. Ze was nu een echte zus voor Becca, een liefdevolle tante voor Holly en een vriendin voor Bills familie, hoewel hij dat tot nu toe niet had geweten.

Sara's partner kwam de trap af. Hij condoleerde Bill en zei tegen Sara's kinderen dat ze naar het park gingen. Hij was een lange, rustige man in een trainingspak, een soort persoonlijke trainer. Ook wat hem betrof had Bill zich vergist.

Dit was het kleine gezin dat de zorg voor Holly op zich had genomen terwijl Becca haar vader verzorgde. Het waren allemaal fatsoenlijke mensen en ze waren dol op Holly. Ze leefden zo met Bill mee vanwege de dood van zijn vader, dat Bill zich schaamde. Niet alleen om hetgeen hij van hen had gedacht, maar ook om wat hij van zijn vrouw had gedacht. Hoe had hij kunnen denken dat Becca Holly ooit zou achterlaten op een plek waar ze niet veilig was en bemind? Hoe had hij dat kunnen denken? Wat mankeerde hem?

'Bedankt,' zei Bill tegen hen. 'Voor alles. Ik ga naar Holly.'

Holly zat in de zitkamer naar een Wonder Pets-dvd, een kinderserie, te kijken. Hij tilde haar op, maar ze wurmde zich los. Haar blik bleef op het televisiescherm gericht.

'Ik wil hiernaar kijken,' zei ze.

271

In de kamer was het koud en donker. Het enige licht kwam van het scherm, waar de Wonder Pets een soort ei redden.

'Wanneer krijgen we de goede afloop?' vroeg Holly.

Hij glimlachte. 'Vast en zeker aan het eind,' zei hij. Hij stond op en tilde zijn dochter op. Zwaar, dacht hij. Steeds zwaarder. Maar altijd zijn kleine meisje. Ze keek over zijn schouder naar de dvd. Hij wilde het uit de weg gaan. Hij wilde dat dit moment voorbij was.

'Lieverd, je opa is nu in de hemel.' Hij wist niet wat hij tegen haar moest zeggen. Hij wist niet hoe je de dood aan een vierjarige moest uitleggen. Hij wist niet waar hij moest beginnen. 'Hij hield zoveel van je. Heel veel. En hij zal altijd van boven af naar je kijken, en hij zal altijd van je houden.'

'Dat weet ik,' zei ze, terwijl ze haar vader met haar blauwe ogen aankeek. 'Opa was hier.'

'Ja. Opa Joe is hier altijd voor je, en hij houdt ook van je,' zei Bill. 'Maar ik heb het niet over mama's vader. Ik heb het niet over opa Joe.'

Holly schudde ongeduldig haar hoofd. 'Ik ook niet. Niet opa Joe. Mijn andere opa. De opa die gestorven is.' Ze keek hem aan met een heldere, vaste blik. 'Jouw vader. Hij was hier. En hij glimlachte tegen me.' Holly knikte, alsof het allemaal geregeld was. 'Het is echt waar.'

Bill keek even naar haar, en hield haar toen steviger vast dan ooit tevoren. Het licht van de winterzon stroomde de kamer binnen. De ramen van het huis in een buitenwijk van Londen veranderden in verblindend goud. Bill moest zijn ogen sluiten.

'Ik weet dat het waar is,' fluisterde hij tegen zijn dochter. Zijn hart was vol liefde en verdriet en een vage angst, die hij niet kon ontkennen.

Bill draaide de sleutel van de voordeur om. Hij moest hard tegen de deur duwen om alle reclamedrukwerk weg te schuiven.

Becca volgde hem in de duisternis en de muffe lucht van zijn vaders huis. Ze keek naar zijn gezicht toen hij bleef staan en om zich heen keek, alsof hij het huis waarin hij was opgegroeid voor het eerst zag.

Zodra ze een schakelaar vond, deed ze het licht aan.

'Gaat het?' vroeg ze, met haar hand op zijn arm.

Hij knikte. 'Je kunt hier niet ademen,' zei hij.

'Ik zal de ramen opendoen,' zei ze.

Ze ging op zoek naar een sleutel voor de achterdeur en vond hem onder de mat waarop met sierlijke, vervaagde letters *Our Home* stond. Ze deed de achterdeur open en keek naar het verwaarloosde tuintje. Ze vulde haar longen met lucht die niet naar tabak en ziekte smaakte.

Bill stond in de zitkamer naar de boekenkast te kijken. Onder zijn ene arm droeg hij een stapel platte verhuisdozen. In zijn andere hand hield hij een dikke, zwarte rol vuilniszakken. Dat was hun taak vandaag. Besluiten wat naar Oxfam ging en wat werd weggegooid.

'Kun je je dit nog herinneren?' zei hij. Ze was blij hem te zien glimlachen.

Hij keek naar een foto van Holly. Ze was toen drie jaar. Ze hield een dik, roze potlood vast, als een minispeer, en glimlachte tegen het donkere meisje dat naast haar stond.

'Eerste dag in de crèche,' zei Becca. Ze lieten hun blik over de boekenkast gaan. Het was een boekenkast zonder boeken, er waren alleen een paar gehavende exemplaren van *Reader's Digest* en *National Geographic*, een paar souvenirs van vakanties in het buitenland – Spaanse castagnetten, een Chinese pop – en planken vol familiefoto's.

Bills ouders op hun trouwdag. Bill als baby in de armen van zijn moeder. Bill als kleuter met superkort haar naast zijn vader, die op één knie zat. De jongen stond op zijn vaders dij. Bill en Becca op hun trouwdag. En overal was Holly, van geboorte tot nu. Als Becca haar blik snel over de planken liet gaan, was het alsof ze haar dochter voor haar ogen zag opgroeien.

'Hij was eenzaam,' zei Bill.

'Er waren veel mensen die van hem hielden,' zei ze. 'Dat heb je op de begrafenis gezien.'

Bill pakte een televisiegids van de salontafel. De gids lag open op de dag waarop zijn vader met spoed naar het ziekenhuis was gebracht. Bill zag dat zijn vader zijn favoriete programma's met rode inkt had omcirkeld. Politiefilms, ziekenhuisseries, sport. 'Zullen we maar beginnen?' zei Becca. 'Of wil je het liever een andere keer doen?'

Hij schudde zijn hoofd.

Nadat ze een paar vuilniszakken met de inhoud van de keukenkastjes had gevuld – op veel zaken stond een houdbaarheidsdatum uit de vorige eeuw – ging Becca naar boven. Bill was in de slaapkamer. Hij zat op het bed, met een groene archiefdoos op zijn schoot. Ze ging naast hem zitten. Hij had een foto in zijn hand die uit een tijdschrift was geknipt, een foto van Bill en Becca in avondkleding. Ze hielden champagneglazen vast én elkaar. Becca glimlachte onzeker.

'Onze eerste feestavond van de firma. Wat zien we er jong uit!'

Hij knikte, maar hij zei niets. Ze zag dat de doos op zijn schoot gevuld was met knipsels uit vakbladen. Bill maakte geen aanstalten om ze aan te raken, dus begon Becca ze heel voorzichtig door te bladeren, alsof ze bang was dat ze in haar handen uiteen zouden vallen.

'Kijk,' zei ze. Ze liet Bill een gescheurd, met plakband aan elkaar geplakt certificaat zien met zijn naam erop: LEGALE WEEKPRIJZEN – TWEEDE PLAATS – MET EERVOLLE VERMELDING.

'Hij heeft al die troep bewaard,' zei Bill. Hij schudde zijn hoofd en bedekte zijn gezicht met zijn handen. 'Ik wilde hem alleen maar trots op me maken.'

Becca legde een arm om zijn schouders. 'Kijk om je heen,' zei ze. 'Het is je gelukt.'

Hij hield zijn handen voor zijn gezicht. 'Laat me niet vallen, Bec,' zei hij.

Ze lachte bij het idee.

'Waarom zou ik?' zei ze.

Ze stonden met z'n drieën aan de voet van de heuvel te wachten. De enige geluiden waren het verre gezoem van het namiddagverkeer, de stemmen van kleine kinderen die in het park speelden, en de wind die de kale takken van de bomen op Primrose Hill heen en weer zwiepten.

Holly gaapte. Bill keek Becca aan.

'Het gaat niet gebeuren,' zei hij. 'We vertrekken.'

Becca schudde haar hoofd.

'Laten we nog een beetje langer wachten.'

Holly slaakte een diepe zucht en zei: 'Ga nou mee, mam.' Ze liet op een overdreven manier haar schouders zakken om te laten zien hoe moe ze was. 'Alsjeblieft!'

'Nog één minuut,' zei Becca resoluut. Ze voelde dat haar man en haar dochter geërgerde blikken wisselden, en negeerde hen. Ze had er vertrouwen in.

Toen zag ze het. Terwijl Bill en Holly zich nog steeds stonden op te winden en een andere kant opkeken, zag Becca plotseling de giraf boven de bomen opdoemen. Uit zijn ooghoek keek hij naar de drie mensen, kauwend op een mondvol bladeren. Voordat ze Bill en Holly kon waarschuwen, was er nog een giraf en nog een. Ze keken allemaal met spottende minachting naar het gezinnetje.

'Kijk, kijk, kijk!' riep Becca, bang dat haar knorrige metgezellen de giraffen zouden missen, maar Bill en Holly stonden ook al te lachen. Ze knepen hun ogen samen tegen de bleke winterzon en applaudisseerden bij het zien van de geheime giraffes.

Bill wilde dat ze een kamer in een hotel namen, maar Sara protesteerde hevig.

Holly was in de zitkamer met de twee meisjes, en Becca en Bill waren in de logeerkamer. Becca wist dat het niet was wat hij wilde. Bill verlangde ernaar om weer alleen te zijn met zijn gezin en de deur voor de rest van de wereld te sluiten. Op zijn laatste avond keek hij naar haar terwijl ze naar het bed liep, slechts gekleed in een T-shirt en een slipje. Ze kende die blik. Glimlachend stond ze naast het bed.

'Bill, volgende week ben ik weer in Shanghai,' zei ze. 'En deze wanden zijn flinterdun.'

Hij haalde zijn schouders op. 'We zouden toch wel kunnen knuffelen?'

'Ja, ja, ik ken die knuffels van jou.' Ze ging naast hem liggen. Hij sloeg zijn armen om haar heen, alsof hij daar lang op had gewacht, fluisterde haar naam en herhaalde zijn woorden.

'We zouden heel stil moeten zijn,' zei ze, een lach onderdrukkend. 'Ik meen het, Bill.'

Hij knikte, bereid om álles te beloven, en trok haar T-shirt uit.

'Ik zal mijn geluiddemper opzetten,' zei hij. Ze voelde zijn mond op haar lippen, haar gezicht en haar ribben. Ze voelde hoezeer hij naar haar verlangde, en het voelde vertrouwd en tegelijkertijd nieuw aan.

Later lag hij op zijn rug en zij op haar zij in zijn armen. Zo vielen ze in slaap, zoals ze vroeger altijd hadden gedaan.

Becca vroeg zich af wanneer ze gestopt waren met die slaaphouding. Na hun trouwdag? Na Holly's geboorte? Wanneer was in zijn armen slapen iets geworden wat ze niet meer deed?

'Ga met me mee,' fluisterde hij. 'Morgenochtend. Ik kan ervoor zorgen dat jullie met me kunnen meevliegen. Het is niet te laat, Bec.'

'We komen gauw,' zei ze, terwijl ze zijn borstkas streelde. 'Heel gauw.'

Hij leek wanhopig.

'Waarom nu niet?'

'Holly's school. Mijn vader. Ons huis. De huurders hebben er een puinhoop van gemaakt, Bill. Ik moet een heleboel dingen doen. Geef me een paar dagen. Volgende week, oké?'

's Morgens vloog hij in z'n eentje terug.

22

Vanaf de achterbank van de auto keek Ling-Yuan naar de fabrieksarbeiders die door de poort naar buiten stroomden. Haar knappe gezicht probeerde de angst te verbergen, terwijl haar grote zus, die achter het stuur zat, rustig in het Mandarijns met haar praatte. Ze bemoedigt haar, dacht Bill. Ze bekommert zich om haar, ook al bereidt ze zich voor om haar los te laten.

Er ging een bel om het einde van de ploegendienst aan te geven. De arbeiders waren voornamelijk jonge vrouwen. Velen hadden nog de lichtblauwe jasschort aan die ze op hun werkplek droegen. Sommigen aten terwijl ze liepen. Ze namen met hun eetstokjes noedels uit plastic kommen die ze dicht bij hun mond hielden. Ze zagen er afgemat uit, uitgehongerd, als vluchtelingen in hun eigen land.

'Wat maken ze?' vroeg JinJin aan Bill.

'Kerstversieringen,' zei Bill. De zussen keken hem wezenloos aan. 'Kerstmannen en rendieren. Engelen en zilveren ballen. Je weet wel, het spul dat ze in een kerstboom hangen.'

Ze wisten het niet. Niet echt. Alle kerstbomen die ze ooit hadden gezien stonden in winkelcentra – gigantische monsters die met stroboscooplampen werden verlicht. Maar ze herinnerden zich vaag dat ze in Hollywood-films kerstbomen hadden gezien die de mensen in huis neerzetten. Ze begrepen dus waar het om ging. 'Zoals een speelgoedfabriek,' zei JinJin. In feite deed het er niet toe wat ze hier maakten. Uiteindelijk waren alle fabrieken hetzelfde.

Lin-Yuan zei iets en haar grote zus snauwde iets terug. Bill keek JinJin aan.

'Ze heeft het wéér over modellenwerk,' zei ze tegen hem. Daarna gaf ze een reeks boze adviezen aan Ling-Yuan. 'Ik zeg dat ze dat voorlopig moet vergeten.'

Ling-Yuan wilde model zijn. Een van die nieuwe Chinese dromen, dacht Bill. Ze was jong en mooi genoeg. Maar zelfs Bill zag dat ze te klein en te zwaar was om veel meer te doen dan het geld afdragen dat JinJin haar voor een modellencursus van een maand in Shenyang had gegeven. Ling-Yuan had de cursus afgemaakt en een certificaat gekregen, maar er waren geen aanbiedingen voor modellenwerk gekomen. Dus zat ze nu buiten de fabriekspoort, te midden van de massa arbeiders. JinJin zei iets tegen haar zus, zachter nu. Ling-Yuan boog zich naar Bill toe, met een zorgelijk, bleek gezicht.

'Bedankt, William,' zei ze.

Hij schudde zijn hoofd. Hij wilde dat hij meer had kunnen doen, hij wilde dat hij een betere baan voor haar had kunnen vinden. Maar er waren geen economische wonderen voor een onervaren jonge vrouw. 'Zal ik met je meegaan naar binnen?' vroeg hij.

JinJin schudde haar hoofd. 'Ik heb de naam,' zei ze, terwijl ze een stukje papier bestudeerde. Ze stapten uit en begonnen naar de fabriekspoort te lopen. De ene zus zo lang en slank, de andere zo klein en mollig. Ling-Yuan droeg een kleine Hello Kitty-tas. In het Westen zou ze zo naar het fitnesscentrum gaan, dacht Bill. Hier gaat ze naar een nieuw leven. Geen wonder dat ze doodsbang is.

Hij wilde dat hij in haar eigen taal met het zusje kon praten en tegen haar kon zeggen dat hij wist hoe het was om bang te zijn, om doodsbang te zijn voor de totale verandering. Maar ze is een kind, dacht hij. Nog maar een kind. Ze is te jong voor dat soort gevoelens.

De zusjes verdwenen door de fabriekspoort. Bill keek naar de uitgeputte gezichten van de werknemers tot JinJin in haar eentje naar buiten kwam.

Ze bedreven de liefde in het nieuwe appartement, dat ze had gehuurd van het geld dat hij op haar rekening had overgemaakt.

Hij had haar nodig en hield van haar en hij schaamde zich zo over haar, omdat ze haar oude leven als lerares had opgegeven voor de andere man, de man vóór hem, de man die de flat in Gubei had betaald en alles wat erin was, haar inbegrepen. En Bill schaamde zich ook over zichzelf. Zelfs toen ze vrijen in het grote, nieuwe bed in het fraai gemeubileerde appartement, wist hij dat hun relatie geen goede afloop zou hebben, in geen miljoen jaar, hoeveel ze ook van elkaar hielden. Daar zou de schaamte wel voor zorgen.

'Dit is ónze flat,' zei ze resoluut. Haar onschuldig optimisme was hartverscheurend. Het was niet hún flat. Het huurcontract stond op haar naam. Het was het minste én het meeste wat hij kon doen. Omdat hij al een huis had.

Ze waren gelukkig. Dat was het grappige. Dat was het gekke. Ze lachten om niets, ze lachten om alles. Ze waren altijd gelukkig als ze samen waren. Maar dan kwam het moment waarop hij het bed moest verlaten en zich moest aankleden en naar huis moest. Ze begroef haar gezicht in het kussen, en de zwarte haren vielen over haar ogen. Ze protesteerde nooit, ze stelde nooit een ultimatum, en dat maakte het nog erger.

'Ik kan niet blijven,' zei hij, terwijl hij zich voorbereidde om terug te keren naar de echte wereld. 'Dat weet je.'

Dat wist ze. Ze was aan slapen toe. Zoals een normaal mens. En hij was ook moe. Maar het was tijd om zich aan te kleden en naar buiten te gaan. Het was een lange dag geweest. De rit naar de fabriek in een noordelijke buitenwijk, afscheid nemen van haar zus, terugkeren naar Shanghai, vrijen, elkaar knuffelen, tijdrekken.

Elk normaal mens zou aan slapen toe zijn.

Toen Bill in zijn oude kamer keek, waar zijn dochter lag te dromen, en daarna de ouderslaapkamer binnenliep en naast zijn slapende vrouw in bed ging liggen, wist hij dat hij zich nooit meer een normaal mens zou voelen.

Ze had op zijn deur geklopt.

Nadat Holly en Becca waren teruggekeerd, en ze had geweten

dat ze terug waren, had JinJin iets ongelofelijks gedaan: ze was het binnenplein overgestoken en had met een glimlach op haar gezicht op zijn voordeur geklopt. Dat was wat hem schokte toen hij de deur opendeed en haar zag staan – ze glimlachte.

'Ontkenning,' zei Shane later. 'Dat noemen ze nou ontkenning, maat.'

Bill wist niet of het ontkenning was. Hoe kon iemand nou een vrouw en een kind ontkennen? Maar hij kon niet geloven dat ze het uit kwaadwilligheid had gedaan. Ondanks alles wat ze van de wereld had gezien, had JinJin iets onschuldigs. Waarschijnlijk wilde ze hem alleen maar zien. Zo simpel was het. Ze volgde haar hart. En ze was niet echt praktisch.

'Maar JinJin,' zei hij. Hij begreep niet wat ze kwam doen. Hij vroeg zich af wat er zou zijn gebeurd als Becca had opengedaan, wat er zou zijn gebeurd als zijn vrouw en dochter niet hadden geslapen vanwege hun jetlag. 'Je kunt niet binnenkomen.'

Dat deed ze ook niet. Ze vertrok. Daarna huilde ze een paar dagen lang. Het was allemaal waanzin. Wat verwachtte ze? Toen hij eindelijk naar haar nieuwe flat ging, moest hij haar vasthouden en zo vriendelijk mogelijk zeggen wat hij lang geleden tegen haar had gezegd en wat ze niet vergeten kon zijn: *ik ben niet vrij.* En haar nog wat langer vasthouden en haar haar hart laten breken in zijn armen, tot ze bereid was zich door hem naar het bed te laten leiden.

'Wie was er aan de voordeur?' had Becca gevraagd.

'Niemand,' had hij geantwoord.

Zijn vriend had gelijk. Het heette ontkenning.

Hij zag haar een maand niet.

Zijn gezin was terug, en hij had zijn buik vol van geheimen. Als hij niet aan het werk was, was hij bij Becca en Holly. Op zaterdagmiddag keken ze naar de dolfijnen in Aquaria 21 in het Changfeng Park. Op zondagmorgen gingen ze naar Fun Dazzle, een speeltuin in Zhongshan Park, en daarna samen brunchen in de Four Seasons van het Ritz-Carlton, of in M aan de Bund. Eén keer meende hij JinJin te zien. Maar er waren miljoenen meisjes die er net zo uitzagen als zij. En geen van hen was JinJin. Toen was hij terug in de huurflat. Hij haatte zichzelf omdat hij haar zoveel avonden alleen had gelaten en kromp ineen bij het zien van haar kruiswoordpuzzels. Hij wist dat hij op een van die avonden van zijn kantoor naar haar flat had kunnen gaan alvorens naar huis terug te keren. Toen ze de noedels aten die ze had klaargemaakt, bedacht hij hoe hij een klein beetje tijd kon stelen.

De stad was plotseling anders. Er waren plaatsen die veilig waren en er waren plaatsen die onveilig waren. Ook waren er plaatsen waar je risico's nam zonder het te weten.

New Gubei was verboden terrein, evenals de Bund. Hongqiao, waar ze haar flat hadden gehuurd, was onbekend terrein, maar hij had al gauw genoeg van de plaatselijke restaurants. Ze waren vol rijke mannen die hun gesoigneerde minnaressen in de anonimiteit van de flatgebouwen van Hongqiao hadden ondergebracht. Het waren niet de meisjes die hem met afkeer vervulden, het waren de mannen. Bill kon het niet verdragen om in de buurt van die mannen te zijn. Hij kon de gedachte niet verdragen dat hij een van hen was.

Uitstapjes waren het beste. Tijdens een trip was er veel minder kans om samen gezien te worden. Toen ze de druk begonnen te voelen dat ze beperkt waren tot haar saaie, nieuwe wijk, stelde JinJin een korte bootreis voor over de Chang Jiang, de lange rivier. De Chinese benaming voor de rivier die westerlingen als de 'Yangtze' kennen.

Het was geloofwaardig, zowel thuis als op kantoor, dat hij dringende zaken had te doen in Chongqing, de grote, lelijke hoofdstad van Zuidwest-China, tevens hun vertrekpunt voor een tocht over de Yangtze. Nadat ze naar de smerige, oude haven waren gevlogen, had Bill in een transportbedrijf zelfs een korte vergadering met Chinese cliënten, terwijl JinJin hun boottickets kocht voor hun trip over de Yangtze.

De beste leugens waren de leugens die heel dicht bij de waarheid bleven, besefte Bill, de leugens die je zelf bijna kon geloven.

Of waren dat de slechtste leugens?

Buiten het raam van hun hut kletterde de regen op de groene, kalkstenen kliffen.

Boven aan de kliffen waren merktekens zichtbaar, gemaakt door blanken, nog hoger dan de mistflarden die zich aan de rotswand vasthechtten. De merktekens gaven aan hoe hoog het water zou stijgen als de Drie Kloven-dam af was. Bill kon het haast niet geloven, maar over een paar jaar zou deze onvoorstelbare schoonheid voorgoed verdwenen zijn. Het zou zijn alsof die nooit had bestaan. Het was zoiets als de Grand Canyon volstorten met beton om hem in het grootste parkeerterrein ter wereld te veranderen. Maar de Chinezen verwachtten dat je onder de indruk was. Uit de geluidsboxen van de omroepinstallatie aan boord van het schip kwam constant blikkerig, Mandarijns gebral over de voorspoedige ontwikkelingen. Ze vernietigden niet alleen het land, nee, ook moesten twee miljoen mensen hun huis verlaten. Hele gemeenschappen zouden onder water verdwijnen. Het maakte dat Bill zich misselijk voelde, het maakte dat hij zich ver van huis voelde.

Hun boottocht over de Yangtze was van begin af aan verkeerd.

'Ik weet niet waarom je niet weer kunt gaan lesgeven,' zei hij, ijsberend door de kleine hut. 'Je was er goed in. Je leerlingen hielden van je.'

JinJin zat op een van de eenpersoonsbedden van de hut in een televisiegids te lezen. Ze bekeek het glimlachende gezicht van een televisiepresentator. 'Een goed paard eet als hij voortgaat,' zei ze, zonder op te kijken.

'Ik weet niet wat dat betekent,' zei hij, hoewel hij het precies wist. Het betekende dat je niet terug kon. 'Wat is dat? Weer zo'n wijs, oud Chinees gezegde?'

'Ja,' zei ze met de heldere, kalme stem die ze gebruikte als ze op het punt stonden te gaan kibbelen. 'Weer een wijs, oud Chinees gezegde. Het is waar, er zijn er heel veel.'

Hij draaide zich om en keek naar de zeer steile, groene muur die oprees achter zijn raam. Al die zinloze schoonheid, dacht hij. Wat heeft iemand eraan? Ze zullen de schoonheid doden en bedekken met beton en tonnen water. En dan zullen al die onbenullen er nog steeds een foto van willen nemen.

De boot was verschrikkelijk. Het is net een drijvend flatgebouw, dacht Bill. *Het MS* Kongling *is een luxe cruiseschip met de modernste faciliteiten, zeer functioneel en met een grote variëteit aan allerlei soorten van vermaak,* stond in de folder die JinJin hem trots had overhandigd toen ze wachtten om zich in te schepen. *De Drie Kloven zijn beroemd om hun majestueuze, steile rotsen, verborgen schoonheid, gevaarlijke ondiepten, prachtige rotsen en natuurschoon. Als het Drie Kloven-project klaar is, zullen deze schatten bedekt worden door water. Wees daarom welkom bij de nog ongerepte Drie Kloven, een landschap van unieke schoonheid, gevaar en sereniteit, waar u aan de wereld zult ontsnappen en fris en gezond zult blijven in natuur en schoonheid.*

Maar ze waren zelden fris en gezond in natuur en schoonheid op dit ellendige schip vol toeristen. In de eetzaal moesten ze bij elke maaltijd een tafel delen met twee zwijgende Taiwanese mannen, die hun mond volpropten met eten, terwijl ze naar Bill en JinJin keken alsof ze nog nooit zoiets hadden gezien.

Er waren een paar enthousiaste, oude, Amerikaanse toeristen met een honkbalpet op en gekleed in een kakikleurige korte broek. Op de eerste avond leende een van hen JinJins fototoestel om een foto te maken van Bill en JinJin, terwijl ze aan het dansen waren op de dansvloer in het restaurant. Toen Faye Wong een liefdeslied zong, hield Bill JinJin vast in wat volgens hem de ouderwetse stijl was, zoals zijn vader zijn moeder had vastgehouden. Toen de vriendelijke, oude Amerikaan de foto van hen nam, bleven ze glimlachen.

Afgezien van Bill en de oude Amerikanen, waren er alleen maar Chinezen aan boord. Bill wist dat dit het echte probleem was met het schip MS *Kongling*. Dit was alleen een luxeschip als je Chinees was. Zo niet, dan was het net een gevangenis, met nog slechter eten en nog meer regels en voorschriften.

Er luidde een bel. Tijd om te lunchen. Boven hun hoofd konden ze de toeristen horen ruziën om te worden gevoed. De

moed zonk Bill in de schoenen bij de gedachte aan de Taiwanezen die met open mond aten. JinJin legde de televisiegids weg en
sloeg haar benen over elkaar. Ze had een witte minirok, laarzen
en een zwarte coltrui aan en droeg haar haar in een paardenstaart. Bill hield daarvan, want dan kon hij haar gezicht zien.
Hoe eenvoudig ze ook gekleed was, ze zag er altijd geweldig uit.
Ze keken naar elkaar en ze glimlachte tegen hem, en ze wisten
beiden dat ze niet zouden gaan lunchen.

De boot voer door de Drie Kloven terwijl het regende en Bill
wist dat dit het allergrootste probleem was. Zijn hoofd zei: vergeet het, maar zijn hart zei dat hij het nooit kon vergeten.

Niet als de Drie Kloven verloren waren zoals Atlantis, niet als
de wateren stegen en de bergen verdwenen, nooit, in geen duizend jaar.

Er was één Chinees karakter dat in zijn geheugen was gegrift en
dat hij altijd herkende. Het was het karakter voor haar achter-
naam. Hij kon *Li* lezen als hij het in het Chinees zag staan. Dus
toen ze op de luchthaven van Pudong de aankomsthal van bin-
nenlandse vluchten binnenkwamen en hij zag dat een van de talloze chauffeurs een wit bord omhooghield met haar naam erop,
trok hij aan haar arm en wees naar het bord. Ze lachten beiden
van vreugde.

Toen zag hij Tiger.

Tiger hing wat rond en keek naar de andere uitgang. En terwijl JinJin lachte toen een zakenman van middelbare leeftijd
naar de chauffeur met haar naam liep – 'Kijk, William, het is
Mr. Li!' – speurde Bill de menigte af, zich afvragend op wie
Tiger stond te wachten.

En toen zag hij hen.

De jongens kwamen het eerst naar buiten, die drie wilde, blonde apen. Het kleintje speelde met zijn iPod en de twee groten
kibbelden en sloegen elkaar. Ze werden gevolgd door hun ouders
– Devlin, die achter een bagagewagentje liep en naar Tiger
zwaaide, en naast hem Tess. Ze gaf instructies aan de jongens en
droeg een plastic tasje waarop stond: *Chek Lap Kok Airport.*

Ze komen terug van een lang weekend in Hongkong, stelde Bill vast. Juist op dat moment draaide Mrs. Devlin haar hoofd om en keek hem recht aan.

Toen was Bill verdwenen – snel, maar veel te langzaam om niet te worden gezien.

Hij draaide zich om, liep de andere kant op en ging op in de menigte. JinJin hield zijn hand nog steeds vast, maar ze kon hem amper bijhouden. Ze was zich ervan bewust dat er iets helemaal mis was. Hij haatte de wilde paniek die hij in zich voelde en die hem het schaamrood op zijn kaken bezorgde, maar hij bleef stevig doorlopen tot ze uit de luchthaven waren en zich aansloten bij een – gelukkig korte – rij mensen die op een taxi stond te wachten.

'Wat is er?' vroeg ze. Ze snapte het niet en wilde het echt weten. 'Vertel.'

'Niets,' zei hij. Hij keek haar niet aan, durfde nergens naar te kijken. Hij wilde dat de rij weg was, hij wilde veilig verborgen op de achterbank van een taxi zitten, en niet de hele tijd wachten op het moment dat hij achter zich een Engelse stem hoorde die zijn naam uitsprak.

De rij kwam in beweging. Even later stapten ze in een oude Santana-taxi en gingen op de achterbank zitten. JinJin liet hem met rust. Daar kende ze hem goed genoeg voor, en ze was slim genoeg om te raden wat er mis was.

'William, waarom zeg je niet wat er aan de hand is? Misschien kan ik je helpen.'

JinJin zat rechtop in bed, in een T-shirt en een slipje. Ze bladerde in een kruiswoordpuzzelboek. Dit was ongewoon voor hen, besefte hij, dit was een bijzondere traktatie. Rondhangen in de flat, als een normaal paar, alsof ze alle normale tijd van de normale wereld hadden. Alsof Bill een goede man was die hier thuishoorde.

'Ik zei toch dat er niets aan de hand is!' zei hij op scherpe toon. Hij wilde het niet op haar afreageren, niet op haar, dat verdiende ze niet, maar hij kon zich er niet van weerhouden.

'Was het de vrouw op de luchthaven? Degene die naar ons keek? Het was de vrouw van het theehuis, is het niet?'

Mijn hemel, dacht hij. Wat gaat er gebeuren?

Hij stond voor het raam en keek naar het verkeer op Zhongshan Xilu en de lichten van het Shanghai-stadion, maar in feite zag hij helemaal niets.

Hij zou hier niet moeten zijn. Hij had naar huis moeten gaan. Het verhaal veranderen. Zijn leven veranderen. Omdat zijn dochter op hem zat te wachten. Omdat Tess Devlin hem had gezien. En nu zou iedereen het weten. Nu zou zijn smerige geheimpje algemeen bekend zijn.

De dingen die er ooit voor hadden gezorgd dat hij blij was dat hij leefde, maakten nu dat hij wenste dat hij dood was. Het was het niet waard. Om zich zo te voelen – dat was het gewoon niet waard. Hij voelde zich als in tweeën gescheurd.

'William?' Hij hoorde dat ze de kruiswoordpuzzel neerlegde, maar hij bleef voor het raam staan. 'Wat is er?'

'Ben je toornig op me?' vroeg ze.

Hij draaide zich naar haar om. 'Of ik toornig op je ben? Besef je wel – of misschien ook niet – dat er in Engeland niemand is die zo praat? Met uitzondering van – weet ik veel – de romans van Enid Blyton. Niemand zegt: ben je toornig op mij?' Hij draaide zich weer om naar het raam, vol afkeer van zichzelf. 'Je leerboeken liepen vijftig jaar achter.'

'Wees alsjeblieft niet toornig op me,' zei ze. Hij bedekte zijn ogen met zijn handen en schudde, bijna lachend, zijn hoofd. Haar stem was vol begrip. Ze zou hem alles vergeven. Ze hield van hem, en dat wist hij. 'Waarom kom je niet naar bed?' vroeg ze.

Hij keek haar aan. 'En waarom verdwijn jij niet uit mijn leven?'

Hij liep de badkamer in, bij gebrek aan een betere plek om heen te gaan, en gooide de deur achter zich dicht. Hij staarde naar zijn gezicht in de spiegel. Hij schaamde zich, omdat hij het op haar afreageerde, terwijl ze niks had misdaan. Hij vloekte, spatte koud water tegen zijn gezicht. Híj was het. Híj. Híj was degene die alles verkeerd had gedaan. Hij liep terug naar de slaapkamer, zodat hij haar in zijn armen kon nemen en zijn spijt betuigen, haar laten zien dat hij het meende.

Maar JinJin Li was uit bed gestapt, had zich aangekleed en was uit zijn leven verdwenen.

23

'Kom eens kijken!' zei Becca.

Ze stond voor het raam en keek naar het binnenplein van Paradise Mansions. Bill liep naar haar toe. Hij herinnerde zich dat ze dat ook had gezegd op die eerste avond, toen ze naar de meisjes keek die in de auto's stapten. Die eerste avond, toen hij JinJin voor het eerst had gezien, helemaal opgedirkt voor de zaterdagavond en voor de man in de zilverkleurige Porsche. Nu was er dezelfde klank van geamuseerd ongeloof in de stem van zijn vrouw. *Kom eens kijken.* Toen ze zich omdraaide, zag hij dat ze een bezorgde blik op hem wierp.

'Is alles goed met je?' vroeg ze. Ze legde haar vingertoppen op zijn stoppelbaard van een dag oud. 'God, Bill – je lijkt wel een landloper!'

'Alles is in orde.'

Bill ging naast Becca voor het raam staan. Zijn vrouw sloeg een arm om zijn middel. Op het binnenplein klonken luide stemmen. Een Chinese vrouw van een jaar of vijftig schreeuwde als een gek terwijl ze in het tegenoverliggende flatgebouw spullen uit een raam gooide. Jurken, ondergoed, beddenlakens werden weggesmeten en vielen fladderend op de grond. Annie stond op het plein. Ze huilde tranen met tuiten en probeerde wanhopig haar spullen bijeen te rapen.

'De echtgenote is erachter gekomen,' zei Becca. Ze doelde op de vrouw bij het raam. 'Dat is er gebeurd. Ze heeft het net ontdekt.'

'Misschien,' zei Bill terwijl hij zich omdraaide. Hij kon het niet aan naar al dat rauwe verdriet te kijken. 'Misschien wist ze het altijd al, maar vond ze het nu tijd om op te treden.'

Becca's glimlach werd breder. 'Moet je jou horen! Je klinkt als een expert.'

Hij trok een grimas. 'Ik doe er maar een gooi naar,' zei hij.

Er ploften spullen neer op het binnenplein, en Annie begon nog harder te jammeren. Ze zag er bang en ellendig uit. De echtgenote had een verzameling Louis Vuitton-tassen gevonden, die het binnenplein raakten als kleine rotsstenen. Telkens als er een naar beneden viel, slaakte Annie een kreet van afschuw.

Bill herinnerde zich de tatoeage op Annies arm, het begin van het einde. Hij vroeg zich af of de man alles aan zijn vrouw had opgebiecht en Annie en zichzelf had verlinkt, en het nu aan zijn vrouw overliet om Annie het huis uit te zetten. Of dat ze er op een andere manier achter was gekomen. Hij had een hekel aan die man, al kende hij hem niet.

'Ik vraag me af waarom ze het doen,' zei Becca, terwijl ze wegliep van het raam. 'Die meisjes, bedoel ik.'

Bill bleef voor het raam staan. Hij wilde Annie helpen, maar hij wist dat hij niets kon doen. 'Ze willen gewoon hun positie verbeteren,' zei hij. 'Dat willen we toch allemaal?'

Becca ging hoofdschuddend op de sofa zitten en raapte een luxe catalogus op.

'Een vrouw moet beslist iets missen om op een getrouwde man verliefd te worden,' zei Becca. 'Er is een gebrek aan verbeeldingskracht voor nodig, of een gebrek aan gevoel, of – ik weet het niet – een vreemd soort optimisme.'

Ze bladerde in de catalogus en keek naar foto's van stoelen, tafels en met Chinese symbolen versierde wijnglazen. Beneden op het plein verzamelde Annie haar dierbare spullen. Een briesje had een van de lakens opgetild en om haar benen gewikkeld. De vrouw bij het raam wees lachend naar beneden. Er verschenen gezichten voor andere ramen, en er werd naar mannen geroepen dat ze moesten komen kijken.

'Het is zo verdomde gemeen,' zei Becca.

'Nou,' zei Bill. 'Ze is echt boos, neem ik aan. Het zal geen pretje zijn, om achter zoiets te komen.'

Becca keek hem bevreemd aan.

'Ik heb het niet over de vrouw, Bill,' zei ze. 'Ik heb het over die idiote teef die een relatie met een getrouwde man heeft gehad. Snap je dat niet? Zíj is de gemenerik.'

Ze gingen winkelen. Holly's vrije tijd werd steeds meer gevuld, waardoor Bill en Becca meer tijd met elkaar konden doorbrengen. Misschien gaat het zo door, dacht Bill, en zal Holly ons ten slotte helemaal niet meer nodig hebben.

'Wat denk je hiervan?' zei Becca. Ze hield een wijnglas omhoog dat fraai met een Chinees symbool was versierd. 'Vind je dit mooi, Bill?'

Hij knikte. 'Heel mooi,' zei hij. 'Trouwens, Devlin zei dat we Holly moeten meenemen naar het Natural Wild Insect Kingdom aan Fenghe Lu,' zei hij. 'Het is vooral opgezet voor kinderen. Ze kunnen er grote, harige spinnen vasthouden. Kennelijk zijn de jongens er dol op.'

'Dat geloof ik graag,' zei ze, terwijl ze het glas in het licht hield. 'Die akelige ventjes! Maar ik denk niet dat het echt iets voor Holly is. Ze zou hard wegrennen als iemand haar een vogelspin aanreikte.' Ze raakte zijn arm aan. 'Maar we hoeven heus niet altijd iets te doen.'

Hij keek verward.

'Ik weet dat je flink je best hebt gedaan sinds we terug zijn,' zei ze. 'Dolfijnen, botsautootjes, kruipende beestjes...' Ze glimlachte. 'Maar af en toe kunnen we Holly ook met haar fiets naar het park meenemen en haar zonder zijwieltjes leren fietsen. Of gewoon thuisblijven. Ze houdt van tekenen en kleuren en zo.' Ze raakte Bills gezicht aan. 'En af en toe kunnen we lekker met z'n tweetjes zijn.' Becca zette het glas neer en keek op haar horloge. 'Straks moeten we haar ophalen van balletles,' zei ze.

'Ik haal haar wel op,' zei hij.

'Vind je het niet erg?' zei Becca. Haar hand streek over het gelakte hout van een rode, Chinese lamp. 'Ik zou hier wel de hele dag kunnen doorbrengen.' Ze pakte het wijnglas weer op en draaide het langzaam rond. De Chinese symbolen leken op ijsbloemen. 'Heb je enig idee wat dit betekent?' vroeg ze.

'Dubbel Geluk,' zei Bill. 'Het betekent een goede afloop voor jullie beiden.'

'Volle maan,' zei de balletlerares, en de hele klas bracht de beide handen boven het hoofd. Bill keek naar Holly, die zich sterk concentreerde. Hij stelde zich voor dat ze met het Koninklijk Ballet op het podium stond. Ze drukte een bos bloemen tegen haar borst terwijl ze een staande ovatie in ontvangst nam. Haar trotse vader, die een stallesplaats had, veegde een traan weg.

'Halvemaan,' zei de lerares. Alle kleine meisjes in hun roze tutu – en een rare jongen met krullen, gekleed in een witte korte broek en een hemd – lieten hun rechterhand langs hun zij vallen, behalve Holly, die haar linkerhand liet zakken.

Bill glimlachte toen ze naar haar vriendinnen keek en zichzelf corrigeerde.

'Geen maan,' zei de lerares. De klas liet de linkerhand langs de zij vallen. Het verbaasde Bill dat het frêle meisje dat Holly een jaar geleden was geweest nu zo energiek was.

Ze was nog steeds mager en bleek en fragieler dan haar leeftijdgenootjes, maar de astma-aanvallen waren minder hevig en kwamen minder vaak voor, en het leek niet langer of ze zo door een sterke wind kon worden meegevoerd.

Toen de klas in een kring door de zaal begon te rennen, met stralende gezichten en wapperende handen naast hun lichaam – 'kleine vleugels' had de lerares bevolen – dacht Bill dat Holly de persoon werd zoals ze bedoeld was. Ze werd zichzelf.

Na de les hielp hij haar uit haar roze maillot, roze tutu en roze schoentjes en in een camouflagebroek, T-shirt en gympen.

'Ik kan het zelf wel, papa,' zei ze ongeduldig, alsof hij de grootste idioot ter wereld was. Hij keek toe hoe ze probeerde haar linkervoet in haar rechterschoen te stoppen.

Ze hadden met Becca afgesproken in een koffiehuis, recht tegenover Gubei International School.

'Ik heb mijn viltstiften nodig, papa,' zei Holly, terwijl ze rondkeek, op zoek naar een leeg tafeltje.

'Ik heb je viltstiften en je schetsboek in je tas gestopt, schat,' zei hij. Hij hield haar hand vast toen ze snel naar het enige lege tafeltje liepen. Op het tafelblad waren kruimels van half opgegeten muffins en plakkerige kringen van vieze, lege kopjes. Bill maakte de tafel schoon. Daarna haalde hij de viltstiften en het schetsboek uit haar rugzak.

'Oké?' zei hij.

'Oké,' zei ze, zonder hem aan te kijken. Ze trok de dop van een viltstift en begon meteen te tekenen.

Hij ging iets te drinken voor hen halen. Toen hij terugkwam, zei ze: 'Kijk papa!' en ze liet een tekening zien van een persoon met een scheve glimlach, knalgeel haar en een roze jurk. Ze begon steeds beter te tekenen. Ze tekende nog steeds rechte lijnen die armen en benen moesten voorstellen, maar haar gezichten werden steeds expressiever, de ogen en de mond van de ronde hoofden drukten echte emotie uit. Misschien zou ze schilderes worden. Misschien zou ze een tweede Matisse worden. Misschien zou zijn dochter de grootste schilder worden die er ooit had bestaan.

'Het is prachtig, lieverd,' zei hij. Hij pakte een rietje en zette het in haar sinaasappelsap. 'Maar wie is het?'

Holly keek verontwaardigd. 'Dat ben ík,' zei ze, verbaasd dat hij zo dom was dat hij het niet meteen had begrepen. 'Zie je dat dan niet?'

'Ja, nu je het zegt.'

Ze zaten aan het eind van een rij boxen. In de dichtstbijzijnde box waren twee blanke jongens aan het bekvechten.

'Maar je kunt Bangkok niet met Manilla vergelijken,' zei de een. 'Dat is hetzelfde als een team ervaren profs vergelijken met een stel enthousiaste amateurs.'

'Nou, dat bedoel ik juist, oen,' zei de ander. Bill besefte dat beide jongens Brits waren, hoewel hij het accent niet goed kon thuisbrengen. Ze waren geen echte Londenaren.

'In Manilla,' zei de een, 'neuken ze je voor niks, terwijl je ze in Bangkok een creditcardnummer moet geven voordat ze ook maar naar je lul kíjken.'

'Kijk, papa.' Holly glimlachte en hield weer een tekening omhoog. In de hoek stond een grote man met een dwaze grijns. 'Dat ben jij,' zei Holly. 'Je staat op me te wachten.'

Becca kwam het koffiehuis binnen. Ze liep breed glimlachend naar hen toe, gaf hen beiden een kus en zei: 'Hoe was het?' terwijl ze een stoel bijtrok. Bij het zien van Bills strakke gezicht vroeg ze: 'Wat is er aan de hand?'

'Maar Bangkok en Manilla kun je niet vergelijken met het Hongkong van vroeger,' zei een van de jongens naast hen. Ze praatten zó hard, dat elk woord te horen was. Holly ging door met tekenen. Becca keek Bill aan, maar Bill staarde in het niets. 'Mijn opa Pete was in Hongkong aan het eind van de oorlog en hij werd door de afrastering heen gepijpt.'

Er klonk gelach. 'Wat?' zei de ander. Hij geloofde het niet. 'Had hij werkelijk zijn piemel...'

'Wat ik je zeg... mijn opa Pete patrouilleerde bij de grens aan de kant van Hongkong. Hij moest de illegale immigranten op afstand houden en werd door de afrastering heen gepijpt. Kostte hem een shilling.'

'Een shilling? Wat is nou een shilling?'

'Bill?' zei Becca, maar Bill was weg, struikelend over de Simply Life-tas die hij tussen zijn voeten had neergezet.

Toen de twee jongens opkeken, zagen ze Bill staan, leunend met zijn handen op hun tafeltje.

'Willen jullie zachter praten?' zei hij. Hij probeerde tevergeefs zijn stem te laten ophouden met trillen. 'Ik heb een klein meisje bij me.'

De twee keken naar Bill en toen naar elkaar. Ze glimlachten onzeker. Ze waren gewend om te doen wat ze wilden. Ineens lachte een van hen.

'Het is een vrij land,' zei hij, en ze begonnen beiden te grinniken. Ze bleven lachen tot Bill een grote, glazen suikerpot oppakte en tegen de muur smeet. De jongens sprongen overeind, er zaten glasscherven en suiker op hun kleren, en ze renden de box uit.

Even dacht Bill dat hij met hen moest vechten. Het idee om met een paar landgenoten over de vloer van een Coffee Planet te rollen was verschrikkelijk, maar ook fijn. Hij zou ze verslaan of, waarschijnlijker, ze zouden hém verslaan. Het kon hem weinig schelen. Het enige waar hij zich druk om maakte, was dat het ophield. Het gesprek waar zijn dochter niet naar zou horen te luisteren. Maar ze wilden niet met hem vechten. Bill draaide zich om en zag ze weggaan. Hij was zich bewust van de doodse stilte in de volle Coffee Planet. Zijn vrouw hield zijn dochter vast en ze zaten hem beiden aan te staren alsof ze hem nog nooit hadden gezien.

'Van nu af aan decafé voor papa,' schreeuwde een van de jongens, op weg naar de deur.

Bill ging bij Becca en Holly zitten en probeerde zijn koffiekopje op te pakken, maar zijn handen trilden meer dan ooit. Hij zette het kopje weer neer. Hij zweeg en raakte niets aan. Hij was te beverig. Daarom staarde hij slechts naar de tafel, wachtend tot hij kalm was geworden. Hij hoopte dat Becca zou zeggen: 'Bedankt dat je voor ons bent opgekomen, Bill, bedankt dat je je als een echte man hebt gedragen.' Maar hij wist dat de kans dat dat zou gebeuren vrijwel nihil was.

'Weet je wat je moet doen met zulke idioten, Bill?' zei Becca.

Bill keek haar aan. Hij vermande zich toen hij zag dat Holly haar gezicht tegen haar moeders borsten drukte, zich verstopte achter haar haar en door de blonde sluier heen naar hem keek.

'Vertel het me maar,' zei Bill.

'Ze negeren,' zei Becca. 'Omdat ze níéts zijn. En als je je tot hun niveau verlaagt, maak je jezelf ook tot niets.'

Hij wreef in zijn ogen. Hij was zo moe. Hij wilde zich oprollen in de box en slapen. Ineens besefte hij dat hij het pakje dat Becca had gekocht had weggeschopt toen hij wegstormde uit de box.

Hij raapte het op en legde het op de tafel, als een offergave voor zijn vrouw en dochter. Hij zag hoe Becca ineenkromp op het moment dat ze het zachte gerinkel van gebroken glas hoorde.

Hij had haar het grootste deel van de avond gezocht. Hij móést haar zoeken. Hoe kon hij haar níét zoeken?

Hij had haar gezocht op Mao Ming Nan Lu en op Tong Ren

Lu. Hij had zich een weg gebaand door de dichte mensenmassa die weigerde naar huis te gaan. Hij dacht haar gezicht te zien, dat zich aan de overkant van de dansvloer van Real Love aftekende tegen het rode neonhart dat aan de muur bonkte. Toen dacht hij opnieuw dat hij haar zag, bij BB's, in een roodleren box vol biervlekken. Een Chinees meisje met een paardenstaart, haar gezicht verborgen achter het kortgeknipte, blonde hoofd van een westerling. Hij ging dichterbij staan, en zijn hart ging als een razende tekeer. Toen het stel ophield met kussen en de man een vuist naar Bill opstak, besefte Bill met een zucht van opluchting dat ze het niet was.

En hij zag haar voor zich, in de donkerste delen van zijn fantasie – in elkaar geslagen op de achterbank van een auto, verkracht in een steegje, vermoord achter gesloten deuren. Op straat gedumpt. Of terug in de armen van haar getrouwde Chinese man, moe van het eindeloze drama met haar Engelsman, blij om terug te zijn tussen vertrouwde lakens, lieve woordjes fluisterend in haar eigen taal en kreunend van genot.

O, dat alles zag hij.

Hij kostte hem geen moeite om zich al die dingen voor te stellen.

Maar hij zocht haar en vond haar niet.

Hij ging naar het politiebureau aan Renmin Square om haar als vermist op te geven, maar niemand sprak daar Engels. Niemand kon ook maar iets van hem verstaan.

Mannen die eruitzagen als seizoenarbeiders werden meegesleept naar de cellen. Een tienjarige bedelaarsjongen zat te huilen en veegde zijn bloederige, gebroken neus af aan zijn mouw. Een taxichauffeur en zijn passagier schreeuwden tegen elkaar en moesten door lachende politieagenten uit elkaar worden gehaald. Bill liep weg. Plotseling wist hij waar ze zou zijn.

Op de rolschaatsbaan meende hij haar gezicht te zien – het wapperende haar, het knappe gezicht met de malle glimlach, in jeans gestoken, lange benen die bedreven op ouderwetse schaatsen balanceerden – maar ze was het niet, het was iemand met hetzelfde uiterlijk. De stad stikte ervan.

Aan de rand van de rolschaatsbaan trok een meisje, dat niet ouder was dan vijftien, aan zijn mouw. Hij wendde zich vol hoop tot haar. Was het een van JinJins ex-leerlingen? Ze had de rode wangen die je bij seizoenarbeiders zag.

'Bent u op zoek naar een meisje, baas?'

'Ja,' knikte Bill. 'Li JinJin – ken je haar? Ze was lerares.'

Het meisje knikte. 'Neem mij mee, baas. Ik ben een aardig meisje.'

En toen was er een ander meisje, dat Mandarijns tegen hem sprak, en een die slechts een paar woorden Engels kende, en weer een die alleen maar 'aardig meisje, baas' kon zeggen, alsof ze het op de avondschool had geleerd. Prostitutie voor Beginners, deel 1, dacht hij. Vuile handen glipten in zijn zakken om te onderzoeken wat erin zat. Hij duwde ze weg en had het gevoel dat hij stikte.

Aan de zijkant van het lelijke betonnen gebouw waarin de rolschaatsbaan was gevestigd hing een bord in het Engels. Er stond op: AANGEKOCHT VOOR ONTWIKKELING. LUXE RUIMTE TE HUUR.

En toen besefte hij dat er bij alle vervallen huizen van het donkere achterafstraatje een bord hing. ONBEWOONBAAR VERKLAARD, las hij, terwijl hij ze langzaam passeerde. ONBEWOONBAAR VERKLAARD. ONBEWOONBAAR VERKLAARD. ONBEWOONBAAR VERKLAARD.

24

Op sommige avonden ging hij naar de flat in Hongqiao. Hij liet zichzelf dan binnen met de reservesleutel, en wachtte daar op haar. Tot middernacht. Als ze dan nog steeds niet was komen opdagen, ging hij terug naar Paradise Mansions op het tijdstip waarop hij thuis werd verwacht, hoewel hij wist dat ze zouden slapen.

Op de eerste avond liep hij door het appartement, gekweld door alles wat hem aan haar herinnerde – de Sony-handycam, gekocht om haar televisiecarrière te lanceren, de stapels kruiswoordpuzzels, de keuze die ze gemaakt had uit alle cd's en dvd's – een cd met een life optredende Faye Wong, een obscure Zhang Ziyi-film – en de foto's op haar nachtkastje.

De ingelijste foto van hen beiden in de regen op de brug in Guilin. Een foto van hem achter zijn bureau in het Londense kantoor, in wit overhemd en met das. Een stuk jonger. Hij had de foto aan het begin van hun relatie aan haar gegeven. En er was ook een foto van JinJin bij de uitreiking van haar diploma, geflankeerd door haar moeder en haar zus, het vrouwengezin.

Na de eerste keer zag hij ze niet meer, de puzzels en de foto's, ze deden hem geen pijn meer. De tweede keer was hij opgehouden het nummer van haar mobiele telefoon in te toetsen, die altijd uit was, en een boodschap voor haar achter te laten. En de derde keer stond hij voor een van haar propvolle kleerkasten, met een groene *qipao* in zijn handen. Hij begroef zijn gezicht erin. Hij voelde zich belachelijk maar hij deed het toch. Hij probeerde haar voor zich te zien, gekleed in die *qipao*. Toen hij de sleutel in het slot hoorde, keek hij op.

Ze kwam de flat binnen met de kleine ChoCho op haar arm. Ze leken beiden verbaasd om hem te zien. Bill liep naar haar toe en omhelsde hen.

Ze glimlachte, knikte, en zette de kleine ChoCho op haar heup. 'Ik moest terug naar huis,' zei ze. 'Mijn zus werkt. Mijn moeder is ziek. In het ziekenhuis.'

'Wat mankeert je moeder?'

Ze balde haar vuist. 'Stijf,' zei ze. 'Alles stijf. Pijn.'

'Artritis?' vroeg hij. 'Gewrichtsreuma?'

JinJin trok een grimas. 'Ze wordt oud. Ze wordt oude vrouw.'

'Het spijt me erg dat ik dat heb gezegd.'

Hij drukte haar tegen zich aan. Ze lachte en kuste hem. ChoCho keek van de een naar de ander met zijn grote, ernstige ogen. Toen kwam een jongeman de flat binnen met een opgevouwen wandelwagen en een oude, gammele koffer.

'Ah, dank je, Brad,' zei ze, beleefd en dankbaar.

Brad? Wie was Brad in godsnaam?

Bill keek hoe Brad haar spullen naar binnen bracht. Hij was niet de typische Shanghai-yup. Hij was gekleed in T-shirt en spijkerbroek. Hij was gespierd en droeg een bril. Hij had iets weg van Liam Neeson, de bebrilde spetter. De bril gaf hem iets intellectueels, maar door de spierbundels zag hij er niet uit als een nerd. Misschien was hij een van die nietsnutten die Engels doceerden als een buitenlandse taal, in plaats van de kost te verdienen, dacht Bil. Hij kneep zijn ogen halfdicht en keek naar Brad – die verdomde Brad – en toen naar JinJin.

'Brad, dit is mijn vriend Bill,' zei JinJin met een glimlach. De twee mannen gaven elkaar een hand. Bills gelaatstrekken verstarden en drukten onverschilligheid uit. *Het kan me niet schelen*, probeerde zijn gezicht te zeggen. *Je betekent niets voor me.*

'Ik woon hierboven,' zei Brad. Australisch accent. Nee, hij slikte de woorden meer in dan de Australiërs. Een Nieuw-Zeelander, vermoedde Bill. 'Ik kwam terug uit de sportschool toen ik hen uit de taxi zag stappen.' Hij had het lef om met een harige vinger over ChoCho's wang te strijken. 'Nou, ik laat jullie alleen, zei hij, met een stralende glimlach voor JinJin. Bill wist wat hij met haar wilde doen, en het was niet alleen maar haar bagage dragen. Die verdomde Brad...

Toen hij weg was, ontfermde Bill zich over ChoCho en keek naar JinJin, die druk in de weer was. Opluchting was vervangen door achterdocht. Terwijl zij rondstommelde in de keuken wiegde hij het kind heen en weer en nam de ontmoeting tot in de kleinste details door. De manier waarop Brad tegen JinJin had geglimlacht op het moment dat hij haar spullen de flat binnenbracht. De manier waarop ze zijn arm had aangeraakt toen ze hem aan Bill voorstelde. De manier waarop ze Bill *mijn vriend* had genoemd – waarom? Om de aardige bovenbuurman te prikkelen? Om hem te laten weten dat ze in trek was? Om hem te laten weten dat de goeien altijd, altijd bezet zijn?

JinJin glimlachte toen ze zag dat hij haar zoon vasthield, en hij glimlachte terug. Hij wist dat de aardige Nieuw-Zeelander genoeg kansen had om op haar voordeur te kloppen wanneer de vriend er niet was. Hij wist dat hij haar niet kon vertrouwen, deze man die wist dat hij zelf niet te vertrouwen was, deze man die wist dat hij haar ten slotte zou verraden.

Want een deel van Bill kon niet anders dan geloven dat JinJin Li net zo was als hij.

'We waren in Yangdong en dat wordt zo mooi,' zei Tess Devlin. Haar stem kwam boven het geroezemoes in het restaurant uit. 'Het is ongelofelijk wat ze daar hebben gedaan – prachtige huizen die verrijzen uit geitenboerderijen of zoiets...' Ze keek naar haar man. 'We overwegen er een te kopen, hè? Tenminste, als de bonus van volgend jaar net zo groot is als we allemaal hopen.' Ze hief haar glas op naar Shane en Bill. 'Jullie zullen hard moeten werken, jongens.'

Bill en Shane lachten plichtmatig. 'We doen ons best,' zei Shane.

'Is de lucht daar beter?' vroeg Becca. 'De lucht moet wél beter zijn.'

'En het is zo heerlijk om de weekends buiten de stad door te brengen,' knikte Tess. Ze gaf de ober een teken dat hij nog een fles champagne moest brengen. 'En de jongens kunnen zich daar lekker uitleven.'

'Inderdaad,' zei Devlin stijfjes. Hij was dronken. Ze waren allemaal dronken. Het diner vond plaats om de terugkeer van de ene vrouw te vieren en om de zoektocht naar een andere te beginnen, maar het had een paar flessen te lang geduurd, zoals altijd bij etentjes aan de Bund. 'Laat de donderstenen zich maar uitputten,' grinnikte Devlin.

Ze waren met z'n zessen. Bill en Becca. Tess en Devlin. En Shane zat naast een blonde Zuid-Afrikaanse vrouw, iemand die Tess Devlin in haar Pilates-klas had gevonden. Een van de nieuwe modemensen die plotseling in Shanghai waren opgedoken – een styliste, zei ze tegen hen, alsof iemand enig idee had wat dat betekende. Nou, Becca en Tess misschien. Shane en de Zuid-Afrikaanse konden niet zo goed met elkaar opschieten – hij was te veel een macho naar haar smaak, en Shane was nog steeds in de rouw over zijn wilde, jonge bruid. Hij keek somber, verlegen en terughoudend bij het aanhoren van al het geklets over huizen en geld. Maar toen de tafel bezaaid was met flessen, begon de styliste er beter uit te zien.

'Is er vanavond kans op een nummertje?' vroeg Shane.

'Daar is alle kans op, maar niet met jou,' zei de Zuid-Afrikaanse, terwijl ze voor zich uit bleef kijken.

'Ik heb een paar plaatselijke bewoners gezien,' zei Tess tegen Becca. 'Plebs. Smerige armoedzaaiers. De kinderen zien eruit als kleine schoorsteenvegers. Als schooiertjes uit de boeken van Dickens. De Listige Goochemerd, of zoiets. En ze gapen je gewoon aan met hun kleine, zwarte gezichten. Ze staan je daar aan te gapen. Aangapen – anders kan ik het niet noemen.'

De Zuid-Afrikaanse wendde zich tot Tess. 'Ik heb een paar seizoenarbeiders nephorloges zien verkopen buiten Plaza 66,' zei ze, plotseling geanimeerd. 'Ze zijn vies. Ik ging bijna over mijn nek.'

Bill schudde glimlachend zijn hoofd. 'Maar, Tess,' zei hij kalm, 'die kinderen – de helft van hen ziet nooit de binnenkant van een school. Daarom zijn ze zo vies. Ze zijn de hele dag op het veld. Weet je waar de scholen daar de helft van hun budget aan uitgeven? Aan het uitgebreid dineren met schoolinspecteurs. Ze kunnen niet tegen die belangrijke mannen zeggen dat er niets te eten is...'

'O, Bill,' lachte Tess. Ze schuddde haar hoofd, alsof hij haar in de maling nam.

'Het is waar!' zei hij met klem. Hij wilde dat ze hem geloofde. Maar hij had te veel gedronken. Dat wist hij. Hij had er niet over moeten beginnen. Maar hij dacht aan de jongen in Yangdong die voor zijn ogen in elkaar was geslagen, en hij kon zijn mond niet houden. 'De kinderen van de boeren in Yangdong zijn in de steek gelaten, en dat zal altijd zo zijn. Er is geen verschil tussen hen en een werkloze fabrieksarbeider in de Dongbei. China heeft hen niet nodig.'

Becca stond op om naar de wc te gaan, en Bill zag dat ze trachtte zijn blik te vangen. Ze tikte met haar wijsvinger op haar horloge. Ze moesten terug naar Holly, en de ayi ontlasten.

'Het is waar dat er bepaalde verschillen zijn die moeten worden aangepakt,' zei Devlin. Hij bracht zijn glas naar zijn lippen, maar het was leeg. Hij probeerde het nog een keer. Wat was er met zijn drankje gebeurd?

'Ik ben het met je eens,' zei de Zuid-Afrikaanse styliste, maar ze begreep niet helemaal wat Devlin bedoelde. 'Die seizoenarbeiders bijvoorbeeld – de politie zou iets aan hen moeten doen.'

Bill voelde dat Becca zacht zijn achterhoofd aanraakte terwijl ze de tafel verliet.

'Bepaalde verschillen?' zei Bill tegen Devlin, het mode-leeghoofd negerend.

'Neem er nog eentje, maat,' zei Shane. Hij pakte een nieuwe fles en probeerde zijn glas te vullen, in een poging zijn vriend af te leiden.

Maar Bill negeerde hem. 'Alles berust op ongelijkheid,' zei hij. 'Halverwege de eeuw zal China een grotere economie hebben dan Amerika. En dan zullen er nog steeds vijfhonderd miljoen mensen zijn die van twee dollar per dag moeten leven. Ze zijn voorbestemd om communisten te zijn, verdomme!'

'Ze zijn al heel lang geen communisten meer,' zei Devlin geërgerd. 'Dat weet je.'

'Aan wiens kant sta jij eigenlijk, Bill?' lachte Tess.

'Maar je zou toch op z'n minst een symbolisch gebaar in de richting van gelijkheid verwachten?' zei Bill. Hij wilde écht dat Devlin het begreep. Hij dronk zijn glas leeg. 'Al was het maar om de schijn op te houden. Een gebaar om aan te geven dat ze tegen ongerechtigheid vechten en om de armen geven. Zoals die kinderen van de boerderijen in Yangdong. Maar ze willen hier geen gelijkheid. Gelijkheid zou hier niet werken.'

Devlin zag er gepijnigd uit. Shane trok de aandacht van een ober en gebaarde dat ze een nieuwe fles wilden hebben.

'Zonder de miljoenen arme sodemieters die voor een kom noedels werken,' zei Bill, ' – en zelfs dát zou hen afhandig kunnen worden gemaakt – verliest dit land zijn aantrekkingskracht. China wordt rijk zolang de meeste Chinezen arm blijven.' Hij keek Shane ongeduldig aan. 'Waar blijft die fles?'

'O, Bill,' lachte Tess. 'Bill, Bill, Bill...'

Shane vulde hun glas opnieuw en Bill nipte van zijn champagne. Hij was de champagne spuugzat. Op de een of andere manier putte de geforceerde joligheid van de drank hem uit. 'Wat, Tess?' zei hij. 'Wat, wat, wat?'

Ze boog zich voorover, alsof ze slechts met z'n tweeën waren. 'Zonder al die afschuwelijke ongelijkheid, Bill,' zei ze fluisterend, 'zou je alles verliezen.'

Hij keek haar met een flauwe glimlach aan en boog zich naar haar toe. 'Hoezo, Tess?'

Ze schudde haar hoofd, plotseling vol afkeer. 'Bespaar me je tranen voor die armoedzaaiers, Bill. Alles wat we hebben is gebouwd op dingen die zijn zoals ze zijn – alles wat je nu hebt, alles wat je zult hebben als je partner bent en alles wat je hebt gehad.'

'Wat bedoel je?'

Het werd stil aan tafel.

Hij wist precies wat ze bedoelde.

'Zonder die armoedzaaiers – dat grote aanbod wanhopige

mensen die staan te popelen om te werken, hun benen te sprei-
den, onze wc's schoon te maken en te eten – zouden wij er niet
zo'n prettige leefstijl op na kunnen houden, zouden we niet ons
tweede huis en onze bonus hebben,' zei ze. Even leek ze te aarze-
len. Toen nam ze een besluit en vervolgde: 'Alle dingen waar wij
vandaag de dag van genieten. En jij zou je geweldige avontuur-
tje zijn misgelopen.'

Hij wachtte, haar uitdagend om zich nader te verklaren.

Ze keken elkaar lang aan.

'Is het al zó laat?' zei Shane. Hij blafte iets in het Mandarijns
tegen de dichtstbijzijnde ober. Devlin legde een hand op de arm
van zijn vrouw, maar ze leek het niet te merken.

'Ik weet niet waar je het over hebt, Tess,' zei Bill. Onder het
aangename verdoofde gevoel van de alcohol voelde hij paniek in
zich opwellen.

'Snap je het niet, Bill?' zei Tess. 'Huil niet om het plebs, want
alles is nep. Alles wat ze verkopen.'

'Die horloges zijn absoluut namaak,' zei de Zuid-Afrikaanse.
'Ik was van plan er een voor mijn broer Peter in Durban te kopen, maar ik zei tegen hem dat ze er zo goedkoop uitzagen.'

Tess Devlin verborg haar minachting niet. 'Nep-dvd's, nep-
software en nephorloges. Nep-orgasmes, ongetwijfeld. Neplief-
de? Vast en zeker.' Ze dronk haar glas leeg en zette het met een
klap op tafel, terwijl ze Bills blik vasthield. 'Liefde op z'n Chinees.'

'Je weet niet waar je over praat,' zei Bill. 'Je hebt er geen
flauw idee van. Ik betwijfel of je ooit echt een Chinees hebt gekend.'

'In de bijbelse zin, bedoel je?' zei Tess.

'O, flikker toch op,' zei Bill.

'Rustig aan, Holden,' zei Devlin. 'Je hebt het tegen mijn vrouw.'

Shane kwam overeind en klapte in zijn handen. 'Kom, maat,
tijd om naar huis te gaan,' zei hij tegen Bill. 'Tiger zit te wachten.'

'Kan iemand een taxi voor me regelen?' vroeg de Zuid-Afrikaanse styliste. 'De Bund krioelt van de bedelaars.'

Bill bleef waar hij was. Tess Devlin wees naar hem. 'Ik heb je gewaarschuwd toen je begon,' zei ze. 'Ik heb je gewaarschuwd toen je begon met je Mantsjoe-sletje. Maar je wilde niet luisteren, Bill. Ik zei dat het op twee manieren kan eindigen – óf je verlaat je vrouw, óf niet. Ik zei het tegen je, Bill, en je wilde niet luisteren. Het eindigt op een van die twee manieren, en het loopt altijd slecht af.'

Toen keek ze op, evenals Bill. Ze zagen Becca aan het eind van de tafel staan, met een lijkbleek gezicht. Eindelijk begreep ze alles.

Ergens brak een champagneglas. Er klonk gelach. Shane riep in het Chinees: *'Qing bang wo jiezhang, hao ma?'*

Tijd om te betalen.

Tiger had het allemaal al eens meegemaakt.

Hij reed hen terug naar Gubei. Terwijl hij via het achteruitkijkspiegeltje naar hen keek, vroeg hij zich af waarom hij ooit had gedacht dat deze twee anders zouden zijn. Shanghai had op de meeste huwelijken een slechte invloed.

Wat anders was bij de baas en zijn vrouw was dat ze niets zeiden. Geen uitvallen van pijn en woede, geen geschreeuw tegen elkaar.

De baas en zijn vrouw zaten tijdens de hele terugweg zwijgend naast elkaar, alsof de woorden die ze tegen elkaar moesten zeggen te verschrikkelijk waren om uit te spreken, en te verschrikkelijk om te worden gehoord.

Als een normaal echtpaar gingen ze het appartement binnen. Ze deden allebei vriendelijk en beleefd tegen de ayi, die zei dat Holly niet zo goed had geslapen. Nadat de ayi was vertrokken, ging Becca naar de logeerkamer. Bill was in de ouderslaapkamer. Hij hoorde dat zijn vrouw hun dochter geruststelde.

'Alles is goed, lieverd, alles is goed, schat. Ik ben er. Alles is in orde, lieverd.'

Bill zat op het bed toen Becca in de deuropening verscheen.

Hij kon haar aanblik niet verdragen.

'Wie is ze?' vroeg Becca op zakelijke toon, terwijl ze de kamer binnenkwam en het haar uit haar gezicht streek. 'Is ze een van de hoeren die hier wonen of is ze een van de hoeren in Suzy Too?' Ze glimlachte bitter om zijn gelaatsuitdrukking. 'O, ja – ik weet alles van die kroeg. Denk je dat de echtgenotes daar niets van weten? Nou? Wat is ze? Een van díé hoeren, of een van de hoeren van Paradise Mansions?'

Hij bromde iets. Ze ging dichter bij het bed staan. 'Wat? Ik kan je niet verstaan.'

Hij sloeg zijn ogen op. 'Ik zei,' zei hij rustig, 'dat ze geen hoer is, Becca.'

Woedend begon ze hem in het gezicht te slaan. 'Stommerik... stommerik... stommerik...'

Links, rechts, links, rechts, ze mepte op zijn mond, zijn ogen, zijn neus. Hij boog zijn hoofd, maar probeerde het niet te bedekken. Hij voelde dat haar ringvinger de zijkant van zijn neus raakte, en de tranen sprongen hem in de ogen.

'Val dood, en zij ook!' siste Becca. 'Jullie verdienen elkaar. Wat heb je tegen haar gezegd?' Ze begon met een spottende, eentonige stem te praten, een groteske parodie op romantische lieve woordjes. '*Mijn vrouw begrijpt me niet... het gaat al jaren niet goed tussen ons... het zal niet altijd zo zijn, schat... vertrouw me, lieverd, we vinden wel een oplossing... je bent het beste wat me ooit is overkomen...*'

En misschien was dat het ook, dacht hij, en zou dat het altijd zijn. Een groteske parodie op het echte werk. Becca ging naast Bill op het bed zitten en sloeg haar handen voor haar gezicht.

'Je hebt mijn hart gebroken,' zei ze met verstikte stem. 'Je hebt verdomme mijn hart gebroken, Bill.'

'Het spijt me,' zei hij, en legde een hand op haar schouder. 'Het spijt me heel erg.' Hij sprak haar naam uit. En toen nog een keer. Hij liet haar naam klinken als een vraag. 'Blijf alsjeblieft van me houden,' zei hij.

'Raak me niet aan,' zei ze. Hij liet haar los. Ze haalde diep adem, hield op met huilen en snoot haar neus. Plotseling was ze doodkalm. 'Raak me niet aan, nu je haar hebt aangeraakt,' zei ze. Het was als een nieuwe regel voor hun nieuwe leven. 'En kus

Holly niet met een mond die die vieze derdewereldhoer heeft gezoend.'

'Mijn dochter niet kussen?'

Becca knikte. 'Je blijft uit haar buurt.' Ze kneep haar ogen tot spleetjes. 'Blijf uit de buurt van mijn dochter, vuile schoft.'

Hij staarde naar zijn handen en mompelde iets wat ze niet verstond. Ze keek met een felle blik in haar ogen naar hem op, snot en tranen op haar gezicht. 'Wat zeg je?'

'Dat ze ook míjn dochter is.'

Ze grijnsde. 'Nou, misschien had je daaraan moeten denken voordat je begon. Hoe gaat het in z'n werk, Bill? Heb jij exclusieve neukrechten of deel je haar met anderen?' Ze schudde haar hoofd. 'Ga je nú weg of morgenochtend?'

Hij boog zijn hoofd. 'Nooit.'

'Wát?' Ze sprong overeind en liep heen en weer door de slaapkamer, met haar armen over elkaar.

'Ik gá niet weg.' Er was geen kracht in zijn stem. Alle kracht was eruit verdwenen. Hij zei de woorden, maar hij klonk niet overtuigend. Het leek of zijn vrouw nu alle kracht had. 'Ik ga nooit weg.'

Haar stem klonk heel redelijk, maar een beetje ongeduldig, alsof ze iets uitlegde aan de dorpsgek.

'Maar, Bill – we willen je hier niet hebben.'

'Je bedoelt dat jíj me hier niet wilt hebben.'

'Dat klopt. Ik wil dat niet.'

'Maar ík wil hier blijven.'

'Waarom, Bill?'

'Omdat ik van je hou.'

'Dat is een giller.'

'En ik hou van mijn dochter.'

Hij dacht dat ze dát nooit kon ontkennen of tegenspreken. Maar dat deed ze wél. Zelfs dat. Ze ging voor hem staan en legde graag uit waarom hij moest vertrekken.

'Je houdt van je dochter, maar je zou haar "thuis" kapotmaken, haar hart breken en haar voor haar hele leven krenken. En dat alles voor een vieze derdewereldhoer. Je weet het niet, Bill.

Jouw ouders zijn niet gescheiden. Je moeder stierf. Het is gemakkelijk als een van hen overlijdt. Je voelt alleen verdriet. Als iemand doodgaat voel je verdriet. Maar als een van hen weggaat – als een van hen de benen neemt – dan voel je je waardeloos, zonder enige waarde, en ik denk niet dat je daar ooit overheen komt. Ik denk dat een deel van je zich altijd waardeloos voelt, alsof je het verdiende, alsof het door jou kwam, alsof het gebeurde omdat jíj slecht was.'

'Laat me dan blijven. Laat me blijven voor Holly, als het dan niet voor jou is.'

'Maar jij hebt het onmogelijk gemaakt om te blijven. Snap je dat niet?' Ze kromp ineen en begon te huilen. 'Hoe kon je zo gemeen tegen ons doen, Bill? Hoe kon je zo gemeen doen tegen de twee mensen die je meer liefhad dan – verdomme,' zei ze. Ze ging op het bed zitten, overmand door verdriet. Hij durfde haar niet meer aan te raken. Ze herwon zich en veegde haar tranen weg met de rug van haar hand. 'Ik wil je een vraag stellen, Bill.'

'Ga je gang' zei hij. Hij slikte, bang voor wat ze zou zeggen, bang voor wat hem te wachten stond.

'Was het dat waard?' vroeg Becca.

Hij wist dat ze hem nu haatte. Hij wist dat hij het verknald had bij Becca. Hij wist dat het leven van zijn dochter waarschijnlijk voorgoed was veranderd door wat hij had gedaan. En hij wist dat, hoe vaak hij ook zei dat hij van hen hield en smeekte of hij mocht blijven, hun gezinnetje nooit meer hetzelfde kon zijn.

'Niets is dit waard,' zei hij. Hij geloofde het met heel zijn hart. Ze keek hem aan, en probeerde hem te begrijpen. Tevergeefs. Ze snapte helemaal niets van de man met wie ze getrouwd was.

'Betekenden we zó weinig, Bill? Jij en ik, bedoel ik. Ons huwelijk. Snap je het niet? Het huwelijk is tijd. Het huwelijk is vertrouwen. Het huwelijk – ik weet niet wat het is, maar ik weet wel dat je het niet krijgt van iemand die je in een bar oppikt. Je denkt dat je slim bent. Je sluipt stiekem rond, achter mijn rug, en houdt het verborgen. Je denkt dat je heel slim bent.'

Hij schudde zijn hoofd. 'Nee, dat denk ik niet.'

Ze hoorde hem niet. 'Maar je bent dom,' vervolgde ze. Haar stem stokte. Ze had moeite met ademen, ze worstelde om niet in te storten. Ze moest eerst nog een paar dingen tegen hem zeggen. 'O, je bent zo dom, Bill, je bent zo verdomde banaal. Nu zal Holly opgroeien met één ouder, ze zal een van die arme kindjes worden die slechts één ouder hebben, omdat de andere vreemdging. Het zal haar voorgoed beschadigen en pijn doen, en ze zal er nooit overheen komen.' Hij dacht dat ze hem opnieuw een mep zou verkopen, maar ze schudde haar hoofd, verdrietiger dan hij voor mogelijk had gehouden. En dat was veel, veel erger. 'En het is allemaal jouw schuld,' zei ze. Hij wist dat ze gelijk had. 'Je hebt me bedrogen. Ik hield van je en ik vertrouwde je, en je gooide het allemaal weg. Je deed net of het niets was. Al onze jaren samen – niets. Alle dingen die we meemaakten – niets. Je hebt alles wat goed was in mijn leven verpest.'

Ze boog haar hoofd.

'Bec?' zei hij. 'O, Bec, niet huilen.'

Maar ze huilde en huilde. Hij probeerde haar in zijn armen te nemen, maar ze weerde hem af. 'Ze is niet de liefde van je leven, Bill. Denk je dat? Ze is slechts je gore geheimpje. En het is geen passie – denk je dat het passie is? Het is het tegenovergestelde. Alle leugens, al het stiekeme gedoe – er is een ijskoud hart nodig om dat allemaal te doen. Je moet een superongevoelige klootzak zijn, Bill.' Ze bedekte opnieuw haar gezicht, maar ze huilde niet meer. 'Verdomme. Waarom heb ik jou uitgekozen? Waarom heb ik een keiharde schoft als jij uitgekozen? Als ik denk aan waar ik allemaal had kunnen zijn.'

'Ik zal het goedmaken, Becca, dat zweer ik.' Zijn stem klonk nu wanhopig. 'Ik zal het goedmaken.'

Ze fronste haar voorhoofd en schudde haar hoofd. 'Dat zou je nooit kunnen,' zei ze. Ze ging staan en liep langzaam naar de deur. 'Ik ga bij Holly slapen. Ik kan je nabijheid niet verdragen. Ik hield zo veel van je, en nu kan ik er niet tegen om bij je in de buurt te zijn. Hoe heb je dat voor elkaar gekregen, Bill?'

'Breng Holly hierheen, dan ga ik naar de andere kamer,' zei hij.

Maar ze had er genoeg van.

'O, verdwijn gewoon uit mijn leven,' zei ze kalm. Ze klonk doodop, alsof het sterkste gevoel dat ze had vermoeidheid was. 'Pak je spullen en smeer 'm. Ik kan je niet meer zíén!'

Hij stond op, maar zette geen stap in haar richting. 'Het spijt me zo, Becca.'

'Hoe vaak ben je van plan dat te zeggen?'

'Tot je me gelooft.'

Ze zag er heel verdrietig en moe uit, zoals ze in de deuropening van hun slaapkamer stond. Alsof ze al rouwde om hun huwelijk, alsof er een dierbaar levend iets was gestorven.

'Het is te laat om spijt te hebben,' zei ze.

Daarna ging ze weg. Hij hoorde haar bij Holly in bed stappen. Na een tijdje trok hij zijn kleren uit, stapte in bed en staarde naar het plafond. Van tijd tot tijd hoorde hij hen bewegen in de andere kamer. Het was altijd Holly die ermee begon. Hij kon haar angstig uit een droom horen ontwaken, en daarna hoorde hij Becca's zachte, geruststellende woorden, gevolgd door de lange stilte van slaap, of in elk geval een poging om de slaap te vatten.

Bill sliep niet, maar hij moest even zijn ingedut, want op een gegeven moment in de nacht realiseerde hij zich dat Becca over zijn bed gebogen stond.

Ze had ook wakker gelegen, en ze had nagedacht, en ze wilde een paar antwoorden.

'Wie is het?' zei ze, haar stem schor van het huilen. 'Is het een van de meisjes hier?'

Hij knikte. 'Maar ze is vertrokken. Ze woont hier niet meer.'

Hij zag beelden voor zich van Becca die voor het raam van JinJins flat stond en JinJins spullen op straat gooide. Hoewel hij wist dat dat nooit zou gebeuren. Ze had te veel trots, te veel klasse. Becca zou hem gewoon uit haar leven schrappen, en ze zou JinJin nooit als een rivale behandelen. Niemand had haar echtgenoot gestolen. Hij had zichzelf weggegeven.

'Welk meisje?' vroeg Becca. Haar ogen waren rood en gezwollen door alle pijn en woede, maar haar stem had ze onder controle. Ze wilde het gewoon weten. 'Niet zeggen,' zei ze, alsof het een spelletje was. 'Ik kan het wel raden. Het meisje met de rode Mini en de benen. Is ze dat?' Ze keek naar zijn gezicht en knikte. Ze had geen antwoord nodig. 'O, Bill – ze is niets bijzonders. Ze is geen wereldwonder. Er zijn daar betere en jongere.' Ze zag zijn gelaatsuitdrukking. Natuurlijk waren er jongere en betere. Zo zat de wereld in elkaar. Er waren altijd jongere en betere. Maar dat betekende niet dat je ze wilde hebben.

'Het kan me niet schelen wat je doet, maar blijf uit de buurt van Holly, houd je hoer weg van mijn dochter,' zei Becca. Nu haar vraag was beantwoord kwam de woede als koorts opzetten. Haar keel kneep dicht en haar gezicht verstrakte. 'Je denkt dat je een goede ouder bent, is het niet, Bill?'

Hij schudde zijn hoofd. 'Dat zou ik nooit van mezelf zeggen.'

'Maar je zult pas een goede ouder zijn als je je kind boven alles en iedereen stelt, Bill,' zei ze, alsof hij niets had gezegd. 'Inclusief de vrouw met wie je je leven wilt delen. Inclusief de vrouw die je wilt neuken. Je Chinese hoer.'

Ze liep naar de deur en deed haar trouwring af. Het ging moeizaam. Toen gooide ze de ring vanaf de deuropening naar Bill toe. Hij kletterde tegen de muur. Bill kon hem horen tollen op de vloer.

Op hun trouwdag had hij gedacht dat ze de ringen die ze elkaar gaven tot aan hun dood toe zouden dragen. Nu zag hij dat trouwringen verloren raakten, gestolen werden, in woede werden weggegooid. Nu begreep hij dat je een aantal trouwringen in één huwelijk zou kunnen verslijten. Nu vond hij het moeilijk te geloven dat hij ooit zo jong was geweest als op hun trouwdag, jong genoeg om te geloven dat je slechts één trouwring nodig had.

's Morgens kwam ze naar hem toe, gekleed in een ochtendjas. Ze rilde, alsof ze het heel koud had. Ze keek toe terwijl hij zijn koffer pakte.

'Ik hou zoveel van je,' zei hij, zonder op te kijken van wat hij aan het doen was. 'Je bent de beste kameraad die ik ooit heb gehad. Je verdient dit niet.' Hij huilde nu, maar het was een gecontroleerd huilen, het soort waarbij je je tanden op elkaar klemt en je kaak spant omdat je bang bent dat je compleet instort als je jezelf laat gaan. 'Het spijt me dat ik je pijn heb gedaan. Ik weet dat je het niet meer wilt horen, maar ik zeg het tóch.'

Ze ging op het bed zitten, naast zijn koffer. Haar ogen zaten bijna dicht van al het huilen. Ze zette een van haar blote voeten op de rand van zijn koffer. 'Hoe vergeef ik jou, Bill?'

Hij haalde hoofdschuddend zijn schouders op. 'Ik weet het niet,' zei hij. 'Ik zou niet weten hoe.'

'De waarheid is dat ik het niet kán.' Haar gezicht was mooi, ook al zaten er strepen op van de tranen en was het opgezet van verdriet. Hij dacht aan alle mannen die hun zinnen op haar hadden gezet, en hij vroeg het zich ook af: waarom heeft ze míj uitgekozen?

'Ik kan je niet vertrouwen,' zei ze. 'Zelfs als we – hoe kan ik je ooit nog vertrouwen? Maar in dit huwelijk gaat het niet alleen maar om ons, het gaat ook om het kind dat in de kamer hiernaast ligt te slapen.'

Hij keek haar aan. Hij besefte wat ze zei, wat ze aanbood. Ze stak een hand op, om aan te geven dat hij zich geen illusies hoefde te maken. 'Je hebt het verpest, Bill. Je hebt het voorgoed verpest.' Haar mond vertrok van verontwaardiging over zijn stommiteit, en over alles wat hij haar had aangedaan, alle echte, ondraaglijke, fysieke pijn. 'Omdat je bent vreemdgegaan,' zei ze. Ze veegde haar tranen weg. 'Ik kan een betere echtgenoot vinden dan jij.' Ze knikte. Het stond niet ter discussie. Ze wist dat het waar was. 'Een betere man dan jij. Ik weet dat ik een betere man dan jij kan krijgen. Denk je dat je iets bijzonders bent? Maar...' Ze lachte, schudde haar hoofd en omvatte haar gezicht. 'Maar ik weet niet of ik iemand kan vinden die een betere vader is dan jij. Ik weet niet of ik een betere papa voor mijn dochter kan krijgen. Iemand die net zo veel van haar houdt als jij. Ik weet niet of ik een man kan vinden die net zoveel van Holly houdt als jij. En een man van wie mijn dochter net zoveel houdt als ze van jou houdt. Ik denk het niet. Ik denk niet dat me dat lukt.' Ze schudde haar hoofd. 'Dat is verdomde jammer, hè? Voor ons allemaal.'

'Blijf van me houden,' smeekte hij. 'Blijf alsjeblieft van me houden.'

'Misschien is het op een bepaald moment gewoon over. Bij jou en mij. Bij iedereen. Misschien is het gewoon op. Dat gevoel had ik niet bij ons, Bill. Ik hield van je. Jij was de man met wie ik mijn leven wilde delen. Wat banaal, hè? Wat stom.'

Hij schudde zijn hoofd.

'Maar misschien verandert er zo veel, dat we ten slotte allemaal met vreemden getrouwd zijn,' zei ze. 'Volstrekte vreemden. En als je geluk hebt, mag je hen graag. Hou je zelfs van hen. Maar je kunt niet net doen of het dezelfde persoon is als degene met wie je trouwde.'

Hij raakte haar arm aan en sprak haar naam uit, maar het leek of ze het niet hoorde. Hij had het gevoel dat hij haar had omgebracht.

'Het huwelijk begint als een huwelijk uit liefde en eindigt als – ik weet het niet – als een economisch partnerschap,' zei ze. 'Een thuis. Een plek om kinderen groot te brengen. Het begint als een liefdesrelatie en eindigt als een gezin.' Ze keek hem snel aan, alsof ze bang was dat haar punt hem zou ontgaan. 'Dat betekent niet dat ik niet meer van je hou. Maar ik hou van onze dochter op een andere manier, op een intensere manier, en ik laat je blijven omwille van háár. Ik hield van haar vanaf haar eerste ademhaling en ik zal van haar houden tot aan haar laatste ademhaling. Ik laat je blijven omwille van haar. Ben ik rationeel? Ben ik volwassen? Denk ik aan mijn dochter? Nou en of! Ik heb zin om je te leren hoe het voelt. Zal ik dat doen, Bill? Zal ik iemand zoeken en je leren hoe het voelt?' Ze keek hem aan alsof ze plotseling op een idee was gekomen. 'Waarom ben je opgehouden van me te houden?'

'Ik ben altijd van je blijven houden.'

'Wat heel vreemd is bij jou, bij alle mannen, is dat jullie denken dat jullie de enigen zijn die kunnen kiezen,' zei ze.

Waar had ze het over? Over wie had ze het? Maar Becca zei niets en hij vroeg niets. Hij was te bang voor het antwoord. Ze liet hem blijven. Dat was voldoende, en het enige dat ertoe deed. Hij boog zijn hoofd en ze omarmde hem, maar ze drukte zich niet tegen hem aan. Haar lichaam was gespannen en het trilde, het was breekbaar als glas. Ze gingen op het bed liggen en huilden samen om het vertrouwde lichaam naast hen dat plotseling voor altijd was veranderd.

Hij wist dat dit niet het einde was. Hij wist dat deze nacht altijd bij hen zou zijn, hoewel hij geen idee had hoe groot het litteken zou zijn, en of ze ermee zouden kunnen leven. Later zouden er vragen zijn – verschrikkelijke vragen, hartverscheurende vragen, allemaal vragen die je aan een verscheurd hart stelt. Maar op dit moment, nu Becca uit bed stapte en het licht van de nieuwe dag binnenstroomde en ze hun kind in de kamer naast hen hoorden, had ze slechts één vraag.

'Is het voorbij?' vroeg zijn vrouw.

25

De helikopter vloog recht omhoog en plotseling bevonden ze zich tussen de skyline van Hongkong. Ze keken er niet naar, maar ze hingen erin. Ze zweefden als een gigantisch insect langs de steile constructie van staal en glas, de Bank van China, met de reeks torenflats tot aan Victoria Peak, een groene top die uitstak boven een zwevende ketting van parelkleurige mist, met rondcirkelende adelaars erboven.

De skyline van Hongkong was heel bijzonder. Hij was niet als die van Shanghai, waar je altijd besefte dat de grote, oude gebouwen aan de Bund de fraaie resten van een koloniale droom waren. Hongkong was een stad die niet door een ideologie was aangetast, een stad die nooit een andere god dan de mammon had gediend. Zelfs nu, teruggevorderd door het moederland, was Hongkong alles wat de grote steden van het vasteland graag wilden zijn.

Ze gingen met z'n zevenen naar Macao. Bill en Shane zaten samen achter in de helikopter. Mitch en Nancy zaten voor hen, gebogen over een laptop. En verder waren er Wolfgang en Jurgen van DeutscherMonde. Ze leken nu meer op elkaar, want de oude rocker en de weekendgolfer hadden beiden het volwassen uiterlijk gekregen van de zakenman die te veel Aziatische nachten heeft gezien. En er was Voorzitter Sun. Hij zat naast de Australische piloot en keek vanachter zijn zonnebril met een bezittersair neer op Hongkong. De piloot zei iets over de radio. Het kraakte in Bills oor, volledig onontcijferbaar. De helikopter dook met zijn neus naar beneden, in westelijke richting, en scheerde laag over de haven, een woest wateroppervlak met kleine, houten jonken, een reusachtig cruiseschip en de groen-witte Star-veerboten die tussen Kowloon en Hong Kong Island heen en weer voeren.

Al gauw vlogen ze laag over de Zuid-Chinese Zee, met het kolkende water beneden hen. Oude vissersboten doemden plotseling op uit de mist, als spookschepen, en verdwenen weer even abrupt.

De gele oordopjes hielpen weinig tegen het gedreun van de motor. Het lawaai dwong hen tot stilte. Bill was alleen met zijn gedachten. De laatste tijd had hij er maar één – de gedachte die hem midden in de nacht wakker maakte, terwijl zijn vrouw naast hem lag te slapen. De gedachte die hem belette te slapen in het lome, dromerige uur na hun liefdesspel, als JinJin in zijn armen lag tot het tijd voor hem was om te gaan.

Was het voorbij?

Het was voorbij, omdat hij nu inzag dat hij zijn vrouw en kind nooit zou kunnen verlaten. Becca kon hem het huis uitzetten, dat was altijd mogelijk, maar hij zou nooit zijn vrouw en kind in de steek kunnen laten. *Was het voorbij?*

Hij dacht dat het pas voorbij zou zijn als hij niet meer dacht aan de rode lampionnen van het Spring Festival en aan haar gezicht op de ijsbaan, en hoe ze er in haar gele jack had uitgezien. Het zou niet voorbij zijn zolang hij zich die dingen herinnerde, en hij was er zeker van dat ze hem tot aan zijn dood zouden bijblijven.

Was het voorbij? Hij zou haar nooit meer kunnen zien, en dan nog zou het niet voorbij zijn. *Was het voorbij?* Ze zou met een ander kunnen trouwen en kinderen van hem krijgen, en dan nog zou het niet voorbij zijn. *Was het voorbij?*

Pas als hij zijn hart kon verharden en kon stoppen met haar te zien, pas als ze ophield met van hem te houden alsof hij iets bijzonders had, pas als ze ophield met van hem te houden alsof hij een goede man was.

Pas als ze ophield met hem voortdurend lief te hebben. Pas als hij wist dat ze zich zonder hem kon redden. Pas als hij onbezorgd kon nadenken over wat er met haar zou gebeuren.

Pas dan zou het voorbij zijn.

De avond ervoor was Bill na middernacht thuisgekomen van zijn werk. Becca had op de sofa liggen lezen, in ochtendjas en slippers. Ze had op hem gewacht. Ze zag er bleek en moe uit, en toen hij de flat binnenkwam en ze naar hem keek, leek ze te huiveren. Ze trok haar ochtendjas dicht om zich heen. Het gebaar deed hem denken aan ziekte en ziekenhuizen.

Hij wilde haar in zijn armen nemen, maar hij wist dat hij dat niet durfde.

'Je had niet op me hoeven wachten,' zei hij. Hij haatte de geforceerde vormelijkheid die er plotseling tussen hen was.

Ze lachte en schudde haar hoofd. 'Maar ik heb het wel gedaan, Bill,' zei ze. 'Ik deed het omdat ik niet weet waar je bent, nietwaar? En ik weet niet bij wie je bent, nietwaar?'

Er was geen echte beschuldiging in de woorden. Het was de harde waarheid, rustig uitgesproken. Maar hij kon de rauwheid van haar gevoelens voelen, en hij kon begrijpen waarom dat het slapen onmogelijk maakte. Ze vertrouwde hem niet, en misschien zou ze hem nooit meer vertrouwen. Hij vroeg zich af of ze zo zouden kunnen leven.

'Het komt allemaal door dat Yangdong-project,' zei hij, zich verschuilend achter zijn werk. 'Er is nog zoveel te doen voordat het af is.' Hij keek haar recht aan en haalde hulpeloos zijn schouders op. 'Ik was op kantoor, Bec.'

Ze lachte en wreef in haar ogen. 'Dat weet ik,' zei ze. 'Dat weet ik, maar ik geloof het niet echt.'

Hij ging op de sofa zitten. Becca stond op, met haar boek in een hand. Met haar andere hand hield ze haar ochtendjas vast.

'Het spijt me zo,' zei hij. Hij was bereid het ontelbare keren te zeggen, net zolang tot ze het geloofde.

Ze knikte en zuchtte. 'Maar dat is niet genoeg.'

Voordat ze zich omdraaide, zag hij het boek in haar hand en herkende de dunne, groene paperback. Hij herinnerde het zich uit zijn schooltijd. *Leaves of Grass*, geschreven door Walt Whitman.

Hij had nooit geweten dat zijn vrouw van poëzie hield.

Hij was naar JinJin gegaan om te zeggen dat het voorbij was. Ze hadden elkaar vastgehouden. Hij had de tranen op hun gezicht gevoeld en hij had geweten dat het tranen van hen alle twee waren.

'Snap je het niet?' zei hij. 'Dit zou nog vijf of tien jaar door kunnen gaan, maar waar zouden we dan zijn? Wil je oud worden, terwijl je wacht op iets wat nooit zal gebeuren? Is dat wat je wilt?'

Ze dacht even na. Ze veegde haar tranen weg en dacht erover na. Voor het eerst, dacht hij. Ze stelde zichzelf voor als iemands veertigjarige minnares. Kinderloos, eenzame nachten, en geen kans op een goede afloop.

'Ik wil je gezin geen pijn doen,' zei ze. Ze pakte een keukenhanddoek en droogde haar gezicht af. 'Je kleine meisje. Je vrouw. Ze heeft me nooit kwaad gedaan. Ik wil je niet stelen.'

'Mensen kun je niet stelen,' zei hij. Hij wilde niet dat ze de verantwoordelijkheid voor alles opeiste. 'Mensen kunnen niet gestolen worden.'

Ze praatten en ze huilden tot ze beiden uitgeput waren. Toen stond hij op om te vertrekken, maar ze pakte zijn hand en drukte hem tegen haar gezicht, haar hals, haar dij.

Hij schudde zijn hoofd en probeerde zich los te trekken. Dat niet. Niet nu.

En toen legde ze zijn hand op haar borst. Hij schudde nog heviger zijn hoofd en probeerde zich opnieuw los te maken, maar ze hield zijn hand daar tot hij het voelde. Het was aan de rechterkant van haar borst.

Een knobbel zo groot als een golfbal, een knobbel zo hard als de echte wereld.

Toen de helikopter de mist achter zich liet, was er plotseling de kleurenpracht van de lichten van Macao, de felle neonlichten van de enorme casino's. De in Portugese stijl opgetrokken gebouwen die boven alles uitstaken, zagen eruit als speelgoedforten in een victoriaanse kinderkamer.

Macao was het topje van het Chinese schiereiland, het eind

van China, of misschien het begin. Het met neon verlichte bord van Hotel Lisboa, het opzichtigste casino van allemaal, scheen als een baken in de grijze schemering. Het was een tempel voor een godsdienst die meer voor het Chinese volk betekende dan het communisme of het kapitalisme ooit zou kunnen doen. Een tempel die de massa opriep tot gebed.

'Op een dag zal er worden gegokt in China,' had Devlin gezegd. 'Misschien duurt het nog even. Misschien gebeurt het pas na het einde van de Partij. Misschien pas na Taiwan.'

Bij de oudere expats in Shanghai was dit de meest populaire theorie: de communistische partij van China zou uiteindelijk verdwijnen. De oude mannen in Beijing zouden ten slotte hun lang beloofde patriottische oorlog tegen Taiwan voeren en ze zouden jammerlijk falen. Hun vliegtuigen zouden worden neergeschoten, hun raketten zouden hun doel missen of worden onderschept, en de soldaten zouden nooit verder komen dan het strand. Dan zouden de oude mannen in Beijing voorgoed ten onder gaan en hun ellendige ideologie en de beelden van Voorzitter Mao meenemen, met de abruptheid en de bestendigheid van de Berlijnse Muur, die plotseling een stapel bakstenen was geworden.

'Chinezen houden van gokken, het zit in hun genen', had Devlin gezegd voor ze vertrokken. 'Op een dag zullen er casino's op het vasteland zijn en ze zullen Las Vegas en Atlantic City laten lijken op een paar gokautomaten aan het eind van een pier aan de Engelse kust. Tot die tijd is er Macao'.

Bill dacht aan JinJins vader. Het loon dat hij in de fabriek verdiende verloor hij weer bij het mahjongspel, waarna hij terugging naar zijn vrouw en twee dochters, vol van de woede van de verliezer. Met een gezicht als een donderwolk zat hij aan de ontbijttafel en deed langzaam zijn riem af.

Ze heeft nooit een kans gehad, dacht hij.

De mamma-san bracht de meisjes naar hen toe, zes tegelijk. Ze waren nu nog maar met z'n vijven. Bill en Shane zaten op de gebarsten, leren sofa's met hun cliënten. Voorzitter Sun, met een vers drankje voor zich, keek naar de meisjes. Nancy was meteen na het diner teruggegaan naar het hotel, Mitch was ergens tussen het restaurant en de karaokebar verdwenen. De avond naderde zijn climax. Voor het eerst begreep Bill de aanwezigheid van Voorzitter Sun. Hij was hier om zijn bonus in ontvangst te nemen.

Alle meisjes waren een jaar of twintig, te jong om hun echte gevoelens te verbergen. Ze probeerden die te maskeren met een ingestudeerde wezenloosheid, maar dat lukte niet helemaal.

Ze waren beurtelings verveeld, minachtend, geamuseerd, bang en beminnelijk – hoewel Bill wist dat het een beminnelijkheid was die, zodra er een deal was gesloten, in een keiharde professionele houding kon omslaan.

Hij wendde zijn blik af van hun gezichten en keek naar de gigantische plasmatelevisie. Op het scherm liepen twee geliefden over een strand, met lelijke torenflats in de verte, terwijl de Chinese karakters van de liedjes oplichtten op het vuile zand. Een suikerzoete melodie vergezelde het paar. Bill kende het lied niet. Hij kende geen van de liedjes hier. Het was ook niet de bedoeling dat hij het lied kende. Dit was geen karaokebar voor blanken.

'Je moet degene zijn die het meest onverschillig is,' zei Shane. 'Dat is de fout die ik heb gemaakt. Ik gaf altijd meer om mijn vrouw dan zij om mij. Grote fout. Vergeet dat niet, degene die het meest onverschillig is heeft alle macht.'

De karaokebar was uitsluitend bestemd voor Chinezen – winnende gokkers die uit het casino kwamen, dat een verdieping lager lag, of hun wonden likten op weg naar het hotel, vier verdiepingen hoger.

De handel hier was veel harder dan wat Bill in Shanghai had meegemaakt. Hij had nog nooit zulke mooie meisjes gezien. De karaokebar gaf hem het gevoel dat seks met een van hen zoiets zou zijn als het kopen van een stuk pizza. Hij fluisterde zijn gevoelens tegen Shane.

'Wat is er mis met pizza?' vroeg Shane.

In het kleine vertrek stonden de meisjes te wachten, terwijl de mannen zaten te kijken. Het grote televisiescherm wachtte, met twee microfoons erop, klaar voor nog meer sentimentele liefdesliedjes. De mannen keken naar de meisjes en de meisjes keken naar hen.

Shane sprak in het Kantonees met de mamma-san, die haar door thee geel geworden tanden bloot lachte. Ze moest ooit een schoonheid zijn geweest, maar haar gezicht was bedekt met oude littekens van de waterpokken, en Bill vond dat ze de ogen had van een lijk. Ze had alle goede manieren van de doorgewinterde mamma-san, maar ze vond de aanwezigheid van zoveel westerlingen duidelijk niet prettig.

Alleen het vloeiende Chinees van Shane, en het feit dat hij hier eerder was geweest en veel geld had uitgegeven, plus de voorname houding van de Voorzitter, maakten hun aanwezigheid aanvaardbaar. Maar ze begon ongeduldig te worden.

Het systeem in de karaokebar was als volgt: er werden vijf meisjes binnengebracht, een voor elke klant. Ze bleven om wat te drinken en een liedje te zingen, en dan nam de mamma-san de meisjes weer mee. Even later kwam de mamma-san terug en trotseerde de mannen in haar eentje, zoals nu. Ze wachtte met een afschuwelijke, samenzweerderige glimlach tot de mannen besloten welke meisjes terug konden komen en welke meisjes moesten worden vervangen, en wie van de meisjes die ze wilden naar hun hotelkamer moest worden gestuurd.

Op een drukke avond – en nu de Chinezen plotseling de grootste wereldreizigers waren geworden, waren de avonden altijd druk – was de voorraad meisjes niet onuitputtelijk. De karaokebar was een doolhof van kleine, bedompte kamertjes, die stuk voor stuk een constante aanvoer van jong vrouwenvlees nodig hadden. Bill zag de mamma-san achter haar starre glimlach steeds gefrustreerder worden. Wanneer zouden ze besluiten welke meisjes ze voor de nacht zouden meenemen?

'Je houdt je bij degene die je hebt?' vroeg Shane aan Bill. Bill knikte.

Bill had het laatste uur naast een jonge vrouw uit Zhuhai gezeten, net over de grens. De meeste meisjes spraken geen woord

Engels in deze karaokebar, die slechts twee door neon verlichte Chinese karakters boven de deur had en geen afgezaagde Engelse naam waar ze spottend om zouden kunnen lachen. Shane en de mamma-san waren erin geslaagd een meisje voor Bill te vinden dat nieuw, mooi en bang was en zelfs een beetje Engels had geleerd.

Bill liet haar de foto's van Holly zien die in zijn portefeuille zaten. Het meisje gaf aan dat ze onder de indruk was, terwijl ze aan haar sinaasappelsap nipte. Hij zou nooit haar naam weten, hoewel hij een paar keer probeerde hem uit te spreken, maar dat was gewoon te moeilijk voor hem. Ze zei dat ze werkte onder de naam 'Lovely', maar hij kon zich er niet toe zetten haar zo te noemen.

Ze gaven hun ook zulke belachelijke namen.

Ze was zo aardig om te proberen een lied dat hij kende in het dikke zangboek te vinden – 'Elvis',' zei Bill tegen haar. 'Probeer maar iets van Elvis te vinden.' Maar ze had nog nooit van Elvis gehoord. Bovendien hadden ze geen liedjes voor mensen als hij. Ze werden getolereerd. Maar ze waren niet echt nodig. Het was alsof dit andermans eeuw was. De blanken met de grote neuzen, die zo lang waren gerespecteerd, waren niet langer nodig.

Het meisje kende genoeg Engelse woorden om Bill duidelijk te maken dat ze een opleiding voor schoonheidsspecialiste volgde en dat haar jongste broer veel geld betaalde om acteur te worden. Voordat ze de kamer verliet, drukte hij discreet een rolletje Hongkong-dollarbiljetten in haar hand. Hij had medelijden met het meisje.

'Wil je haar drankjes betalen?' vroeg Shane. Hij wist het antwoord al, maar werd aangespoord door de loerende mammasan. Ze keek met glinsterende ogen naar Bill toen hij zich hoofdschuddend afwendde. Seks met een vreemde. Precies wat hij nodig had. Net als een gat in zijn hoofd.

De avond naderde zijn einde. Bill kon de sigarettenrook van een tiental casino's aan zijn kleren ruiken en het effect van te veel Tsingtao's voelen. De drankjes waren ongelofelijk duur, maar de mamma-san wilde niet dat ze hier de hele avond zaten.

Ze wilde dat ze een paar rondjes gaven, de meisjes trakteerden en vroeg het bed indoken.

Shane sprak met de mamma-san. Een van de Duitsers, Jurgen, degene die eruitzag of hij zijn weekends op de golfbaan doorbracht, had zijn keus gemaakt. De andere, Wolfgang, de veertigjarige rocker in een leren jack, zei dat hij nog één biertje zou nemen, maar dat hij alleen naar het hotel terugging, zoals altijd. Evenals Mad Mitch een paar uur eerder had Wolfgang het schaapachtige gedrag vertoond dat brave Hendrikken altijd in dit soort gelegenheden lieten zien.

Shane was met een meisje dat hij van een eerdere trip kende. Hij zou haar naar het hotel laten sturen, hoewel de gedachte hem geen plezier leek te doen.

Voorzitter Sun had zich de hele avond met hetzelfde meisje beziggehouden en haar geïmponeerd met suikerzoete Mandarijnse ballades, gezongen met de stem van een schorre kikker. Ze had een glas rode wijn voor hem ingeschonken zonder de kamer te verlaten om Sprite te gaan halen, en nu wilde hij haar plotseling in een kwade bui inwisselen voor een ander. Hij was ladderzat.

Met zijn handen voor zijn borstkas, zijn nicotinevingers wijd gespreid om gigantische borsten aan te duiden, beschreef hij aan de mamma-san de kwaliteiten die hij zocht, als een wijnkenner die de sommelier raadpleegt.

'Nog één rondje dan,' zei Shane. De mamma-san ging weg en kwam terug met alle meisjes met wie de mannen zich hadden vermaakt. Met uitzondering van de 'gezelschapsdame' van Voorzitter Sun. Bill keek naar haar vervangster. Hij kon zijn ogen niet van haar afhouden. Hij was verbijsterd toen hij haar plotseling herkende.

De mamma-san grijnsde en stak haar handen uit, als de assistente van een goochelaar aan het slot van een truc. Het meisje was klein en vrij stevig, maar ze had een knap gezicht en grote borsten, waar Voorzitter Sun speciaal om had gevraagd.

Voorzitter Sun kneep veelbetekenend zijn ogen samen, een teken van genot, en Bill keek nog steeds naar het meisje, dat dezelfde kunstig gescheurde tutu droeg die ze allemaal aanhadden. Ze wankelde onzeker op haar slecht passende hoge hakken, als een ballerina in een hoerenkast. Hij bleef haar aanstaren. Toen vloog hij overeind en duwde haar naar de deur. Omdat ze Li Ling-Yuan was.

Omdat het nieuwe meisje JinJins zusje was.

'Wat doe jij hier?' zei hij. Zelfs terwijl hij zijn domme vraag stelde, was hij zich bewust van het woedende protest van de mamma-san, en het boze gebrul van Voorzitter Sun achter hem.

Toen Ling-Yuan naar hem keek, zag ze dat het Bill was, en haar verbazing veranderde meteen in een norse houding. Zijn aanwezigheid leek haar niet zoveel angst in te boezemen als volgens hem had gemoeten. In feite leek het haar absoluut niet bang te maken. Hij hoorde hier niet thuis.

'Waar ben je mee bezig?' Hij schudde haar boos heen en weer.

'Geef antwoord, Ling-Yuan.' Shane legde een hand op Bills schouder en noemde herhaaldelijk zijn naam, in een poging hem tot kalmte te brengen. Maar Bill hield Ling-Yuan nog steeds vast en wilde haar niet loslaten. Ze probeerde zich te bevrijden, maar nu omklemde hij haar pols. Hij draaide zich om naar de andere mannen en probeerde het uit te leggen. Hij was zich ervan bewust dat hij tekst en uitleg moest geven. 'Ik ken dit meisje,' zei hij, alsof dat alles zei. 'Ik ken dit meisje.'

'Zij Cherry,' zei de mamma-san. 'Zij goed meisje.'

'Haar naam ís niet Cherry, verdomme,' zei Bill boos. 'Ik ken dit meisje.'

Voorzitter Sun knipte twee keer met zijn vingers en Ling-Yuan deed een stap in zijn richting, maar Bill stak een hand uit en hield haar tegen. Voorzitter Sun schreeuwde in het Mandarijns tegen Shane, de mamma-san brulde in het Kantonees, en ook Ling-Yuan voegde zich bij het koor. Ze jammerde vol zelfmedelijden, als een verwende tiener die onterecht huisarrest heeft gekregen.

'We gaan,' zei Bill tegen Ling-Yuan, en wendde zich tot Shane. 'Ik ga er geen woorden meer aan vuilmaken. Dit is JinJins zus. Hij zal haar niet neuken!' Hij keek naar de mamma-san. 'Niemand neukt dit meisje vanavond. Ze gaat ervandoor.' En hij riep tegen de voorzitter: 'Zoek maar een ander.'

'Maar ze kán niet zomaar weggaan,' zei Shane rustig, maar met een gekweld blik. 'Zo werkt het niet.'

'Betaal dan haar drankjes,' zei Bill. 'Het kan me niet schelen. Maar ze gaat nú met mij mee. Ik meen het, Shane. Als ze zich heeft omgekleed, verlaten we de bar meteen.'

Er stonden twee uitsmijters in de deuropening. Shane sprak tegen Voorzitter Sun om hem te kalmeren en kibbelde met de mamma-san. Geen van beiden leek onder de indruk te zijn. Voorzitter Sun schudde woedend zijn hoofd en zijn blik bleef op de borsten van Ling-Yuan gericht. De mamma-san deed een stap naar achteren en stond tussen de twee uitsmijters in. Haar starre grijns was nu verdwenen.

'Wat doe je hier?' zei Bill tegen Ling-Yuan, alsof ze slechts met z'n tweeën waren.

'Werken,' zei ze. Ze rolde met haar ogen vanwege zijn domme vraag. Hij verwachtte dat ze zou zeggen: 'En wat doe jíj hier?' Maar dat deed ze niet. Ze zei verder niets. Alsof het allemaal zo duidelijk was dat er niets gezegd hoefde te worden.

Shane raadpleegde de mamma-san, en ze kwamen tot overeenstemming. 'Je kunt haar drankjes betalen,' zei hij tegen Bill. 'Maar het is dezelfde deal als bij de rest van de meisjes.' Hij stak een hand op toen Bill begon te protesteren. 'Sorry, maat. We geven de mamma-san het geld. We geven haar ook de naam van ons hotel, een kamernummer en een tijd. Dan klopt ze op je deur.'

'Maar dit is...'

Shane schudde zijn hoofd. Hij begon zijn geduld te verliezen. 'Je betaalt haar drankjes en stemt in om haar later te ontmoeten, óf je laat haar weer aan het werk gaan,' zei hij. 'Kies maar.' Hij glimlachte toen Bill Ling-Yuans pols losliet. Ze keek hem aan als een weerspannig kind. Shane sloeg zijn armen om zijn vriend en keek hem uiterst bedroefd aan.

'Het is nu anders,' zei Shane zacht. 'We spelen volgens hun regels. Of we spelen helemaal niet.'

Vanuit het raam van zijn hotelkamer kon hij China zien.

Het uitzicht was niet geweldig. Alleen de kustweg naar de dichtstbijzijnde stad, Zhuhai, met de her en der verspreid staande witte villa's, waarvan de meeste donker en verlaten waren, en de wilde palmen die onder een snoer met gele lampjes heen en weer zwaaiden toen het hard ging waaien. Af en toe bliksemde het en werd het uitzicht verlicht. Het begon te regenen.

Bill overwoog JinJin op te bellen. Hij overwoog Becca op te bellen. Maar uiteindelijk belde hij niemand. Hij stond te wachten op Ling-Yuangs komst, terwijl hij naar het verkeer op de weg naar Zhuhai keek. Toen wierp hij een blik op zijn horloge.

Misschien komt ze niet, dacht hij. Hoe meer hij erover nadacht, hoe aannemelijker dat leek. Waarom zou ze eigenlijk komen? Ze zou heus niet de laan uit worden gestuurd als ze niet kwam opdagen. Waarom zou ze naar zijn kamer komen om te worden uitgefoeterd door de vriend van haar zus? Hij was er zeker van dat ze niet zou komen.

Op dat moment werd er op zijn deur geklopt.

Ze zag er nu heel anders uit. De sexy kleding en de make-up waren verdwenen. Ze droeg een zwart T-shirt, gympen en een spijkerbroek. Toen ze de kamer binnenkwam, zag hij dat er JUICY op de achterzak van de spijkerbroek stond. Het merk dat haar grote zus vaak droeg. Misschien was het een oude broek van JinJin. Nee, ze hadden lang niet dezelfde maat. Ling-Yuang kocht nu haar eigen kleren. Geen afdankertjes meer van haar grote zus. Ze had haar eigen geld. Toen ze langs hem heen liep, zag hij naakte huid tussen de onderkant van haar T-shirt en de bovenkant van haar spijkerbroek. In het midden van de kamer draaide ze zich naar hem om. Hij schudde zijn hoofd.

'Ik geloof je niet,' zei hij. 'Wat zou je moeder zeggen? Wat zou je zus zeggen?'

Maar ze was voorbereid. Nu begreep hij waarom ze naar zijn kamer was gekomen. Om zich te rechtvaardigen.

'Mijn zus hebben iemand,' zei ze boos. Ze had het Chinese vermogen om plotseling in woede te ontsteken, om in één snelle beweging van volstrekte kalmte naar pure woede te gaan.

'Mijn zus hebben altijd iemand die voor haar zorgt. De man, de Shanghai-man. Nu jij. Rijke buitenlander. Maar voor mij zorgen niemand.'

Hij schudde zijn hoofd. Dat was geen afdoende reden. Er was niets wat ooit een afdoende reden kon zijn.

'Ling-Yuan, als je geld nodig had, had ik het je kunnen geven. Je zus had het je kunnen geven.' Zijn stem was zacht. Hij dacht nog steeds dat hij haar kon redden. 'Niet op deze manier, Ling-Yuan – dit is niet de juiste manier om je problemen op te lossen. Dat moet jij ook weten.'

Ze liet uitdagend haar kleine, witte tanden zien. 'De fabriek waar je me heen bracht niet goed,' zei ze. 'Net genoeg geld om te eten. De baas slechte man. Hij deed slechte dingen met meisjes. Het geld niet genoeg om naar huis te sturen. Begrijp je? Mijn moeder ziek. Begrijp je?'

'Ik weet dat je moeder ziek is.'

Ze wreef haar duim en haar wijsvinger tegen elkaar aan. 'Karaokegeld – vier keer, vijf keer beter dan die fabriek. Tien keer beter. Goedenacht.'

'Jezelf verkopen – is dat wat je wilt? Dat kan ik me niet voorstellen.'

'Fabriek erg slecht,' zei ze. Ze draaide zich om en liep naar het raam. Hij zag haar kijken naar de regen en de lichtjes van de weg in de verte. De wind gierde door de palmen. Het regende nu harder. Er reed iets over de weg. Aanvankelijk dacht hij dat het een groot, op hol geslagen voertuig was, een vrachtwagen met defecte remmen, maar het was een reclamebord dat was losgewaaid. Er stond het gezicht op van een glimlachend meisje dat een roze mobiele telefoon vasthield. Ze leek tegen Bill te lachen, terwijl het reclamebord opsteeg en draaide en in het duister verdween, op weg naar China. Het bord bewoog zich net zo gracieus als een reusachtige vlieger.

'Tyfoonseizoen begint,' zei Ling-Yuan, als een lusteloze weervrouw. 'Begint in juni. Altijd hetzelfde. Tyfoon komt in juni, juli en augustus. Dit jaar heel erg. Misschien veel tyfoon.'

Hij ging naast haar staan, maar wist niet wat hij moest zeggen. Hij had het idee dat het kwaad al was geschied. Hoewel het echte kwaad nog niet eens was begonnen.

'Dat is de weg naar Zhuhai,' zei hij kalm. 'Hiervandaan kun je het vasteland zien.'

'Dat weet ik,' zei ze. Ze verraste hem en daarna schokte ze hem. Ze genoot er duidelijk van. 'Ik eerder in dit hotel geweest.' Ze keek om zich heen, alsof ze iets zocht dat ze had achtergelaten. 'Misschien zelfs deze kamer...' Ze glimlachte om zijn gelaatsuitdrukking. 'Ik een maand in Macao – en ken al elk hotel.' Kinderlijk telde ze de hotels op haar vingers af. 'Ik ken Hotel Lisboa, Tin Tin Villa, Fortuna, Mandarin Oriental...'

De lijst van hotels vervulde hem met wanhoop. 'Je komt overal, hè,' zei hij.

Ze knikte trots. 'Heel populair meisje. De mamma-san zegt: "Jij goed meisje, Cherry. Jij beste meisje in bar".'

Hij stak een hand op. 'Alsjeblieft. Doe me een lol. Je heet niet Cherry.'

Ze keek echt verontwaardigd. 'Is mooie naam. Cherry Amerikaanse naam.'

Hij werd woest. 'Het is een stomme naam. Niemand in het Westen wordt Cherry genoemd. In de hele wereld wordt niemand Cherry genoemd. Moeders noemen hun baby's geen Cherry. Het is de naam van een animeermeisje in Azië, zo noemen oude mamma-sans een dwaas meisje als jij. Luister alsjeblieft naar me.' Hij pakte haar handen. Hij wilde echt dat ze het begreep. Maar hij aarzelde, omdat ze een beetje op haar zus leek. Een jonge, mollige versie van JinJin.

De twee zussen waren in fysiek opzicht elkaars tegenpool. De ene lang en slank en met kleine borsten, en de andere klein en rond, zo rond dat ze een en al welving was. De ene was als een danseres, de andere als een melkmeid, of misschien als een animeermeisje. Maar toen hij naar de jongste zus keek en haar handen vastpakte, kon hij niet ontkennen dat hij de geest zag van het meisje van wie hij had gehouden.

'Je naam is Li Ling-Yuan,' hield hij haar voor, hield hij alle mannen in alle hotelkamers voor, hield hij zichzelf voor.

Ze glimlachte flauwtjes. 'Maar op deze plek, in dit nieuwe leven, is mijn naam Cherry.'

Hij schudde zijn hoofd. 'Ik weet niet wat ik met je moet doen,' zei hij, zich bewust van de koelheid van haar handen, mollige handen, andere handen. Plotseling voelde hij dat zijn keel dichtkneep. Ze trok een overdreven geëpileerde wenkbrauw op en glimlachte. Deze keer breed, alsof datgene wat hij zei niet helemaal waar was. Hij liet haar handen los en deed een stap naar achteren. Maar ze bleven elkaar aankijken, alsof het voor het eerst was.

Ten slotte hield ze op met glimlachen en zwegen ze. Toen ze eindelijk weer sprak, was haar stem amper te verstaan boven het gebrom van de airco.

'Geniet,' zei ze met een nadrukkelijk knikje. Het was allemaal zo duidelijk en zo zakelijk, dat het net was of hij een klap met een hamer kreeg.

Toen was er alleen het moment, en misschien was het moment alles wat er ooit was geweest en alles wat er ooit was. Al zijn gedachten aan eeuwige liefde waren slechts verpakte westerse fantasie.

Er waren alleen het moment, het meisje, en de schaduwen van de hotelkamer en hetgeen je wilde. Hij nam haar in zijn armen en voelde dat hij opgewonden werd. Ze liep langzaam achteruit en leidde hem naar het bed.

Plotseling duwde Bill haar weg. Hij trok haar aan haar elleboog mee naar de deur en de gang, voordat hij zich kon bedenken.

'Ga naar huis, naar je moeder,' zei hij boos. Ze trok haar dunne wenkbrauwen op en lachte tegen hem, alsof hij een grap maakte of een dwaas was, of alsof ze nooit meer naar huis zou gaan.

Hij smeet de deur dicht, liep naar het raam en keek hoe de storm boven het vasteland toenam, terwijl hij probeerde zijn hart en zijn ademhaling onder controle te krijgen. Bliksemflitsen doorkliefden de nacht en leken elke regendruppel te verlichten. Hij drukte op een knop op het nachttafeltje en de gordijnen gingen dicht. Hij was er blij om.

Hij had er genoeg van om naar China te kijken.

26

De regens kwamen en ze hielden niet op.

Drie weken lang was het alles wat je hoorde: de rivieren die buiten hun oevers waren getreden in het oosten en zuiden van China. Het enorme aantal mensen dat was geëvacueerd in Zhejiang, Fujian, Jiangxi, Hunan en Guangxi. De wind en de regens begonnen in het gebied ten zuiden van Shanghai en gingen door tot de grens van Vietnam. Er leek geen einde aan te komen.

Het was het enige dat je hoorde. De overstroming, de aardverschuivingen, de landbouwgrond die blank stond, de verwoeste huizen. Militaire helikopters dropten flessenwater en voedsel voor de ontheemden. In Hunan werd een geval van tyfus gemeld. De laatste gegevens over het aantal vermisten en doden.

Shane zat in zijn auto op het parkeerterrein onder zijn flatgebouw. Op de stoel naast hem stond een weekendtas. Zijn pak was nog steeds drijfnat na zijn korte spurt van het parkeerterrein naar de vertrekhal van de luchthaven.

Hij zou nogmaals met de Duitsers naar Hongkong vliegen, maar in of buiten Pudong was er niets. Kom morgen maar terug, zei het meisje achter de balie van Dragon Air. Misschien is het morgen beter.

Dus zat hij in zijn auto in zijn verpeste pak. Hij stelde het moment om naar de flat te gaan uit, bang dat zijn vrouw er zou zijn, en bang dat ze ergens anders zou zijn.

Bill drukte zijn gezicht tegen het glas van de kraamafdeling.

Baby's van diverse rassen kwamen in het International Family Hospital and Clinic ter wereld. Ze werden allemaal – in Chinese stijl – ingebakerd, als kleine, witte pakjes, met de armpjes tegen de zijden gedrukt. Bills blik bleef terugkeren naar één baby.

Een meisje. Hij was ervan overtuigd dat het een meisje was, hoewel hij dat niet zeker kon weten. Half Chinees, half Europees. Ze sliep niet, maar ze was ook niet echt wakker. Haar kleine mondje bewoog met een onduidelijke klacht. Hij moest glimlachen om het slapende kind. Gemengd bloed brengt buitengewoon mooie baby's voort, dacht hij. Hij kon alle schoonheid van de wereld in dat slapende babymeisje zien.

Hij keek op zijn horloge en wendde zich af van de glazen wand van de kraamafdeling. Op dat moment kwam Sarfraz Khan uit de lift. Khan liep met gebogen hoofd langs Bill, zogenaamd verdiept in een dossier. Zo maakte hij het gemakkelijker voor hen beiden.

JinJin was in haar kamer. Ze zat op het bed, bijna klaar om naar huis te gaan. Haar spullen waren ingepakt. Haar gezicht was nog steeds bleek door de narcose. Hij gaf haar een kus op de wang.

'Ik zit op mijn recept te wachten,' zei ze tegen hem. 'Ze geven me antibiotica en pijnstillers en dan word ik ontslagen.'

Hij ging naast haar zitten en nam haar hand in de zijne. Het is een heel nieuw vocabulaire, dacht hij. De woordenschat van slechte gezondheid. Het besef dat je lichaam je op een dag zou verraden.

In het Chinese ziekenhuis waar ze eerst naartoe was gegaan, hadden ze gezegd dat de knobbel goedaardig was en dat ze ermee moest leren leven. Dat was het oude China. Dingen pikken die je niet hoefde te pikken. Bill haalde haar over om naar het International Family Hospital and Clinic te gaan, waar ze een kleine operatie moest ondergaan om de knobbel te laten verwijderen. Er was tegen haar gezegd dat het litteken zo klein zou zijn dat ze nauwelijks zou weten dat het er was. Maar de noodzaak van een operatie had hen beiden geschokt. Het was alsof de echte wereld hen kwam opeisen.

Nu sloeg Bill zijn armen om haar heen, heel voorzichtig,

omdat hij wist dat ze nog veel pijn had en nog misselijk was van de narcose. Niet de omhelzing van een minnaar, dacht hij. Nee, helemaal niet als een minnaar. Ze waren al veel verder dan dat. Die fase lag achter hen.

Hij kuste haar wang opnieuw, en hij dacht dat het niet echt de kus van een minnaar was. Het was meer de kus van een hartsvriend, meer de kus van een man en een vrouw die bij elkaar waren gebleven in ziekte en gezondheid, een stel dat getrouwd was, al heel lang.

Ze zagen de bovenbuurman op de trap. Brad.

'Alles goed met je, JinJin?' zei hij uiterst bezorgd, alsof je zomaar iemands leven kon binnenwandelen en net doen of die ander je iets kon schelen. Alsof er onmiddellijk een band kan zijn, dacht Bill, alsof dat geen tijd nodig heeft. Brad had het lef om haar handen vast te pakken. 'Is het goed gegaan?' vroeg hij.

Dus had ze het hem verteld. Daar waren ze kennelijk intiem genoeg voor. Nu stond Brad op de trap, op weg naar buiten, en deed net of hij geïnteresseerd was. Hij drukte zijn rug tegen de muur, terwijl JinJin glimlachte en knikte en haar handen lostrok. Bill wurmde zich langs hem heen met een tas in elke hand.

'Het gaat prima met haar,' zei Bill, en liep door.

Toen waren ze in de flat. Terwijl zij een douche nam, stond hij in de deuropening te kijken hoe ze probeerde het verband om haar linkerborst te vermijden. Na afloop gingen ze naast elkaar in bed liggen.

Hij kon niet blijven. Zelfs vanavond niet, nu ze net terug was uit het ziekenhuis. Dat was het stille verdriet tussen hen. Ze wisten beiden dat rond middernacht het moment zou komen waarop hij opstond en haar verliet en naar huis ging. Hij wilde haar laten zien dat hij alles voor haar wilde doen. Hij wilde dat niet alleen zeggen maar het ook daadwerkelijk bewijzen. Maar uiteindelijk kon hij niet eens bij haar blijven slapen, en wat hij wilde betekende niets.

Hij lag naast haar naar haar stem te luisteren, haar mooie stem, zacht in het donker, alsof ze hardop nadacht.

'Je zegt tegen jezelf dat je met een ongetrouwde man gaat,' zei ze, 'maar dan zie je dat hij op zijn horloge blijft kijken. Dan zie je dat hij altijd in de spiegel kijkt om te controleren of er geen lipstick op zijn gezicht zit. En je beseft dat hij je verjaardagscadeau en je kerstgeschenken niet mee naar huis kan nemen, of dat hij ze moet verstoppen wanneer hij ze tóch meeneemt. En je vraagt je af hoeveel cadeautjes hij heeft weggegooid, cadeautjes die je met zorg hebt uitgekozen, omdat ze lieten zien hoe groot je liefde voor hem is. En als je samen bent en het is goed, dan voelt dat heerlijk aan. Echt waar. Dat is het juiste woord. Heerlijk. Ik weet dat ik soms het verkeerde woord gebruik. Maar dit is het juiste woord. Het voelt heerlijk en juist aan. En als je dan alleen bent – nadat hij is vertrokken en op alle avonden waarin je alleen bent – lijkt alles zo akelig. En dat is óók het juiste woord.' Ze keek hem van opzij aan. 'Wat moet ik doen, Bill? Wat zal er met me gebeuren?'

Hij ging op zijn zij liggen, legde een arm over haar buik en hield haar stevig vast. Hij wist niets te zeggen. Er was een grens aan de leugens die hij kon vertellen. Dat begreep hij nú.

'Ik moet gaan,' zei hij, terwijl hij uit bed stapte.

'Voor je vertrekt,' zei ze, en hij wist dat ze dit van tevoren had gepland, 'wil ik je een paar foto's laten zien.'

Het waren foto's van haar zus met haar nieuwe vriendje. Een grote, grijnzende Duitser, met zijn arm om een glimlachende Ling-Yuan, die sinds Bill haar voor het laatst had gezien, in Macao, dikker was geworden en nu een verlovingsring droeg.

'Hij is erg knap,' zei JinJin over de doodgewone man. 'Vind je hem niet heel knap?'

'Hij is adembenemend,' zei Bill. Toen aarzelde hij. 'Maar hoe zit het met de tijd waarin ze weg was?' Ze keken elkaar aan. 'Hoe zit het daarmee?' vroeg hij.

JinJin schudde haar hoofd. 'Daar praat niemand over,' zei ze. 'Het is niet belangrijk meer.' Ze bekeek de foto's aandachtig. 'Maar ik denk dat ik een betere zus voor haar was dan zij voor mij.'

Hij raakte haar aan. Ze deinsde niet terug. Ze kromp niet

ineen, zoals hij had verwacht dat ze zou doen. Op dat punt waren ze zo anders, op dat punt verschilden ze van elkaar als dag en nacht. Ze kon niet zo gemakkelijk loslaten als hij.

'Ik wil één ding,' zei ze. 'Ik wou dat ik een baby van ons samen kon krijgen. Het kan me niets schelen dat je bij je vrouw blijft.' Ze verbeterde zichzelf. 'Het kan me wel wat schelen, maar dat hou ik voor me.' Ze zweeg even. 'Maar ik wil onze baby. Dat is wat ik wil.'

Een deel van hem wilde dat ook. Zelfs nu. Het zou een mooie baby zijn geweest. Maar het zou hem kapotmaken. Het begin van dat nieuwe leven zou het einde van zijn eigen leven betekenen. Omdat hij dan twee gezinnen zou hebben, twee vrouwen en twee levens, en die twee levens zouden hem verscheuren. Bill geloofde graag dat hij alles voor JinJin zou doen. Dat maakte hij zichzelf graag wijs. Maar uiteindelijk kon hij níéts doen. Omdat hij al een vrouw en een kind had, en die zijn hart vulden. En als zijn vrouw hem niet meer wilde, zouden ze nog steeds zijn hart vullen.

'Ik moet gaan,' zei hij. JinJin knikte, met tranen in haar ogen, omdat ze geen kant op kon en er niets was om over te praten. Pas toen hij bij de deur was, hield haar stem hem tegen.

'Op de televisie zeiden ze dat mannen nooit trouwen met de vrouw van wie ze echt houden,' zei JinJin Li. 'Denk je dat dat waar is?'

Bill schudde zijn hoofd. 'Nee, dat denk ik niet,' zei hij triest. 'Maar is het niet fijn om te denken dat het wél zo is?'

Er klonk muziek in de flat. Shane hoorde het voordat hij zijn sleutel had omgedraaid. Het was niet zijn muziek. Het was niet Eddie and the Hot Rods. Het was niet Thin Lizzy. Het was een van die zangers van wie zijn vrouw hield. Een zanger met een kaalgeschoren hoofd, kettingen, tatoeages, die verleiding liet klinken als een dreiging van fysiek geweld. Het was niet '96 Tears' van Eddie and the Hot Rods. Het was niet 'Do Anything You Wanna Do'. Rosalita en haar vriend draaiden niet de songs waar Shane dol op was. Ze draaiden een van de nieuwe liedjes. Ze draaiden hun eigen lied.

Aanvankelijk herkende Shane de man niet die met zijn vrouw in bed lag, maar ineens zag hij het. Een van de bareigenaren van Mao Ming Nan Lu. Van een tent vlak bij Suzy Too, een van de bars met livemuziek. Dat verbaasde Shane, omdat hij zou hebben gewed op de bassist. Hij had altijd de bassist gewantrouwd, die hem vanaf het begin met zoveel haat had aangekeken, alsof Shanes komst alles had verpest. En hij had gelijk. Alles was verpest en niets kon ooit meer goed zijn.

Het bovenlaken was half teruggeslagen en de bareigenaar lag lui in een stapel kussens, terwijl Rosalita voor hem neerknielde, met haar hoofd tussen zijn benen.

Haar huid stak heel bruin af tegen zijn vale, Europese huid. Wat was hij? Frans? Duits? In Shanghai waren veel Fransen en Duitsers.

Ze had 'm in haar mond, de mond die Shane op hun trouwdag had gekust, de mond waarvan hij ooit had geloofd dat hij perfect bij zijn eigen mond paste.

De muziek stond hard aan, zodat ze hem niet hadden horen binnenkomen. Maar toen zagen ze hem. Ze vloekten en lieten elkaar los. De man zag er zo boos uit, dat Shane dacht dat hij met hem zou moeten vechten. Hij voelde dat zijn handen zich tot vuisten balden en wist dat hij hem aankon, al was de man witheet van woede.

Maar de man was boos op Rosalíta. Hij was boos op Shanes vrouw, niet op Shane, omdat ze niet een man naar haar huis had moeten meenemen als de domme echtgenoot niet veilig in zijn kantoor zat of op zakenreis was.

'Stom wijf,' mompelde de man. Hij gleed uit bed, terwijl Rosalita zinloos haar borsten met een verfrommeld uiteinde van het laken bedekte. Op de een of andere manier was het de belediging aan het adres van zijn vrouw die Shane razend maakte.

Meer dan het bedrog, meer dan de aanblik van haar dierbare bruine huid tegen dat zachte, witte vlees, meer dan wat ze deed met haar bedriegende mond, meer dan bij thuiskomst de muziek van iemand anders op zijn geluidsinstallatie te horen. De belediging deed het. *Stom wijf.*

Hij moet op zijn woorden letten, dacht Shane.

Toen begonnen de man en Rosalita ruzie met elkaar te maken. Shane ging naar de zitkamer, verwijderde de *Mona Lisa* van de muur, legde het schilderij op de grond en tikte de code in: de verjaardag van zijn vrouw. Toen hij terugkwam in de slaapkamer hield hij de Makarov in zijn hand.

Ze staarden hem aan. En ze staarden naar het goedkope Russische wapen. Shane zuchtte. Eindelijk stilte. Afgezien van het geluid van het lied van iemand anders.

Deze muziek is zo weerzinwekkend, dacht Shane. Zo vol pure haat. Hij voelde zich heel kalm, hoewel hij zich ervan bewust was dat hij niet leek te ademen.

De bareigenaar lachte tegen Shane. Hij was hier eerder geweest.

'Je gaat me niet neerschieten,' zei hij zelfverzekerd. Hij trok zijn broek aan en ritste hem dicht. 'Rosalita is je vriendin en ze is ook mijn vriendin, dus je gaat me niet neerschieten,' zei hij.

Op dat moment schoot Shane hem met een kleine beweging van zijn rechterwijsvinger in de buik. Er klonk een knal en de man viel achterover, met zijn handen op zijn buik, verbaasd over een schotwond die hem zou doden. Maar niet meteen – niet dat Shane dat zo had gepland. De man vloekte vol ongeloof. Hij zonk voorover op zijn knieën, zijn hoofd gebogen, alsof hij zich schaamde, zich eindelijk schaamde. Het bloed verspreidde zich over het witte laken.

Maar Shane zag daar niets van, omdat hij naar zijn vrouw keek, die om hulp riep. *Help me, hij gaat me doodmaken*, met dat merkwaardige Spaanse accent waarmee Filippijnen Engels spreken. Ze kroop over het bed en daarna over de grond. Hij voelde opnieuw zijn vinger aan de trekker. En toen aarzelde hij.

Haar haar was niet opgestoken en hing los over één schouder, wat alleen zo was als ze in bed lag te slapen of te vrijen. Als haar haar zo loshing, kon hij het duidelijk zien, hij kon de vlek op haar nek zien.

Daar was hij voor de laatste keer, de moedervlek die Rosalita zoveel mogelijk probeerde te verbergen. Shane wist toen dat hij van haar hield en dat hij blij was dat hij met haar was getrouwd – hij zou het onmiddellijk overdoen.

Shane zag Rosalita's moedervlek en wist dat de zon met haar opkwam en onderging. Dus liet hij het pistool zakken. Daarna bracht hij het weer omhoog, drukte de loop tegen zijn kloppende slaap en haalde ten slotte de trekker over.

Vlak voordat hij het bewustzijn verloor, dacht hij aan hoe ze eruit had gezien toen hij haar voor het eerst zag, zo vol leven, ongekend, en hij was er dankbaar voor, voor alles. En nog verder terug herinnerde hij zich een lang-vergeten dageraad in zijn jeugd in Australië. De zon kwam op, terwijl hij de zee inliep met zijn surfplank. Het water was zo koud vanaf zijn middel dat hij naar adem hapte, ook al voelde hij de zon op zijn gezicht en zijn schouders. Hij herinnerde zich een van zijn eerste nachten in Azië, het moest in Hongkong zijn geweest, aan de kant van Kowloon. Het was fantastisch geweest. Hij had voor het eerst pekingeend en pruimensaus gegeten en ook zijn eerste Tsingtao gedronken. Hij zag de skyline aan de overkant van de haven, fonkelend als de sterren, en hij was dankbaar voor alles. Toen liep hij verder de zee in en stapte op de surfplank. Het water op zijn huid droogde al en de zon kwam op en verblindde hem bijna.

Het was het laatste moment van zijn leven, maar hij was zich bewust van alle goede dingen die hij had gekend, en hoe vluchtig het allemaal was geweest, en dat hij de steek van pijn voelde die je krijgt als je weet dat iets wat zo fijn, ongewoon en prachtig is nooit meer zal terugkomen.

Deel vier

TOT ZIENS

27

Ze hadden tegen hem gezegd dat het een dorp was, maar dat was het niet helemaal – slechts een verzameling hutten, aan de ene kant omringd door rijstvelden die door regen werden geteisterd, en aan de andere kant door een brede, stijgende rivier. Er lag een dikke laag rode modder op de oevers. Dat was de reden waarom Nancy Deng hier was.

De auto hobbelde over een zandweg. De nieuwe chauffeur van de firma, iemand anders dan Tiger, een oude man van wie het minder waarschijnlijk was dat hij zou wegstormen om zich bij de goudzoekers aan te sluiten, hield het stuur stevig vast. Hij probeerde een oude vrouw te ontwijken die aan het fietsen was, haar blote voeten wadend door de modder. Er waren hier geen andere auto's.

'Ik zie haar,' zei Bill. 'Stoppen.'

Hij kon Nancy in het veld zien staan. Ze was omringd door een groep dorpelingen, kleine gedaanten in doorzichtige, plastic regenjassen. Ze zagen eruit als spoken in het welige groene landschap. Bill stapte uit en sloeg een van de paden in die zich door de rijstvelden slingerden. Zijn paraplu bolde op in de wind. De beekjes die door de velden stroomden hadden de kleur van roest. Toen Bill haar naam uitsprak, keek Nancy op.

'Het spijt me zo van... Shane,' zei ze. Voor het eerst noemde ze hem bij zijn voornaam.

Bill knikte. De dorpelingen begonnen langzaam te verdwijnen, hun hoofd gebogen in de regen. Ze liepen in een rij over het pad tussen de rijstvelden naar hun huis. Hij vond het net een begrafenisstoet. Toen keek hij naar het oranjekleurige water onder hun voeten.

'Dat is het, hè?' zei hij. 'Van de fabrieken.'

'Er is een wetenschapper die me helpt. Gratis en voor niks,' zei Nancy. Ze zette haar bril af en veegde hem schoon met haar vingers. 'Hij heeft sporen van zware metalen in het water van de fabrieken gevonden.' Ze zette haar bril weer op. 'Ze dumpen hun afval in de rivier, en niemand kan ze tegenhouden.'

Het roestige water doorweekte zijn schoenen. 'Wat maken ze?'

'Verdelgingsmiddelen, insectendodende middelen, fluorwaterstofzout, plastic. De dorpelingen rekenen op de rivier voor hun rijstoogst, voor hun drinkwater. De rijstoogst is mislukt vanwege het vergiftigde water. Baby's die worden geboren, hebben gebreken. Er wonen hier een paar duizend mensen, en honderden van hen zijn gestorven.'

Bill keek naar de armzalige hutjes. Een kankerdorp. Zo noemden ze het. 'Maar wat kun je eraan doen, Nancy?' vroeg hij.

'Ze laten stoppen,' zei ze. 'Aantonen dat er een verband is tussen de fabrieken en de ziekte. De regering dwingen haar wetten toe te passen. Bewijzen dat de stroomopwaarts gelegen fabrieken deze mensen vergiftigd hebben. De levenden beschermen. De nabestaanden een vergoeding geven. Zorgen voor de zieken. Er zijn hier kinderen zonder ouders. Er zijn vaders en moeders die gaan sterven. Iedereen heeft hen in de steek gelaten. Ze hebben niemand. Niet de Partij. Niet de regering. Niemand om voor hen te vechten.'

'Nou,' zei hij. 'Nu wél!'

Ze schudde haar hoofd. 'Ik ben niets, dat weet ik. Maar er zijn anderen zoals ik. In legale hulpcentra. Mensen van telefonische hulpdiensten. Mensen die werkzaam zijn op universiteiten. Door het hele land.'

Hij had altijd gevoeld dat er hoop voor de toekomst was als hij naar Nancy keek. Hij wist dat er talloze dorpjes als dit waren, maar hij wist ook dat er jonge Chinese advocaten als zij waren, die hun diensten aanboden, voor niets of voor een schijntje, die soms hun baan bij een commercieel advocatenkantoor aanhielden om hun pro-Deowerk te financieren. Of tot ze het zich konden veroorloven om te stoppen en werk te verrichten dat iets betekende, meer dan een dik salaris en een schitterende toekomst. Bill had het vermoeden dat dat precies was wat Nancy in al haar jaren bij Butterfield, Hunt & West had gedaan. Sparen voor de dag waarop ze wist dat ze voor niets zou moeten werken.

'Wat ik wil,' zei ze tegen hem, 'wat ik wil, is dat ook de armste mensen in het land rechtvaardig worden behandeld.' Ze keek naar het roestkleurige water op haar laarzen. 'Wat zul je hem missen,' zei ze. 'Je goede vriend.'

Bill wendde zijn blik af. 'Ik mis hem, ja, we missen hem allemaal.' Hij richtte zijn blik weer op haar. 'Daarom ben ik hier. Devlin heeft me gestuurd. We hebben meer werk dan we aankunnen. Er komen nieuwe mensen uit Londen naar ons toe, maar het zal niet genoeg zijn. De firma wil dat jij terugkomt. We hebben je nodig.'

Ze schudde haar hoofd en wees naar de in plastic gehulde spoken die in hun bescheiden woning verdwenen. 'Zij hebben me méér nodig,' zei ze.

Hij oefende geen druk op haar uit. Hij had geweten dat ze nooit terug zou komen. Hij had tegen Devlin gezegd dat ze nooit terug zou komen. En diep in zijn hart wilde hij ook niet dat ze terugkwam. Hij wilde dat ze hier bleef en voor deze mensen vocht. Hij wilde niet dat zij was zoals hij.

'Je moet voorzichtig zijn, Nancy,' zei hij. Hij had gehoord wat er kon gebeuren met idealistische jonge advocaten die pro-Deowerk deden voor de armen. 'Je hebt te maken met mensen die ongestraft moorden plegen.'

'Ik red me wel,' zei ze. Het klonk alsof ze dacht dat ze onaantastbaar was. En hij wist dat ze zich vergiste. 'Hoe rijk we ook worden, China zal altijd een derdewereldland zijn tot de rechtbanken bereid zijn de kleine man te beschermen. Tot we gerechtigheid hebben zullen we een volk van boeren zijn.'

'Je klinkt net als Mad Mitch,' zei hij.

'Hij was degene die met me over gerechtigheid sprak. Is het je niet opgevallen? Hij sprak er de hele tijd over. *Gerechtigheid betekent dat de wet bij iedereen in gelijke mate wordt toegepast. Waar dat niet gebeurt, zijn wettelijke oplossingen gebrekkig. Gerechtigheid is de basis van democratie.* Mitch gelooft dat ons beroep heilig is. Zoals dat van een dokter. Hij is een goede advocaat.'

'Maar totaal niet geschikt voor dit land,' zei Bill. 'In de Volksrepubliek China zijn niet veel heiligen.'

'En hoe is het met jou?' vroeg Nancy.

Hij leek zich bijna opgelaten te voelen. 'Ik word partner.'

Ze feliciteerde hem. Ze glimlachte voor het eerst. Ze was echt blij voor hem, omdat ze wist dat dat was wat hij wilde, en waarom hij hier was en waarvoor hij had gewerkt.

Bill bedankte haar. Ze stonden onder zijn paraplu te kijken naar de regen op de rijstvelden en de rivier met de rode randen. Hij wist dat hij hier allang vertrokken zou zijn als de rivier buiten zijn oevers trad, maar dat zíj hier dan nog steeds zou zijn.

Shanes ouders waren oud, verward en kapot van verdriet.

Bill vergezelde hen naar het Australische consulaat op de tweeëntwintigste verdieping van CITIC Square, en leidde hen vriendelijk door het papierwerk dat twee landen voor de vrijlating en het vervoer van het lichaam van hun zoon vereisten.

Ze logeerden niet ver van het consulaat, in het Portman Ritz-Carlton in het centrum van Shanghai. Maar Bill had besloten dat het, gezien de regen, het beste zou zijn om die kleine afstand per auto af te leggen. Dat was een vergissing. Het verkeer op Nanjing Xilu stond vast. Terwijl Shanes ouders zwijgend en met rode ogen achter in de auto van de firma zaten, zat Bill voorin en keek naar de mensenmassa. En op dat moment zag hij het. Zijn vrouw en de man. Ze zaten in de Long Bar aan een tafeltje bij het raam.

Becca en dokter Sarfraz Khan.

Bills eerste gedachte was Holly. Ze hadden het over Holly en haar astma. Maar misschien spraken ze niet over astma. Misschien spraken ze over Holly en over andere dingen. Hij wist het niet. Ze zaten tegenover elkaar, naar elkaar toe gebogen. Khan was voortdurend aan het woord en Becca luisterde. Zijn vrouw luisterde alleen maar.

En hij wist dat ze gelijk had – er zijn altijd keuzes, er zijn altijd keuzes voor ons allemaal, dacht hij. En voor het eerst besefte Bill dat niet het zoeken en het vreemdgaan en het uit elkaar gaan iets magisch was, maar het bij elkaar blijven.

Ze stonden op het platform van het vliegveld van Pudong en zagen hoe de mannen de doodkist in het vliegtuig laadden.

Shanes ouders stonden dicht tegen elkaar aan onder een paraplu met de naam van hun hotel erop. Dit hoort niet, dacht Bill. Je hoort je eigen kind niet te begraven. Niemand zou moeten doen wat jullie doen. Hij kon zich niet een leven voorstellen na het verlies van je kind. Wat voor leven zou dat kunnen zijn?

Bill stond aan de ene kant van Shanes ouders. Een man van het Australische consulaat aan de andere kant, een jongeman van in de twintig. Zijn aanwezigheid gaf de gebeurtenis een ceremonieel karakter.

Toen de kist in het vliegtuig was geladen, met de langzame transportband die voor de bagage werd gebruikt, stond de jonge man kaarsrecht, stram, uit fatsoen en respect. Bill was blij dat hij er was, hoewel hij, toen de kist in het bagageruim gleed, bijna Shanes spotlach kon horen. *Is er nog een kans dat ik een betere plek krijg, maat? Ze bergen me op bij de koffers.*

De moeder, een lange, grijsharige oude dame, leek te huiveren toen de kist van haar zoon in het vliegtuig verdween. Bill had zin om haar een knuffel te geven. De vader – kleiner dan zijn vrouw, en vastbesloten zijn gevoelens onder controle te houden – was moeilijker aardig te vinden. Maar ja, dat gold voor alle vaders, wist Bill uit ervaring.

Toen de kist in het vliegtuig stond, werd het ruim gesloten. Het was de laatste daad voor het vertrek. De jongeman van het consulaat keek op zijn horloge. Shanes moeder wendde zich tot Bill, sloeg haar armen om hem heen en klampte zich aan hem vast, alsof hij haar rechtop hield. Toen liet ze hem abrupt los.

'Kom bij ons logeren,' zei ze. 'In Melbourne. Met je vrouw en je dochtertje.'

'Dat zal ik doen.' Bill knikte, maar hij wist dat ze elkaar waarschijnlijk nooit meer zouden ontmoeten. Er stond een oude, leren weekendtas aan haar voeten. Shanes reistas. Bill had hem heel vaak gezien. In de achterbak van Tigers auto. Achter in de helikopter naar Macao. Op Shanes bureau in het kantoor, klaar om zijn eigenaar te vergezellen op een reis door het land of door het continent. De moeder pakte de tas op en gaf hem aan Bill.

'Deze hebben ze in de auto gevonden,' zei ze. 'Er zitten voornamelijk zakelijke spullen in.'

'Wij willen hem niet,' zei de vader.

De tas was gedeeltelijk open, alsof hij was doorzocht en niet interessant was bevonden. Bill zag dossiers, een uitdraai van een ongebruikt e-ticket in een plastic mapje, Shanes laptop, kleren, een toilettas en een dikke, groene paperback. *The Rise and Fall of the British Empire*, geschreven door Lawrence James.

'Ik zal er zorg voor dragen,' zei hij.

De vader stak zijn hand uit, en Bill schudde hem. Hoewel hij een kleine man was – Shane dankte zijn grote lijf aan zijn moeder – had de vader een ouderwetse handdruk, uit de tijd waarin gedacht werd dat je verwijfd was als je niet op z'n minst een poging deed een paar botten te breken. Of misschien is het gewoon het verdriet, dacht Bill. Misschien beseft hij niet wat hij doet.

'Hoe kon dit gebeuren?' vroeg de oude man met trillende stem. Hij deed zijn uiterste best om niet in te storten. 'Dat begrijp ik niet.'

Bill schudde zijn hoofd. Hij had geen antwoorden. De dood zelf was het enige antwoord. 'Shane was eenzaam,' zei Bill. 'Ik denk dat hij heel eenzaam was.'

De oude man ontplofte. 'Onzin!' zei hij, zo boos dat Bill terugdeinsde. 'Hoe zou hij nou eenzaam kunnen zijn? Hij was toch getrouwd?'

Bill zat op het bed naar hun slapende dochter te kijken toen hij Becca's sleutel in het slot hoorde. Holly schopte het dekbed weg en legde het toen voorzichtig weer over haar heen. Ze hield haar vuisten boven haar hoofd, als een gewichtheffer.

Hij hoorde dat Becca stilletjes de kamer binnenkwam, maar hij keek haar niet aan. Haar hand raakte zijn schouder aan en hij streek een blonde haarlok van Holly's voorhoofd.

'Wat is er met de ayi gebeurd?' vroeg Becca. Ze sprak heel zacht in de kamer van het slapende kind.

'Ik heb haar naar huis gestuurd,' zei hij rustig.

'Ze had Holly naar bed kunnen brengen.'

Hij keek haar nog steeds niet aan. 'Ik vind het fijn om dat zelf te doen,' zei hij.

Ze sloeg haar armen om zijn nek. Hij voelde haar gezicht dicht bij zijn wang, haar adem in zijn oor. Hij kon haar parfum en wijn ruiken. De stank van de sigaretten van iemand anders.

'Het spijt me zo, Bill,' fluisterde ze.

Hij zweeg een tijdje. 'Wat spijt je?' vroeg hij.

'Shane,' zei ze. Ze klonk verbaasd en ging staan. 'Het spijt me van Shane. Het is iets verschrikkelijks. Zijn ouders – ik kan me gewoon niet voorstellen wat zijn ouders doormaken.'

Holly kreunde in haar slaap. Bill streelde haar schouder. 'Er is niets wat iemand had kunnen doen,' zei hij. Hij keek op naar zijn vrouw, die voor hem stond, en hij vroeg zich af hoe het leven zou zijn nadat ze hem zou hebben verlaten. 'Het kon niet anders of Shane zou iets ergs overkomen. Ik hield van hem, maar zoals hij leefde... het was onvermijdelijk.'

Ze haalde haar vingers door haar haar en veegde het uit haar gezicht. Toen schudde ze haar hoofd.

'Nee,' zei ze. 'Het is deze stad. Het is Shanghai.' Ze draaide zich om en liet hem alleen achter met het slapende kind. 'Het brengt het slechtste in de mensen naar boven,' zei ze, en liep de deur uit.

En toen ging hij opnieuw kijken of hij haar zag.

Hij deed dat omdat hij niet wist wat hij anders moest doen en omdat hij niet uit haar buurt kon blijven. Hij zag geen reden waarom de betovering ooit zou ophouden. Zo stom was hij toen nog!

Maar ze was weg. JinJin was weg en niemand wist waar ze was. De oude Paradise Mansions-meisjes waren in haar flat. Ze maakten dim sums, zoals ze hadden gedaan toen hij hen voor het eerst ontmoette.

Aanvankelijk had hij het gevoel dat ze hem afscheepten, de lastige ex-vriend, de geobsedeerde, zielige klootzak die niet weet wanneer het tijd is om verder te gaan.

Maar toen ze zijn natte jas aannamen, hem een keukenhanddoek gaven om zijn haar te drogen en toen hij hun aanbod van een bord met dim sums afwees, besefte hij dat het waar was. Ze wisten werkelijk niet waar JinJin naartoe was gegaan. Ze had haar spullen gepakt en Jenny Two gebeld. Ze had een boodschap op het antwoordapparaat achtergelaten dat ze de sleutels onder de mat zou leggen en dat ze tijdens haar afwezigheid gebruik mochten maken van het appartement.

'Er is een buurman,' zei Bill, met een blik op het plafond. 'Een man die hierboven woont en met wie ze bevriend was. Brad. Misschien weet híj iets. Misschien heeft ze iets tegen hem gezegd.'

Ze keken elkaar aan. Na een paar seconden begreep hij het, nog voordat de woorden over de lippen van Jenny Two kwamen. Wat zijn mannen toch dom, dacht hij. En wat ben ík dom. Hoe is het mogelijk dat ik het niet heb zien aankomen? Hoe kan ik hebben gedacht dat haar hart nooit zou veranderen?

'Ze zijn samen vertrokken, William,' zei Jenny Two. Ze keek hem aan alsof het haar ook pijn deed. Vanaf dat moment was er geen weg terug, en het was geen goed moment. 'Het spijt me!'

Hij knikte en glimlachte als een blije idioot, glimlachte alsof hij de hele dag niets dan goed nieuws had gehoord. Hij ging tussen Annie en Sugar in zitten, tegenover de twee Jenny's, en onderdrukte de snik van verdriet die in zijn keel opwelde. Dus zo eindigt het, dacht hij. Ze smeert 'm met de eerste de beste vent die langskomt. Het is bijna grappig.

Toen ze het opnieuw vroegen, nam hij hun aanbod van een bord dim sums aan. Hij realiseerde zich dat hij niet voor hen op de loop wilde gaan, niet zijn gevoelens wilde verbergen. De smaak, de geur en het geluid van de bakkende dim sums brachten de herinnering aan haar stem boven, en de trots die ze had gevoeld omdat ze een *Dongbei ho* was. '*Jiaozi-knoedels van Shenyang. Zoiets als ravioli. Ken je die?*'

Ze vertelden hem hun verhalen. Annie was teruggekeerd naar de bars, nadat ze uit Paradise Mansions verwijderd was, maar ze had een andere Amerikaanse jongen ontmoet, die haar naar Hawaï zou meenemen. 'Ik ga daar in een Mustang rijden en surfen,' zei ze trots.

Jenny Two had voldoende geld van haar oude vriend geërfd om haar eigen zaak te beginnen. Ze twijfelde tussen een eetstalletje en een internetcafé. 'Ik zal deel uitmaken van het economisch wonder van mijn land,' zei ze. Bill besefte plotseling dat ze geen bril meer droeg en wees naar haar ogen.

'Laserbehandeling,' zei ze. 'In winkelcentrum.'

De Fransman van Jenny One was teruggekomen en Bill begreep dat het gunstig voor haar had uitgepakt. Hij kon zich voorstellen dat een eenzame getrouwde man in Parijs op een nacht wakker werd en dacht dat de vrouw met wie hij was vreemdgegaan in feite de liefde van zijn leven was. Bill kon nu begrijpen hoe dat zou kunnen gebeuren.

Sugar werkte in een van de nieuwe bars aan Mao Ming Nan Lu, maar het idee leek haar niet neerslachtig te maken, omdat zij de enige was die nooit had verwacht gered te worden.

Bill hoorde van Sugar dat de bars aan het veranderen waren. Na bijna honderd jaar was de oude anarchie van de avonden in Shanghai geschiedenis aan het worden. De freelancemeisjes stonden nu onder controle van de bars waar ze werkten. De explosief gegroeide stad was nog niet bepaald fatsoenlijk, maar er kwamen steeds meer regels en bepalingen.

'En ik heb promotie gemaakt,' zei Sugar tegen hem. 'Ik ben nu relatiebemiddelaar.'

Bij iedereen was alles goed afgelopen. Hij was er dankbaar voor, omdat hij het stadium in zijn leven had bereikt waarin hij moeite had om in een goede afloop te blijven geloven. Maar ja, ze waren in Shanghai, waar overleven een goede afloop was.

Toen was het tijd om te gaan. Ze brachten hem naar de deur en gingen om hem heen staan.

'Tot ziens,' zei Jenny Two. Het klonk alsof ze het net op Engelse les had geleerd.

'Ja,' glimlachte Bill. Hij kuste elk van hen op de wang. Ze gaven hem een knuffel, alsof ze het meenden, en alsof ze het heel jammer vonden dat er een einde was gekomen aan de relatie tussen hem en JinJin, en alsof híj – aanstaande partner bij Butterfield, Hunt & West – degene was die te beklagen was. 'Tot ziens, meisjes.'

Hij vertrok, in de wetenschap dat hij nu een reden had om nooit meer terug te gaan, om haar nooit meer te zien, en om haar eindelijk uit zijn bloed en uit zijn leven te verwijderen. Uiteindelijk was het zo voor de hand liggend. Hij had het kunnen verwachten.

Een nieuwe man. Natuurlijk. Wat anders?

Hij vroeg zich af hoe hij ooit zo dom kon zijn geweest, hoe hij ooit kon hebben gedacht dat hij voor haar anders was.

Ze was gewoon een meisje. Ze was gewoon een vrouw. Het kon toch alleen maar zo eindigen? Ze had een nieuwe vent ontmoet. Juist, ja. Natuurlijk. Hij moest bijna lachen. Maar op de een of andere manier was de banaliteit van alles niet te bevatten. Een nieuwe man? JinJin met een nieuwe man? Ja, we hebben allemaal onze keuzes. Een deel van hem kon het nog steeds niet geloven.

Een nieuwe man, terwijl ze tegen hem had gezegd dat er nooit een andere man zou zijn, en dat ze tot aan haar dood van hem zou houden. Alle nonsens waar het in de liedjes over gaat. Alle leugens die ze je vertellen en die je zo graag wilt geloven.

Alleen maar jij, voor altijd en eeuwig, zoals in een van de oude songs. Dat had ze tegen hem gezegd, dat was uit de mond gekomen die hij zo goed kende. Hij had haar geloofd, en het maakte zijn leven onmogelijk, omdat het betekende dat hij haar nooit zou kunnen opgeven. Het betekende dat ze ooit ergens samen zouden zijn, omdat de een niet aan de ander kon ontsnappen. Ze zaten, als bergbeklimmers, aan elkaar vast. Maar nu had ze de band verbroken.

Hij liep de stortregen weer in, maar hij zag het niet, hij voelde het niet. Zijn gezicht, zijn schoenen en zijn pak werden drijfnat. Het raakte hem niet. Omdat hij haar in de armen van de nieuwe onbekende minnaar zag, en dat was reëler voor hem dan de regen die hem tot op het bot nat maakte. Hij zag het allemaal. Het was alsof hij bij hen in de kamer was. Hij kon haar bijna ruiken, bijna horen. Haar gezicht, haar benen, haar gezucht, haar gekreun, het litteken op haar borst. Haar lange, slanke armen om de nek van de nieuwe man geslagen. Prima, dacht hij. Fantastisch. Als het zo moet zijn. Zorg dat hij je de volgende keer naar het ziekenhuis brengt, dacht hij. Zorg dat hij een flat voor je zoekt. Zorg dat hij zijn leven overhoop haalt en alle mensen van wie hij houdt kapotmaakt. Zorg dat hij naar je leugens luistert. Zorg dat hij zijn hart breekt.

Bill begon te lopen, met kwieke tred, maar zonder richting of doel. De regen verblindde hem.

Hij mag je hebben, dacht hij.

Hij mag je hebben, verdomme.

28

Bill stond voor het raam en keek naar de regen die op het binnenplein van Paradise Mansions kletterde.

Hij kon het geluid van stromend water en van gelach horen. De ayi deed Holly in bad. En in de ouderslaapkamer klonk de stem van zijn vrouw, nu eens zacht en dan weer wat harder, alsof ze tijdens het telefoongesprek heen en weer liep, alsof ze niet stil kon blijven zitten. Haar vader, waarschijnlijk, dacht hij. Of niet.

Hij voelde de sleutels van JinJins flat in zijn huid drukken. Bill haalde ze tevoorschijn en stopte ze weer in zijn zak. Hij overwoog ze weg te gooien, maar verwierp dat idee onmiddellijk. Hij overwoog ze in een envelop te stoppen en ze bij haar huismeester achter te laten, maar dat leek bijna een laffe daad, en daarvoor betekende ze te veel voor hem. Hij kon teruggaan en ze aan de meisjes geven. Maar hij wilde niet dat de meisjes zagen hoe hij zich voelde.

Bill wist precies wat hij moest doen. Het was zo duidelijk. Hij moest ze aan haar geven. Hij moest de sleutels in haar hand leggen en haar en zichzelf bevrijden.

Becca keek op toen hij met zijn weekendtas de slaapkamer binnenkwam. Ze zat op het bed, met de gsm in haar hand, maar de verbinding was verbroken.

'Ik moet gaan,' zei hij.

Hij begon laden te openen en gooide spullen in zijn tas. Een schoon overhemd, sokken, ondergoed. Zijn scheerspullen. Zijn Britse paspoort om zich te identificeren. Niet veel. Net genoeg voor één nacht. Dit zou niet lang duren.

'Moet je weg? Waar ga je heen?'

'Naar Changchun. In het noorden. Vlak bij de grens met Noord-Korea.'

'Ik weet heus wel waar Changchun ligt, hoor,' zei ze.

Ze stond op en sloeg haar armen over elkaar terwijl ze keek hoe hij zijn tas inpakte. 'Je kunt geen vlucht krijgen,' zei ze.

'Het vliegveld is open,' zei hij. Hij ritste de tas dicht en zette hem op het bed. 'En ik vlieg weg van het weer. Ik ga naar het noorden. De problemen zijn allemaal in het zuiden.'

'Papa, kijk,' zei Holly. Ze stormde de kamer binnen, gekleed in haar pyjama. Haar gouden haar was vochtig en zat in de knoop. Ze hield een foto van een rode panda in haar hand. De ayi kwam achter haar aan, gewapend met een föhn.

'Wat mooi, lieverd,' zei hij. Hij tilde zijn dochter op en gaf haar een kus. Daarna wendde hij zich tot zijn vrouw. 'Daar zijn geen tyfoons,' zei hij. 'Zo ver in het noorden. Eén nachtje. Dat is alles wat ik nodig heb.'

Hij kuste zijn dochter opnieuw. Ze rende weg met haar foto, en de ayi moest zich inspannen om Holly bij te houden.

'Je gaat níét,' zei Becca. Ze maakte zijn tas open en begon zijn spullen eruit te halen.

'Eén nacht, en dan is het klaar,' zei hij. Hij pakte haar hand, maar ze trok hem los. 'Alsjeblieft, Becca.'

'Ga niet,' zei ze. 'Ik wil niet dat je gaat. Ik wil niet dat je naar die derdewereldhoer gaat en de zaak uitvoerig met haar bespreekt, of wat je ook maar van plan bent.'

Ze hield de tas op zijn kop en schudde hem leeg, maar Bill begon zijn tas langzaam weer in te pakken.

'Het spijt me,' zei hij.

'Dat zeg je altijd,' zei ze. Ze stompte hard tegen zijn borstkas. 'Wonen en leven we hier of niet? Ik wil dat je Holly een verhaaltje voorleest. Ik wil dat je met haar tekent. Ik wil dat je vannacht bij me slaapt. Ik wil dat we normaal zijn, Bill. Of ik wil dat we niets zijn. Snap je dat allemaal?'

'Dit is het laatste wat ik moet doen.'

'Waarom?'

'Dan is het klaar.'

Ze glimlachte minachtend. 'En verwacht je écht dat we hier zijn als je terugkomt?' zei ze. Ze schudde haar hoofd en liet hem gaan met een handgebaar, alsof ze zich eindelijk gewonnen gaf.

Het vliegtuig beschreef een steile bocht om te landen. Hij zag de bergen beneden hem, kegelvormig en zwart, satanische, nieuwe versies van de groene kalkstenen bergen van Guilin.

Toen het vliegtuig een bocht nam naar zijn plaats van bestemming, verhieven de bergen zich aan beide kanten. Hij zag dat het helemaal geen bergen waren. Er waren hier geen kegelvormige bergen. Dit waren bergen die door mannen waren gemaakt. Wat hij had gezien waren enorme heuvels van kolen. Hij zag nu dat er mensen op liepen, voorovergebogen, op zoek naar bruikbare brandstof.

Toen waren de zwarte bergen verdwenen en daalde het vliegtuig door donzige, witte wolken. Hij zag dat het helemaal geen wolken waren, maar de uitstoot van gassen die uit de schoorstenen van de overgebleven ijzer- en staalfabrieken kwamen. Het vliegtuig verliet de kunstmatige wolken en eronder, beneden hem, stonden de verlaten fabrieken in de velden.

Op het moment dat het vliegtuig was geland, was hij terug in haar geboorteplaats Changchun, de scherpe randen van de ijzeren sleutels drukten nog steeds in zijn huid. Hij vroeg zich af hoe hij dit ellendige oord ooit romantisch had kunnen vinden.

Hij stond buiten het lelijke, grijze flatgebouw en keek omhoog naar de ramen die tijdens het Spring Festival met rode lampionnen versierd waren geweest. Nu waren de ramen leeg. De hemel was grijs. Hij was de regens vooruitgesneld.

Hij beklom de zwart geworden trap, bedekt met het vuil van fabrieken die lang geleden waren gesloten. Hij bereidde zich voor op het moment dat hij haar gezicht en de nieuwe man zou zien, en haar de sleutels zou geven.

JinJins moeder deed de deur van de kleine flat open. Ze was een en al glimlach. Toen Bill het appartement betrad, zag hij dat ze helemaal alleen was.

Ze leidde hem naar binnen, en terwijl ze thee voor hen maakte, sprak ze snel in het Mandarijns, met hier en daar een Engels woordje.

'Vader. Ziek. Guangxi.'

'Guanxi?' Maar dat was helemaal in het zuiden. Dat was het andere eind van het land. Dicht bij Hongkong. Nog dichter bij Vietnam. Guilin lag in Guangxi. JinJins vader was in Guangxi. Toen Bill het theekopje naar zijn mond bracht, verbrandde hij bijna zijn lippen. Hij deed zijn uiterste best om het te begrijpen. In gedachte zag hij de kaart van China voor zich. Guangxi? Dat was de provincie waar de kalkstenen bergen uitzicht boden op Vietnam, waar ze vanaf de brug in Guilin naar de vissers met hun vogels hadden gekeken, waar ze haar vader hadden gezien. Toen Bill de man geld had gegeven, had JinJin haar hoofd afgewend.

'Guangxi,' zei haar moeder. 'Guangxi!'

Ze had een krant, die ze hem liet zien. Op de voorpagina stond een kaart van het land, met de laatste gegevens over de tyfoons en de overstroming. Het was een Chinese krant en hij kon er geen woord van lezen, maar hij begreep alles.

De kop op de voorpagina bestond slechts uit een getal. 20.000.000, stond er. Twintig miljoen. Het aantal ontheemden.

Zhejiang, Fujian, Jiangxi, Hunan, Guangdong, Guangxi. Geen enkel deel van Zuid- of Oost-China was gespaard gebleven. Het was niet te bevatten. Het was een groter gebied dan West-Europa.

Haar moeder tikte met een korte, dikke vinger op het onderste deel van de kaart. Ze giechelde van vreugde. Toen zag hij dat haar lach de eigenaardige, Chinese reactie op een ramp was. Ze was doodsbang.

'Hier! Hier!'

Eindelijk begreep Bill het. JinJin was aan het andere eind van het land. Ze was heel ver weg, in Guangxi, met haar vader en de nieuwe man.

Ze was midden in het overstroomde gebied.

De oude vrouw lachte haar bruine, door thee gevlekte tanden

bloot. Ooit had het hem razend gemaakt, die gewoonte om met vreugde op een ramp te reageren. Maar nu begreep hij het. Ze verpakten hun smart in een glimlach. Dat is wat ze deed. Dat is wat ze allemaal deden.

Eindelijk begreep hij het.

Hij moest drie verschillende vluchten maken om Guilin te bereiken.

Van Chanchun vloog hij zuidwaarts naar Xi'an en daarna westwaarts naar Chongqing. In Chongqing wachtte hij samen met toeristen die een tocht over de rivier de Yangtze hadden gemaakt. Nadat de toeristen waren vertrokken en op weg waren naar Beijing, bracht Bill de nacht door in het luchthavengebouw. Toen hij 's morgens wakker werd, zaten er twee oude vrouwen tegenover hem. Bij het zien van hun abnormaal kleine voeten wendde hij ontzet zijn hoofd af. Even later keek hij opnieuw.

De oude vrouwen waren klein, maar hun voeten waren die van poppen, van speelgoed, van een andere leeftijd. Hij wist dat ze ingebonden waren geweest, nog voordat een van hen achteloos haar blauwe slipper uittrok en haar moedwillig misvormde voet masseerde, waarvan het uiteinde flapperde als een deur in de wind. Ze trok haar slipper weer aan en keek recht door Bill heen.

Plotseling werd hun vlucht omgeroepen. De oude vrouwen stonden op en strompelden weg, hun instapkaarten in hun hand. Hij keek hen na. Hun voeten waren niet ingebonden maar verpletterd. Het leek of hun ledematen in een bankschroef hadden gezeten in plaats van in een sjaal gewikkeld. De blote voet die hij had gezien was een herinnering aan het oude China. Maar voor de oude vrouw was het slechts een voet. Dat was het jarenlang, decennialang, een leven lang geweest. Dat was het vreemde. Het feit dat het allemaal normaal was.

Hij had gedacht dat hij het niet zou overleven als hij haar kwijtraakte, maar hij had zich vergist. Hij zou eroverheen komen. Het zou pijn doen, maar hij zou leven, en zij zou ook leven. Bill keek hoe de oude vrouwen door de gate strompelden.

Een mens kon aan alles wennen.

Hij was de enige passagier van de vlucht naar Guilin.

De stewardess ging naast hem zitten, deed haar gordel om en hield zijn hand vast toen de piloot het vliegtuig aan de grond zette. Ze raakten de landingsbaan, gingen weer omhoog, raakten opnieuw het asfalt en kwamen terecht in iets wat aanvoelde als een muur van opstuivend regenwater. Bill voelde het water op de landingsbaan aan het landingsgestel trekken, in een poging het vliegtuig zijwaarts te slepen, in een poging het te laten omslaan.

Maar de piloot stopte met gierende remmen, en de muur van water stortte in. Toen ze naar de terminal taxieden, braakte de stewardess in een papieren zak. Bill drukte zijn gezicht tegen het raam. Buiten regende het pijpenstelen, alsof er nooit een einde aan zou komen.

Er heerste chaos op de luchthaven. Het leek of de hele stad probeerde te vertrekken. De groene uniformen van de staatspolitie waren overal. Ze hielden de menigte tegen. Bill baande zich een weg door de mensenmassa en liep in de tegenovergestelde richting.

De balies van de autoverhuurmaatschappijen waren verlaten, dus liep hij naar buiten, naar de taxistandplaats, maar die was ook verlaten. Hij stond daar naar de wind te luisteren, zich afvragend wat hij moest doen. De wind was als een waarschuwing, een weeklacht. Zoiets had hij nog nooit gehoord. Een oude, rode Santana-taxi stopte en begon een gezin en hun koffers uit te laden. Toen ze de taxichauffeur hadden betaald, stak Bill zijn hoofd door het open raampje.

'Ik moet naar een dorp,' zei Bill. 'Een dorp dat aan de weg naar Yangshuo ligt.' Hij besefte dat hij niet eens de naam wist van het dorp waar haar vader woonde. Misschien had het geen naam. Maar de weg kon hij zich nog herinneren. Hij zou ze erheen kunnen leiden.

'Geen Yangshuo,' zei de chauffeur. 'Weg dicht Yangshuo.'

Bill pakte zijn portefeuille, haalde er al het geld uit dat hij had, stopte het in de handen van de taxichauffeur en sloot de vingers van de man om de bankbiljetten. De chauffeur onderzocht de groezelige RMB-biljetten en lachte zijn gele tandenstompjes bloot. Hij stonk uit zijn mond.

'Weg nog steeds dicht,' zei hij verontschuldigend, hoewel hij geen poging deed het geld terug te geven.

'Zo dichtbij als je kunt,' zei Bill, terwijl hij in de auto stapte.

De chauffeur keek recht voor zich uit. Hij bromde wat toen de wind de regen zijwaarts tegen de voorruit blies. Zijwaartse regen, dacht Bill. Hoe krijg je zijwaartse regen? Uit de tegenovergestelde richting kwam een voortdurende stroom verkeer en voetgangers, op weg naar de luchthaven. Overal lagen koffers die waren gedumpt of weggeblazen van imperialen. Overal lagen bomen en reclameborden. Hij besefte dat dit de eerste zaken waren die door een tyfoon werden meegevoerd. Terwijl hij uit het raampje keek, was het alsof hij nooit in Guilin was geweest, alsof hij dat had gedroomd.

De kalkstenen toppen van de bergen waren in mist gehuld. Maar het was de rivier die hem het gevoel gaf dat of hij daar nog nooit was geweest.

De rivier was buiten zijn oevers getreden, en dat had alles veranderd. De rijstvelden waren nu meren. Ze zagen eruit alsof ze al duizend jaar meren waren. Op de rivier, waar ze naar de vissers met hun aalscholvers hadden gekeken, dreef een enorme schuit met zand. Terwijl Bill toekeek, brak de schuit met een enorme klap in tweeën. Hij probeerde te kijken of hij bemanningsleden zag die zo hard mogelijk wegrenden, maar er verscheen niemand. De twee helften van de gebroken schuit begonnen te zinken en waren enkele seconden later onder water verdwenen. Het was alsof de schuit nooit had bestaan, of dat Bill zich alles maar had verbeeld.

Er was geen staatspolitie, zo ver van de luchthaven. Hier waren alleen maar soldaten. Hij zag hoe een groepje iets uit de rivier viste en het langs de weg op een tarpaulin, een stuk geteerd zeildoek, legde. Het was het lichaam van een soldaat.

'Geen weg Yangshuo!' schreeuwde de chauffeur, terugdeinzend bij het zien van het gezwollen lijk.

'Rij nou maar,' brulde Bill terug, en de chauffeur reed. Bill had er spijt van dat hij tegen de man had geschreeuwd, maar hij wist dat hij zonder de chauffeur niet bij JinJin kon komen.

Bill was er zeker van dat ze het zouden halen. Maar ineens was er een wegversperring, die alles blokkeerde. Een soldaat hield hen aan en stak zijn hoofd naar binnen. Bill begreep dat de soldaat zei dat ze moesten keren. Achter de soldaten kon Bill de weg zien die voor hen lag, bedolven onder een laag modder. Het leek net een bevroren, bruine rivier die van de heuvel naar beneden was gegleden. De chauffeur kreunde.

'Is er een andere manier?' vroeg Bill. 'Is er een andere weg naar Yangshuo?'

'Dít weg Yangshuo,' zei de chauffeur. Hij sloeg op zijn stuur toen de soldaat met woeste gebaren tegen hem begon te schreeuwen. De chauffeur begon de taxi te keren. 'Krijg de klere, man, oké?' zei hij tegen Bill, met een Amerikaans accent.

Bill deed zijn horloge af. 'Dit is een uitstekend horloge. Veel geld waard. Veel geld, oké? Jij neemt dit horloge en vindt een andere weg.'

De chauffeur liet Bill zijn pols zien. Hij had al een horloge. Een Rolex, zelfs. Misschien geen echte, maar het was toch een Rolex, en het was duidelijk dat hij geen ander horloge wilde hebben. Bill haalde zijn lege portefeuille tevoorschijn en bood de chauffeur zijn zwarte American Expresscard aan, maar de chauffeur wendde zijn hoofd af.

Toen stapte Bill uit. Hij liet zijn tas op de achterbank staan en begon naar de soldaten te lopen. Iemand pakte zijn arm vast. Een jonge, roodharige vrouw met een Iers accent. Een of andere hulpverleenster.

'U mag daar niet heen,' zei ze tegen Bill. 'Daar heersen ziektes. Tyfus. Dengue, dat is knokkelkoorts. Malaria.'

Hij knikte beleefd en liep door. De vrouw riep iets tegen hem, maar de wind maakte zoveel lawaai dat hij het niet hoorde. Hij had inmiddels de soldaten bereikt. Ze waren erg jong en droegen een geweer over hun schouder. Ze stonden naar de modder te kijken. Hij passeerde hen. De arm van een kind stak uit het slijk. Bill rilde van afkeer, maar hij bleef lopen, voorovergebogen, tegen de wind in. Toen de wind even afnam, hoorde hij luide Chinese stemmen, en daarachter herhaalde de Ierse vrouw dat hij daar niet heen mocht gaan. Hij liep echter door. Ineens voelde hij dat zijn arm werd beetgepakt. Hij draaide zich om en legde zijn handen op de borstkas van de jonge soldaat. Zonder meer kracht te gebruiken dan nodig was duwde hij hem weg. De soldaat strompelde twee stappen achteruit en stapte toen naar voren. In één vloeiende beweging nam hij het geweer van zijn schouder en sloeg met de kolf zo hard mogelijk tegen Bills gezicht.

Bill viel niet om, maar zijn benen bezweken. Hij wankelde rond als een dronkenman. Het enige dat hij kon zien waren rode en gele knipperlichten. Hij was op de rechterkant van zijn gezicht geslagen. Hij kon de klap nog steeds voelen, het was alsof hij nog steeds werd geslagen. Het gevoel begon een paar centimeter boven zijn wenkbrauw en eindigde vlak onder zijn jukbeen. De pijn vulde zijn hoofd. Een ballon van pijn, die per seconde groter werd. Zijn oog was beschadigd. Zijn rechteroog. Zijn wenkbrauw en jukbeen hadden de klap grotendeels opgevangen, maar hij was ook in zijn rechteroog getroffen. Toen de rode en gele kleuren langzaam verdwenen, zag hij zwarte sterretjes voor zijn wazige ogen.

Bill wierp de soldaat een zwakke glimlach toe, draaide zich om en liep zonder protest terug. De soldaat keek hem na, terwijl hij zijn geweer vasthield als een knuppel, voor het geval Bill terugkwam. De taxi was weg, maar de Ierse vrouw stond nog op dezelfde plek. 'Het komt door het stilstaande water,' zei ze, alsof hun gesprek niet onderbroken was geweest. 'De ziektes. De muskieten en het stilstaande water.'

Hij wist niet waar ze het over had. Hij dacht al niet meer aan de ziektes. De rechterkant van zijn gezicht klopte. De zwarte sterretjes gingen op en neer, alsof ze door de wind werden voortgeblazen.

'Is er een andere weg naar Yangshuo?' vroeg hij, terwijl hij voorzichtig zijn jukbeen aanraakte. Er zat bloed aan zijn vinger, maar niet veel. Hij knipperde een paar keer met zijn ogen, in een poging ze helder te maken, maar de zwarte sterretjes bleven voor zijn ogen zweven. Ze leidden hem af en maakten hem bang. Hij sloot zijn rechteroog. Met het andere was niets aan de hand. 'Ik moet naar een dorp dat aan de weg naar Yangshuo ligt.'

De Ierse vrouw keek hem vol medelijden aan. 'Heb je daar familie?' vroeg ze. Hij wist niet wat hij daarop moest antwoorden.

Hij liep de heuvel af. De soldaten waren op de weg boven hem. Hij kon de stronken zien van bomen die waren omgehakt, en de bevroren, bruine rivier die de weg overstak. Het leek of de heuvel was ingestort. Zijn gewonde oog zat nu bijna dicht, en er waren minder zwarte sterretjes.

De grond was glibberig door de natte modder. Toen hij de helling afdaalde, viel hij vrijwel onmiddellijk voorover, op handen en voeten. Hij stond langzaam op en zocht steun bij een onvolgroeide boom. Zijn handpalmen en zijn broek waren bedekt met modder. Hij bleef de heuvel aflopen, maar hij ging nu wel voorzichtiger te werk. Hij bewoog zich zijwaarts voort en drukte zijn schoenen diep in de omgewoelde aarde.

Toen hij de modder voorbij was, liep hij terug naar de weg en het tot stilstand gekomen verkeer. Boven hem hoorde hij een helikopter. Hij bleef doorlopen. Hij had het idee dat hij deze weg kende. Maar toen hij haar vaders dorp bereikte, herkende hij het pas toen hij er bijna helemaal doorheen was gelopen.

De rivier was nu een brede, bruine stroom. Er waren geen tenten. Er waren geen velden. De velden en de tenten waren allemaal verdwenen. Een berg modder was naar de rand van het dorp gegleden, had de school bedolven en had alle herkenningspunten in het dorp weggevaagd. Bill keek om zich heen, volkomen gedesoriënteerd.

De kleine, keurig verdeelde rijstvelden die hij zich herinnerde vormden nu een glanzend meer. Hij hoorde een geluid dat hij niet kon thuisbrengen. Het was net gerommel dat uit het binnenste van de aarde kwam. Alsof het onder de grond donderde. Hij was erg bang. Maar dit was wél het dorp, al was alles veranderd.

Hij kon haar vaders hut niet vinden. Hij keek om zich heen naar de wereld van modder die dit dorp was binnengedrongen. Toen zag hij de hut. Ondersteund door dikke blokken hout. De hut ernaast was weg. Gewoon weg. Hij hoorde het geluid opnieuw, en deze keer begreep hij het. Het gerommel kwam uit de modder zelf.

Er landde iets op zijn hand. Hij sloeg het dood. Een muskiet met zwarte en witte strepen. Er waren helikopters in de lucht, alsof ze hem in de gaten hielden. Hij ging haar vaders hut binnen. JinJin zat op de rand van een eenpersoonsbed, met ChoCho in haar armen. Haar vader lag op het bed, trillend als een rietje. Bill deed een paar stappen naar voren. Er zat huiduitslag op het gezicht van haar vader en Bill staarde hen verwonderd aan. Hij had nooit gedacht dat ze naar haar vader zou gaan. Hij dacht dat de jaren van geweld haar plichtsgevoel ten opzichte van haar vader teniet hadden gedaan. Maar dat was niet het geval.

'William,' zei ze, alsof ze hem verwachtte. 'Je gezicht.'

Er hing een gebarsten scheerspiegel aan de muur. Hij keek erin en zag dat zijn rechteroog schuilging onder een gezwollen, zwartpaarse kneuzing. Hij wendde zijn hoofd af en keek er niet meer naar. De zwarte sterretjes waren voorlopig verdwenen, en daar was hij blij om. Hij zag dat de baby dezelfde huiduitslag had als JinJins vader.

'Wat mankeert hen?' vroeg Bill.

'Ziek door de muskiet,' zei ze. 'Van het slechte water.'

Dengue, knokkelkoorts. De Ierse vrouw had gelijk. Hij sloeg een arm om JinJin heen. Buiten kon hij de tonnen modder horen grommen en bewegen. Of misschien verbeeldde hij zich dat alleen maar. De modder joeg hem angst aan. Onderweg niet, maar nu wel. Daar was het. Buiten klonk opnieuw dat geluid. Luider nu. Het was geen verbeelding. Ze konden vandaag allemaal sterven. 'We moeten maken dat we hier wegkomen,' zei hij, terwijl hij overeind sprong, klaar om te vertrekken. 'We moeten weg, JinJin.'

'De soldaten zullen ons komen halen,' zei ze, naar het plafond wijzend. 'De helikopters.' Ze waren nog steeds te horen.

'Er komt niemand,' zei Bill, en hij keek om zich heen. Er ontbrak iets. Hij keek haar aan en probeerde zich te concentreren. 'Luister,' zei hij, terwijl hij naast haar neerknielde. Hij voelde de ziekte in de hut. Het kind maakte hem bang. Het kind huilde niet. 'Er komt niemand,' zei hij. 'De helikopters komen niet. Weet je waarom niet? Omdat ze niet kunnen landen.' Hij besefte dat het allemaal heel duidelijk voor hem was. De boven hen hangende helikopters en de grond die in schuivende modder was veranderd. Ze konden kijken, maar ze konden niets aanraken. 'Ze willen ons helpen, maar dat kunnen ze niet, dus moeten we onszélf helpen.'

JinJin glimlachte zwakjes. 'De soldaten zijn fantastisch,' zei ze. Ze was een echte Chinese patriot, een ware gelovige. Misschien waren ze dat allemaal.

'De soldaten zijn fantastisch, maar ze kunnen ons niet helpen,' zei hij, en ging staan. 'De wegen zijn verdwenen. Iedereen zit vast. We moeten onszelf helpen. We moeten nu gaan, anders gaan we dood.' Hij keek om zich heen. 'Waar is je vriend?'

'Hij is teruggegaan naar Guilin,' zei ze. Buiten wakkerde de wind aan. 'Alleen jíj bent er, William.'

Ze bewoog zich nog steeds niet. Ze konden haar vader horen ademen. De regen beukte het van golfplaten gemaakte dak, de wind kreunde, en hij kon bijna de immense massa modder buiten voelen, wachtend om hen allemaal te bedelven.

JinJin bleef waar ze was. Bill zag voor het eerst dat ze als verlamd was van uitputting. Hoeveel nachten had ze niet geslapen, maar had ze voor haar vader en haar zoon gezorgd? Bill nam ChoCho uit haar armen en wikkelde hem in alle dekens die hij maar kon vinden. Toen hielp hij haar vader uit bed stappen. Als hij kon staan, kon hij lopen, en als hij kon lopen, kon hij leven. Ze konden allemaal leven.

'Ik dit meisje vader,' zei hij tegen Bill, terwijl hij tegen hem aan leunde. Zijn hele gezicht zat onder de uitslag.

'Luister,' zei Bill, 'ik kan ze niet alle twee dragen. Ik kan niet iedereen dragen. Dat kan ik niet.' Bill gaf hem het roerloze kind. 'Snap je?' De oude man nam zijn kleinzoon aan.

Bill trok JinJin overeind. Ze stak een hand uit naar haar zoon en zonk toen op haar knieën. Bill hurkte naast haar neer, sloeg zijn armen om haar heen en fluisterde tegen haar tot ze knikte, erkennend dat ze haar kind echt niet kon dragen. Ze keek hem aan en veegde haar ogen droog.

'Slechte moeder,' zei ze.

'Nee,' zei hij.

Bill tilde haar op in zijn armen en droeg haar naar buiten. Haar vader strompelde achter hen aan, met de jongen in zijn armen. Bill droeg haar door de modder met de half bedolven lijken, de verwoeste woningen en de verwoeste levens. Hij vervloekte God. Toen zei hij: 'Alstublieft, God, alstublieft God,' tot hij zelfs daar te moe voor was.

Ze bereikten de weg. JinJins vader bleef achter, maar hij liep nog steeds, met ChoCho in zijn armen. Bill ging op een boomstronk zitten, met JinJin naast zich. Ze leunde tegen hem aan en sliep bijna. Toen haar vader hen had ingehaald, lieten ze hem uitrusten en bleven zelf ook uitrusten, tot Bill dacht dat hij een geluid hoorde. Vanaf de heuvel boven hen, vanaf de grond beneden hen. Het geluid van iets ondergronds dat op het punt stond te verschijnen en hen te verslinden. Toen stond Bill op en liepen ze weer verder. Het duurde niet lang of JinJins vader bleef achter. Bill gilde tegen hem dat hij moest volhouden. JinJin hield Bill vast met haar armen om zijn nek. Hij voelde haar adem op zijn gezicht. Het was alsof ze nog steeds geliefden waren.

Pas toen ze de wegversperring bereikten, begaven zijn benen het. Bill zakte in de armen van een soldaat in elkaar. Hij voelde armen die JinJin van hem overnamen, hij voelde hoe iemand hem dicht tegen zich aan hield en hem niet losliet, alsof de aanraking van een mens alles genas.

In het opvangcentrum wikkelden ze hem in een deken en gaven hem een fles water en een kom noedels.

Er waren geen droge kleren voor hem, maar hij had het in zijn deken al warmer. Hij schrokte de noedels naar binnen, aanvankelijk veel te snel, waardoor hij duizelig en misselijk werd, en daarna langzamer, als een kind dat leert eten. Toen de noedels op waren, likte hij de plastic kom schoon.

JinJin was naar het ziekenhuis gegaan, samen met haar kind en haar vader. Bill stond er nog steeds versteld van dat hij haar hier had gevonden. Dit was iets wat hij nooit van haar had gedacht. Ondanks alles was ze nog steeds haar vaders dochter, en ze had niet geaarzeld naar hem toe te gaan in zijn nood. Hij had gedacht dat hij haar beter kende dan wie ook. Maar misschien kende hij haar helemaal niet.

Bill besefte dat zijn handen trilden. Hij keek ernaar met zijn goede oog, en probeerde ze te dwingen ermee op te houden. Maar ze bleven trillen van emotie, kou en opluchting.

Hij keek omhoog naar de hemel. Er was iets mis mee. Er was iets veranderd. Hij realiseerde zich dat de regen was opgehouden en dat de wind was gaan liggen. En pas toen herinnerde hij zich de sleutels.

Hij voelde in zijn zak. Niets. Ergens verloren. In de modder. Op de heuvel. Bij de wegversperring. Op de achterbank van de taxi. Achtergelaten in een plastic bakje op een vliegveld dat hij nooit meer zou zien. Het deed er niet toe. Het deed er niet toe. Hij had niet écht duizenden kilometers afgelegd om haar de sleutels terug te geven. Dat zag hij nu in.

Hij had tegen zichzelf gezegd dat hij was gekomen om de sleutels terug te geven, maar nu begreep hij dat hij was gekomen om tegen JinJin te zeggen dat hij van haar had gehouden, dat zijn hart niet zo gemakkelijk veranderde en dat hij afscheid van haar kwam nemen.

Het appartement was leeg toen hij thuiskwam.

Het was de volgende dag, laat in de middag. Ze hadden hier moeten zijn. Het was een schooldag, een maandag, en wát ze ook hadden gedaan, ze hadden er nu klaar mee moeten zijn.

Bill trok zijn bemodderde kleren uit, keek naar de wasmand en stopte ze toen in een vuilniszak. Allemaal. Alles was verpest. Daarna nam hij een zo heet mogelijke douche, tot hij de zwarte sterretjes zag en dacht dat hij ging flauwvallen.

Na de douche trok hij een T-shirt en een spijkerbroek aan en liep naar het raam. Het weer begon eindelijk beter te worden. Er waren enorme wolken aan de hemel, waarachter het afnemende zonlicht scheen. Het binnenplein van Paradise Mansions was verlaten. Het was alsof zijn vrouw en dochter voorgoed waren verdwenen. Hij toetste het nummer in van Becca's mobiele telefoon, maar er was alleen de voicemail. Hij zei dat hij terug was. Zijn schorre stem klonk zwak en vreemd in de lege flat.

Etenstijd kwam en ging en hij was nog steeds alleen. Hij at niets en had het gevoel dat hij zweefde. Zelfs het bleke zonlicht dat door het raam naar binnen scheen, leek verblindend. Hij zat op de sofa en masseerde zijn slapen, maar het kloppen hield niet op. Hij voelde zich verloren, besefte hij. Hij had zich nog nooit zo verloren gevoeld. Hij sloot zijn ogen. Hij moest tóch hebben geslapen, want hij werd met een schok wakker op het moment dat hij de sleutel in het slot hoorde. Toen stond zijn dochter voor hem. Ze hield een roze ballon vast waarop SHANGHAI ZOO was gedrukt.

'Wat is er met je oog gebeurd?' vroeg ze.

Verlegen raakte hij zijn gezicht aan. 'Ik heb het bezeerd, schat.'

'Het ziet er echt heel erg uit.'

'Morgen zal het beter zijn,' zei hij.

Ze tikte met de ballon tegen zijn benen.

'We hebben de rode panda gezien,' zei ze tegen hem. 'En de gouden apen.'

Hij glimlachte. 'Weet je zeker dat het niet andersom is?' vroeg hij.

Ze keek verward. 'Wat?'

'Weet je zeker dat het niet een rode aap was en een gouden panda?'

Holly schudde haar hoofd, ze kende zijn grapjes. 'Papa,' zuchtte ze. 'Je moet eens ophouden met zo dom te doen.'

Becca was naar de keuken gegaan. Hij zag haar gezicht niet. Ze stond bij de koelkast om iets te drinken te pakken. Ze moesten buiten de deur hebben gegeten.

Holly liep naar haar kamer. Hij hoorde haar spelen. Nee, besefte hij. Ze las. Ze kon al lezen. Hij had zoveel gemist. Hij stond op, en het was alsof elke spier in zijn lichaam pijn deed. Zijn benen, zijn armen, zijn rug. Hij was zo stijf en stram als een oude man. Hij wist dat hij te veel van zijn lichaam had gevergd. Hij liep naar zijn vrouw en keek in het lichtschijnsel van de koelkast naar haar gezicht.

'Ik dacht dat je voorgoed vertrokken was,' zei hij. Ze draaide zich naar hem om en had drie pakken in haar handen. Sinaasappelsap voor Holly, bosbessensap voor haarzelf en melk voor zijn thee.

Ze schudde haar hoofd. 'Ik ben niet vertrokken,' zei Becca. 'Wij zijn niet vertrokken.' Ze zette de drie pakken neer en ging voor hem staan. Toen stak ze een hand uit en raakte zacht zijn geschonden gezicht aan. Hij hield haar hand daar. Hij zou hem nooit loslaten.

Het voelde als thuiskomen.

29

'Dit is Suzy Too,' zei Bill tegen de twee nieuwe advocaten. 'Iedereen gaat naar Suzy Too.'

Het ging heel goed met de firma. Ze konden het werk niet meer aan. Daarom was Devlin naar Londen gevlogen. Iets meer dan een maand later waren twee advocaten gearriveerd, met tweejarige contracten en dromen over vervroegd pensioen.

Op hun eerste avond in Shanghai namen Devlin en Bill hen mee voor een etentje aan de Bund en daarna ging Bill Tsingtao met hen drinken aan de Mao Ming Nan Lu. Geplaagd door een jetlag, dronken en eindelijk bevrijd van de ketenen thuis, keken de nieuwe advocaten verbijsterd rond in Suzy Too. Meisjes aan de bar. Meisjes op de dansvloer. Overal waren meisjes. Ze hadden nooit geweten dat er zoveel vrouwen in de wereld waren.

Hun allereerste avond in Shanghai, dacht Bill. Hij benijdde hen, terwijl hij voor iedereen een Tsingtao bestelde en met knipperende ogen naar de stroboscooplampen keek. De zwarte sterretjes waren bijna weg, maar de lampen hadden allemaal een aura, een wazige halo. Hij wendde zijn hoofd af en dacht terug aan zijn eigen eerste avond in Shanghai.

Jenny One kwam voorbij, die plotseling veel ouder leek. Ze pakte Bills hand en kuste hem op beide wangen. Toen wierp ze hem een droeve glimlach toe en liep verder. Bill wilde vragen: 'Hoe zit het met de Fransman?'

De nieuwe advocaten werden overspoeld door meisjes. Ze hingen aan hun arm, vroegen waar ze vandaan kwamen, wiegden met hun heupen en probeerden hen aan te moedigen om te dansen, want dan hoefden ze niet met hen te praten.

'Bill – deze meisjes?' zei een van de nieuwe advocaten. Op de een of andere manier was het een vraag, hoewel Bill niet precies wist wat de man wilde. Er stond een lange, hooghartige vrouw achter hem, met haar lange armen om zijn middel, en twee kleinere vrouwen naast hem. De ene was knap en aantrekkelijk, de andere was mollig en had grote borsten. Bill herkende hen niet. Het leek wel of Suzy Too vol nieuwkomers was. De vrouwen hielden de handen van de man vast en probeerden hem over te halen met zijn gaatjesschoenen op 'Shake That' van Eminem te schuifelen. Bill vermoedde dat Elgar meer zijn stijl was. De man was zo'n ouderwetse Engelsman – adamsappel, een bril en een accent dat aangaf dat hij zijn jeugd op een particuliere jongensschool had doorgebracht. Harry-en-nog-wat. Hij leek zich zijn hele leven te hebben ingespannen om meisjes te ontmoeten. Maar zelfs Harry-en-nog-wat zal in Shanghai geen moeite hoeven te doen, dacht Bill. Over zes maanden zou Harry-en-nog-wat denken dat hij Errol Flynn was. Over zes maanden zou hij dé haan in het kippenhok van de Bund zijn. Voorlopig waren zijn brillenglazen een beetje beslagen, maar dat kwam door zijn nervositeit.

'Ik zal je iets over deze meisjes zeggen,' zei de andere nieuwe advocaat. Hij was net aangekomen uit Heathrow en beschouwde zichzelf al als een expert. Bill nam hem aandachtig op. Blond, kortgeknipt haar, gekleed in een soort zondagmorgen-voetbal-outfit. Nigel-en-nog-wat. Hij was niet zo duidelijk overweldigd als Harry-en-nog-wat. Waarschijnlijk heeft hij een veertiendaagse georganiseerde reis door Thailand gemaakt, dacht Bill. Waarschijnlijk is hij in Patpong afgetrokken en heeft hij gedacht dat dit hem tot Marco Polo maakte.

'Deze meisjes zijn hoeren,' zei Nigel zelfverzekerd. Hij stak een hand uit en kneep te hard in een kleine borst. Het meisje kromp ineen. Ze deinsde terug met een van pijn en afkeer vertrokken gezicht.

Bill haalde diep adem en bewaarde zijn kalmte.

'Noem ze niet zo,' zei hij. 'Doe dat nooit meer, alsjeblieft.'

De man keek Bill strijdlustig aan, maar hij zei niets, want Bill stond op het punt om partner te worden. Hij stak meer uren dan wie ook in de firma en binnenkort zou Bill hun baas zijn. Hij kon hen het leven heel zuur maken.

'Wat zijn ze dan?' vroeg Harry-en-nog-wat. Zijn kleine ogen waren compleet verdwenen achter zijn beslagen bril. Het mollige meisje met de grote borsten stopte een hand in zijn broekzak en zei lachend tegen het andere meisje dat ze niets kon vinden. Dit is geen hoogstaand gezelschap, dacht Bill. 'Als het geen hoeren zijn, wat zijn ze dan wel?' vroeg Harry-en-nog-wat.

Bill nam een grote slok van zijn Tsingtao. Hij was van plan minder bier te gaan drinken. Hij was van plan niet meer naar Suzy Too te gaan. Hij was geen gids voor toeristen. Laten ze zelf maar op zoek gaan naar vermaak. Even zag hij weer zwarte sterretjes voor zijn oog.

'Ze zijn alleen maar praktisch,' zei hij.

Ze hadden verteld dat ze geen liefde voelden zoals híj liefde voelde, dat ze op vriendelijke en gulle daden met heel hun lichaam en hun hart reageerden, maar dat was geen liefde, zeiden ze, niet in de westerse zin van de enige ware, de partner voor het leven, de onbekende geliefde, eindelijk gevonden. Niet dat soort liefde, zoals liefde thuis, zoals het bedoeld was, zeiden ze. Geen echte liefde zoals die in het Westen werd ervaren.

Ze waren alleen maar praktisch wat liefde betrof, zeiden ze tegen hem, tot hij het geloofde, tot hij snapte wat ze bedoelden. Hij zag ook in dat we in het Westen helemaal niet praktisch zijn – we volgen gewoon ons eigenzinnige hart en zien wel waar we uitkomen.

Het Oosten was praktisch. Het Oosten kon zich geen liefde veroorloven. Het Westen was romantisch. Omdat het Westen zich liefde kon veroorloven.

Maar hij begon te geloven dat hij en JinJin Li op de een of andere manier van plaats hadden gewisseld. Hij begon te geloven dat ze was opgehouden met praktisch zijn en was aangestoken door de Westerse opvatting over liefde. Van hem houden, ook al zei haar verstand haar dat ze ermee moest kappen. Van hem houden, ook al zei haar verstand haar dat ze een ander moest zien te vinden. Van hem houden, terwijl elk instinct in haar ziel tegen haar zei dat ze praktisch moest zijn. Ze hield nog steeds van hem, ze hield van hem, ondanks alle pijn, bedrog en verdriet, en ze bleef van hem houden, ook al was het niet verstandig en ook al bracht het haar geen geluk.

En Bill veranderde ook. Hij was gaan geloven dat hij anders was dan de getrouwde man in de zilverkleurige Porsche die haar in Paradise Mansions had ondergebracht. Bill dacht dat hij beter was dan die man, omdat hij een goed hart had, omdat hij van haar hield op een intensere, oprechtere manier dan die man, en omdat zijn liefde voor haar echt was. Maar zelfs toen, toen hij dacht werkelijk van haar te houden, kon hij niet ontkennen dat hij vond aanspraak op JinJin Li te kunnen maken.

Hij had zoveel geïnvesteerd van alles wat hij te geven had. Hij had het risico genomen om alles waar hij van hield te verliezen, en hij zei tegen zichzelf dat hij – in tegenstelling tot de man in de zilverkleurige Porsche – niets terug verwachtte. Maar dat was niet waar. Wat hij terugverwachtte, was dat ze van hem hield en dat ze van hem bleef houden, alsof hij haar hart in pacht had. Ze zouden beiden teleurgesteld zijn.

Was hij beter dan de man die haar in Paradise Mansions had laten wonen? Nee, Bill zag nu in dat hij veel slechter was, omdat hij alles als liefde had vermomd. Maar toen JinJin Li zich ten slotte herinnerde dat ze praktisch moest zijn en wegliep, toen het contract tussen hen eindelijk was verbroken, had hij zich heel erg verraden gevoeld. Hij had met een verstikkende bitterheid gereageerd.

Bill, je gedraagt je als een romantische westerse dwaas, zei hij tegen zichzelf. Je gedraagt je alsof ze de macht heeft je hart te breken.

En hij wist dat dat gewoon niet praktisch was.

Het was in de kleine uurtjes. Het kantoor was donker.

Het enige schijnsel kwam van de fonkelende lichtjes van Pudong aan de andere kant van het raam, en van het licht van het scherm van Shanes laptop. Dat licht scheen op het gezicht van Alice Greene, terwijl ze de dossiers kopieerde. Bill vroeg zich af wat ze zag. Corruptie en gerechtigheid, dacht hij, een primeur en de beloning. Er klopt helemaal niets van, dacht hij. Het verlangen naar een betere wereld, de behoefte aan een beter leven. Hebzucht en geweten. Misschien klopt het wel bij niemand.

'Waarom heeft hij dit allemaal bewaard?' zei ze, zonder haar blik van het scherm af te wenden. 'Stel dat Voorzitter Sun door die Duitsers moest worden omgekocht, waarom zou Shane dat dan vastleggen?'

'Omdat hij een goede advocaat was,' zei Bill. 'En een goed mens.'

Ze snoof. 'Dat gaat niet samen, hè?' Ze keek glimlachend over haar schouder. 'Geintje.'

'Ben je bijna klaar?' Hij wilde dat ze nam wat ze nodig had en dan maakte dat ze wegkwam. Hij had vanavond nog iets anders te doen.

'Klaar,' zei ze. Er lagen een stuk of tien schijfjes op Bills bureau. Ze legde ze recht, zoals een kaartgever met een nieuw spel kaarten doet, en stopte ze in haar schoudertas. Bill bracht haar naar de lift.

'Bedankt,' zei ze. 'Ik meen het, Bill. Je hebt gedaan wat je moest doen.'

'Voor alles is er een eerste keer,' zei hij.

Toen hij alleen was opende hij een bureaula en haalde er een schoenendoos uit. Hij maakte hem open en bladerde door het bewijs van hun tijd samen in Guilin, Changchun, Shanghai. Op de boot, varend over de Yangtze, de Drie Kloven buiten het raampje van hun hut. Al hun foto's. De doos was propvol. Zoveel foto's. En nu moest hij ze vernietigen. Hij bracht de doos naar de papierversnipperaar.

Er waren er te veel. Ze had een fanatieke behoefte gehad om hun geluk vast te leggen. Waren ze allemaal zo? Of was JinJin alleen zo? Hij wist niet wat typisch Chinees was en wat typisch JinJin Li was. Nu zou hij het nooit weten. Het deed er niet toe. Hij begon zijn herinneringen in de papierversnipperaar te stoppen. Ten slotte waren er slechts twee die hij niet kon vernietigen.

Haar pasfoto, die genomen was in de zomer voordat hij haar had ontmoet. De enige pasfoto waar iemand eens goed op stond. Koele, grote ogen keken in de camera, vochtige lippen, gesloten mond, knap gezicht, succesvol verborgen charme.

Dan was er de tweede foto die hij echt niet kon vernietigen. De foto waarop ze dansten, genomen door de oude Amerikaan na het diner op het cruiseschip. Voor hen was het bijna een grap geweest, Bill en JinJin dansend op Chinese popmuziek op het kleine dansvloertje van het schip. Maar de aardige, oude toerist had tegen hen gezegd dat ze er zo gelukkig uitzagen en zo goed bij elkaar pasten. Hij had erop gestaan dat JinJin haar camera aan hem gaf, zodat hij het moment kon vastleggen. Ze waren beiden dankbaar en ontroerd geweest, hoewel Bill er niet zeker van was of de oude Amerikaan een heilige of een gek was. Misschien een beetje van beide. Trouwens, de oude Amerikaan had het mis gehad, want heel gauw nadat de foto was genomen was alles voorgoed voorbij geweest. Misschien was dat de perfecte reden geweest om de foto te nemen. Misschien had die oude toerist op dat vreselijke cruiseschip geweten dat hun relatie geen lang leven was beschoren.

Bill stopte de twee overgebleven foto's in zijn portefeuille. Daarna stond hij naar de papierversnipperaar te staren en de stapel glanzend papier eronder, zich afvragend wat hem bezield had.

Dit was nooit de bedoeling geweest. Hij had gedacht dat hij op de een of andere manier afstand kon nemen van wat ze deelden, alsof wat hij als het echte deel van zijn leven beschouwde – Becca en Holly, zijn gezin, zijn thuis – geen last zou hebben van zijn gevoelens voor JinJin Li.

Hij had het bij het verkeerde eind gehad.

Nu was het bewijs teruggebracht tot de twee resterende foto's. De pasfoto. De foto van hen terwijl ze dansten op de dansvloer van de boot. Hij was niet van plan de foto's voor altijd te bewaren, slechts een tijdje. Als ze er niet meer waren, zou er niets zijn waarop te zien was dat ze elkaar ooit hadden ontmoet, behalve wat ze in hun binnenste meedroegen.

Misschien zou hij op een dag de ziekte krijgen waaraan zijn vader was overleden. Over vijftig jaar. Of volgende week. Het maakte niet uit. Hij zou dan nog steeds tijd hebben om de twee foto's te vernietigen. Hoe heette dat ook alweer? O ja. Je zaakjes op orde brengen.

Dat zou hij doen. Hij zou zijn zaakjes op orde brengen. Op een dag. Maar nu niet. Nóg niet. Hij kon het nog niet.

Bill liep naar de lift en drukte op de knop om naar beneden te gaan. De lift kwam. Hij stond ernaar te staren. De deuren gingen dicht toen hij zich omdraaide en terugging naar zijn kantoor, waar hij de laatste twee foto's in de papierversnipperaar stopte.

Je moet denken aan de slechte tijden, dacht hij. Dat is de enige manier om eroverheen te komen. Dat is de enige manier om verder te gaan. Denk niet aan de goede tijden. Die moet je negeren, je moet ze vergeten. Zo kom je eroverheen. Zo ga je verder met je leven.

De pasfoto. Weg. De dansfoto. Weg. Elk spoor van haar en van hen was nu vernietigd. Het was de enige manier.

Denk aan de slechte tijden, dacht Bill.

Op de voorpagina van de *South China Morning Post* van 1 juni:

CORRUPTIE-ONDERZOEK SHANGHAI BREIDT ZICH UIT

De regering is van plan illegale landroof in te tomen.
Door Song Tiping en Alice Greene.

De belangrijkste disciplinaire waakhond van de Communistische Partij breidt zijn onderzoek naar corruptie in Shanghai uit naar de meest vooraanstaande projectontwikkelaars van de stad, verklaarden gisteren de staatsmedia.

Na de onthulling in deze krant van de Yangdong-landroof, werd Voorzitter Sun Yong, staatsambtenaar en lid van het plaatselijke bestuur, gearresteerd bij de opening van het luxe

Green Acres-project. Hij is beschuldigd van 'losse zeden, economische misdrijven en een decadente leefstijl'.

Mannen van de geheime politie, in burger, vergezeld door agenten van het Public Security Bureau, voerden de geboeide Voorzitter Sun weg van de cocktailparty, terwijl hij zijn onschuld betuigde en nog steeds een champagneglas in zijn hand hield.

In plaats van te wachten op de uitslag van Suns rechtszaak, gaf het staatspersbureau als commentaar: 'Zijn langdurige gevangenisstraf toont duidelijk de vastberadenheid van het Centraal Comité aan om een schone partij op te bouwen en corruptie te bestrijden.'

Nu verwacht men dat er meer gevallen van illegale toestemming voor projectontwikkeling aan het licht zullen worden gebracht, hetgeen tot onderzoek naar meer staatsbeambten en zakenlieden zal leiden.

Dong Fan, professor in de onroerendgoedbusiness aan Beijing Normal University, zei dat de meeste corruptiegevallen voorkomen in de fase van de landaankoop.

'Land is het eigendom van de staat en van de plaatselijke besturen, en de hele ontwikkelingsoperatie wordt uitgevoerd in een duistere, ondoorzichtige omgeving,' zei Mr. Dong.

In een toespraak voor meer dan 800 gasten aan het Shanghainese banket ter gelegenheid van de nationale feestdag, wat een manoeuvre bleek te zijn om de reputatie van de stad op te krikken, zei de burgemeester van Shanghai en waarnemend partijvoorzitter, Han Zheng, gisteren dat hij optimistisch was over de toekomstige ontwikkeling van Shanghai en dat hij betrokken was bij de strijd tegen corruptie.

Devlin gooide de krant op zijn bureau. Toen tilde hij zijn voeten op en legde de hakken van zijn dure gaatjesschoenen op de voorpagina van de *South China Morning Post*.

'Het punt is,' zei Devlin, 'als ze corruptie steviger aanpakken, dan heeft het verdomme niets te maken met gerechtigheid en waarheid, maar álles met politieke manoeuvres. De kwesties waarvan die arme oude Sun wordt beschuldigd – zijn familie erbij betrekken, zijn zakken vullen, zoveel mogelijk snoepjes in zijn begerige oude bek stoppen – gelden ook voor elke plaatselijke ambtenaar of staatsambtenaar in het land.'

Devlin vroeg Bill niet of hij wilde gaan zitten.

'Oké, Sun was een dwaas,' vervolgde Devlin, met een kleine zucht van spijt. 'Hij had niet genoeg vrienden op hoge posities. Hij had er een paar vrienden uit Beijing of hun families bij moeten halen. Vroeg of laat treden ze altijd hard op; dat moeten ze. Dat is het grappige – ze zouden hem toch wel gepakt hebben.' En toen was er de flits van woede in zijn ogen, eindelijk de moordzuchtige woede van iemand die verraden was. 'Zonder dat jij mij hoefde te verraden en zonder die "luis" uit Hongkong.'

De senior partner van de firma keek Bill aan met een mengeling van pijn en afkeer. Boven zijn hoofd gloeide het rode lampje van een camera van het gesloten televisiecircuit, als een sintel in de hel. Natuurlijk, in dit gebouw kon je niet pissen zonder dat iemand naar je keek. Maar dat had Bill geweten, is het niet?

'Dus jij denkt dat je beter bent dan wij allemaal, Holden,' zei Devlin. Het was geen vraag. Hij lachte spottend. 'Zuiverder. Nobeler.'

Bill schudde zijn hoofd. 'Dat heb ik nooit gedacht.'

'Maar je kon je ogen niet sluiten voor de verdorvenheid.' Hij glimlachte fijntjes. 'En alleen omdat een Chinese teef je suf heeft geneukt.'

'Let op je woorden,' zei Bill kalm.

Devlin keek geschrokken. Heel even maar. Híj was hier degene met de macht. Hij wees naar Bill.

'In dit land trekken meer mensen zich op uit de put van de armoede dan waar en wanneer dan ook in de geschiedenis van de mensheid,' zei hij. 'In de geschiedenis van de mensheid! Denk daar maar eens over na! En klootzakken als jij vechten ertegen. Dus, zeg me wie hier de idioot is, Bill? Wie is de slechterik? Jij of ik?'

Bill zei niets.

'Wat zal je vrouw zeggen als ze merkt dat je een partnerschap hebt vergooid?' zei Devlin. 'Wat zal je dochter zeggen, Bill, als ze erachter komt dat haar papa een zelfingenomen loser is die geen baan heeft?"

Bill haalde zijn schouders op. 'Ik weet het niet. Becca zal teleurgesteld zijn. Maar mijn dochter is een beetje te jong om het te begrijpen.' Hij glimlachte. 'Ze wil steeds dat ik net doe of ik een prins ben.'

Devlin snoof. 'Nou, daar ben je heel goed in. Net doen of je een prins bent. Maar je bent niet anders dan ieder ander in dit land, Bill. Je hebt de pest aan de corruptie van iedereen, behalve aan die van jezelf.'

Er stonden twee Chinese bewakers in de deuropening, van wie er een de kartonnen doos vasthield. Bill herkende de inhoud: zijn persoonlijke bezittingen. De andere bewaker droeg zijn diplomatenkoffertje en zijn jasje.

'Zorg dat hij uit mijn ogen verdwijnt,' zei Devlin.

Bills diplomatenkoffertje sloeg hard tegen zijn maag. Ze gaven hem zijn jasje. En toen werd de open kartonnen doos in zijn armen gelegd. Hij keek neer op de rommel uit zijn bureau.

Tijd om te vertrekken.

Het hele kantoor stopte even met werken om hem te zien weggaan. Geen Shane. Geen Nancy. Maar Mad Mitch was er wel. Hij stond op toen Bill zijn bureau passeerde en hij gaf hem een hand. Toen zag Bill de nieuwe advocaten, hun gezichten maskers van schrik en verrukking. Harry keek alsof hij dacht dat hij rond lunchtijd Bills kantoor zou krijgen. Nigel had een zuigplek in zijn hals, die niet helemaal werd bedekt door de witte kraag van zijn Brooks Brothers-overhemd. Je kunt nooit meer terug naar de provincie waar je vandaan komt, dacht Bill. Je bent nu Mister Charisma. Je bent Brad Pitt. Je bent Errol Flynn. Dat heeft de stad met je gedaan. De stad heeft je het gevoel gegeven dat je bijzonder bent.

En terwijl de Chinese bewakers Bill vanaf het gebouw escorteerden, dacht hij aan een jongeman die ervan overtuigd was dat de wereld voor het grijpen lag, een jongeman die er nooit aan had gedacht dat hij plat op zijn bek kon vallen, of zijn familie teleurstellen. Hij dacht aan een jongeman die ten onrechte had geloofd dat hij bijzonder was, en hij vroeg zich af wat er met hem was gebeurd.

De flat rook naar verf. Verse verf en een soort lijm. De geur van dingen die worden veranderd en het leven dat verdergaat.

Bill liet zijn lege diplomatenkoffertje bij de deur staan en ging Holly's kamer binnen. Becca was aan het behangen, terwijl Holly op de grond zat en in een boek bladerde. Vanaf de muren keken Disney-prinsessen glimlachend toe. Sneeuwwitje. De Kleine Zeemeermin. Assepoester. Doornroosje. Belle van *Beauty and the Beast*. Holly glimlachte ook tegen hem.

'Papa weet het vast wel,' zei Becca. 'Vraag het hem maar.'

'Hoe heet een babypinguïn?' vroeg Holly.

Bill wist geen antwoord te bedenken.

'Babypaarden hebben een speciale naam,' zei Holly, ongeduldig haar voorhoofd fronsend. 'En babykoeien. En babyschapen. Maar hoe zit het met babypinguïns?' Ze slaakte een diepe zucht. 'Ik weet niet wat dit is.'

'Ik weet niet wat het is,' verbeterde Becca.

'Ik ook niet,' zei Holly, en Becca schoot in de lach.

Bill tilde zijn dochter op en hield haar in zijn armen. Wéér zwaarder. Absoluut zwaarder, sterker, steviger. Ze neemt steeds meer haar eigen plek in de wereld in.

'Ik zal er eens over nadenken,' zei hij. 'Ik zal mijn gedachten over een babypinguïn laten gaan, schat.'

'Je moet erop terugkomen.'

'Ja, dat zal ik doen.' Hij zette haar weer neer op de grond en wendde zich tot Becca. 'Kunnen we even praten?'

'Eerst wil ik je iets laten zien,' zei ze. Ze voelde zich duidelijk niet op haar gemak, en hij vroeg zich af of dat zo zou blijven. Becca nam hem mee naar de computer in de zitkamer en ging erachter zitten.

'Kijk,' zei ze.

Op het scherm verschenen foto's van huizen. Een verzameling nieuwe luxe woningen. Huizen die geschikt waren voor het gezin van een partner van Butterfield, Hunt & West.

Bill keek over haar schouder mee, terwijl ze de opties op het scherm liet zien. WESTWOOD GREEN – NIEUWE STADSWONINGEN MET UITZICHT OP HET MEER. SPOEDIG TE BETREKKEN – EEN HUIS VOOR HET HART. De volgende was kennelijk een internationale gemeenschap die een natuurlijke leefstijl voorstond. CALIFORNIA DREAMING OP RANCHO SANTA FE – FRAAI GEMEUBILEERDE, IN SPAANSE STIJL OPGETROKKEN VILLA'S MET PRIVÉTUINEN, 30 MINUTEN VAN HONG QIAO AIRPORT.

'Ik wil hier niet langer wonen,' zei ze. Het was een vaststelling van een feit. 'Ik ben niet van plan hier nog langer te blijven wonen.'

Hij sprak haar naam uit. Ze keek naar hem op. Het was een nieuwe manier om naar hem te kijken, een blik waarin bitterheid, behoedzaamheid en pijn school, alsof ze een wond had die nog lang niet was genezen.

'Het nieuwe huis – partner worden – dat zal niet gebeuren,' zei hij. Hij boog zijn hoofd, met de vieze smaak van vernedering in zijn mond. Hij schaamde zich heel erg. 'Ik ben mijn baan kwijt.'

'Is dát het?' Ze draaide zich weer om naar het scherm en schudde haar hoofd. 'Ik dacht... iets anders.'

Hij staarde haar aan. Toen begreep hij het. Ze had gedacht dat hij vertrok. Maar hij wist nu dat hij nooit zou vertrekken. Zíj zou degene moeten zijn die vertrok.

Haar vingers vlogen behendig over het toetsenbord. 'Maar ze waren van plan je partner te maken,' zei ze mat. Er was geen teleurstelling in haar stem. Het was alsof ze elkaar nauwelijks kenden.

Hij schudde zijn hoofd. 'Het spijt me, Bec. Ik heb je teleurgesteld. Ik heb je in elk opzicht teleurgesteld.'

Ze was druk bezig met het wissen van bestanden. Ze klikte met de muis op DROOMHUIZEN en nam ze mee naar het icoon van een prullenmand, onder aan het scherm. Daarna draaide ze zich naar hem om. 'Het is maar een baan, Bill. Je krijgt wel weer een andere.'

Hij liet wanhopig zijn hoofd hangen. Ze begreep niet wat dit betekende. 'We zullen terug moeten gaan. Het leven dat we wilden...'

'Iemand zal je beslist een baan geven. Je bent een harde werker. Je bent goed in wat je doet.'

Hij schudde zijn hoofd. 'Ze hebben me ontslagen. Ik sta op straat. Ze hebben mijn bureau leeggeruimd en daarna hebben ze me naar de deur gebracht.' Er viel een stilte voordat hij vervolgde: 'En Holly – ze houdt van haar vriendinnetjes hier...'

'Ze is vijf,' zei Becca. Ze was eindelijk woest, blij met de kans om openlijk boos op hem te zijn. 'Ze zal heus wel nieuwe vriendschappen sluiten. En dat zal ze haar hele leven moeten doen, net als iedereen.' Ze werd rustiger en legde de palm van haar hand op zijn hart. 'Luister – we redden ons wel. Ons thuis – dat is niet het huis in Londen en ook niet hier. We nemen het mee waar we ook heen gaan. Het is jij en ik en Holly. Dat is ons thuis. Het zijn wij drietjes. Dat zie ik nu in.' Ze raakte zijn gezicht aan. 'O Bill – heb je het nog niet begrepen?'

Hij knipperde tegen het schandelijke prikken van zijn ogen.

'Ik denk dat je steeds weer verliefd op elkaar moet worden,' zei Becca tegen hem, met droge ogen en heel rustig. 'Een man en een vrouw. Een echtgenoot en een echtgenote. Ik denk dat je dat moet doen. En als je dat niet kunt, als je niet meer verliefd op elkaar kunt worden, dan heb je, denk ik, weinig kans.'

Later, toen hun dochter in haar kamer sliep en het licht uit was, liep Bill naar de ouderslaapkamer en ging op het bed zitten terwijl Becca zich uitkleedde. Maar ze spraken niet over wat er die dag gebeurd was of hoe het zou zijn als ze terug waren in Londen. Ze hadden beiden een beetje genoeg van al het gepraat. Ze hadden beiden het gevoel dat ze voorlopig voldoende hadden gepraat.

Toen ze was uitgekleed, kwam ze snel naar hem toe. Hij zat nog steeds op het bed, met zijn kleren aan, en keek naar haar. Ze zeiden niets. Helemaal niet als een getrouwd stel. Meer als minnaars.

Mijn vrouw, dacht Bill.

30

Hij zag haar nog één laatste keer.

Hij liep op de Bund langs het Peace Hotel. Hij was op weg naar huis. Hij had net zijn bankrekening opgeheven, een van de vele dingen die hij moest doen voordat ze de volgende dag zouden vertrekken. En toen passeerde JinJin Li hem met haar nieuwe man.

Het was begin juli, een schitterende dag. Hij schrok op uit zijn gemijmer. Ze zag er bekend uit, maar hij dacht niet dat zij het was, want de gelijkenis was vluchtig, meer niet. En als zij het was, als het die speciale vrouw was, zou hij haar toch onmiddellijk herkennen? Hoe zou hij haar met iemand anders kunnen verwarren? Hoe kon ze ook maar een béétje lijken op het meisje van wie hij had gehouden?

Ze zag er te gewoontjes uit om JinJin Li te zijn. Een alledaagse vrouw kon toch niet de oorzaak van dat woeste geluk zijn geweest, van al die ellende, ontreddering en pijn in zoveel harten? Ze zou toch heel bijzonder moeten zijn om dat allemaal te doen?

Maar terwijl hij haar nakeek, wierp de vrouw een blik over haar schouder en keek naar hem. De man keek ook naar hem. Hij legde een beschermende arm om haar schouder, alsof hij wilde zeggen: *Maak je geen zorgen, schat, ik zal je tegen die slechte man beschermen.*

En dus was zij het écht.

Het was JinJin Li. Ze waren elkaar als volslagen vreemden voorbijgelopen. Bill moest bijna lachen om de absurditeit van alles. Het had hem zóveel emotie gekost, en nu herkende hij haar amper.

JinJin en de man liepen verder.

Bill draaide zich om en volgde hen. Hij had geen idee wat hij zou doen of zeggen. Maar hij wist dat hij niet wilde dat de arm van die man om haar schouder lag. Hij wilde niet dat de man dacht dat JinJin Li bescherming tegen hem nodig had.

Toen Bill sneller ging lopen en hen inhaalde, wist hij plotseling heel zeker dat zij het was. Hij begreep waarom ze nooit een televisiepresentatrice zou zijn. Hij had altijd gedacht dat hij op een dag CCTV aan zou zetten en dat zij er dan zou zijn. Ze zou de autocue lezen en recht door hem heen kijken, zoals op de pasfoto die ze een jaar voor hun eerste ontmoeting had laten maken. Maar hij zag in dat dit niet zou gebeuren, zoals bij veel van hun plannen het geval was.

Het vuur was verdwenen, de jeugdige glans, de magie, of wat er ook maar was geweest. Misschien was het er wel nooit geweest, slechts in zijn ogen. Misschien was dat magische liefdeslicht er alleen maar geweest omdat hij het wilde en nodig had. Maar nu was de magie gedoofd en was ze een aantrekkelijke, Chinese vrouw van in de dertig, niet meer en niet minder.

En dit was het gekke: toen hij zag hoe gewoontjes ze was, toen tot hem doordrong dat ze ook gewoon een mens was die haar weg in de wereld probeerde te vinden, die haar best deed om er mooi uit te zien, voor haar nieuwe man en voor zichzelf, hield Bill Holden nog steeds van haar. Tenminste, hij voelde nog steeds de liefde die blijft als liefde over is, en dat zou altijd zo zijn.

Maar zij was niet voor hem en hij was niet voor haar.

Het gelukkige stel was blijven staan. De man kocht een krant. Hij was een westerling, misschien een beetje jonger dan Bill. Hij zag er niet bijzonder uit. Hij zag eruit als de eerste de beste vent die langs was gekomen. Hij zag eruit als iemand die ze in een bar had ontmoet, of in een fitnessclub of waar normale mensen elkaar ook maar ontmoeten.

Bill besefte dat haar glimlach niet was verdwenen sinds ze hem had gezien. Een geforceerde, defensieve glimlach, alsof hij amusant was, alsof ze probeerde zichzelf ervan te overtuigen dat dit allemaal grappig was.

En misschien bén ik ook grappig, dacht Bill. Misschien bén ik een echte grapjas. Of misschien is haar glimlach slechts de zoveelste pleister op de wond. Hij wist het niet.

Bill en JinJin staarden elkaar aan. Ze droegen alle twee een zonnebril. Bill was daar dankbaar voor. Hij kon het niet verdragen als ze weer in zijn ogen keek. De man van de fitnessclub of de bar legde opnieuw zijn arm om haar heen. *Maak je geen zorgen, ik zal je tegen deze slechte man beschermen, schat.* Je weet niets, dacht Bill. O, je hebt geen idee.

En plotseling merkte Bill dat hij formaliteiten stond uit te wisselen. 'Leuk je te ontmoeten, leuk je te ontmoeten,' zei hij, terwijl hij hun de hand schudde, als de sportieve aanvoerder van een verliezend team. De hand van de man. De hand van JinJin.

Dat was de rol die hij verkoos te spelen, de enige die hij kon bedenken – de goede verliezer. Drie hoeraatjes voor de man van de fitnessclub, of uit de bar of wat dan ook. Had hij ooit eerder JinJins hand geschud? Hij dacht van niet. Hij hoorde de naam van de nieuwe man en vergat hem meteen weer, terwijl hij bleef zeggen: 'Leuk je te ontmoeten, leuk je te ontmoeten.' Leuk. Zo leuk. Alles was zó leuk, dat hij er bijna in stikte.

Ten slotte draaide hij zich om. Ze riep hem, maar hij liep door.

'Mijn moeder is hier!' riep ze blij, alsof hem dat zou interesseren. Hij liep door.

'Doe haar de groeten,' riep hij terug, en hij meende het. Misschien zei ze het omdat zij het ook voelde – de onherroepelijkheid van het afscheid, het loslaten. Ze wilde dat hij nog een paar seconden bleef, omdat ze beiden wisten dat ze elkaar na vandaag nooit meer zouden zien, en dat alles wat ze nog zouden delen alleen het verleden was, en eventuele foto's die JinJin Li niet had kunnen vernietigen.

Ze was niet naïef. Beslist niet. Ze kwam uit een veel hardere wereld dan hij zich kon voorstellen, een wereld waarvan hij slechts een glimp had opgevangen. Ze was niet naïef, maar ze had nog steeds iets onschuldigs, iets puurs, het deel van haar dat nooit kon worden aangetast of verpest of door iemand kon worden bezeten. Niet door haar vader, niet door de man die haar in Paradise Mansions installeerde, en niet door Bill. Er was een deel van haar dat onaantastbaar was. Hij benijdde haar erom en hij beminde haar erom.

Toen hij het einde van de Bund bereikte, staarde het oude, koloniale Shanghai aan de overkant van de rivier naar de toekomst. Hij hield een taxi aan. Toen de taxi keerde en terugreed over de Bund zag hij hen op het terras van een café zitten.

De man las een krant, terwijl JinJin tegenover hem zat, starend in de verte. Ze werd door haar vriend genegeerd. Er was geen spoor van een glimlach meer op haar gezicht.

Bill moest lachen. Ze waren aan het kibbelen over hem, of dat hádden ze gedaan, en over wat ze had gezegd – 'Mijn moeder is hier!' – en wat ze had bedoeld met wat ze had gezegd. En wilde Jin-Jin misschien dat hij belde? Het was de meest zinloze ruzie ter wereld – om over hem te kibbelen, terwijl het allemaal voorbij was.

De glimlach was verdwenen en JinJin Li zag er heel gewoon uit. Ze waren slechts een man en een vrouw die op het terras van een café zaten en probeerden te begrijpen dat ze samen waren. Op dit moment leek dat helemaal niet begrijpelijk. Bill moest grinniken, want hij had het gevoel dat het een cadeautje voor hem was van een hogere macht, een troostprijs voor de man die altijd zou blijven geloven dat hij heel veel van haar had gehouden en haar toen was kwijtgeraakt. Hij zwaaide ten afscheid. JinJin, die tegenover de gemelijke, nieuwe vriend zat die zijn krant zat te lezen, zwaaide terug.

Bill wist dat ze op een gegeven moment weer zou glimlachen. Hij misgunde het haar niet, hij was er zelfs blij om, ook al zou haar glimlach niet voor hem zijn bedoeld, de wereldberoemde glimlach van JinJin Li.

Het plan was dat Tiger hen in zijn nieuwe BMW naar de luchthaven zou rijden. Maar de BMW was teruggevorderd door het autoverhuurbedrijf toen het misging met Tigers handel. Daarom veranderde het plan.

Op het binnenplein van Paradise Mansions ging Holly rechtop zitten in haar vaders armen en keek naar Tiger, die uit een oude, rode VW Santana stapte.

'Is Tiger nu taxichauffeur?' vroeg ze, wijzend met de gele plastic pony die ze in haar hand hield.

Tiger lachte, hij voelde zich duidelijk opgelaten. Hij keek van Bill naar Becca en vervolgens naar zijn schoenen. 'Te veel mensen met hetzelfde idee,' zei hij tegen Bill. 'Er is nu te veel Chinees meubilair in China.' Hij keek Holly bedeesd aan. 'Ja, de ouwe Tiger is nu taxichauffeur.'

'Toch was het een goed idee,' zei Becca.

Bill legde een hand op Tigers schouder. 'Je bedenkt wel weer wat anders.'

Tiger wierp een trieste blik op de rode Santana. 'Maar het zou een betere auto moeten zijn. Het zou een limo moeten zijn, baas. Zoals die van u.'

Bill zette Holly op de grond en tilde de eerste van de reeks koffers op. 'We zijn dankbaar voor de lift,' zei hij.

'En limo's worden overschat,' zei Becca, terwijl ze op de passagiersplaats ging zitten. De telefoon in haar tas ging over, en daarna nog een keer. Toen het voor de derde keer gebeurde, zette ze hem uit.

Bill zat achter in de taxi, met zijn armen om Holly heen geslagen. Ze zat op zijn schoot. Terwijl de stad van hen wegglipte, sliep het kind. Bill draaide zijn hoofd opzij om naar de Bund te kijken. Een enkel zwart sterretje leek uit lucht te vallen. Toen ze de rivier overstaken, bewoog zijn dochter in zijn armen.

'Zijn we al thuis?' vroeg ze slaperig. Becca begon te lachen. Ze draaide zich om en keek naar Holly en Bill. Op een dag zal onze mooie dochter ophouden met dit soort dingen te zeggen, dacht hij. Maar zover is het nog lang niet.

Bill trok Holly dichter tegen zich aan. Haar hoofd rustte tegen zijn borst en ze hield nog steeds de gele plastic pony vast. De oude VW reed de snelweg op. De laatste lichtjes van Shanghai waren uit het zicht verdwenen.

'Doe je ogen maar dicht,' zei hij, zo zacht dat alleen zijn dochter het kon horen. 'Dat is het grote geheim. Doe je ogen maar dicht en voor je het weet ben je thuis.'